T0021811

La Mariscala

Novela

Biografía

Guadalupe Loaeza es escritora y periodista. Inició su trayectoria periodística en 1982 y su trayectoria literaria tres años después, tras la publicación de *Las niñas bien*, con más 300 mil ejemplares vendidos hasta la fecha; le siguieron títulos como *Las yeguas finas*; *Mi novia la tristeza*; *Compro, luego existo*; entre cuarenta títulos más.

Verónica González Laporte es periodista y escritora. Cuenta con una maestría y doctorado en Antropología por la Universidad de la Soborna. Es autora de la novela *El hijo de la sombra*, sobre Juan Nepomuceno Almonte, hijo natural de José María Morelos y Pavón.

Guadalupe Loaeza
y Verónica González Laporte

La Mariscala

Una gran historia de amor
en la corte de Maximiliano y Carlota

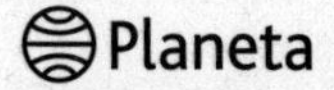

Bajo el sello editorial BOOKET M.R.
Avenida Presidente Masarik núm. 111,
Piso 2, Polanco V Sección, Miguel Hidalgo
C.P. 11560, Ciudad de México
www.planetadelibros.com.mx

Diseño de portada: Estudio la fe ciega, Domingo Noé Martínez y Yolanda Garibay
Fotografía de portada: Kryzhov, Shutterstock
Fotografías en páginas interiores: Archivo de las autoras

Primera edición en formato epub: julio de 2015
ISBN: 978-607-07-2892-1

Primera edición impresa en México en Booket: enero de 2022
ISBN: 978-607-07-8277-0

Impreso en los talleres de Impregráfica Digital, S.A. de C.V.
Av. Coyoacán 100-D, Valle Norte, Benito Juárez
Ciudad De Mexico, C.P. 03103
Impreso en México – Printed in Mexico

Le teme a Dios y a nadie más.
MARIE LE-HARIVEL DE GONNEVILLE,
condesa de Mirabeau

I

FIN DE UN DESTINO

"¡Hermana, hermana, la Mariscala se está muriendo!", gritaba Eugenia, enloquecida y bañada en lágrimas. Los corredores de la clínica se veían vacíos; ni una enfermera ni una religiosa ni un médico pasaban por allí. Aferrada a su rosario de cristal de roca bendecido por el papa Pío IX, Pepita de la Peña viuda de Bazaine se debatía entre la vida y la muerte. A pesar de que ya no sentía el terrible dolor que la había atormentado en los últimos meses debido a un cáncer en el útero, y a que para ese momento la morfina ya había surtido efecto, la moribunda de 53 años no tenía aliento ni para terminar su padrenuestro. "*Plus proche... plus proche*", murmuraba, consciente del último acto de su vida. Nadie entendía a qué se refería, salvo Eugenia, que conocía perfectamente el significado de esa súplica. "Más cerca, más cerca", insistía en francés la Mariscala. La habitación 12 de la Clínica Lavista estaba particularmente sombría. Aún permanecía cerrada la celosía de las ventanas. En el ambiente se percibía un ligero olor a cloroformo. Eran las ocho de la mañana del 6 de enero de 1900, el primer mes del siglo xx. María Josefa de las Angustias Bonifacia Brígida de la Peña y Azcárate viuda de Bazaine estaba muy enojada porque por primera vez tenía que someterse a una voluntad que no era la suya.

Los parientes más cercanos de la Mariscala se encontraban en el pasillo esperando el desenlace y hacían todo lo posible por tranquilizar a Eugenia, su hija. Estaba devastada. Sin darse cuenta empezó a comerse las uñas, hábito adquirido en la época en que su padre estuvo encarcelado en la isla de Santa Margarita. Acariciaba las gruesas perlas de su collar de ámbar, mismo que llevaba puesto la Mariscala la noche en que salvó a Bazaine. Se lo había obsequiado cuando ella tenía cinco años diciéndole que era de buena suerte.

Don Luis Ludert Rul, descendiente de los condes de la Valenciana, y primo de Pepita por la parte materna, intentaba hacer entrar en razón a su sobrina: "Tu madre ya ha sufrido demasiado, hija, déjala ir".

Tenía razón don Luis. A lo largo de 36 años de matrimonio, Pepita había tenido que pagar muy caro el haberse casado el 26 de junio de 1865 con el mariscal Achille Bazaine, entonces el hombre más poderoso de México.

Con la única religiosa con la que se topó Eugenia en el corredor fue con la hermana Espíritu Santo. La tomó de la mano y ambas se precipitaron al cuarto de la Mariscala agonizante. Desesperada, se arrodilló a un costado de la cama y llorando le suplicó: "Por caridad de Dios, mamá, no te mueras. No me dejes sola. Te necesito". Pepita ya no escuchó sus palabras. Su rostro exangüe no expresaba nada. Apretados en una sola línea, los labios que alguna vez fueron sensuales mostraban un rictus de dolor. Sus facciones delataban una larga agonía de diez días. Mantenía el ceño fruncido. Sentía que le había faltado tiempo para perdonar y perdonarse.

Aunque el desenlace era inminente, Eugenia tampoco lo aceptaba. Se negaba a soltar la mano de su madre. "No te vayas. ¿Qué voy a hacer sin ti? Me dejas muy sola. Me dejas con todos tus fantasmas y tus resentimientos", balbuceaba entre sollozos, mientras dos religiosas intentaban apartarla de quien acababa de expirar. En ese momento entraron al cuarto don Luis y su hijo Federico. Ellos también se veían devastados después de haber velado a la enferma en las últimas noches. "Ya se murió", exclamaba Eugenia, temblorosa y sacudida por espasmos. "Ya se nos fue para siempre", sollozaba inconsolable, al mismo tiempo que abrazaba a su primo Federico. Los Ludert sabían que con la partida de la Mariscala se cerraba un capítulo fundamental de la historia de su familia y de México.

Esa misma tarde se publicó la esquela, tanto en los diarios de Francia como en los de México: "Hoy, a las 8:15 am, falleció en Tlalpan en el seno de la Santa Iglesia Católica Apostólica Romana, la Excma. señora Mariscala, doña Josefa de la Peña de Bazaine. Sus hijos, doña Eugenia y don Alfonso, sus primos, sobrinos y demás parientes participan a usted con honda pena la fatal noticia y le ruegan se sirva elevar sus oraciones al Señor por el eterno descanso del alma de la finada. México, enero 6 de 1900. El duelo se recibe mañana a las 2:30 pm en Tlalpan, Casa de Salud del Sr. Doctor Rafael Lavista, o en la Plaza de la Constitución a las 4.00 PM Agencia Gayosso. Segunda del 5 de mayo, Primero, México".

Federico Ludert Rul se encargó de levantar el acta de defunción de su tía y de organizar el traslado, por 20 pesos, del cuerpo al Panteón Francés. Asimismo, se ocupó del novenario. La Mariscala sería sepultada en la cripta familiar donde se hallaban los restos de su tío, Manuel Gómez Pedraza, quien fuera presidente de la República en 1832, y de su tía, Juliana Azcárate Vera de Villavicencio. Debido a que el expresidente había muerto sin confesarse por haber sido masón, fue enterrado en el cementerio de La Piedad en vez de ser inhumado en una iglesia, como solía hacerse en el siglo XIX, tratándose de personas ilustres.

Unas horas después de la muerte de la Mariscala, la hermana Espíritu Santo pidió a Eugenia que eligiera un atuendo para vestir a su madre antes de darle sepultura.

—¿Tiene que ser un vestido negro, madre? —preguntó Eugenia con un nudo en la garganta y acariciando su collar de ámbar.

—No hija. Te sugiero que elijas algo que a ella le gustaba, o bien que le recordaba un momento feliz de su vida.

Con un enorme vacío en el corazón, Eugenia salió de la clínica, y sola, se dirigió a la avenida de San Fernando. Tomó el tranvía jalado por mulitas con dirección a la colonia de los Arquitectos. Con la frente recargada contra el vidrio de la ventanilla, dejaba volar sus pensamientos.

¡Dios mío, cuánto dolor! No lo puedo creer. No puedo hacerme a la idea de que mi madre ya no esté con nosotros. Como dice el tío Luis, necesitaba descansar. Es verdad, luchó tanto en su vida. Todavía era demasiado joven. Se fue muy rápido. ¿Cómo les voy avisar a mis hermanos? Tengo que mandar un telegrama a Alfonso y a François a Madrid y otro a mis primos a París. También tengo que avisar al capitán Blanchot y al coronel Willette.

La tristeza de Eugenia era a tal punto evidente que su vecina de banca se preguntaba si el motivo de la congoja de aquella joven no se debía a que el novio la había abandonado antes de la boda. Otro de los pasajeros, más que juzgarla se conmovió, y desde su lugar le sonrió compasivo. La señorita Bazaine, de 31 años, estaba demasiado sumida en sus pensamientos para darse cuenta de que entre los viajeros había más de uno que sentía empatía por su dolor.

¡Cuántas historias me platicó mi mamá! ¿Ahora qué voy a hacer con ellas? ¿Con quién las voy a compartir? A la única que le importaba toda esa gente

era a ella. ¡Cuántos fantasmas habitaban en su mundo! Lo peor es que me los heredó nada más a mí solita. Me heredó sus amarguras y sus tragedias. Me contaba sus pesadillas, por eso hay noches que las paso en vela. Oigo voces. ¿Por qué no se las llevó? ¿Por qué me las dejó? ¿Por qué permito que me persigan? En el fondo mi mamá me daba mucha lástima porque ya nadie la escuchaba; ni mi papá ni mis hermanos le tenían la paciencia que yo siempre le tuve. Mi tía Cayetana era la única que le hacía caso. Desde que era niña siempre me dijo que yo era su confidente. A veces le decía: "Ay, mamá, no me cuentes esas cosas", pero ella seguía habla y habla. Se me fueron los años escuchándola, por eso nunca me casé. ¿Quién me hubiera querido con tantos fantasmas? Mi mundo era el de mi madre.

Por más que trataba de ordenar sus pensamientos, Eugenia se sentía aturdida por el vaivén del tranvía y el número excesivo de pasajeros, muchos de los cuales hablaban al mismo tiempo y a gritos. De pronto, su mirada se detuvo en un aguador con su mandil de cuero y sus huaraches desgastados, que esperaba atravesar la calle en una esquina. Llevaba una gran olla colgada frente al vientre. Sus ojos se fijaron en el cántaro de barro del aguador. ¿Cómo podía cargar tanto peso? Esa imagen tan cotidiana la llevó muy lejos. "Cada quien lleva su cántaro a cuestas, unos pesan mucho y otros pesan más", pensó.

*La veo perfectamente. Tengo cinco años. Estamos juntas. Creo que era justo después de comer. Recuerdo que le pedí a mi madre que me llenara la regadera que me había obsequiado mi madrina, la emperatriz de Francia. Ella nos mandó como regalo, a mis hermanos y a mí, una caja llena de juguetes, entre los cuales había un columpio que nunca pudimos montar por las piedras que cubrían el piso. Me acuerdo que le pedí a mi mamá agua del mar para regar las fresas que el coronel acababa de plantar para mí. Entonces todos vivíamos en el Fuerte de Santa Margarita y no podíamos salir. Me acuerdo que desde la terraza del fuerte yo quería alcanzar el mar. Lo veía tan cerca... Creía que hasta lo podía tocar con mis manitas. Entonces me puse a llorar y le pedí a mi madre: "*Maman, *quiero agua del mar". Me dijo que no porque las fresas no se riegan con agua salada. Insistí. El director de lo que llamaban la* prison *quiso mostrarse amable y propuso enviar a alguien al pie de las rocas del fuerte para llenar mi regadera. Recuerdo que el edecán de mi papá, un señor muy amable al que le decíamos* colonel *Willette, propuso bajar mi regaderita, por medio de una cuerda tendida a lo largo de la muralla, hasta las olas. "No seas necia,* *niña, ¿para qué quieres esa agua? No molestes al coronel", me decía mi mamá muy enojada. Lo que me contó después fue que, gracias a esa regadera, el coronel pudo medir la altura de la muralla del fuerte que era de 23 metros. ¡Qué aventura y qué hazaña! ¡Qué valiente era mi madre! No cualquier mujer se hubiera atrevido a ayudar a su marido a escapar de la cárcel. Por eso la gente envidiaba su audacia. Cómo la criticaron y cuántas cosas no decían: que si la mariscalita, que si gastaba mucho en sus* toilettes *para las fiestas imperiales, que si su vida de exiliada la había amargado; que si se había arruinado, que si iba a recuperar la compensación de 100 mil francos del Palacio de Buenavista, obsequio de los emperadores el día de su boda. Si todos esos chismosos hubieran sabido lo pobres que éramos en España. ¡Qué injusta puede ser la gente! Pero eso sí, cuando mi madre era la Mariscala y tenía poder, entonces todo el mundo la adulaba. La invitaban y se disputaban su amistad, tanto que cuando la emperatriz Carlota se fue a Europa, a mi madre la trataban como reina. En muy poco tiempo se convirtió en el emblema y en el orgullo de los afrancesados.* La Maréchale par ici, la Maréchale par là… *Pero después no nada más vino el rechazo sino el absoluto olvido. Cuando mi papá se refugió en Madrid ya nadie hablaba de la Mariscala, y mucho menos del Mariscal. ¡Qué México tan desmemoriado!*

Tantos recuerdos abrumaban a Eugenia. Por si fuera poco, tenía que elegir el vestido que le había pedido la religiosa de la clínica. ¿Cómo pensar en algo tan trivial en esos momentos de infinita tristeza? Un vestido, un vestido, pero, ¿cuál? ¿Cuál podría quedarle, si al morir su madre pesaba no más de 45 kilos? Habría que hurgar en todos esos viejos baúles, entre las montañas de ropa: chales, manguitos, guantes, sombrillas, abrigos, capas, saquitos, chalecos y zapatos, decenas de pares de zapatos. Era tanta la ropa para toda ocasión de la cual la Mariscala nunca había querido deshacerse. Allí seguían conservados, entre bolitas de naftalina y papel de china, los vestidos de baile, los de la tarde, los de gala, los que acostumbraba usar para asistir a las tertulias de los lunes de la emperatriz Carlota, los que se ponía para el paseo y los del luto. Si algo le preocupaba a Pepita era su aspecto. En medio de su dolor y después de mucho esfuerzo, de pronto su hija se preguntó: "¿Dónde estará el vestido con el que conoció a mi padre?". Ese era el más adecuado. Era como si se lo hubiera sugerido al oído la propia Mariscala. Lo atesoraba como una verdadera reliquia. Pero, ¿dónde diablos estaría ese atuendo conservado por más de 40 años? Su tarea no era fácil.

Eugenia ya no recordaba si era el de punto de seda azul con un corpiño del que pendían unos faldones de *surah* adornados con flecos de azahares, confeccionado para una de las *soirées*, o acaso era el de tul blanco que había comprado en el almacén de moda de *madame* Léonce, recién llegada de París e instalada en la calle de Refugio número 14.

El general Achille Bazaine y Pepita de la Peña se conocieron en una de las espléndidas fiestas que se solían ofrecer en el cuartel general de los franceses, es decir, en el Palacio de Buenavista. En aquella ocasión, se invitó a toda la corte imperial, a los oficiales de alto rango y a la *high society*, expresión que ya entonces se empleaba en las crónicas sociales. Era una recepción de bienvenida para sus majestades, Maximiliano y Carlota. Esa noche la emperatriz ostentaba sus mejores joyas. En su pecho llevaba la banda de la Orden de San Carlos sobre la cual se había prendido un imponente broche de brillantes; estrenaba, además, un aderezo de rubíes, esmeraldas y diamantes (con los colores de la bandera mexicana), varias pulseras de oro y una imponente diadema de amatistas. "Su Majestad está bellísima", murmuraban todos a su paso.

Para esa fecha se rumoraba que Juárez había abandonado el país, lo cual no haría nunca. A finales de 1864, uno de los hijos de Benito Juárez, José, estaba muy enfermo de pulmonía en Nueva York. Entonces Estados Unidos se hallaba en plena guerra civil. Para no ausentarse de territorio mexicano, el presidente pidió a Matías Romero y a otros funcionarios que tomaran el tren para ir a ver a Margarita Maza. Llegaron demasiado tarde. El niño ya había muerto a pesar de los muchos cuidados de su madre, quien había intentado mantener la casa lo más caliente posible. Ese invierno había sido particularmente crudo, con temperaturas de 12 grados bajo cero. El yerno de Benito Juárez, Pedro Santacilia, se había visto obligado a quemar varios muebles para prender la chimenea. La madre se negó a llevar a cabo los funerales de su hijo en una ciudad extranjera; prefirió embalsamar el cuerpo del pequeño para llevarlo a Oaxaca, aun cuando las leyes sanitarias de Nueva York lo prohibían.

El balanceo del tranvía y el cansancio por la falta de horas de sueño hicieron que Eugenia cayera, unos instantes, en un sopor. A lo lejos y como si estuviera soñando, se escuchaba una conversación entre dos pasajeros. Por las ventanas se colaban algunas notas de un cilindro.

—No tiene vergüenza esta momia. Mira que quererse reelegir por quinta vez. Lástima que con el cambio del siglo el mundo no se hizo chicharrón.

—Te digo que el gobierno no tiene madre... Hacernos creer en elecciones limpias es como hacernos creer que somos unos pendejos.

—En este país todo sucede al revés, amigo. Los paniaguados cada vez son más ricos y el pobre pueblo está cada vez más hambreado. Pero eso sí, a Díaz se le ve muy catrín en el cinematógrafo a caballo por el Bosque de Chapultepec, y a la raspa se le ve toda harapienta.

—Harapienta y sin trabajo.

—Por eso la gente se está matando tanto, como la señorita que se aventó de las torres de Catedral porque decía que no servía para nada y que no quería estorbar.

—Todos esos suicidios de ahora dicen que son por culpa del cinematógrafo, por todas esas historias de amor malogrado que nada más te crean ilusiones...

—*Pos* sí.

De pronto, el tranvía frenó para esquivar a una mujer que atravesaba la calle con su mandado. En ese momento Eugenia abrió los ojos y miró a un señor de sombrero de copa que estaba leyendo un ejemplar del diario *La Patria,* propiedad de Ireneo Paz, cuyo encabezado decía: "Presidente de la República en el próximo cuatrienio constitucional el C. General Porfirio Díaz. Invicto y egregio en la lucha por la independencia, la libertad, la paz y el progreso de nuestra patria". En esas fechas Díaz pretendía ser autocrítico al pronunciar las palabras siguientes: "Un viejo gobernante de 70 años no es lo que necesita una nación joven y briosa como México". Algunos se preguntaban si lo decía con humor o con cinismo.

Luisa Eugenia Bazaine y Peña nació el 3 de septiembre de 1869 en Nancy, Francia. La única hija del matrimonio Bazaine llevaba el nombre de su madrina, la emperatriz de los franceses, Eugenia de Montijo. Desde muy niña fue internada en un colegio de monjas en Madrid. Eugenia era pequeñita de estatura, tenía un rostro de pómulos pronunciados, cejas pobladas y bien dibujadas. El pelo le llegaba casi a la cintura. Más fina que su madre, contaba con su misma expresión de mujer de carácter; sin embargo, no tenía los hermosos rasgos indígenas de Pepita. Era evidente que también había heredado características de su ascendencia francesa, lo cual le daba un tipo distinguido. Dadas las azarosas circunstancias de la familia Bazaine, Eugenia arrastraba un aire de melancolía y resignación. Sus padres habían pasado por demasiados sinsabores.

Cuando la Mariscala y Eugenia desembarcaron en Veracruz, en 1886, la joven tenía 17 años. Después de 12 de exilio en Madrid hallaron otro país, el México del progreso. A la cabeza del gobierno ya no estaba Benito Juárez, sino Porfirio Díaz. México por fin había consolidado una estabilidad después de tantas guerras. El llamado "porfiriato" predicaba el orden y la paz. Para entonces ya se habían reanudado las relaciones diplomáticas con Inglaterra, se habían fundado varios bancos como el Banco Nacional Mexicano y el Banco Nacional de México, se habían construido 5,731 kilómetros de vías férreas y las líneas telegráficas abarcaban unos 3 mil kilómetros. Gracias a que México ya había pagado en parte su deuda externa, los europeos invertían en el país y las relaciones comerciales con Estados Unidos iban viento en popa. Antiguos juaristas como Matías Romero e Ignacio Mariscal, y hasta un imperialista, Manuel Dublán, formaban parte del gabinete de Porfirio Díaz, al lado de Manuel Romero Rubio —suegro del presidente y exlerdista— y Justo Sierra, entre otros. Aunque Díaz cambiaba constantemente a los miembros de su gabinete había cierta estabilidad.

En esa época la Ciudad de México, de unos 250 mil habitantes, estaba en plena transformación. Se construían bulevares y avenidas a cargo de arquitectos e ingenieros franceses y austriacos. Entre El Caballito y la glorieta de La Palma, el elegante Paseo de la Reforma —antiguo Paseo de la Emperatriz, mandado construir por Maximiliano— ya contaba con camellones peatonales y arboledas. Recién se había inaugurado la avenida de Los Insurgentes para formar la unión con el Paseo de la Reforma. Muy pronto se estrenarían los monumentos a Cuauhtémoc y a Cristóbal Colón. Unos años después, el escritor Francisco Sosa, en su columna del diario del partido liberal, propondría sustituir las estatuas de los dioses griegos erguidos en sus pedestales por los héroes de la Reforma.

Cuando madre e hija se instalaron en su casa en la colonia Arquitectos, vieron cómo se estaban desarrollando las zonas residenciales aledañas, que se convertirían en las más exclusivas de la capital, como la Condesa, la Roma, la Cuauhtémoc y la Americana. "Mamá, mira cómo ha cambiado la ciudad. ¡Se parece a París!", exclamaba Eugenia en tanto la calesa bajaba por el Paseo de la Reforma. El impulso por embellecerla a como diera lugar habría de incrementarse, ya que los festejos del Centenario de la Independencia estaban a la vuelta del siglo. Para celebrar ese año tan importante, 1910, el presidente Porfirio Díaz había dado la orden de ensanchar las calzadas centrales, reducir los andadores, terminar el tramo entre la glorieta de la Palma y el cerro de Chapultepec, creando además calles laterales de dos carriles de unos seis metros de ancho, sin olvidar la construcción del Hemiciclo a Juárez en la Alameda Central. El presidente no quería perder el tiempo, quería lucirse frente a todo el mundo con esa celebración y mostrar que México se modernizaba guiado por un gran estadista.

Eran cerca de las 11 de la mañana cuando Eugenia bajó del tranvía en la estación del Zócalo. A paso apresurado caminó cinco cuadras hasta llegar a su casa. La sintió helada, fría como la muerte. Estaba oscura. Justa había cerrado todas las persianas de los balcones. Eugenia abrió las de la sala. De pronto, su imagen se multiplicó en los cuatro grandes espejos de marcos dorados y marialuisas de felpa que colgaban de las paredes. Eran varias Eugenias las que se reflejaban: Eugenia la triste; Eugenia la huérfana; Eugenia la solterona; Eugenia la hija abnegada, y Eugenia la desconsolada. Se hubiera dicho que los muebles estilo Napoleón III, cubiertos de brocado color vino, también estaban tristes. Cuántas veces los debió haber acariciado Pepita; cuántas veces debió lustrarlos personalmente y cuántas veces recibió, orgullosa de su mobiliario, a las damas de la corte de la emperatriz Carlota. Sentada en el sillón preferido de su madre, Eugenia la volvió a invocar: "Mamá, ¿por qué te fuiste tan pronto y me dejaste así de sola?". Enseguida se cubrió la cara con su pañuelo bordado. Todo, todo lo que estaba allí le recordaba a su madre: la consola, los jarrones de mármol blanco, los cuatro grandes tibores chinos, el biombo también chino en forma de abanico, la caja de porcelana de Sajonia donde su madre guardaba los chocolates para las visitas y los numerosos retratos al óleo de algunos de sus antepasados. Su nana irrumpió de repente en la sala. Era la hija de la nodriza que había acompañado a Pepita al altar. La misma que le había aconsejado no llevar en su boda aquel collar de tres hilos de perlas, porque según decía: "las perlas son lágrimas".

"¿Ya murió verdad niña?", le preguntó Justa con la cabeza cubierta con un rebozo. Eugenia asintió. Las dos se miraron y se dieron un cálido abrazo. "¿Te traigo un tecito de azahar, niña?". "No, Justa. Ahorita no necesito nada. Quiero estar sola".

Más tarde, Eugenia se dirigió a la recámara de su madre. Era la habitación más recargada de muebles y pinturas de toda la casa. Había dos camas gemelas, en una de las cuales estaba recostada una muñeca de porcelana, con los ojos azules bien abiertos; había también un armario imponente, dos mesitas de noche, una cómoda con su luna, en donde de nuevo Eugenia se descubrió ojerosa y particularmente pálida. En una pared colgaba un gran Cristo de marfil y en la de enfrente una pintura de la Virgen de Guadalupe enmarcada también en marfil. Además había un Niño Jesús cubierto con un fanal de cristal, muy cerquita de una virgen de talla sobre una base de mármol con su propio capelo. En su *boudoir* se encontraba un tocador con espejo, y sobre él su juego de cepillos y peines de marfil y plata con sus iniciales JB, y una colección de cajas de todos tamaños, de plata. El olor que se respiraba en esa recámara era inconfundible. Era el de Pepita, el de la fragancia que había llevado siempre, compuesta de notas de madera, lavanda, iris y heno recién cortado. Se trataba del perfume de Guerlain que había causado sensación en Francia por su aroma exótico, con el nombre de *Jicky*, que su primo Federico le había obsequiado. Eugenia de nuevo rompió en llanto, invadida por la presencia de su madre que se negaba a desaparecer. En un arrebato infantil abrió la puerta con luna del armario, tomó la bata color ámbar de Pepita y se arropó con ella. Envuelta así, se dejó caer en la cama, se hizo un ovillo y de nuevo buscó su olor en las almohadas. Estaban tan unidas que la vida sin ella le parecía insoportable.

"¡El vestido!", exclamó de repente, al acordarse de la encomienda que le había hecho la madre Espíritu Santo de la clínica. Se incorporó de un brinco, se ciñó el cinturón de la bata y se encaminó al sótano. Como si tuviera mucha prisa descendió los tres grandes escalones. Prendió la luz. Todo olía a humedad.

El sótano era enorme. Había muchos muebles viejos heredados de su abuela, doña Josefa Azcárate: cuadros, caballitos de madera que habían utilizado sus hermanos, muchos velices, cajas para sombreros. Había también hormas de zapatos, carriolas, una vieja máquina de coser, un maniquí de mimbre, varias sillas austriacas vencidas, una bicicleta de rueda alta, raquetas de tenis, botas y demás objetos acumulados a lo largo de los 14 años que llevaban viviendo en esa casa.

La torre de baúles se encontraba hasta el fondo del sótano. Los había de todos tamaños, con sellos de los lugares en los que habían estado: París, Biarritz, Ginebra, Génova y Madrid.

"¿Por cuál empezar?", se preguntó Eugenia, en tanto intentaba remover los baúles con mucho esfuerzo. Parecían inamovibles; contenían no solo ropa, sino objetos, fotos, condecoraciones y periódicos. En uno se hallaba una colección de muñecas de porcelana que había heredado de su abuela, cada una envuelta en un lienzo de lino; dos de ellas sin ojos y sin peluca pero con una cara hermosísima. Muchas eran alemanas; otra era muy especial por ser de cuerda. Decidió abrir el baúl más grande; con trabajo destapó la cubierta. Se sentó en una sillita de mimbre que andaba por allí y empezó a hurgar en él. Lo primero que sacó fue un miriñaque compuesto por una trama de crin de caballo y una urdimbre de algodón. Se trataba de una estructura rígida muy en boga para mantener la anchura de las faldas a mediados del siglo anterior. Luego sacó dos corsés, cuatro crinolinas y dos máscaras de Venecia.

¿Dónde estará? ¿Dónde habrá quedado ese vestido del que tanto me hablaba, ese que llevaba puesto el día que conoció a mi papá? ¡Qué barbaridad, cuántos vestidos! ¿Por qué tenía tanta ropa? Claro, se trataba de la Mariscala. ¡Cómo la consentía mi papá! A todo el mundo le platicaba que llegaban los arcones de París cargados de atuendos junto con los zapatos que combinaban a la perfección, los guantes de cabritilla, los sombreros de pluma y los pañuelos que se mandaban bordar a Brujas. Vestidos para "el paseo", para "la corte", para "la sociedad", para "el viaje". ¿Dónde estará? ¿Se lo habrá regalado a la esposa del coronel Willette en agradecimiento por lo que hizo por nosotros? A lo mejor desapareció en la mudanza de Madrid. No. Tiene que estar por allí... Ah, creo que es este.

"¡Aquí está!", gritó Eugenia con todo su corazón extendiéndolo frente a ella.

El vestido de tul blanco estaba todo arrugado pero conservaba su vuelo y la caída de la tela seguía siendo magnífica. Fue tal su emoción que lo abrazó. Estornudó con el olor de la naftalina.

—Nana, nana, plánchame por favor este vestido. Lo tengo que llevar a la clínica cuanto antes —ordenó Eugenia a Justa con voz grave, en tanto entraba a la cocina a buscarla.

—¿Y los zapatos, niña? —preguntó Justa con buen juicio.

—Claro. Necesito llevar también los zapatos. Bajo corriendo al sótano para buscarlos, mientras tú planchas el vestido.

Eugenia se sentía agotada. Llorar siempre le representaba un esfuerzo físico descomunal. Se sentía aniquilada. La muerte de su madre la había drenado por completo. Haciendo un esfuerzo enorme bajó otra vez los tres escalones que llevaban al sótano. Prendió la luz. Caminó hasta el fondo y se sentó en la misma sillita de mimbre, frente al mismo baúl y con el mismo desconsuelo. Metió las manos en aquella masa de ropa impregnada de nostalgia y de gloria pasada.

—¡Ay! Me picó algo —chilló Eugenia.

Vio la yema de su dedo anular y descubrió el piquete de una araña que se había introducido en el baúl por una finísima ranura. "¿Cuántas generaciones de arañas habrán vivido dentro de ese cofre y de todos los otros? ¿Habría dentro otro tipo de alimañas?". Eugenia no tenía tiempo ni cabeza en esos momentos para formularse tantas preguntas inútiles.

Buscando los zapatos hasta el fondo, sus manos se toparon con un paquete. ¿Qué era? ¿Qué contenía? ¿Por qué estaba tan bien envuelto con un listón de color púrpura? Lo sopesó unos segundos. Lo abrió. Cuál no sería su sorpresa al encontrar decenas de sobres de papel de arroz, con el monograma AB en tinta azul marino. Picada de curiosidad y olvidándose del vestido, Eugenia se reacomodó en el respaldo de la silla. Puso el paquete sobre su regazo. Su corazón latía fuerte. "¿Las leo o no las leo?", se preguntó. De pronto tuvo la sensación de estar haciendo algo indebido. Tomó el paquete y lo puso de nuevo en el baúl. Le daba horror enterarse de algo que la hubiera podido hacer sufrir aún más.

¿De quién serán todas estas cartas? Que yo recuerde, mi mamá nunca me habló de ellas. Por el color del listón y por lo bien conservadas que están, seguro son de amor. ¿Cuánto tiempo las habrá ocultado? El monograma es clarísimo, dice "AB" de Achille Bazaine. No pueden ser de nadie más.

Siguió buscando con cierto temor de que sus dedos se encontraran con otra araña. Finalmente y en medio de muchos otros pares de zapatos, los halló. Eran minúsculos. Forrados de seda blanca, con una rosa del mismo tul del vestido. Se veían tan marchitos. En ese instante sintió una profunda compasión por la Mariscala. Tanto y tanto esfuerzo, ¿para qué? Tanta entrega y sacrificio ¿para qué? Tanta avidez de notoriedad, ¿para qué? Los apretó contra su pecho e imaginó a su madre a los 17 años casándose con un hombre que le llevaba 37. "Mi destino fue tener esos padres tan singulares", pensó apesadumbrada. Estaba a punto de cerrar el baúl cuando se percató de que la tapa no cerraba del todo. Algo se lo impedía. Lo reabrió, apretujó los vestidos en desorden, y entre dos crinolinas encontró un álbum de terciopelo granate con remaches de plata. Leyó el nombre de Josefa con letras doradas en la cubierta. Lo hojeó y halló en sus páginas tarjetas de visita, fotografías, invitaciones, flores marchitas, pedazos de listón y recortes de revistas para la mujer como *La Mode Ilustrée.*

Con el vestido planchado en una bolsa y los zapatos en una cajita, Eugenia tomó esta vez y por las prisas una calesa. "Vamos a Tlalpan, a la calle Guadalupe Victoria 98, por favor", le murmuró al cochero. Durante el trayecto, la señorita Bazaine observaba las calles por las que pasaba en los barrios de San Cosme, Mixcoac, San Ángel y Tlalpan. A pesar de los gritos de los pregoneros, del ir y venir de la gente y de los tranvías, Eugenia no se consolaba.

Cuando llegó a la clínica eran cerca de las cinco de la tarde. Como si fuera la protagonista de un mal sueño, se dirigió a paso lento hacia la habitación de su madre. Estaba a oscuras con las celosías cerradas. Su cuerpo aún yacía tendido sobre la cama. Una sábana cubría su rostro. Su hija se arrodilló, se cubrió el suyo con las manos y se puso a rezar. Estaba a punto de terminar un padrenuestro cuando se abrió la puerta de un tirón. Era Cayetana Rul, vestida de riguroso negro, la prima de Pepita por el lado materno y su amiga más cercana desde que ambas eran niñas. Al mirarse, Eugenia y ella se dieron un cálido y cariñoso abrazo.

"Dime que no es cierto, que no es verdad que ya murió. ¿Por qué no me avisaste antes? A mí me llamó por teléfono mi primo Federico. Se oía devastado. Apenas estuve con ella el viernes. Estaba muy cansada, no podía ni hablar. Incluso no me reconoció. ¿Ya avisaste a tu hermano? ¿Dónde la van a sepultar? Espero que en la capilla de la familia Azcárate. Pobrecita, sus últimos tres meses de vida fueron terribles. ¿Ya vino el padre Gorozpe?"

Eugenia no podía contestar tantas preguntas a la vez. Se limitaba a asentir y a guardar silencio. Además, le urgía ver a la hermana Espíritu Santo para entregarle la ropa. Había tanto qué hacer todavía: avisarle a sus familiares y amistades, ver lo del novenario, lo del velorio en Gayosso, lo de los gastos del hospital, escribirle a su madrina Eugenia a Biarritz, y a Carlota, la exemperatriz de México, al castillo de Bouchot en donde se encontraba recluida, mandarle un telegrama al coronel Agustín Willette, sin olvidar enviarle una misiva anunciándole la hora del sepelio a la primera dama, doña Carmelita Romero Rubio de Díaz.

Una mañana, Justa le anunció a Eugenia que en el vestíbulo la esperaba una señora. Habían pasado dos semanas desde el sepelio de Pepita, durante las cuales Eugenia había dudado mucho entre leer y no leer las cartas de amor de sus padres. Se vistió de inmediato con su vestido negro, se polveó un poco la nariz y bajó a la sala. La aguardaba una mujer de unos 60 años, con el pelo muy cano. Llevaba un traje escocés gris y un sombrero de fieltro negro.

—Buenos días. Soy Sofía Caldelas, fui al colegio con tu mamá. Ella era de la generación de mi hermana Matilde. Me enteré por el periódico de su muerte, y hasta ahora pude dar contigo. Obtuve tu dirección gracias a Cayetana Rul.

—Mucho gusto Sofía. Yo soy Eugenia. Toma asiento por favor. Cal-de-las, claro. Mi mamá me platicaba mucho de Emilia Caldelas. Me contaba todo lo que hizo por sus hijas y que a fuerza las quería casar con un francés.

—Cuatro de mis hermanas se casaron efectivamente con franceses. María de los Ángeles murió. Y mi hermana Lucía y yo nunca nos casamos.

—¿Querías mucho a mi mamá?

—Pensábamos muy distinto, pero sí era una mujer que sobresalió en su época. Era la Mariscala. Además, en su momento, la admiré mucho por todo lo que hizo por tu papá.

—Sí, era muy valiente…

—¡Cuánto debe haber sufrido tu mamá!

—Así es, Sofía. El desprestigio, la falta de recursos, su dolorosa enfermedad, hasta su muerte. No sé si sabes que tuve dos hermanos mayores. Los dos militares. Mis hermanos Francisco y Alfonso se quedaron en España, donde vivíamos desde la huida.

—Claro, no podían regresar ni a México ni a Francia. En fin, lo siento de verdad. Solo vine a ofrecerte mi más sincero pésame, Eugenia. Ya no te molesto más.

—No es molestia, Sofía. Te agradezco tu visita y tus condolencias.

Un mes y medio después del entierro de la Mariscala, Benito Juárez Maza, el único hijo sobreviviente del presidente Juárez, leía el diario como cada mañana, enfundado en su bata de brocado rojo, cuya bolsa lateral estaba bordada con sus iniciales. Sus gustos sofisticados, caros, no tenían nada que ver con el estilo austero de su padre. De pronto le llamó la atención en el *The Mexican Herald* del 19 de febrero de 1900, un artículo titulado *Madame Bazaine,* firmado por la duquesa de Belimer, cuya columna trataba de dimes y diretes:

La muerte en México de la viuda del mariscal Bazaine, quien rindiera la plaza de su ejército ante Alemania en la guerra, en Metz, en 1870, nos recuerda que la tragedia misteriosa que rodea la muerte de la primera señora Bazaine está relacionada con la segunda. La finada era una de las mujeres más fascinantes de las bellezas que rodeaban a la emperatriz Eugenia. Cuando su marido fue nombrado comandante en jefe de las tropas francesas en México, se le confió la esperanzada tarea de mantener al emperador Maximiliano asentado en su trono; ella (Marie) se quedó en París y tomó ventaja de la ausencia de su esposo para comportarse indebidamente y de la manera más flagrante. Sus escapadas la llevaron a frecuentar a gente poco recomendable.

Una mañana en el verano de 1864, su cadáver fue descubierto en una residencia vacía en Croissy, uno de los suburbios de París. La adorable cabeza de la víctima (Marie) había sido severamente herida y su cuello degollado. Las investigaciones revelaron que las circunstancias del crimen merecían que el gobierno hiciera todos los esfuerzos posibles para mantener el asunto fuera del alcance del público y el hecho fue descrito como un suicidio. Las noticias que surgían en un tiempo increíblemente corto revelaban los detalles escabrosos de los hechos. Bazaine estaba profundamente enamorado de Marie y su devoción hacia ella, tanto como su confianza ciega en su virtud, eran bien conocidos en el Palacio de las Tullerías. Por razones tanto personales como públicas, Napoleón III estaba determinado a cualquier costo a manipular las noticias. Según su *aide de camp,* el marqués de Gallifet (hoy ministro de guerra en París), en México fue instruido por medio de una larga carta del puño y letra de Napoleón, de cómo anunciarle al general la muerte de *madame* Bazaine. Al mismo tiempo el emperador adoptaba la medida extraordinaria para que no llegara ninguna carta dirigida a Bazaine, en ningún barco.

Desgraciadamente la nave fue retrasada por el mal tiempo y entonces la carta llegó una semana después de lo que debió de haber llegado a manos de Gallifet en el cuartel general francés. El general parecía abatido y con el corazón roto cuando se enteró de la noticia de la muerte de Marie Bazaine. Lo peor vino unas horas después, cuando en México halló un recorte de periódico, que había llegado vía Estados Unidos y cuyo título decía: "*Assassinat de la générale Bazaine*". No se omitía ningún detalle sobre el asesinato. Bazaine nunca creyó una sola palabra de todo esto, pero su rostro de costumbre rozagante, se volvió fantasmagórico, se refugió en la tienda de campaña en donde se encerró con el periódico. Durante tres días permaneció aislado de todos, negándose a beber o a comer. Al cuarto día retomó el mando de las tropas y se dirigió a sus hombres sin mencionar una sola palabra de su esposa asesinada. Era como si nunca hubiera existido. Tres meses después conoció a una bella mexicana, con la que se casó en México, antes de terminar el año. El emperador Maximiliano y la ahora enloquecida emperatriz Carlota fueron testigos de la ceremonia. Al cabo de la cual, el emperador mexicano otorgó el prestigiado Palacio de Buenavista al general y a su novia. La segunda *madame* Bazaine regresó a Francia con su marido cuando llegó el momento. No es necesario referirnos aquí a la misteriosa capitulación de Metz, hasta ahora poco clara; tampoco se entiende el juicio que se siguió en contra de Bazaine a cargo de una corte marcial que lo sentenció en primera instancia a la pena de muerte por traidor, conmutando después su sentencia a cadena perpetua en la isla donde está el Fuerte de Santa Margarita. La señora Bazaine jugó un rol romántico e importante en la extraordinaria huida de la prisión del mariscal, y de su subsecuente exilio en España, en donde murió diez o quince años después. Dejó un hijo que hoy tiene rango de coronel en el ejército español y que se distinguió en Cuba en la batalla que entabló en contra de los insurgentes y que precedió a la guerra [*sic*]. También había una hija nacida de esta segunda unión de Bazaine. Hasta hoy permanece soltera habiendo rechazado todas las ofertas de matrimonio que se le han hecho, con el fin de no dejar a su madre que recién expiró a la edad de 53 años con la firme convicción, hasta el final, como mucha gente en Europa e incluso en Francia, de que la capitulación del mariscal en Metz no era por pura traición, sino debido a la creencia de que existía un acuerdo con Alemania, conforme al cual su ejército ya liberado sería usado para restaurar el trono de Napoleón, es decir, el soberano a quien Bazaine le debía todo.

Después de leer lo anterior, el heredero poco agraciado de la familia Juárez recortó el artículo, lo metió en un sobre con sus dedos regordetes y lo rotuló con una escritura que no era la suya para hacerla anónima: *Señorita Eugenia Bazaine de la Peña.*

II

LA BIENAMADA

"¡Tengo que leer estas cartas!", exclamó Eugenia, al mismo tiempo que se arrellanaba en los almohadones de plumas. Eran cerca de las cinco de la mañana. Despierta como estaba, entrecerró los ojos y se preguntó: "¿Qué dirán todas esas cartas?". Afuera, en la calle, como cada madrugada, se escuchaban los cascos de las mulas de los primeros carritos que recorrían las calles de la colonia San Rafael. Eugenia se veía particularmente pálida y ojerosa, con el pelo muy oscuro suelto sobre la pechera de encaje bordado de su camisón blanco. "Qué cobarde soy, ¿por qué no me atrevo a leerlas? Las tuve entre mis manos, y en lugar de abrirlas, lo único que hice fue aventarlas entre los vestidos de mi madre". En efecto, a la hija de la Mariscala le había dado temor descubrir algo que su madre no se hubiera atrevido a contarle. Aunque creía saber todo de ella por haber sido su confidente durante tantos años.

Hacía apenas 15 días que el cadáver de la Mariscala había sido llevado al cementerio en una carroza fúnebre tirada por dos caballos empenachados con plumas negras. Luis Ludert Rul, el primo fiel de Pepita, había costeado todos los gastos del entierro. Fue a él a quien se le ocurrió sepultar a la Mariscala en la capilla de la familia de don Manuel Gómez Pedraza, su tío. Aunque modesta, la cripta estilo gótico era digna. Se encontraba al lado de un pozo del cual los jardineros del panteón sacaban agua para regar las flores. Al entierro habían asistido los familiares que las habían acompañado durante los últimos años. Cayetana Rul había estado inconsolable y la que nunca dejó de llorar fue la nana Justa. ¿Dónde habían quedado aquellos viejos amigos de la Mariscala que años atrás la adulaban y cortejaban? ¿Dónde estaban las damas de palacio de la emperatriz Carlota que la habían llenado de regalos el día de su boda? ¿Dónde las hijas de las mejores familias de México con las que compartía tés, tertulias y bailes? De toda esa gente, nadie había asistido a su entierro. ¿Por qué asistir al sepelio de alguien que había sido víctima de sus circunstancias? Sin embargo, sus amigas más cercanas habían estado presentes: Mela, Josefina, Angelita Bringas, la Chata, Lupita Palacios y Antonia Barandiarán de Brocheton.

Desde su regreso a la capital mexicana, en 1886, Pepita de la Peña se dio cuenta de que muchas de sus antiguas amistades le habían dado la espalda. Aunque hacía apenas 20 años que se había derrumbado el imperio de Maximiliano, la sociedad republicana ya no quería acordarse de esa época tan vergonzosa que se había extinguido con el fusilamiento del emperador. A fin de cuentas había sido una guerra totalmente inútil.

En el año en que regresó Pepita a su país, las amigas que antes solían envidiarla comenzaron a compadecerla. Incluso las más celosas, como las hermanas solteronas Fernández del Valle, cuya única distracción había sido inventar chismes sumamente escabrosos sobre ella y su marido. Una de ellas, su supuesta gran amiga, Rosa Rincón, le había escrito a Manuel Romero de Terreros una carta muy compasiva: "Porque con todo y su mariscalato, comprenderás bien si es digna de compasión una víctima, que lo es sin conocerlo, la pobre". Otras le reprochaban que una niña, casi de la nada, alcanzara en México, gracias a su matrimonio con Bazaine, la segunda posición de poder más importante después del emperador Maximiliano. Ejemplo de ello era la viuda de Caldelas, que comentaba en voz alta, sin disimular su envidia, a quien quisiera escucharla.

Pero quién se está creyendo esta trepadora, que se casa con un vejete autoritario y pretencioso. Como dice el refrán: "Moza lozana, la barba cana". Además, él apesta a ajo. En una ocasión bailé con el mariscal una habanera y me fue insoportable. No me quiero imaginar su luna de miel. Dicen que los franceses hacen cosas muy extrañas en la cama. Además, todos los maridos terminan con amantes. Como esa, la Castiglione, una de las diez amantes más conocidas de Napoleón III. A Napoleón, el grande, se le atribuían unas cincuenta. Pobre de Pepita, ni el Palacio de Buenavista compensará todos los sinsabores que le esperan. Además, ni siquiera es bonita: es chaparrita, tiene tremendos cachetes, ojos chiquitos y unas orejotas que le salen de entre los bucles aunque trate de ocultarlas. Para colmo, tiene muy mal gusto para vestir. Aunque le traigan sus vestidos de París, a ella se le ven corrientes. Carece de garbo. Dicen las malas lenguas que Bazaine andaba detrás de la cantatriz Fanny Natali que llegó con la compañía de ópera italiana. Yo la escuché cantar a Verdi en el antiguo gran circo de Chiarini. ¡Viejo asqueroso! El otro día me enteré de que entre las tropas francesas se cuenta que su primera esposa española, María Soledad Tormo, se suicidó porque era amante de un apuesto actor de la Comédie Française. La verdad es que fue la mamá de Pepita la que arregló la boda. Ya andaban muy mal de dinero. A fuerza quería acomodar a su hija en la corte.

"¿Serán cartas de un amor secreto de mi madre? ¿Tengo derecho a abrirlas? ¿Y si descubro algo que no debo?", se preguntaba Eugenia entre consternada y picada de curiosidad. "¡No. Tengo que leerlas!".

La señorita Bazaine se envolvió en la bata que hacía juego con su camisón, se calzó las pantuflas, se recogió el pelo con un listón de terciopelo y bajó las escaleras hasta el sótano. Sin dudarlo, se dirigió al baúl que resguardaba las cartas. Levantó la tapa y de nuevo hurgó entre las faldas de tul de baile de su madre hasta que sus manos dieron finalmente con el atado de sobres. Lo tomó. Cerró el baúl. Regresó a su habitación. Se quitó la bata, las pantuflas y volvió a la cama.

La casa se encontraba aún en completo silencio. Pasaría una hora más antes de que la nana Justa empezara agitarse para el desayuno de "su niña", como llamaba a Eugenia desde siempre. Tenía que hervir la leche, poner el café de olla y esperar al panadero. Justa se negaba ir a la panadería de don José Urrutia, que se encontraba en la esquina de la casa. "Todas las panaderías, bizcocherías, los molinos de harina son de gachupines. Además, siempre les ponen nombres de santos y toreros que ni conocemos, nunca usan nombres de aquí", se quejaba con don Chucho, el panadero que, en su canasta, siempre le llevaba los mejores cocoles, polvorones y conchas. Justa, originaria de la costa de Oaxaca, acostumbraba ir al mercado prácticamente a diario. Tenía sus marchantes a quienes conocía desde que había regresado de Madrid con su patrona, doña Pepita. Le gustaba presumirles sus años en España: "Allá la gente, cuando habla, grita mucho. Es muy huraña, pero eso sí, muy elegante. Allá no hay huarachudos. Usan unas chanclas con cuerdas que llaman alpargatas. En lugar de sombrero, usan boina como la que lleva el señor Urrutia, el de la panadería. En los años que vivimos allá, en la calle Hortaliza 89, reinaba un rey, llamado Alfonso XII. Mis patrones, los mariscales, eran tan importantes que la reina Isabel II, su esposa, era la madrina del niño Alfonso. En invierno hace mucho frío, pero eso sí, el departamento de mi patrona tenía una chimenea muy grandota. En mi cuarto yo tenía una estufa de carbón. Los niños,

Panchito y Alfonso, iban a estudiar a la academia militar y mi niña Eugenia estaba internada con las monjitas ursulinas. Nada más los veía los sábados y domingos. Íbamos a pasear a un parque que se llama El Retiro. Después íbamos a cenar churros y chocolate. Mi patrón, el Mariscal, que en paz descanse, se pasaba los días en bata y camisón esperando a que llegaran visitas importantes que nunca llegaban. Pobrecito de mi patrón porque murió muy solo".

Mientras la nana Justa empezaba a poner la mesa para el desayuno en el comedor, Eugenia estrechaba el fajo de cartas dirigidas a la Mariscala. El listón de seda que sujetaba el paquete había perdido su color debido al tiempo y la humedad. Ahora se veía amarillento. Con delicadeza, los finos dedos de Eugenia tomaron los extremos y tiraron de ellos. Como si se hubiera tratado de un juego de naipes, todos los sobres se esparcieron sobre su regazo. En cada uno de ellos, en el extremo inferior derecho, se advertía apenas un pequeño círculo, trazado con lápiz, con un número inscrito en su interior. Uno, dos, tres, cuatro, así sucesivamente, hasta treinta. "¿Por qué las habrá numerado? Seguramente por las fechas en que fueron escritas. ¿O sería un código que nada más ella sabía?", se preguntó Eugenia, ahora sí más curiosa que nunca. Respiró profundamente. Con las manos ligeramente temblorosas leyó la primera, en francés. La escritura era particularmente elaborada. Le pareció reconocer la de su padre. Él siempre escribía con pluma fuente de punta de oro en tinta negra. Su papel de correspondencia era inconfundible, muy fino y color crema. Además, en todas sus cartas se distinguía un sello del Cuerpo Expedicionario de México.

México, 26 de febrero de 1865

Cuerpo Expedicionario de México
General Comandante en Jefe
Oficina

Apenas esta noche me han entregado su carta y su graciosa pregunta.

Le estoy agradecido por haber pensado en su leal servidor que se apresurará en ir a presentarle sus respetos y afectos.

Mariscal Bazaine

Todavía no terminaba Eugenia de leer la misiva, cuando súbitamente se le dibujó una enorme sonrisa en los labios carnosos, como los de su madre. "¿Cuál habrá sido la pregunta?", se cuestionó, divertida, la hija indiscreta.

Es cierto que mi mamá era muy graciosa. ¿Cuántos años tendría cuando recibió esta carta? Si ella nació en 1847, para 65 tenía apenas 17 años. Me parece extraño que la carta esté fechada seis meses después de que se conocieron en aquel baile del Palacio de Buenavista. ¿Habrá otras cartas en los demás baúles? No, porque están numeradas. Luego, ¿por qué pasó tanto tiempo entre su primer encuentro y esta carta?

Eugenia no sabía que entonces su padre estaba sumamente atareado. Se hallaba dirigiendo las tropas intervencionistas para ocupar las poblaciones más importantes del país: Durango, Monterrey, Zacatecas, Saltillo, Matamoros y Colima. Además, a mediados de agosto de 1864 Bazaine había sido nombrado Mariscal de Francia por Napoleón III, y no era lo mismo un general de división que un mariscal. El bastón del mariscalato le otorgaba la más alta posición en la jerarquía militar, de allí que le escribiera a su hermano Adolphe pidiéndole que le comprara y le mandara cuanto antes: "charreteras y un cinturón blanco y oro de mariscal". Para entonces, los generales conservadores Miguel Miramón y Leonardo Márquez habían sido alejados del gobierno de Maximiliano. El primero había sido enviado a Berlín a estudiar "ciencia militar", y el segundo designado ministro plenipotenciario en Constantinopla. El gobierno francés le había pedido a Achille Bazaine crear una policía secreta para vigilar a los conservadores que se opusieran a la política de Maximiliano.

Además del fajo de cartas dirigidas por el Mariscal a su madre, Eugenia encontró otros sobres y cartas, seguramente guardadas por Pepita debido a su importancia. En una de ellas se leía:

Saint Cloud, 30 de abril de 1864

Mi querido general:

Le escribo unas palabras para decirle que, en reconocimiento a los brillantes servicios que usted ha llevado a cabo en México en mi nombre, decidí elevarlo al rango de Mariscal de Francia. Estando todos los ministros de vacaciones, no podrá usted recibir el decreto de su nombramiento antes del próximo correo; sin embargo, el decreto va fechado el primero de septiembre. Puede desde ahora considerar que lo recibió de mi puño y letra como mariscal. Acabo de recibir vuestra carta del 28 de julio. Me temo que haya tensiones en el gobierno y que el emperador crea poder volar con sus propias alas.

Lo importante es que su ejército, indígena o extranjero, esté lo suficientemente organizado para que podamos irnos pronto. Tenga usted, querido general, la certeza de mi sincera amistad.

Napoleón

François Achille Bazaine nació en Versalles, Francia, el 13 de febrero de 1811. La familia del mariscal provenía de Alsacia. La familia Bazaine venía de Lessy, cerca de Metz, tenía tres hijas y tres varones y ciertos bienes. A pesar de su origen humilde, o precisamente debido a ello, los padres buscaron que sus hijos estudiaran. Uno de ellos, Pierre Dominique Bazaine, nació el 13 de enero de 1786. Desde muy joven fue un ardiente jacobino. En 1809 fue admitido en la Escuela Politécnica en París. Con el tiempo se convirtió en un sabio matemático, apasionado del sistema métrico y de la geometría. A los 21 años se enamoró de Marie Madeleine Vasseur. Prendado como estaba de ella, Pierre Dominique la instaló en un pequeño departamento en la Rue Verneuil. Curiosamente, en ese momento no le propuso matrimonio a su novia. Tampoco lo hizo cuando nacieron sus dos hijos, Mélanie y Adolphe Émile. Pierre Dominique no tuvo el valor de decirle a su padre que ya tenía una familia. Algo se lo impedía: le tenía pavor.

En 1810, el zar de Rusia pidió al emperador Napoleón I que le mandara a cuatro de sus mejores ingenieros para construir vías ferroviarias en su país. Pierre Dominique contaba con tan solo 24 años cuando fue elegido para ser uno de esos cuatro. Se fue a Rusia a pesar de que Marie estaba esperando a su tercer hijo. Aun cuando la joven se hallaba sola y sin dinero, prefirió no recurrir a la familia Bazaine. Temía demasiado ser rechazada. Sin muchos recursos, Marie Madeleine Vasseur tuvo la buena idea de poner un negocio de lencería y mercería en Versalles. Gracias a su buen gusto y a su creatividad, poco a poco se fue haciendo de una clientela muy exclusiva, tanto que algunas damas desde París iban a comprarle sus corsés y sus tiras de encaje bordado.

La madrugada del 13 de febrero de 1811 Marie tuvo que mandar de urgencia por la comadrona, *madame* de la Rivière, ya que sentía los primeros dolores de parto. Cuatro horas después de pujar, pujar y pujar, nació François Achille Bazaine, en el número 9 de la Avenue de l'Impératrice, en Versalles. Al día siguiente, el bebé fue bautizado en la iglesia de Notre Dame, siendo sus padrinos Jean Achille Sullier y Aimée Perrine Doussany. Estaba tan contenta *madame* de la Rivière del éxito del parto que se lo comentaba a todo el mundo: "Es un bebé precioso. Pesó casi cuatro kilos. Y lo más impresionante de todo es que abrió los ojos al instante en que salió del vientre de su madre, y me lanzó una mirada penetrante. Se hubiera dicho que se trataba de la mirada de un sabio. A pesar de las nalgadas que le di, nunca lloró. Ese niño está predestinado a ser alguien muy importante". Era tal la euforia de la comadrona que la noticia no tardó mucho tiempo en llegar a los oídos de un abuelo que ignoraba la existencia de sus tres nietos. No resistió las ganas de conocer a la familia de su hijo, que seguía trabajando para el zar de Rusia. Todo el mundo lo sabía menos el abuelo. Por carta le reclamó a su hijo que hubiera dejado a su mujer y a sus tres hijos abandonados. "Esto no se hace, hijo. ¡Cómo un hombre de tu posición, con tantos estudios y con el ejemplo de tus padres, osa no reconocer a su familia!". Un mes después, llegaba la respuesta del joven ingeniero: "Padre, en efecto, Marie Madeleine es mi mujer y los niños son míos. Incluso, antes de irme a Rusia me casé con ella. Es cierto, debí habérselos anunciado, pero lo omití". El abuelo nunca entendió su actitud, sin embargo, con el tiempo llegó a querer a Marie como a su propia hija y se prometió darle la mejor educación posible a sus nietos, especialmente al que había nacido "con mirada de sabio".

La vida de Pierre Dominique en Rusia pronto le resultó más que agradable. El zar Alejandro I estaba encantado con la labor del ingeniero francés, y lo mantenía muy cerca de él en la corte. Pasaba el tiempo y en los salones Pierre Dominique empezó a conocer a la alta aristocracia rusa. Todo le llamaba la atención de ese país tan distinto al suyo: la arquitectura de las iglesias ortodoxas, la fastuosidad y el refinamiento de la corte, las recepciones, las ensaladeras pletóricas de caviar que solían servir en las mesas del palacio y los litros de vodka. Pero sin duda, por lo que comenzó a sentirse particularmente atraído fue por los encantos de una preciosa joven perteneciente a la alta nobleza. Era *mademoiselle* Stéphanie de Sanobert y tenía los ojos más azules que el río Volga. Por añadidura, tocaba el piano como los propios ángeles y era dueña de una voz espléndida. Qué modales, qué elegancia, qué forma de desenvolverse en la corte, pero sobre todo, qué dote le tenían destinada sus padres. Qué diferencia con la pobre Marie, que venía de un origen humilde, que no dejaba de trabajar para sacar a sus tres hijos adelante.

A pesar de que en todas sus cartas escribía a su mujer que la extrañaba y que muy pronto regresaría a Francia, Pierre Dominique se casó en 1816 con *mademoiselle* Stéphanie de Sanobert-Ostrovskysu. Su familia política lo adoptó de mil amores y se sentía orgullosa de los logros profesionales del ingeniero francés. Tres años después de haberse casado, Stéphanie y Pierre Dominique tuvieron a su primera hija, Mathilde Elizabeth Pauline Bazaine.

A petición del zar, se fundó en 1824 el Instituto de Ingenieros, siguiendo el modelo de l'École des Ponts et Chaussées de París. Pierre Dominique Bazaine fue nombrado su director. Durante de la siguiente década el ingeniero francés construyó carreteras, implementó vías navegables, diseñó puentes en San Petersburgo, participó en la construcción del Palacio de Invierno y en la de la Catedral de la Santa Trinidad. A lo largo de su vida tuvo tiempo de escribir 19 obras, entre las que sobresalen *La base del cálculo diferencial* y *La base del cálculo integral.*

Cuando Pierre Dominique volvió a Francia en 1814, al primero que quiso abrazar fue a Achille que ya tenía dientes y hablaba con mucha fluidez. "*Bonjour papa. Sois le bienvenu!*", le dijo su tercer hijo, tal como le había enseñado el abuelo para recibir a un padre que nunca había visto antes. El joven ingeniero no podía creer tanta precocidad. En cuanto a Mélanie y Adolphe, lo recibieron con el mismo cariño. Por su parte, Marie, su primera esposa, le abrió los brazos tres años después, como si nunca se hubiera ido. Entonces no sabía que el padre de sus hijos se había enamorado de una joven rusa con quien se casaría dos años después.

Sin intención alguna de abandonar a sus tres primeros hijos franceses, Pierre Dominique tuvo una idea genial. Al cabo de varios años de ir y venir entre los dos países y entre las dos familias, decidió llevarse a Mélanie y a Adolphe, hijos de Marie, a Rusia. "Les presento a los hijos de mi difunto hermano. Ahora yo soy su tutor" le dijo a su familia política. Todos le creyeron, menos sus hijos. Ahora resultaba que su padre era un tío en extremo generoso y muy solidario con el supuesto hermano fallecido."Así como tú los quieres, en esta casa siempre serán bien recibidos", le dijo su suegro, un hombre inmensamente rico pero igualmente ingenuo.

Pierre Dominique, quien recibió la Legión de Honor en grado de Comandante, murió en septiembre de 1838, a los 52 años. Dejó a dos esposas desconsoladas y a cuatro hijos en los que había sembrado su pasión por el estudio, la disciplina y el amor a su patria. Entonces el futuro Mariscal de Francia, Achille Bazaine, tenía 27 años. El hijo mayor, Adolphe, de 29, se convirtió en un ingeniero destacado. Cuando terminó la línea de ferrocarriles Montargis-Nevers en 1861, Napoleón III le otorgó la Legión de Honor. Siguiendo el ejemplo de su padre, siempre se dedicó a las vías ferroviarias —incluso el Mariscal llegó a presentarle a Maximiliano un proyecto de ferrocarril en México que sería construido por su hermano, uno de los planes que, como muchos otros, nunca se llevaría a cabo. Siendo adolescente, Mélanie Bazaine se fue a vivir a Rusia.

Achille Bazaine pasó su juventud al lado de su madre, Marie Madeleine, y de sus hermanos. Vivían en París en un modesto departamento de la calle du Cherche Midi, en el distrito VI. De 1825 a 1830 estudió en el Collège Royal de Saint Louis. El joven Achille fue un estudiante de excelencia en diversas materias como química, física y matemáticas. Todos los expedientes militares posteriores a su salida de la Universidad Royale, en donde estudió las artes de la guerra y el manejo de las armas, lo calificaron como un excelente elemento, "de conducta perfecta". Por ello, a lo largo de su carrera militar, que duraría toda su vida, sus superiores lo describirían como "altamente distinguido, por su excelente educación, sus conocimientos, su inteligencia, sus capacidades y el valor que ha demostrado en campañas tan difíciles como la de España en 1835". "Dirige muy bien su compañía"; "enérgico e inteligente"; "sirve con distinción, sin falta"; "excelente administrador de los recursos"; "conducta regular, sólidos principios"; "educación muy cuidada, distinguido, excelente instructor militar"; "activo y generoso". Todas estas cualidades habrían de hacerlo destacar en campañas tan importantes como África, de 1833 a 35; Sebastopol, en 1856, e Italia, en 1859, entre otras.

Durante estas campañas, el entonces joven militar sufrió varias heridas: una causada por un fragmento de obús; un balazo en la muñeca derecha; contusiones en la cabeza y un golpe de bayoneta en el flanco derecho. En México, entre las tropas francesas se daría a conocer por su cordialidad y sus buenas maneras. Recién desembarcado en Veracruz en 1863, era un general audaz, bonachón y gordito, pero de mirada astuta y de innegable inteligencia. La audacia se le iría quitando, primero con la viudez y luego conforme se instalaba en su palacio mexicano y en su vida de casado con Pepita. Era un reproche que habrían de hacerle sus hombres muy a menudo.

Antes de desposar a Josefa de la Peña, Achille Bazaine habría de encontrar en su camino a la que sería su primera esposa, María de la Soledad Juana Gregoria Tormo. Bautizada el 2 de diciembre de 1827 en la parroquia de

Santa Eulalia de Murcia, Andalucía, María era hija de Manuel Tormo, quien desapareció antes de que ella naciera, y de su esposa, Juana Orcajada, la cual desgraciadamente falleció en el parto. Huérfana, fue llevada junto con otras niñas a África, donde una gitana las vendía al mejor postor. Cuando François Achille la vio por primera vez, le gustó. Al ver su situación tan vulnerable se compadeció de ella. La vieja gitana captó de inmediato el interés de Bazaine por la niña, y sin más le dijo: "Se la vendo". La compró. Era una adolescente preciosa. Se le hacían hoyuelos en las mejillas cuando sonreía. El oficial quiso hacer las cosas legalmente. Se presentó ante las autoridades y pidió ser su tutor. Más tarde descubrió que la niña de 13 años provenía de una buena familia de Murcia. En su calidad de tutor, Bazaine decidió ocuparse de su educación: la inscribió en un convento en Argelia. María se quedó allí hasta que cumplió 18 años. Sorprendido por los progresos e inteligencia de la joven, la mandó a París, para que terminara sus estudios, a un convento de magnífica reputación.

Corría el año de 1846.

Tres años después, Achille visitó a su pupila en el convento del Sagrado Corazón para confirmar lo que las monjas le escribían acerca de sus progresos. María había tenido tiempo de convertirse en una excelente pianista. Cuando la vio aparecer en el vestíbulo del claustro sintió que su corazón daba un vuelco. ¡La joven había cambiado tanto! De pelo negro, ojos enormes y facciones muy finas, semejaba un retrato de Goya. La mirada intensa de Bazaine perturbó a María. No sabía qué hacer, ni qué decirle. No sabía cómo llamarlo; si correr a sus brazos o hacerle una ligera reverencia, como le habían enseñado las monjas tratándose de personas importantes. Entonces Bazaine era coronel del Primer Regimiento de la Legión Extranjera.

Achille Bazaine y María Tormo se casaron en París el 12 de junio de 1852, y se fueron a vivir a la casa familiar, con Adolphe y su esposa Georgine.

La carrera militar de Bazaine iba en ascenso. En 1854 fue elevado al rango de Comandante de la Legión Extranjera del Ejército de Oriente. Cinco años después sus superiores lo nombraron Comandante de la Tercera División de Infantería del Primer Cuerpo del Ejército de Italia. A partir del 1 de julio de 1862, Achille asumió su cargo como Comandante de la Primera División de Infantería del Cuerpo Expedicionario de México.

María solía acompañar a su esposo prácticamente en todas las campañas. Sin embargo, a la de México desafortunadamente ya no pudo hacerlo debido a su estado de salud tan precario. Achille le escribía casi a diario, al igual que a Adolphe, a quien siempre consideró el "hermano perfecto". A él le mandaba dinero para que Marie pudiera mantener su ritmo de vida, como si Bazaine nunca se hubiera ido.

El general le tenía un amor incondicional a su Mai, un amor paterno, fraternal, pasional, de compañera de campaña, e incluso, naturalmente, un amor carnal. Desde México le escribió, invitándola a alcanzarlo:

México, 12 de septiembre de 1863

Muy querida mujercita:

Recibí mi nombramiento de Comandante en Jefe y una encantadora carta del emperador que él escribió de su puño y letra, en la cual me comunica sus instrucciones. Pero el mariscal Forey no quiere irse antes de los primeros días de octubre a causa del vómito. Sigo trabajando como antes, ignoro el momento preciso en que me darán el mando. Parece creer que el emperador podría volver sobre su determinación, apoyando la creación de la Monarquía Mexicana y la elección del archiduque Maximiliano de Austria; yo no lo creo, pero él sí lo considera indispensable para la situación actual. Yo creo lo contrario y pienso que su retiro, el alejamiento de Saligny, podrán aportar más conciliación entre los conservadores y los liberales moderados que hasta ahora se siguen manteniendo alejados de los asuntos. Es un hecho que la elección solo se llevó a cabo en la capital, y que los notables fueron designados por el partido retrógrada. Así el país está lejos de estar pacificado, nos vemos obligados a emprender una campaña en el interior. Si me lo autorizan, partiré en la primera quincena de octubre, y volveré a México en el mes de noviembre, y a la mejor antes si los asuntos lo requieren.

El clima de México es templado, las mañanas y las noches son frescas, se dice que en invierno cae hielo casi cada noche y solo hace calor debajo del sol; en este verano no he tenido calor un solo día. Por lo tanto, si vienes, tráete ropa caliente[...]

La sociedad de México aun probablemente dividida aprecia los bailes, las reuniones, y sigue las modas parisinas, pero todos los detalles de los atuendos son de precios muy elevados en comparación con París, harás bien en hacer tus provisiones de listones, de guantes. En cuanto a los coches, tienen un costo del doble, si puedes embarcar los tuyos, sin gastar mucho, al menos tu calesa, harás bien, porque te servirá para las carreteras y te será muy útil aquí. Me parece que si un soberano viniera a instalarse en México, hará lo posible para mantener las tropas a su lado, unidas al ejército mexicano podrán ser suficientes para mantener la tranquilidad en el país, y entonces podremos enviar a Francia una parte y podrán reenviar al resto de regreso un poco más adelante. Te espero.

Tu Achille

Dos días después de esa larga carta, Marie sufrió un síncope a las 8 de la noche. A pesar de todos los cuidados del médico, su estado se agravó considerablemente y Marie se apagó a las 3 de la mañana del 17 de octubre de 1863. El doctor Sapeyrone determinó que la causa de la muerte había sido una pleuresía.

Achille Bazaine, ignorando el fallecimiento de su "adorada niña", le escribió a su hermano en noviembre que no escatimara ningún medio para salvar a su querida Mai. Le enviaba, además, 1 500 francos para ponerla en manos de los mejores médicos de París. Asimismo, le anunciaba que estaría en París durante los primeros meses del año siguiente.

En el periódico francés *Le Débat* del 22 de noviembre se publicó una nota anunciando el fallecimiento de Marie: "La joven esposa del señor general Bazaine que hoy defiende el honor de nuestras armas en México ha fallecido. Ella solo vivía para su esposo, lo había acompañado a Sebastopol, lo había seguido a la campaña en Italia, y fue su salud precaria la que le impidió seguirlo a México. [...] Para quien sepa cuál era el lugar que ocupaba en los afectos del digno general, para quien haya podido ser testigo de la profunda estima, de la ternura apasionada que sentía por ella, el corazón sangra de pensar en el golpe que habrá de recibir en su glorioso exilio, cuando reciba tan cruel noticia. Lo sabrá cuando haya dejado México para ir a ahogar los últimos esfuerzos de Juárez".

El general se encontraba en la Ciudad de México el 17 de noviembre cuando se enteró de la muerte de su esposa. Ese mismo día se le informó que el general en jefe del ejército juarista, Ignacio Comonfort, había caído en una emboscada de "nuestros partidarios" y había sido asesinado con casi todos sus oficiales. ¡Cuántos sentimientos encontrados! Por un lado la profunda tristeza por la desaparición de su esposa, y por otro, el gusto de haberle dado un golpe tan duro a su enemigo.

Un mes y medio después le escribió una carta a su hermano.

México, 1 de enero de 1864

Cuerpo expedicionario de México
Comandante General en Jefe
Oficina

¡Qué golpe tan terrible hermano muy querido! Estoy acabado, tengo el corazón roto, quisiera unirme a mi bienamada muerta. ¿Qué hacer en esta tierra maldita? ¡Para qué me van a servir los honores y la riqueza! Las alegrías de este mundo desaparecieron para tu pobre Achille a quien solo le quedas tú para amar y cuyo corazón te pertenece entero desde ahora.

Aún no puedo creer tremenda desgracia y cuando leo los lamentables detalles sobre el fin de mi esposa querida, a lo mejor me hago ilusiones, pero creo que no se hubiera muerto si yo hubiera estado cerca de ella y no me perdonaré nunca el haber venido a México. Mi única meta en la vida era volver la suya lo más agradable y lo más dulce posible. Mi vida está terminada y ahora soy solo un soldado que desea la muerte.

Varios meses después el mariscal Bazaine seguía padeciendo la muerte de su amadísima Mai, como se manifiesta en la carta del 28 de abril de 1864 dirigida a Adolphe, su hermano, en la cual también le anuncia la llegada de Maximiliano y Carlota:

México, 28 de abril de 1864

Hermano querido:

Estamos en espera de la llegada del archiduque. Su presencia urge para constituir definitivamente este pobre país y que eso le permita a Francia retirar una buena parte de sus tropas hacia finales del año. ¡Cómo me gustaría formar parte de los elegidos! Tengo tanta necesidad de verte, de ir a visitar a mi pobre pequeña Mai. Ella era toda mi vida, uno de los móviles de mi ambición. ¿Qué puedo hacer en este mundo con el corazón partido? Ya nada tiene sabor, el trabajo me cansa, no alcanza a distraerme, mi inteligencia parece haberse echado a dormir. Ya no me interesa la fortuna ni los hombres. Me gustaría vivir en una montaña en un rincón aislado y decirle adiós al mundo. Aquí estoy obligado a pensar por todos, incluyendo a los mexicanos, de ver a algunas gentes, de sonreír, cuando lo que más necesito es llorar.

Este concentrado de emociones vuelve mi existencia amarga. Espero que me manden de regreso cuando antes, y si me quedo es por devoción a nuestro emperador y a nuestro Ejército que amo sinceramente y cuya confianza en mí me obliga a resignarme y a servir hasta el final.

Tu hijo Albert y yo estamos muy bien. Es un muchacho amable y muy inteligente, valiente pero no fanfarrón, es modesto y muy apreciado por todo el Ejército; sigue siendo un poco flojo y le apuesta más a su inteligencia que a su trabajo. En ese sentido sin duda cambiará cuando sienta la imperiosa necesidad de hacerlo. Adiós hermano muy querido, mi único lazo en esta tierra, he tenido pocas alegrías, mucho trabajo y muchos pesares. Mil ternuras,

General Bazaine

Tres meses después, la vida de Achille Bazaine habría de dar un giro de 180 grados. En el baile ofrecido para celebrar el santo de Maximiliano, el 15 de agosto del mismo año, conocería a Josefa de la Peña y Azcárate.

La carta que aún sostenía Eugenia entre sus manos mientras seguía recostada en su cama, había sido escrita por su padre y dirigida a su madre, la bienamada Pepita, año y medio después de la muerte de María Tormo.

III

LA CONFIDENTE

Si Eugenia hubiera hurgado más en el interior del baúl donde su madre guardaba su ropa de baile, seguramente se habría encontrado otro pequeño paquete de cartas, escritas del puño y letra de Pepita dirigidas a Cayetana Rul, su prima. Ambas tenían la misma edad, habían ido juntas al Colegio para Niñas de Santa María de la Caridad, y juntas habían hecho la primera comunión. Más que su prima, Cayetana era su mejor amiga y su confidente. Vivía en Coyoacán.

El padre de Pepita, Francisco de la Peña Barragán, nació en la ciudad de México en 1811. Hijo de José de la Peña Breña y María Josefa Barragán Rubio, su familia era de origen español por la línea paterna, y ecuatoriana por la línea materna. El hermano menor, Juan Peña Barragán, llegó a ser uno de los liberales más influyentes de la república restaurada. Su hija, Rosario de la Peña y Llerena, nacida el mismo año que Pepita, fue inspiradora de grandes pasiones, entre ellas la que despertó en el joven poeta Manuel Acuña.

Los De la Peña Barragán eran dueños de las fincas Palo Alto y de la hacienda del Hospital, cerca de Cuautla. De vez en cuando los De la Peña viajaban a la Ciudad de México y se hospedaban en la calle de Coliseo 7, en la casa de doña Juliana Azcárate Vera Villavicencio, y de su esposo, Manuel Gómez Pedraza, un amigo cercano al emperador Agustín de Iturbide.

Don Manuel se había presentado como candidato a la presidencia en las elecciones de 1828, en oposición al insurgente Vicente Guerrero. Los partidarios de Gómez Pedraza se negaban a la expulsión definitiva de los españoles que quedaban en el país después de la Independencia, mientras Guerrero deseaba que no quedara ni uno.

Once días después de que Gómez Pedraza ganó las elecciones, el general Santa Anna le exigió su renuncia en favor de Vicente Guerrero. Santa

Anna contaba con amplios recursos para financiar su levantamiento además de innumerables simpatizantes provenientes de las más altas esferas de la sociedad mexicana. Consiguió lo que quería. Instaurar en la presidencia a Vicente Guerrero para manipularlo mejor. Esta medida dictatorial provocó el inicio de una ola de guerras civiles que habrían de sumir al país en un caos durante varias décadas. Guerrero solo duraría en la presidencia ocho meses y medio; a los ojos del conservador Anastasio Bustamante era demasiado liberal y lo mandó asesinar el 14 de febrero de 1831. Por su parte, Gómez Pedraza aún en su condición de "presidente electo" se fue al exilio; dos años en Francia y año y medio en Nueva Orleans. En 1832 López de Santa Anna pactó con Gómez Pedraza su regreso a México para terminar su supuesto periodo presidencial, que tan solo duraría dos meses. Anastasio Bustamante, *Brutamante*, llamado así por la prensa clandestina, subió a la presidencia. En 1833, gracias a un nuevo levantamiento militar, Santa Anna lograría, al fin, sentarse en la silla presidencial.

Doña Juliana Azcárate era una mujer de sociedad. Cuando su marido estaba en la cumbre de su carrera solía recibir cada martes. Nada le gustaba más que crear alianzas y hacerla de celestina entre las familias pudientes. Llegaban a su residencia esposas de embajadores, banqueros, generales y políticos, y doña Juliana lograba reunir por docenas a las damas más importantes de México. Era una mujer de influencias, todo el mundo la conocía. Por ello había insistido tanto en educar a Pepita en ese medio. Si algo le preocupaba sobremanera a Juliana era "el qué dirán". No toleraba provocar el mínimo desencuentro con nadie. Con todo mundo quería quedar bien, especialmente cuando su marido fue presidente de la República en 1832. Puesto que el matrimonio Gómez Pedraza no tenía hijos, su único objetivo era casar bien a su sobrina Pepita, la hija única de Josefa, su hermana preferida.

Francisco de la Peña Barragán tenía 32 años cuando decidió contraer nupcias con una mujer a la que admiraba mucho y que por añadidura era hija de los mejores amigos de sus padres. Admiraba a Josefa Azcárate por su carácter férreo, su magnífico trato social, pero sobre todo por ser una gran conversadora. Le divertían sus anécdotas, sus ocurrencias y hasta los rumores que se contaban en sociedad y que ella no dejaba de difundir con absoluta fruición. Era cierto que su novia le llevaba doce años, pero ella era tan jovial y él era tan serio y formal que no se notaba la diferencia de edad entre los dos. Para entonces doña Josefa tenía 44 años y ninguna esperanza de casarse.

Un año después de la boda de Josefa y Francisco, celebrada en el Sagrario Metropolitano, sucedió el milagro. Eran cerca de las seis de la mañana del lunes 14 de mayo de 1847 cuando Juliana, todavía en camisón, bajó las escaleras y a toda prisa se dirigió al cuarto de Asunción: "Muchacha, corre rápido por doña Jacinta a la calle del Alfaro número 8. ¡Mi hermana ya perdió las aguas! ¡No te dilates!". La cocinera se vistió como pudo y despertó a Feliciana, la galopina: "¡Vete a la cocina! ¡Trae aceites, tijeras y lienzos limpios!". Mientras tanto Juliana se precipitaba hacia la capilla familiar, ubicada a un lado de su habitación, para buscar en el altar las estampitas que había previsto unos días antes: la de san Luis Gonzaga, la del Niño Dios y la de san Vicente Ferrer. Volteó de cabeza esta última imagen delante de una veladora para que el parto de Josefa se desarrollara sin ningún percance. Quince minutos después ya estaba de regreso Asunción con doña Jacinta, reconocida partera de las señoras más elegantes de la sociedad mexicana.

Doña Jacinta había recibido prácticamente a todos los hijos de la familia Rincón Gallardo, Campero y Escandón. Se decía que tenía muy buena mano. Bebé que ella traía al mundo, bebé que nacía con estrella. Ambas mujeres subieron a toda prisa a la habitación de Josefa. En el corredor sortearon al futuro padre, don Francisco de la Peña, vestido con su bata de terciopelo azul marino, quien nerviosamente iba y venía de un lado al otro. En la habitación, Josefa se encontraba en un grito de dolor. Entretanto, su hermana le detenía una mano y con la otra le pasaba un paño húmedo sobre la frente. "No puedo más. No puedo más", gritaba la parturienta.

Al cabo de nueve horas de intenso dolor, por fin llegó al mundo María Josefa de las Angustias Bonifacia Brígida Federica Pascuala Feliciana de la Santísima Trinidad Peña Azcárate. Doña Jacinta se encargó de cortarle el cordón umbilical a la niña. Con todo cuidado la lavó, la fajó, la vistió con una camisola y la envolvió en una manta, primorosamente tejida por Juliana. En ese momento se presentó el padre emocionado. "Está sana. Es preciosa", le dijo la partera con su mejor sonrisa. Antes de entregársela a la madre, doña Jacinta hizo lo que acostumbraba hacer con cada recién nacido: la señal de la cruz sobre la pequeña frente y darle los primeros sorbos de agua endulzada con miel.

Antes de retirarse, cerca de las cinco de la tarde, una exhausta Jacinta recomendó a los padres una nodriza oaxaqueña. "Se llama Justa, es una mujer muy dulce y tiene muy buena leche. Voy por ella, no me dilato".

Una hora después, entraba Justa a la vida de la pequeña Josefa para no volverse a ir nunca de ella. Fue precisamente Justa quien, a escondidas de la madre de la recién nacida, le colocó en la faja una diminuta bolsita con los evangelios y una cuenta de azabache para protegerla de las brujas. Fue Justa quien ató al bracito de la niña varios amuletos, entre ellos varios relicarios y medallitas para ahuyentar el mal de ojo. Cuando Josefa se percató de todo lo anterior regañó a la nodriza y le dijo que con la medalla de la Virgen de Guadalupe que le había regalado su padrino bastaba para proteger a su pequeña Pepita.

Cuatro días después, en la iglesia de la Asunción, enfundada en un ropón delicadamente bordado por las madres de las Vizcaínas, la niña fue bautizada por el cura don Carlos Parra. Fueron sus padrinos don Ángel de la Peña y Barragán y doña Manuela de Azcárate. Después de sus padres, los más felices con ese nacimiento eran la tía Juliana y el tío Manuel. En la comida del bautizo, Manuel Gómez Pedraza dio un espléndido discurso, como solía hacerlo en muchas ocasiones por tratarse de un gran orador. Para el matrimonio sin hijos, la llegada de esa niña de mejillas sonrosadas y grandes ojos fue una bendición. Las amigas de Josefa no podían creer que, a pesar de su edad, la madre hubiera dado a luz a una niña tan bonita y tan robusta. La terrible doña Emilia comentaba en los tés con sus amigas:

¿Qué les parece? Teniendo Josefa la edad de ser abuela, ahora nos sale con su primera hija. Igualita que santa Isabel, la madre de san Juan Bautista. Dicen que el parto ni siquiera fue difícil. Claro, Francisco es más joven y debe ser fuerte. Ay, Dios. Así es Josefa, lo que se propone lo consigue. Se quiso casar con un hombre rico, y lo logró. Quedó preñada como lo deseaba. Y no me sorprendería que esta recién nacida terminara casándose con un príncipe. Ojalá no se le muera antes.

Josefa se daba tiempo de asistir con su esposo a los suntuosos bailes que el conde de la Cortina solía ofrecer a su Alteza Serenísima, el general Santa Anna, cuando este no se hallaba en el exilio. La señora Dolores Tosta de Santa Anna acostumbraba asistir alhajada con exceso, con *rivière* de diamantes, brazaletes, pendientes, gargantillas y broches. Era evidente que el matrimonio Santa Anna no estaba a la altura de la elegancia y distinción del auténtico aristócrata, el conde de la Cortina. Los modales de Santa Ana eran burdos y vulgares. La voz de doña Dolores era estridente y siempre hacía comentarios fuera de lugar. Estos bailes le costaban al anfitrión por lo menos 20 mil pesos.

El mismo año en que naciera Pepita, pero en el mes de noviembre, nació su prima, Cayetana Rul. Hacía dos meses que la bandera de Estados Unidos ondeaba en la Plaza Mayor, lo cual provocó que los habitantes de la ciudad se indignaran al grado de defender el Zócalo con piedras y palos. El general Windfield Scott, jefe de las tropas norteamericanas, amenazó con bombardear los edificios coloniales del corazón de México, y por ello los funcionarios del Ayuntamiento invitaron a los capitalinos a deponer las armas.

> MUY IMPORTANTE: Al Ayuntamiento. Por mi conducto manifiesta a los habitantes de esta capital que el general en jefe (sic) de las fuerzas americanas que la han ocupado en la mañana de hoy, le ha comunicado que si dentro de tres horas, contadas desde la en que se fije este anuncio, no cesan completamente los actos de hostilidad que se están cometiendo, con notoria imprudencia y grave perjuicio del vecindario pacífico, por el mismo hecho se procederá con todo rigor contra las personas culpables, entregando al saqueo sus bienes y propiedades y arrasando la manzana o manzanas a que pertenezcan las casas de que se haga fuego a la tropa americana. Para conocimiento del público y fines consiguientes he mandado se fije este anuncio. México, septiembre 14 de 1847. A las doce y media del día. Manuel R. Veramendi.

Ese día, Josefa Azcárate de Peña se hallaba de visita en casa de su hermana Juliana. Hacía cuatro meses que había nacido su hija Pepita. Al ver la situación de peligro en que se encontraba la ciudad, los De la Peña no pudieron salir a tiempo a provincia; demasiado pronto habían escuchado los cascos de los caballos de las columnas norteamericanas. Se dirigían al Zócalo al cabo de la rendición de la Ciudadela, último bastión de la resistencia mexicana.

Al llegar a la Plaza Mayor, el general J. A. Quitman formó a sus hombres frente al Palacio Nacional. Bajo la mirada de los cientos de ciudadanos apostados en los balcones, las ventanas y azoteas de los edificios, un oficial norteamericano intentó izar la bandera azul y roja de barras y estrellas en el asta bandera del Palacio, pero una bala certera se lo impidió y cayó al piso con los ojos abiertos, sin saber nunca de dónde le había llegado la muerte. La bandera quedó a media asta. Otro oficial terminó de izarla. En ese momento, todas las tropas invasoras presentaron sus armas, los oficiales se adelantaron para brindar su saludo. Las campanas de la Catedral tañían a todo lo que daban para dar la bienvenida a los yanquis. Sin embargo, la gente que se había arremolinado alrededor del Zócalo gritaba furibunda: "¡mueran los yanquis!". Algunos lanzaban piedras y otros los escupían. Las mujeres se iban encima de los soldados invasores, los arañaban, les jalaban sus uniformes y los insultaban.

Mientras tanto, los soldados yanquis enterraban a sus muertos después de la batalla del Castillo de Chapultepec, sede del Colegio Militar, y se organizaban para concluir la invasión de la Ciudad de México. Santa Anna había regresado a México de su exilio en Cuba para ocupar la presidencia por décima vez. En el norte del país, el "Napoleón de América", se había enfrentado sin ningún éxito a las tropas estadounidenses; había librado varias batallas, entre ellas las de Veracruz, sin lograr detener su avance. La situación en la capital era desastrosa: se enfrentaban federalistas y centralistas. Los polkos, llamados así por su afición al baile de la polka, eran militares conservadores que se oponían al gobierno federal por haber solicitado préstamos forzosos a la Iglesia para impedir la invasión extranjera.

Muy pronto se acostumbraron las élites a la presencia de los yanquis y a llevar su vida de antaño, pero mejorada. Los norteamericanos se habían dado a la tarea de limpiar la ciudad de bandoleros y pordioseros; al mismo tiempo controlaban la llegada desordenada de los campesinos que venían a instalarse en la ciudad. De nuevo se abrieron las puertas de los teatros, los cafés, los salones y los restaurantes. Los invasores se divertían con las corridas de toros, las peleas de gallos y las meretrices.

En el fondo, y sin que lo reconociera públicamente, doña Juliana estaba muy contenta con la llegada de los yanquis. Ella y su marido reabrieron las puertas de su casa de Coliseo, en donde, felices de la vida, recibían a los oficiales de alto rango.

Desde que llegaron los norteamericanos la ciudad se ve como espejo. Ahora sí tenemos seguridad y quien proteja nuestros bienes. Ojalá que el general Scott se quede como gobernador de la capital. Gracias a Dios, ya podemos salir con nuestros carruajes al Paseo en la Alameda. ¿Se han fijado que ya no hay tantos indios ni pelados por las calles? Cercaron la ciudad para que no entre tanto desharrapado. Ya nos llegan las cartas, ahora sí funciona el correo. Se han empeñado en que todos paguemos impuestos, hasta los aguadores. Y agarran a varazos en la Plaza de Santo Domingo a todos los que cometen delitos, incluso a sus propios soldados cuando se portan mal. Ahora sí nada de que pongo a mi "compadre" en las oficinas de gobierno. Mi marido se entera de las noticias por el diario American Star, *pero claro, también por* El Monitor Republicano, *que gracias a Scott ha vuelto a circular.*

El que la bandera yanqui ondeara en el asta del Zócalo hasta el 11 de junio de 1848, fecha en que regresaría a su lugar la bandera mexicana, le valió a Santa Anna renunciar a la presidencia y partir una vez más al exilio. En previsión de un largo sitio de la ciudad, ese mismo día y después de leer los avisos a la ciudadanía, las hermanas Azcárate habían hecho compras de pánico. Curiosamente, al lado de la casa de Juliana, en la calle de Coliseo Viejo número 9, recientemente se había abierto un almacén con el nombre de A.W. Reed Co. Allí se vendían "tabaco de mascar, puros de La Habana de la mejor calidad, London Dock brandy ("artículo muy superior"), vinos de oporto y de madeira, frutas en brandy, y "un amplio surtido de ropa hecha". Don Manuel Gómez Pedraza, el marido de Juliana, quien para entonces no había abandonado su ambición de ser reelegido como Presidente de la República —de hecho se presentaría en la elección de 1850—, les había pedido a las hermanas que no se olvidaran de comprarle su brandy, y mucho menos sus puros de La Habana. Esta recomendación la había hecho don Manuel contra sus principios, pues estos artículos iban a ser adquiridos en una tienda norteamericana, cuyos dueños eran de la misma nacionalidad que los invasores. "Ni modo, no podemos correr ningún riesgo yendo a las otras tiendas del barrio", comentó Manuel sin mucha convicción.

Las hermanas compraron también varias conservas en tarros de cristal con su respectiva tapa de corcho: verduras, mermeladas, arenques, sardinas y aceitunas. Josefa tuvo a bien comprar varios metros de manta de cielo para los pañales de Pepita, y un pomo de talco.

Nueve meses después la pequeña daba sus primeros pasos en el atrio de Catedral, frente al Palacio Nacional, donde al fin ondeaba nuevamente la bandera mexicana. Cuando la niña cumplió 6 años, en 1853, murió su padre. Si bien don Francisco Peña Barragán era 12 años más joven que su mujer, nunca se supo de qué había muerto. Unos decían que había sido por una caída de caballo, y otros aseguraban que lo habían matado por tener amoríos con la esposa de un general. Al morir dejaba, además de Pepita, a un hijo de tan solo dos años de edad. Francisco de Sales Mario Brígido Federico Antonio Luis Gonzaga nació el 28 de enero de 1850, cuando su sólida madre tenía 50 años. Ninguna de sus amigas y vecinas lo podía creer. La nodriza oaxaqueña se asombraba del vigor con el que mamaba ese niño. "Ay, doña Josefa, ¿cómo le hace usted para tener bebés tan bien dados? Espero que este sí sea el último", le decía la nana con cierta sorna.

A pesar de que sus dos hijos, en efecto, estaban rozagantes y en perfecta salud, la viuda no se resignaba a la pérdida de su marido. Desconsolada y sin muchos recursos, se fue a vivir con sus hijos a casa de su hermana Juliana, quien también había perdido a su marido dos años antes. Manuel Gómez Pedraza murió de una insuficiencia pulmonar. Unos meses después fallecería el pequeño Paco, hermano de Pepita, a causa del cólera. Los salones de la casa del Coliseo cerraron sus persianas. Doña Juliana ya no daba recepciones ni se dejaba ver en público. Ya no recibía a sus amigas más cercanas como Carmen Goríbar, las Buch, Amalia Monterde, Chole Guzmán, Lola Peña y Luz Zozaya. La única fuente de alegría de esa vieja casona era Pepita. De vez en cuando la niña veía a su tía en la capilla familiar, arrodillada en uno de los reclinatorios. Sin comprender las palabras de su madre, la escuchaba leyendo su misal, casi en susurros: "Te encomiendo, Señor, el alma de tu siervo, y te ruego, ¡Oh Jesucristo, Nuestro Señor y Salvador del mundo!, que no dejes de poner en el seno de tus patriarcas a esta alma, por la cual bajaste misericordiosamente a la tierra; conoce, Señor, a tu criatura, no formada por dioses ajenos, sino por ti, Dios solo, vivo y verdadero, porque no hay otro Dios fuera de ti".

A la hora de la misa en la iglesia de La Profesa, las dos hermanas, Juliana y Josefa Azcárate, eran vistas de luto riguroso. Durante el primer año de su viudez, llevaban vestidos de paño de lana negra, sin holanes, con alhajas y guantes negros. Al inicio del segundo año, las dos lo cambiaron por uno de terciopelo o de seda negra, y pudieron de nuevo usar sus joyas de diamantes. La primera que se quitó el luto, al cabo de un año, fue Juliana. Su hermana lo mantendría tres años más. Después integraría el medio luto: vestido gris o morado. La niña Pepita, cuidada por estas dos viudas que la amaban por encima de todo, creció en un mundo de silencios, rezos y muchos suspiros. Se pasaban el día dándole consejos, enseñándole nuevas oraciones, cómo bordar el punto de cruz y el *frivolité*, cómo lavar los pañuelos, y especialmente cómo elaborar las viejas recetas de cocina, o mantener las carnes en sal.

Cuando laves tus pañuelos, recuerda no retorcerlos. No los planches. Extiéndelos todavía húmedos sobre un vidrio bien limpio y cuando estén secos quedarán como nuevos. Claro que tus pañuelos no son como el de la zarina de Rusia que pagó una suma increíble por uno que se habían tardado setenta años en bordar. Para hacer las alcachofas estofadas, recuerda que tienes que cortarles el tronco, untarles limón, se echan en agua, luego se pone aceite de comer en la cacerola. Y ya que empieza a humear se aparta la cazuela de la lumbre y se echan las alcachofas para que se frían. Ya que están fritas, se muelen unos ajos en vinagre y se le rocía polvo de harina y sus especies finas.

Con el tiempo, Pepita se volvió una excelente cocinera. Su especialidad y el platillo preferido de su futuro marido eran los pichones guisados en su sangre. En su cuaderno de recetas apuntaba con su mejor caligrafía los pasos a seguir: "Se le arranca la cabeza al pichón, se saca la sangre, se pela el pichón, se hacen cuartos o enteros, se le hace la sangre en agua. Luego se echan los pichones en la cazuela, se agrega manteca, sal, cebolla picada menudita, jitomates, perejil y especies finas".

Cuando terminaron sus estudios, Pepita y su prima Cayetana empezaron a escribirse prácticamente todos los días. En el colegio habían sido inseparables y cómplices en las travesuras, juntas hacían su tarea y se divertían poniéndoles apodos a sus compañeras y a las religiosas. A Verónica le pusieron "sor Angustias", porque siempre estaba preocupada por los exámenes. A la madre superiora la llamaban "León de tapete", porque siempre tenía las fauces abiertas. A Rafaela la llamaban "la *Poupée*", porque era tan bonita como una muñeca de porcelana, y a Carmelita, "la Dama Boba", como la de Lope de Vega. El Colegio de Niñas de Santa María de la Caridad, fundado en 1548 por iniciativa de la cofradía del Santísimo, era muy estricto. Esta institución, la más antigua de toda la América hispana, se dedicó a educar a la mujer mexicana, especialmente a las niñas criollas, "adoctrinadas en las cosas de nuestra Santa Fe católica y enseñadas en toda virtud y buena manera de policía humana, para que estén hábiles en lo espiritual y en lo temporal, las saquen a casa y ponerlas en orden de vivir".

Para 1861, cuando Pepita y Cayetana cumplieron 14 años, tenían tatuado en el corazón "el hábito de la laboriosidad, de la obediencia y la tolerancia". Su profesora, la madre sor Elena de la Cruz, una de las monjas más bonitas de la congregación, estaba sumamente orgullosa de Pepita, esa alumna que siempre mostraba un interés particular por la poesía. "Eres muy novelera, niña", le decía la monja. "¿Eso es bueno o es malo?", le preguntaba ella. "Puede ser muy bueno mientras no olvides que tus obligaciones son más terrenales, pero también muy malo, porque la poesía en extremo te voltea las cosas al revés de lo que son realmente". La niña no entendió muy bien las palabras de la monja, aunque intuyó que el ser demasiado romántica podría hacerla sufrir.

Las alumnas que tenían la suerte de acceder a una instrucción privada vivían con sus padres en las residencias aledañas a los colegios. Las que residían en las afueras de la ciudad —Tlalpan, Coyoacán, Mixcoac y San Ángel— eran internas; ese era el caso de Cayetana. A las niñas se les educaba "en el santo temor de Dios, camino de la virtud y cosas mujeriles" como la cocina, la costura y el planchado de ropa muy fina. También les enseñaban lectura, escritura del español, aritmética, canto, música, bordado, y si tenían aptitudes, pintura y latín. A las niñas que provenían de las élites, como Pepita y Cayetana, se les educaba de manera más compleja. Las externas llegaban a las 6 de la mañana para orar y asistir a la primera misa. Una hora después empezaban sus cursos. A las 11:30 AM acudían al refectorio a comer. Al terminar, se reunían en el coro para reanudar en la tarde sus labores de 3 a 5 PM. A esa hora, las externas se iban a sus casas, mientras que las internas se dedicaban a la lectura de la Biblia. Cenaban y llegaban al dormitorio principal a las 9 de la noche.

Cuando Pepita y Cayetana se vieron obligadas a dejar el colegio de Santa María de la Caridad debido a las Leyes de Reforma, se sintieron profundamente tristes y confundidas. Llevaban 10 años asistiendo a ese colegio en las calles de Coliseo, muy cerca del Teatro Principal. ¿Qué sería de sus monjas que tanto adoraban? ¿Quiénes iban a ser sus nuevas compañeras? Pero lo que más preocupaba a Pepita era qué sucedería con su monja mentora y confidente. "Sor Elena, ¿verdad que usted se viene con nosotras?", le preguntaba la adolescente. "Eso lo decide la superiora. Tal vez me manden al convento de Puebla, pero no es seguro. No te preocupes, Pepita, el convento de las Vizcaínas es una institución de lo mejor que hay. Está a tan solo cinco cuadras de aquí". Pepita empezó, como su madre, a odiar a Benito Juárez. Un presidente que había hecho todo lo posible para que la Iglesia no tuviera propiedades en México.

—Dios lo va a castigar —le decía muy quedito Pepita a Cayetana debajo de las sábanas de lino bordadas, cuando se quedaba a dormir en la casa de sus tíos en Coyoacán.

—Se va ir al infierno —susurraba la prima.

—Sin pasar por el purgatorio. Yo no entiendo por qué este presidente le quiere quitar sus iglesias a los padres, que son tan buenos y que no le hacen daño a nadie. ¿Y ahora dónde van a bautizar a los niños recién nacidos?

—Qué bueno que nosotras ya hicimos la primera comunión.

A los ocho años, Pepita y Cayetana habían recibido el santo sacramento en la iglesia de la Profesa. El desayuno había sido servido en la casa de Coliseo 7. Era 1855, año en que Santa Anna se autoproclamaba "Su Alteza Serenísima", por eso la invitada principal había sido la señora Tosta de Santa Anna. Mientras, en el Vaticano, el papa Pío IX ponía en marcha una firme política de oposición a las exigencias del poder laico, convirtiéndose así en un acérrimo adversario del ala anticlerical y de la masonería. Para Pío IX estos "hombres ligados por una unión nefanda" eran capaces de corromper las costumbres postulando el racionalismo y creando un conflicto entre la ciencia y la fe, de tal manera que se convertía en un atentado contra Dios.

Finalmente, sor Elena de la Cruz fue enviada a las Vizcaínas, el real Colegio de San Ignacio de Loyola, fundado en 1767 por la cofradía de Aránzazu, un gremio de importantes familias vascas, para niñas españolas "limpias de sangre". La noticia llenó de júbilo a Pepita y a Cayetana. Su monja preferida ya no les daba clases de literatura, sino que había sido designada a las "labores de mano", siendo el bordado una de las actividades principales impulsada por esta institución. Se bordaban cojines con hilos de oro, plata y seda para los reclinatorios, ajuares para las doncellas y para las futuras madres, ropa de cama, puños de camisas, pañuelos y guantes. La idea era educar a estas niñas para que pudieran trabajar en caso de ser necesario sin perder su honorabilidad. Pero al mismo tiempo se les inculcaban virtudes como la castidad, el honor, la honestidad, la virginidad y el servicio a Dios.

—Cayetana, ¿te das cuenta de que aunque heredemos riquezas nos tocará ser diestras en los primores de la aguja? ¿Que aunque tengamos una casa grande con muchos criados y muchos hijos qué educar, no por ello dejaremos de ser instruidas?

—Deja eso. Además, tenemos que conservarnos bonitas y cultas para brillar en sociedad y no aburrir a nuestros esposos. Tenemos que aprender de ciencia y arte, tenemos que saber cómo se llaman las estrellas del firmamento y saber escribir poesía.

En su casa, la mamá de Pepita era aún más estricta que las monjas de las Vizcaínas. Doña Josefa no dejaba pasar la oportunidad de recordarle a su hija que tenía que casarse muy, pero muy bien. "Mira hijita mía, tú no tienes dote. Tu padre no nos dejó mucho, por eso tuvimos que venir a vivir a casa de mi hermana Juliana. Aunque mi cuñado, Manuel, haya sido presidente de la República cien días y exdirector del Monte de Piedad, nosotros no tenemos fortuna. Tu única dote es tu educación, tu encanto y especialmente tu viveza, la cual me heredaste", le decía Josefa a su hija.

En 1862, Pepita y Cayetana que entonces estaban a punto de cumplir 15 años, no escuchaban hablar de otra cosa en el convento de las Vizcaínas que no fuera la intervención francesa.

—Cayetana, te tengo una muy buena noticia. Una noticia de no creerse. Escuché en el refectorio a la madre superiora, "la Leona de tapete", decir que iba a venir un príncipe europeo y que va a gobernar en lugar del indio Juárez. ¿Te das cuenta?

—Ay, Pepita, ¿no serán puros rumores? ¿Qué príncipe querrá venir a vivir a un país tan pobre y tan desordenado, dejando atrás su reino? ¿Escuchaste su nombre? Tiene que ser católico. ¿Será un príncipe de España?

—Cualquiera que sea, seguro es mejor parecido que Juárez. Ojalá que el que venga les devuelva a las monjas y a los sacerdotes todo lo que les quitaron.

El 17 de julio de 1861, el presidente Benito Juárez, líder del Partido Liberal, decretó una moratoria suspendiendo los pagos de la deuda externa mexicana. Las razones de esta medida eran consecuencia de la cruenta Guerra de Reforma, entre 1857 y 1860, que concluyó con la derrota de los conservadores. Esos recursos eran necesarios para la reconstrucción del país. Sin embargo, en octubre de ese año, tres potencias acreedoras, Gran Bretaña, Francia y España, protestaron contra la medida tomada por Juárez. El emperador francés, Napoleón III, se comprometió con los monárquicos mexicanos, residentes en Europa, a apoyar el proyecto de instaurar una monarquía en México. Soñaba con construir un imperio latino que sirviera de muro de contención a la expansiva República de Estados Unidos, por lo que la suspensión de pagos le venía como anillo al dedo para intervenir y crear en México una monarquía al frente de la cual estaría un príncipe católico europeo. Napoleón III convocó a España y Gran Bretaña para llegar a un acuerdo. Se reunieron en Londres para asumir una posición conjunta con respecto a la decisión del gobierno mexicano. Los tres países firmaron una alianza y organizaron una expedición armada a México para obtener el pago de la deuda por la fuerza, sin intervenir en la política interna.

A fines de diciembre de 1861, las primeras fuerzas europeas habían llegado a Veracruz. Se trataba de un contingente español al mando del general Juan Prim. En enero, arribaron los contingentes franceses y británicos, al mando del general Ferdinand Latrille, conde de Lorencez, y *sir* Charles Wyke, respectivamente. Juárez ordenó no oponer resistencia para evitar el estallido de una guerra. Sin embargo, el 25 de enero de 1862 decretó condenar a muerte a todo ciudadano mexicano que colaborara con la intervención, especialmente a los conservadores aguerridos que habían contribuido a favor del reclamo europeo. Juan Nepomuceno Almonte, destacado federalista luego convertido en conservador, recién desembarcado de su exilio en Francia, temió ser fusilado y acudió al general francés De Lorencez para pedir su defensa. Los franceses se empeñaron en darle protección, lo cual contribuyó a que galos, ingleses y españoles se pelearan. Benito Juárez quería mostrarse conciliador y propuso negociar las deudas exteriores y las indemnizaciones. Ante tan compleja coyuntura consiguió, mediante los Tratados de la Soledad, que se retiraran los ejércitos inglés y español. Pero los franceses no quisieron irse.

Tras los acuerdos de La Soledad, que se habían firmado el 19 de febrero de ese mismo año, las tropas inglesas y españolas se embarcaron de regreso a Europa. Cuando Napoleón III recibió la noticia de que en territorio mexicano solo quedaban tropas francesas, exclamó con una enorme sonrisa: "*Enfin!*" Eso era precisamente lo que quería. Pretendía establecer un protectorado que le permitiera sostener las colonias francesas en las Antillas y Sudamérica, y quería participar en la construcción de un posible paso interoceánico por el istmo de Tehuantepec que quedara bajo estricto control de la nación francesa. Asimismo, pretendía extender la influencia de Francia en el continente americano con el fin de crear fructíferos mercados —en especial el del algodón—, de los cuales los franceses obtendrían materias indispensables para su economía, todo ello bajo el reinado de un príncipe austriaco. Los conservadores mexicanos exiliados en París como Juan Nepomuceno Almonte, José Hidalgo y José María Gutiérrez de Estrada, le habían hecho creer a Luis Napoleón que en México encontraría un gran territorio con el cual podría contrarrestar la expansión norteamericana. No en vano el poeta francés Víctor Hugo decía que Napoleón I, un personaje "déspota y farsante", quería ser amo del mundo para que le dijeran "monseñor" y acumular todo el poder del mundo, mujeres, caballos y muchos palacios, mientras que Luis Napoleón, su sobrino, trataba de emularlo sin alcanzar a ser el "dueño del mundo".

A diferencia de su famoso tío, Napoleón III, hijo de Luis Bonaparte, rey de Holanda, y de Hortensia de Beauharnais, nacido en Burdeos en 1808, fue presidente de la República Francesa, electo por sufragio universal masculino, el 10 de diciembre de 1848. Tres años después, tras un golpe de Estado, restauró el imperio a su favor, lo que le permitía quedarse en el poder mucho más tiempo que los cuatro años establecidos por la República. Durante sus primeros años de gobierno, Napoleón III se mostró autoritario para enfrentarse a sus oponentes republicanos, entre los que se encontraba Adolphe Thiers. A partir de 1859, Luis Napoleón instauró progresivamente un imperio liberal que buscaba inspirarse en el modelo británico, que impulsaba el desarrollo industrial, económico y financiero. Deseaba hacer de París una ciudad deslumbrante y moderna, por lo que le encargó al prefecto Haussmann que derrumbara los viejos edificios medievales y en su lugar construyera avenidas muy amplias, y arboladas; edificios de seis pisos, teatros, entre ellos la ópera Garnier, y enormes parques y jardines de aspecto romántico. Napoleón III poseía, al igual que su tío, delirios de grandeza. ¡Tenía que ser un Bonaparte!

¿Cómo era posible que al emperador francés se le ocurriera enviar al otro extremo del mundo una expedición a recuperar el dinero que México le debía, cuando Francia apenas salía de una sangrienta guerra con Austria?

Su esposa, Eugenia de Montijo —conservadora, católica ferviente—, pesó mucho en la decisión de Napoleón de enviar a las tropas francesas, pues argumentaba que así se pondría fin a la inestabilidad crónica y endémica de México. La archiduquesa Carlota escribió desde Miramar a la emperatriz de Francia el 22 de enero de 1862: "Vuestra Majestad, que siempre favorece el bien, parece visiblemente designada por la Providencia para iniciar una obra que podría llamarse santa por la regeneración que está destinada a operar, y sobre todo por el nuevo impulso que debe darle a la religión en un pueblo en el que las discordias civiles no han conseguido apagar la fe ardientemente católica de sus ancestros. La bondad compasiva de Su Majestad no le ha permitido olvidar que los mexicanos son de raza española. Es por ello que esta infortunada nación le deberá la primera perspectiva de futuro que se le ofrece en 40 años, por lo tanto no podrá separarse jamás el nombre de su augusta benefactora del nombre del emperador en las acciones de gracias que brindará al cielo el día en que se lleve a cabo este porvenir".

Por su parte, el mismo día, Maximiliano le escribía a Napoleón III: "Estuve encantado de saber que frente a la actitud dudosa de los españoles, Vuestra Majestad ha decidido enviar refuerzos al cuerpo de ocupación francés; es una medida que al mismo tiempo atestigua su buena voluntad hacia México, y ofrece nuevas garantías para el éxito de dicha obra".

El 20 de marzo de 1862, Eugenia de Montijo manifestaba a Juan Nepomuceno Almonte que las noticias provenientes de México no eran satisfactorias. La emperatriz entendía la imposibilidad de entrar en pláticas cuando el ejército francés se aprestaba a pelear. Los emperadores de Francia sabían que la falta de apoyo militar había producido una debilidad en su política. Por ello aumentarían sus contingentes y esperaban encontrar "eco en los partidos sensatos de México". En su misiva, la esposa de Napoleón III insistía en la necesidad de contar con la simpatía del pueblo, prometiendo a este, "un porvenir próspero, independiente y nacional". Para ello, proponía la formación de un partido unificador que ante todo velara por el orden y la estabilidad. Además, Eugenia confesaba que empezaban a sentirse inquietos por la salud de las tropas francesas. Muchos de estos soldados estaban enfermos de disentería y de fiebre amarilla. Le aseguraba al general Almonte que la petición hecha a Benito Juárez de acampar en mejores condiciones de salubridad, alejados del puerto, "debió aumentar su arrogancia y lastimó la dignidad francesa". Sin embargo, estimaba que la situación cambiaría con la llegada de refuerzos, era necesario dejar de lamentarse por el pasado y confiar en un "mejor futuro". Igualmente, agregó en su carta que esperaba sus noticias y solicitaba a Almonte que le escribiera cada vez que zarpara un barco a Francia. Terminó su carta informándole que su esposo "le enviaba 50 mil francos para gastos urgentes con el general Douay". Sin duda, esta suma le sería muy útil a Almonte ya que muchos asuntos no habían podido arreglarse por falta de dinero.

Con la partida de las tropas inglesas y españolas, Francia se quedó sola, resuelta a imponer una monarquía en México. El general Charles Ferdinand de Lorencez, comandante en jefe de las fuerzas francesas en México, declaró: "Somos tan superiores a los mexicanos por la raza, la organización, la disciplina, la moral y la elevación de los sentimientos, que a la cabeza de 6 mil soldados ya soy el amo de México".

Pero cometió un gravísimo error de apreciación. En la mañana del 5 de mayo de 1862, el mejor ejército del mundo fue derrotado en Puebla. El humillado Lorencez tuvo que solicitar refuerzos y más armamento a París.

Ante la amenaza de la fuerza tripartita, Benito Juárez había invitado a sus tropas a unirse para defenderse del invasor. Encomendó a Ignacio Zaragoza la compleja y pesada tarea de encabezar el Ejército Nacional. El general de 33 años, nació en Texas, en el pueblo de Goliad. Muy joven, dejó el seminario para dedicarse al comercio en la ciudad de Monterrey, "la Sultana del norte". Este destino no lo satisfizo del todo, de allí que se enrolara en 1853 en el ejército liberal. Participó en las campañas de Saltillo, Matamoros, Monterrey, Zacatecas, San Luis y la capital. En abril de 1861, a los 32 años, sustituyó a González Ortega como secretario de Guerra, y unos meses después quedó a cargo del Ejército de Oriente.

Ignacio Zaragoza era conocido por su temple de acero, su generosidad y su serenidad en momentos difíciles. Tenía un trato fácil y un gran don de empatía, de allí que pudiera sentir compasión tanto por los desamparados como por los oprimidos. No soportaba a los ricos engreídos, especialmente a aquellos que ya para entonces tenían en mente imponer a México una monarquía europea. Sin haber recibido nunca una instrucción militar, tenía el ejemplo de su padre, Miguel Zaragoza, quien había servido como soldado de infantería. A 20 metros de distancia uno podía reconocer, en medio de un grupo de soldados, a Ignacio Zaragoza por su prestancia y altura. A pesar de sus eternos espejuelos, era un hombre atractivo y con tanto carisma que tras la batalla de Puebla, fue apodado "el hombre pueblo". Si bien Zaragoza no era un general capaz de estrategias geniales o del arte de hacer la guerra a la europea, conocía bien el alma del soldado mexicano. Creía profundamente en su patria: "Nuestros enemigos son los primeros soldados del mundo, pero vosotros sois los primeros hijos de México y os quieren arrebatar vuestra patria", les gritó a los miembros del Ejército de Oriente aquella mañana del 5 de mayo, mientras ondeaba con toda su energía la bandera mexicana. Sus hombres lo escuchaban con devoción. La fuerza que emanaba su general en jefe en esos momentos los llenaba de patriotismo. Le creían, le tenían confianza, sabían que con él serían capaces de vencer al enemigo invasor.

Durante la gloriosa batalla del 5 de mayo de 1862, Ignacio Zaragoza tuvo que prescindir de varios contingentes con los que contaba, especialmente los de Oaxaca. Dos meses antes, el 6 de marzo, en San Andrés Chalchicomula había ocurrido una tragedia. En el templo de Guadalupe, a las afueras de la ciudad, se habían resguardado los barriles de pólvora y la fusilería. La primera brigada que se dirigía a Puebla para integrar el Ejército de Oriente acababa de llegar con sus carretas y la caballería. Serían alrededor de las 8 de la noche cuando decenas de soldados bebían y comían alrededor de fogatas. No faltaba el soldado que tocara la guitarra, y el valiente que se pusiera a cantar algunas coplas. A pesar de que se estaban preparando para la guerra, había algo de festivo en el ambiente. Había parejas de enamorados detrás de algunas carretas y niños jugando con su trompo. El cielo estaba estrellado y el clima templado. Súbitamente, a lo lejos, se escuchó un estallido. Una chispa había estallado en el depósito de pólvora. De pronto el cielo se cubrió de fuego, volaron piedras, escombros, fragmentos de adobe, carretas y hasta algunos caballos. Esa noche eterna San Andrés Chalchicomula ardió como el mismo infierno. Hombres y mujeres salían corriendo por todos lados, con las espaldas cubiertas de llamas. Los gritos de dolor eran pavorosos. Los niños lloraban, los perros aullaban, todo crujía, todo se colapsaba. En esa hecatombe murieron más de mil soldados, cientos de soldaderas que los acompañaban y civiles. No hubo manera de apagar el fuego en toda la noche. De inmediato se le avisó a Zaragoza. El general montó en su caballo y se dirigió al lugar de los hechos. El escenario era desolador. Después de levantar cadáveres y tratar de salvar algunas vidas, Zaragoza constató que tras la explosión solo le quedaban 100 hombres en la caballería y 5 cañones en la artillería. El contingente oaxaqueño había sido severamente diezmado.

Después de la tragedia de Chalchicomula las fuerzas liberales se organizaron lo mejor que pudieron para la defensa de Puebla. En la madrugada del 5 de mayo, Zaragoza repartió a sus 5 mil hombres en puntos estratégicos dejando varios soldados en la capital poblana para protegerla desde adentro. Él mismo reconocía que el suyo no era un ejército profesional y que se estaba enfrentando al ejército más importante del mundo. Mientras, Juan Nepomuceno Almonte, hijo natural del cura Morelos y futuro regente del imperio, comentaba al general francés Charles Latrille de Lorencez: “Es un ejército de desharrapados”.

El general Ignacio Zaragoza mandó llamar al general Negrete y le advirtió: “Yo a campo traviesa no puedo hacer nada, ¡pero tal vez en Guadalupe!”. Le pidió a Negrete que de Acatzingo a Tehuacán quemara los siete molinos y todas las cosechas para que los franceses no tuvieran nada qué comer. La consigna era matar al enemigo de hambre. Sin embargo, el sector conservador de Puebla, los ricos muy católicos, que habían desaprobado las Leyes de Reforma, se hallaban del lado de los franceses. Serían los primeros en alegrarse con la llegada a México de Maximiliano y Carlota.

Zaragoza también le pidió a Negrete que incorporara a sus filas a los campesinos, que organizaron una granizada de piedras sobre los cazadores de Vincennes. El 5 de mayo hubo piedras, machetes, cuchillos. Las armas de los soldados de Zaragoza provenían de las batallas de Santa Anna, eran modelos viejos, comparados con los que usaban los franceses. Pero la defensa se llevó a cabo con valor y ahínco.

La lucha fue frontal; Félix Díaz atacaba a cuchillo limpio. A pesar de los recursos paupérrimos de las tropas mexicanas, ese 5 de mayo de 1862 ganaron la batalla. Los franceses no conocían el terreno, no sabían que delante del Fuerte de Guadalupe había una trinchera muy profunda. Por añadidura, solo contaban con artillería ligera, lo cual les impedía penetrar en la ciudad. El armamento no era el adecuado. Los franceses habían llegado al país con la idea de que "sería un paseo". Para colmo, no contaban con un solo mapa de México. En otras palabras, la mayoría de los soldados no tenía muy claro a qué había venido. Después de varias semanas con todo tipo de dificultades como epidemias, fiebre amarilla, vómito negro, hambre e insolaciones, las tropas francesas habían llegado a Puebla totalmente desmoralizadas y agotadas.

En una carta que escribió unos días después, el coronel Porfirio Díaz le decía a su hermana Nicolasa lo siguiente:

> 10 de mayo de 1862
>
> El día 5 del corriente llegó el deseado momento de sacudir los mamelucos colorados, y con el gusto rebosando a punto de ahogarnos, comenzamos el sainete a las 11 de la mañana y esto fue hacer carne hasta las 6 de la tarde, que el enemigo comenzó a correr; hemos tenido pérdidas muy considerables, pero hemos matado muchos, muchos *monsieures*… En fin, yo nunca había tenido más gusto, ni día más grande que el día memorable 5 de mayo, día grande y de gloria.

Benito Juárez recibió muchas cartas de felicitación por el triunfo de la batalla de Puebla. Hasta el mismo presidente de Estados Unidos,

Abraham Lincoln, a través del embajador de México en Washington, Matías Romero, lo felicitó. Se trataba de las primeras felicitaciones de un gobierno extranjero a México. A Palacio Nacional llegaron centenas de cartas celebrando la victoria. Juárez les contestaba de su puño y letra, diciéndoles: "Ahora sí puede [usted] decir con orgullo, ¡soy mexicano!". Y al mismo tiempo hacía hincapié en la importancia de que sus soldados estuvieran bien alimentados, por lo tanto, a sus colaboradores más cercanos les pedía que contribuyeran con carne. Eran, sin duda, días convulsos para México.

Eugenia de Montijo escribió al general Almonte el 29 de junio de 1862 que ella y su esposo, Napoleón III, se habían enterado de la derrota del ejército francés en Puebla. Ambos consideraron que solo era un incidente más, "que no afecta el fondo de las cosas"; en cambio, puntualizaba que lo que realmente afectaba eran "las disensiones y los odios". En esa misma misiva, la emperatriz de Francia confirmaba al general Almonte las intenciones de su esposo de llevar a cabo una empresa que comprometía el honor y los intereses de Francia. Para ello le serían enviados nuevos refuerzos al general Elías Federico Forey, comandante en jefe de la expedición. Así, en lo sucesivo, Eugenia y Luis Napoleón esperaban recibir noticias más alentadoras "de aquella parte del mundo a la que nos ligan intereses diversos".

Tres días después, Luis Napoleón anunció a Juan Nepomuceno que le otorgaba poderes políticos y militares para tratar de resolver los asuntos de México. Por otro lado, consideraba que de haberse tomado en cuenta las observaciones de Alphonse Dubois de Saligny, "nuestra bandera ondearía hoy". El embajador de Francia nunca pretendió engañarlo sobre la animadversión que se encontraría entre la población mexicana. Napoleón escribió claramente en su carta: "No estoy disgustado con el general De Lorencez por su fracaso militar, pues todo el mundo puede equivocarse en la guerra, pero le reprocho echar la culpa sobre aquellos que no lo ameritan; debe asumir solo la responsabilidad". Sin embargo, reconocía que la retirada se efectuó de manera correcta; que se tuvo el debido cuidado con los heridos y que se mantuvo el orden en las columnas pese a las circunstancias adversas. En ese mismo correo le mandaba instrucciones precisas al general Forey:

> Al llegar a la capital expedir una proclama de acuerdo a las ideas que se le indicarán; acoger con benevolencia a Almonte y a todos los mexicanos que se

acojan bajo nuestra bandera; evitar tomar partido por alguno de los grupos en pugna; dejar en claro que todo es provisional, en tanto que no haya un pronunciamiento de la nación mexicana sobre diversos aspectos; respetar la religión, pero a la vez asegurar la confianza de los poseedores de los bienes nacionales; alimentar, pagar y armar a las tropas mexicanas auxiliares, dándoles el papel principal en los combates; mantener disciplinadas a las tropas; reprimir cualquier acto que pudiera lastimar a los mexicanos, pues hay que tomar en cuenta su carácter orgulloso. Todo esto es vital para conquistar el espíritu de la población".

La población, en efecto, se hallaba dividida. Pepita y Cayetana comentaban que sí les gustaría que en México hubiera orden y progreso de la mano de los franceses, pero no que para ello tuvieran que morir más mexicanos. Luis Napoleón proponía una reunión en la que estuvieran presentes Juan Nepomuceno Almonte y "las personas notables de cualquier cariz político" que se adhirieran al imperio. De esta manera se acordaría convocar a una asamblea para decidir "la forma de gobierno y el destino del país". Igualmente le encargaba al general De Lorencez colaborar con el nuevo gobierno para ir introduciendo cambios en la administración y en las finanzas. Para alcanzar esta reorganización, el emperador francés estaba dispuesto a enviar todos los asesores que fueran necesarios, aunque "no deseaba imponer una forma de gobierno a los mexicanos". Luis Napoleón aseguraba que su única intención era ayudar a México a generar la estabilidad que pudiera garantizarle a Francia "una compensación por los agravios padecidos".

No contento con todas estas recomendaciones, el emperador de los franceses anunciaba oficialmente a Almonte que si los mexicanos estaban dispuestos a aceptar una monarquía, el candidato de Francia para encabezarla era el archiduque Maximiliano de Habsburgo.

En Francia, la opinión pública no entendía por qué razón se invertía tanto dinero y tantos hombres en la invasión de un país tan lejano. Como bien decía Víctor Hugo, a ningún pueblo le gusta ser liberado por soldados, "a los pueblos no les gustan los misioneros armados".

Finalmente, la batalla del 5 de mayo desacreditó a Francia. Los estados europeos se dieron cuenta de que no podían confiar en Napoleón III, en una época en que su país necesitaba desesperadamente el apoyo de otros países. La guerra con Prusia estaba a la vuelta de la esquina.

A pesar del triunfo de la batalla del 5 de mayo de 1862 y de todos los esfuerzos de Benito Juárez y de sus generales, un año después, Puebla fue vencida. En mayo de 1863 se llevó a cabo uno de los sitios más largos de la historia de México. Después de 62 días la ciudad se rindió por hambre. El general De Lorencez cercó la ciudad e impidió que llegaran los víveres, además prohibió la salida de mujeres y niños.

Para esas fechas ya había llegado a México el general Achille Bazaine con un importante contingente para ayudar al general Forey en la toma de Puebla.

Durante su travesía de Santa Cruz de Tenerife a la Martinica, el general Bazaine llevaba el corazón henchido por la emoción "y lleno de lágrimas, que no podían ser derramadas delante de toda esa buena gente frente a la que se veía obligado a contener sus sentimientos", pero una vez en su camarote dio rienda suelta a su corazón acongojado pensando en su esposa Marie, en sus compañeros que padecían los mismo miedos que él y en los seres amados que había dejado en su patria.

Recién desembarcado en Veracruz, a la primera persona a quien escribió Bazaine fue a su hermano Adolphe.

Veracruz, 1 de octubre de 1862

Hermano muy amado:

Mañana es tu cumpleaños y beberé una de tus botellas de champaña en tu honor y mientras tú estés durmiendo nosotros estaremos brindando a tu salud, sin mucha alegría puesto que en semejantes días uno no puede defenderse de una aprensión en el corazón, que llama a las lágrimas, a los dulces recuerdos de familia. Te amo muy tiernamente mi querido Adolfo, eres para mí un hermano perfecto.

Hoy recibí la orden de ir a Jalapa para tomar la dirección de las operaciones de esas tierras. Ya te imaginarás cuán contento estoy, en lugar de quedarme aquí a llenar papeles.

Esa ciudad de unas 15 mil almas está situada en las montañas y su clima, dicen, es tan sano como el de Montpellier. Sin duda iré a Perote (antigua ciudadela española) que se halla en la embocadura de la meseta que conduce a la ciudad de Puebla.

Así que entraremos en operación, y tengo esperanza de que vayan tan rápido como nuestros medios de transporte nos lo permitan para mantener nuestros insumos al día.

Adiós hermano querido, dale besos a Georgine y a mi sobrino Achille de mi parte, te estrecho con todo mi corazón y te mando mis deseos de feliz año para el 63.

General Bazaine

El 21 de febrero de 1863, el general Bazaine dejó Perote con sus tropas para alcanzar San Andrés, a donde la Séptima Compañía General del ejército estaba por establecerse para desde ahí empezar la operación de Puebla, probablemente alrededor de la segunda quincena de febrero. El general consideraba que el estado sanitario era excelente para ser un ejército en campaña, y para estar en un clima como ese, que pasaba de cero a 40 grados bajo el sol, del alba al mediodía. Los franceses confiaban plenamente en el éxito de su misión, y Bazaine consideraba que esa sensación era compartida por la mayoría de la nación. Para él, la minoría se mostraba menos enérgica, aunque tuviera en su poder los recursos del país que no estaban ocupados por tropas intervencionistas. Desde su punto de vista, los juaristas buscaban en vano vencer, pero los mexicanos estaban hartos y el país devastado a gran escala. "Una parvada de zopilotes, extranjeros provenientes de varios países, rodean este simulacro de gobierno nacional y detentan los bienes nacionales que compraron a precio vil, y que ni siquiera pagaron, arruinando así este bello y desdichado país. Esa es la verdad verdadera, y si vieras como yo, en cada momento, esta demostración de reconocimiento de las poblaciones agrícolas que vamos liberando del yugo expoliador de las bandas juaristas, te convencerías como yo de que nuestra intervención es humana, y luego política, puesto que nuestra influencia será inmensa y eficaz en el Nuevo Mundo".

El 29 de marzo, el general Bazaine atacó el Fuerte de San Javier, en las afueras de Puebla, y se apoderó de él. A pesar del terrible fuego de la artillería y de la mosquetería, y de los ocho días que ya llevaba el sitio de Puebla, los franceses se hallaban satisfechos de la marcha de las operaciones. Querían tomar Puebla cuanto antes y proseguir su marcha hacia la capital. Además, ellos, los franceses, se sentían muy respaldados por la opinión pública poblana. Ganar era solo "cuestión de días".

Desde su exilio en Inglaterra, Víctor Hugo escribió a los poblanos en mayo de 1863 una carta que les llegó en pleno sitio. Pepita y Cayetana la comentaron con sentimientos encontrados. La carta decía:

Habitantes de Puebla:

Tienen razón en creerme con vosotros. No les hace la guerra Francia, es el Imperio.

Cierto, estoy con ustedes, ustedes y yo combatimos contra el Imperio, ustedes en su patria, yo en el destierro.

Luchen, combatan, sean terribles, y si creen que mi nombre les puede servir de algo, aprovéchenlo, apunten a ese hombre a la cabeza con el proyectil de la libertad.

Hay dos banderas tricolores: la bandera tricolor de la República y la bandera tricolor del Imperio; no es la primera la que lucha contra ustedes, es la segunda. En la primera está escrito: "Libertad, Igualdad, Fraternidad". En la segunda, se lee: "Tolón, 18 Brumario, 2 de diciembre".

Escucho el grito que me dirigen, quisiera meterme entre nuestros soldados y los de ustedes, pero ¿qué soy yo? Una sombra. ¡Ay! Nuestros soldados no son culpables de esta guerra; ellos la soportan como ustedes la soportaban y ellos están condenados al horror de realizarla detestándola. La ley de la historia es deshonrar a los generales y absolver a los ejércitos. Los ejércitos son glorias ciegas; son fuerzas a las que se les quita la conciencia; la opresión de los pueblos por el ejército inicia con esclavizar a los soldados; estos invasores son los encadenados, al primero que esclaviza un soldado, es a él mismo. Después de un 18 Brumario o de un 2 diciembre, ese ejército no es más que el espectro de una nación.

Valientes hombres de México, resistan.

La República está con ustedes y hace ondear sobre sus cabezas la bandera de Francia con su arco iris y la bandera de América con sus estrellas.

Esperen. Su heroica resistencia se apoya en el derecho y tiene en favor la certidumbre de la justicia.

El atentado contra la República Mexicana continúa el atentado contra la República Francesa. Una emboscada completa la otra. El Imperio fracasará en esa tentativa infame, así lo creo, y ustedes vencerán. En cualquier caso, ya venzan o ya sean vencidos, nuestra Francia continuará siendo su hermana, hermana de su gloria o de su infortunio, y en cuanto a mí, ya que apelan a mi nombre, les repito que estoy con ustedes; si son vencedores, les ofrezco mi fraternidad de ciudadano; si son vencidos, mi fraternidad de proscrito.

Victor Hugo

Si bien el 5 de mayo había sido la culminación del triunfo contra el mejor ejército del mundo, ya que nunca antes el ejército mexicano había ganado una batalla, y a pesar de que durante un año Puebla había resistido el avance de los franceses, los poblanos habían terminado por rendirse. Mientras 5 mil soldados mexicanos habían participado en la batalla del 5 de mayo, un año después, 20 mil luchaban contra 26 mil militares franceses y sus aliados. Durante dos meses la ciudad fue impactada por constantes bombardeos, pero los poblanos resistían, resistían con tanto ahínco que solo la penitenciaría de San Javier había sido tomada. Tanto resistieron los mexicanos, que los franceses, como estrategia militar, decidieron cercar por completo la ciudad y todos sus fuertes, de tal manera que ningún poblano podía entrar ni salir. Debido a esta medida drástica, poco a poco empezaron a faltar los medios de defensa y de subsistencia. No solo escaseaban las balas sino que ya no llegaba la carne, la fruta, las verduras, el maíz para las tortillas, la leche, los huevos, el pulque, pero sobre todo el agua, cuyo suministro fue cortado. En muy poco tiempo no había comida ni para los militares. Si querían comer carne, tenían que comer burro o perro. Los niños empezaron a morirse de hambre. No había cloroformo ni hielo para calmar las dolencias de los heridos, ni mucho menos medicinas para los enfermos. La ciudad y sus habitantes estaban en ruinas. La peste se expandió sobre los escombros. Todo olía a muerte, a pólvora y a desolación. En los primeros 45 días de lucha, los poblanos habían disparado un millón de balas de rifles y de cañones. Pero todo fue en vano. Puebla fue derrotada por el hambre y la peste. El mariscal Forey y el general Bazaine habían vencido al valiente general Jesús González Ortega, quien mandó su rendición por escrito el 17 de mayo de 1863. Su tristeza, su enojo, eran ambos evidentes.

> Señor general:
>
> No siéndome ya posible seguir defendiendo esta plaza por falta de municiones y víveres, he disuelto al ejército que estaba a mis órdenes y roto su armamento, incluso, toda su artillería.
>
> Queda pues, la plaza a las órdenes de V.E. y puede mandarla ocupar tomando, si lo estima conveniente, las medidas que dicta la prudencia para evitar los males que traería consigo una ocupación violenta, cuando ya no hay motivo para ello.
>
> El cuadro de generales, jefes y oficiales de que se compone este ejército se halla en el palacio del gobierno, y los individuos que lo forman se entregan como prisioneros de guerra. No puedo, señor general, seguir defendiéndome por más tiempo; si pudiera, no dude Vuestra Excelencia que lo haría.
>
> Jesús González Ortega

Forey no se conformó con la capitulación del general Ortega. Aceptó suspender el enfrentamiento con su enemigo, siempre y cuando este se rindiera según sus propios términos: el Ejército de Oriente debía entregar sus armas, desfilar frente al ejército francés y devolver a los prisioneros de guerra. Ortega aceptó sus condiciones, ya no tenía otra alternativa. Puebla se estaba muriendo de hambre.

Victoire, victoire, victoire! Vive l'Empereur!, escribió el mariscal Forey, en letra mayúscula y con puntos de exclamación, a Napoleón III. Al recibir la noticia en las Tullerías, el emperador de los franceses, y sobre todo su esposa, Eugenia de Montijo, brindaron con champaña por el triunfo. Al caer Puebla, como un juego de naipes caería la Ciudad de México. Cuando los poblanos que habían escapado del cerco volvieron de las rancherías donde se habían refugiado, cuando los ricos retornaron de sus haciendas, cuando todos los muertos fueron sepultados y cierto orden reinó en Puebla, Forey se puso en marcha hacia la Ciudad de México para tomar la capital en nombre de Francia.

El 31 de mayo miles de capitalinos, en un acto solemne y espontáneo, se reunieron en el Zócalo para despedir a Benito Juárez. El presidente, vestido con levita negra, hierático y digno según su costumbre, salió de Palacio acompañado por su gobierno. Llevaba consigo el Archivo General de la Nación distribuido en once carretas. El presidente Juárez, los miembros de su gabinete y sus respectivas familias, se dirigieron a San Luis, donde los esperaban manifestaciones entusiastas por parte de los liberales. A pesar de estas pruebas de lealtad, el que se veía particularmente triste era Felipe Berriozábal, ministro de la Guerra y Marina. El triunfo de la batalla de Puebla lo había llenado de orgullo por haber participado con tanta convicción. Junto con Ignacio Zaragoza y el general Porfirio Díaz estaba convencido de que triunfarían y de que su brigada se mostraría particularmente valiente a la hora de reforzar los fuertes. Ahora partía con Juárez con amargura, preguntándose si tantas muertes habían valido la pena.

El 30 de mayo, el general Bazaine, al frente de sus tropas, se puso en marcha hacia la Ciudad de México. En San Martín Texmelucan describió en su bitácora de viaje el magnífico paisaje que lo rodeaba. "Podría uno creerse enfrente de los Pirineos cuando uno ve los volcanes Iztaccíhuatl, la dama blanca, y el Popocatépetl, ambos cubiertos de nieves eternas, y a una altura de 4 780 para el primero y 3 400 para el segundo".

Ya todo el mundo en la capital sabía que los franceses harían su entrada el día 10 de junio a las 10 de la mañana. Desfilaron por la calle de San

Francisco; era un espectáculo magnífico, de los que no se veían todos los días. Muchos de los soldados eran veteranos de la guerra de Crimea o de Italia. Pepita y Cayetana vieron que venían cansados pero muy limpios, llevando a sus espaldas su voluminosa mochila de 25 kilos. La gente salía a los balcones, se asomaba por las azoteas. El azoro era mayúsculo, eran más de 30 mil hombres desfilando y habían tardado 16 meses en alcanzar este triunfo. A partir de ese momento las tropas francesas que habían vivido en condiciones tan difíciles bajaron la guardia y se entregaron al placer de los bailes, el cortejo y los paseos.

Pepita y Cayetana soñaban con asistir a alguno de los brillantes bailes imperiales. Las fiestas religiosas en las vías públicas que habían sido abolidas por Benito Juárez fueron permitidas por los franceses, lo cual fue tomado por los miembros de la Iglesia como un mensaje de conciliación.

En la calle la gente se arrebataba los ejemplares de los diarios, sin importar que estos fueran de tinte conservador o liberal. Entre la "gente decente", no se hablaba de otra cosa que no fuera la llegada de las tropas francesas. Esa mañana tan asoleada, las casas ostentaban banderas tricolores y vistosos cortinajes. Las campanas de la Catedral y de todas las iglesias repicaban. En cada esquina cercana al Zócalo aparecían arcos triunfales. La muchedumbre se apiñaba alrededor de la Plaza Mayor. Por la noche todos los edificios eran iluminados con lámparas de aceite.

Para agradecer tantas atenciones de la población, el mariscal Forey ofreció un baile el 29 de junio en Palacio Nacional. Ese mismo día, el diario *El Cronista* publicó: "Si en primer lugar no estuvieran arruinadas gran parte de las familias por las tremendas exacciones de los últimos tiempos y la pobreza general; y si en segundo lugar no se careciese en la plaza de los efectos más precisos para el adorno de las señoras, personas convidadas hay que no podrían presentarse en la brillante tertulia de la oficialidad francesa, las más por carecer de recursos pecuniarios para hacerse un traje decente; las otras del sexo femenino, por no hallar en las tiendas las telas y adornos que faltan a consecuencia de la larguísima incomunicación con el puerto de Veracruz".

A partir del arribo de las tropas francesas, empezaron a organizarse varios bailes en diferentes palacios. Uno de los más comentados, en esos días fue el que se organizó en el Teatro Nacional. Todo estaba iluminado con vasos de colores y pabellones de México y de Francia que ostentaban el águila imperial. El patio había sido cubierto de bóvedas de cristal y el piso alfombrado estaba cubierto de flores en maceta para simular un jardín. Las columnas y cornisas fueron tapizadas con cortinas y banderas. En las mesas se sirvieron pasteles, dulces, helados y licores en abundancia. Forey se encontraba instalado en el palco principal; los dos palcos contiguos al escenario los ocuparon, el de la derecha, los miembros del Poder Ejecutivo, y el de la izquierda, el ministro de Francia.

Con estos bailes los franceses buscaban reunir a mexicanos pertenecientes a todas las facciones políticas, de todos los "colores". Esas habían sido las órdenes de Luis Napoleón: borrar los nueve meses de inacción en que los franceses no pudieron avanzar, por medio de bailes, tertulias, proclamas, y así, en cuanto llegaran a la capital, poder conseguir partidarios para su causa. Se trataba de lograr un entendimiento pacífico entre los miembros de toda la sociedad mexicana. Según los intervencionistas, la monarquía era la respuesta para alcanzar esa armonía. No era raro encontrar en esos días y en estas fiestas a liberales, conservadores y aristócratas. Muchos de los liberales más acérrimos no pudieron resistir el canto de las sirenas y acudieron a estas reuniones sociales con sus mejores prendas. Este hecho no era raro, así como sucedía en México había sucedido en Francia y en muchas otras monarquías.

Doña Emilia viuda de Caldelas y sus siete hijas, solteras y sin dote, eran las primeras en llegar a estas fiestas.

A mí y a mis hijas ya nos convencieron de que la mejor cosa que le puede pasar a nuestro pobre México, en este momento, es ser gobernado por un príncipe europeo, católico. Miren nada más qué fiestas tan bonitas. Hacía mucho que no comíamos helado, ni crème brulée. *Ya ni me acordaba a lo que sabía el* champagne *con sus burbujitas tan finas. ¿Se han fijado, niñas, qué garbo tiene Forey? No, si no hay nada como Francia.*

En las cartas dirigidas a su hermano, a veces Bazaine se ponía muy poético. Como le gustaba escribir, se tomaba el tiempo para describir la capital. Sabía que su hermano le leía las cartas a su mujer, Georgine, y que ambos las comentaban con afecto. Bazaine también sabía que, contarles los sucesos de su vida en México era una manera de integrarlos a la vida mexicana que llevaban los hijos del matrimonio al cuidado del Mariscal.

México, 25 de junio de 1863

Querido Adolphe:

Henos aquí instalados en esta capital, sin duda por algún tiempo, porque la temporada de lluvias vuelve las carreteras de este país, por decirlo de alguna manera, impracticables, lo cual nos obliga también a suspender las operaciones militares, que se limitan a acampar en ciertos puntos del Estado de México, necesario a las relaciones comerciales y a la sanidad general. Después de una guerra civil tan larga, no lograremos inmediatamente alcanzar la pacificación completa del país en el interior, pero al menos lo lograremos con tenacidad y energía. La gran mayoría de este pueblo, de todas sus clases, solo pide un buen gobierno basado en instituciones liberales, la paz y la defensa de sus intereses personales, relaciones con Europa. No se puede tener una idea del estado de desorden y de desmoralización en los que se halla sumido el país. Y serán necesarios esfuerzos constantes para seguir constituyéndolo como verdadera nación.

Los elementos no faltan, pero la moralidad política, administrativa, hace falta y eso es toda una educación para llevar a cabo.

Esta ciudad sería bella si fuera limpia. Sí hay algunas casas amuebladas con mucho lujo, y algunas mujeres se visten con grandes atuendos, pero no hay ningún monumento, solo hay antiguos conventos que tienen un tipo de arquitectura particular y grandiosa. Los alrededores son bonitos pero no podemos gozar mucho de ellos porque las rutas son muy malas y tan llenas de baches que se adolece de la espalda cuando se hace más de una legua. En suma es el país del espejismo, todo es bello de lejos pero muy ordinario de cerca.

Te mando el certificado de vida necesario para que te den mi pensión de gran oficial. Estamos todos muy bien, sigo muy satisfecho de tu hijo Albert que ahora es conocido por todo el ejército. Si nos quedamos aquí, espero poder ascenderlo a subteniente el año entrante a más tardar, ya que la ley exige tres años de servicio (mínimo) de los cuales dos como suboficial, pero en campaña eso puede reducirse a la mitad, y haré lo que pueda, dentro de los límites permitidos. Puedes contar con eso, además de que es inteligente y valiente.

Adiós mi hermano querido, te agradezco mucho todo lo que haces por mí. Te beso y te amo con todas las fuerzas de mi corazón.

General Bazaine

A veces Achille Bazaine se quejaba de la incapacidad de sus tropas para avanzar en "ese diablo de país" por culpa del clima. Llovía demasiado, lo cual le ocasionaba terribles dolores de cabeza. Para colmo, no había caminos trazados, los convoyes de artillería no podían pasar. Corría el mes de agosto, plena temporada de lluvias, lo cual complicaba aún más la estrategia de ocupación militar. En esos caminos tan llenos de lodo se atoraban los cañones, las carretas con víveres, municiones y los caballos. Le frustraba mucho tener que esperar a que las condiciones se mejoraran para que su división fuera a visitar Morelia, Querétaro y San Luis Potosí, en donde se hallaba el gobierno de Juárez, "gobierno que se cae a pedazos día a día por el destierro de la población y que nuestra visita mandará sin duda a la orilla izquierda del río del norte". Más claro que el agua no podía ser. Las intenciones de Bazaine eran correr a Juárez de San Luis Potosí, y de preferencia del país. Aunque en esos días él se declaraba en muy buenos términos con el mariscal Forey, sabía que tenía que ser muy cauteloso porque: "la condición humana está ahí, dominando las mejores naturalezas cuando el amor propio está en juego, y es un pequeño sentimiento de egoísmo que le habrá impedido decirle al Ministro lo que uno se ve obligado a dar a conocer en el ejército, este último sabía a qué atenerse y eso me tiene satisfecho". Apenas empezaban las intrigas.

México, 27 de agosto de 1863

Querido Adolphe:

Estoy muy contento de ser General en Jefe, y de hacer todo lo posible para cumplir con mi elevada misión, que está lejos de ser fácil a pesar de la instalación de un gobierno nacional; en fin, haré lo mejor que pueda.

El mariscal Forey, no deseando exponerse enteramente a las tierras calientes por ahora, no quiere irse antes de este mes y conserva el mando. Eso extraña y enoja al ejército que está acostumbrado a más obediencia, pero así es, a menos de que haga una demostración, una especie de pronunciamiento a la mexicana, no se irá porque está encantado de jugar a ser aquí un virrey.

Estoy muy feliz de mi nueva posición porque podría lograr obtener las charreteras para nuestro querido Albert, de quien sigo muy satisfecho.

Estamos todos bien. Le dejo a Marie la elección de llevar a cabo este gran viaje a México, porque en mi situación ignoro cuántos meses, años, nos quedaremos en este país y que podría recibir, como si me cayera encima un rayo, la orden de volver: puesto que mientras más se eleva uno, más la posición se vuelve espinosa para conservarla. A la gloria de Dios.

Adiós querido hermano bien amado.
General Bazaine

El general en jefe del ejército francés estaba convencido de que la proclamación de la monarquía podría establecer la paz en esa "bella y desdichada parte del Nuevo Mundo". Sin embargo, temía que la paz tan anhelada no llegara inmediatamente, al menos no mientras que las capitales de los estados del interior del país no fueran pacificadas. "El partido liberal aún no se pronuncia todavía y parece esperar su decisión. De tal manera que el partido conservador lleva la dirección de los asuntos, y es, como en todos lados, de una gran timidez en la acción, pero rencoroso haciendo reacción debajo de la mesa. El emperador me escribió una carta a mano para expresarme todo su pensamiento, que es de una gran nobleza de sentimientos y llena de generosidad para con este desdichado pueblo. Su Majestad rechaza toda reacción, desea la conciliación de los partidos, que no se vuelva a tocar el tema de la venta de los bienes del clero, que se transmita el decreto del mariscal sobre el secuestro y todas sus instrucciones son liberales y harán la felicidad de los mexicanos si logro cumplir con la misión que me ha confiado, puesto que me ha otorgado poderes diplomáticos y militares".

Ese era el México en el que Cayetana y Pepita crecían: un México dividido entre liberales y conservadores, un México invadido por tropas francesas, un México acechado por intereses europeos y norteamericanos. Era también un México de agudos contrastes sociales, una nación que soñaba con crecer y desarrollarse, con tener paz. ¿Traería eso un príncipe europeo? ¿Estaba la respuesta en una monarquía encabezada por Maximiliano de Habsburgo?

IV

¡*NOVARA* A LA VISTA!

Para el 10 de mayo de 1864, el archiduque austriaco aún no desembarcaba: se daba a desear. Ello irritaba mucho a Bazaine porque la apatía de Maximiliano corría el riesgo de provocar un enfriamiento entre México y Francia, y además podría causar la pérdida "del entusiasmo de un pueblo que estaba muy interesado en él". En cuanto llegara el príncipe austriaco, Bazaine iría hacia el norte con sus tropas para impedir que Juárez reconstituyera un gobierno con el apoyo de la Alta California y de las fronteras americanas; se sabía que los norteamericanos le habían estado enviado algunos desertores y todo tipo de aventureros para incrementar sus fuerzas.

En la casa de la tía Juliana no se hablaba de otra cosa que no fuera la llegada de Sus Majestades. Para la familia Azcárate representaba un parteaguas en su vida. La tía Juliana había puesto en algunos marcos de plata las fotografías no nada más de los emperadores mexicanos sino los de Napoleón III y de Eugenia de Montijo. Eran tarjetas de presentación que circulaban por toda la ciudad para que los futuros súbditos del imperio los conocieran físicamente.

El 29 de mayo, Pepita y Cayetana, quien pasaba unos días de vacaciones en la casa de Coliseo, leyeron en el diario *La Sociedad*: "Ayer a las nueve de la mañana fondeó en Veracruz la fragata de guerra francesa *Thémis*, adelantándose a la fragata de guerra austriaca *Novara* a cuyo bordo venían SS.MM. II Maximiliano y Carlota y anunciando su arribo para de allí a algunas horas". La noticia comunicada por el telégrafo se propagó con eléctrica rapidez en México.

"Al recibirla el Excmo. Sr. General Almonte aceleró su marcha a Veracruz. A las 11 de la mañana se encontraba Su Excelencia en Paso del Macho. A las 2.30 de la tarde, 101 un cañonazos disparados por los habitantes de Veracruz y salvas hechas en Ulúa y por los diversos buques anclados en Sacrificios, anunciaron el arribo de la *Novara*. SS.MM. II deben haber desembarcado en la misma tarde. ¡Bienvenidos sean a las playas del país que cifra en ellos su última esperanza de salvación! Repiques a vuelo y salva de innumerables cohetes celebraron en México a las 4 de la tarde el arribo de los ilustres viajeros. ¡Viva el emperador! Nuestro Augusto Soberano ha llegado a las playas de Veracruz. Demos gracias a la Providencia Divina, que condujo con felicidades a nuestro suelo al hombre destinado por ella para hacer la felicidad de nuestra patria infortunada", señalaba el diario.

Cuando terminaron de leer la noticia, Pepita y Cayetana se abrazaron. Pepita exclamó: "Ojalá nos inviten a uno de los bailes de bienvenida en honor de la emperatriz Carlota y el emperador Maximiliano".

Bazaine esperaba también ansioso la llegada de Sus Majestades. Ese mismo día escribió a su hermano:

México, 28 de mayo de 1864

Hermano querido:

Estamos esperando para hoy la llegada del emperador Maximiliano a Veracruz. Dentro de unos días estará aquí, por lo cual me felicito porque ya no aguantaba más. El trabajo, las responsabilidades eran enormes y me siento muy cansado. Espero que se hará cargo de lo más importante y que yo solo tenga que ocuparme de mis asuntos militares, que estarán de lo mejor.

El país se pacifica y deseo que la llegada del Soberano ayudará a los indecisos a decidirse por la adhesión al imperio. Podemos, pues, esperar que nuestro regreso sea para dentro de 8 o 9 meses. En cuanto a mí, todo parece indicar que mi estancia se prolongará. Por ello, la aprovecho lo mejor que puedo y deseo cumplir con las encomiendas que nuestro querido emperador me ha confiado; además estoy tan encariñado con mis valientes soldados que me daría mucha pena dejarlos antes de tiempo.

Vi a tu recomendado, el capitán de Caballería; es un viejo tropero que debe ser un buen soldado, pero dudo que pueda alcanzar las grandes filas, sobre todo porque está saliendo en calidad de extranjero; en fin, haré lo que pueda para serle útil.

Todavía no hemos podido encontrarle algo al pobre del señor Piéraud, pero no me desespero, hace falta mucha paciencia en este país para todo.

Me apuro para terminar mi carta antes de la salida del correo y no me quedará un minuto libre después del desembarque del emperador que se llevó a cabo esta mañana.

Los beso a todos con la más grande ternura del mundo.

General Bazaine

Para finales de mayo de 1864, el general Achille Bazaine se jactaba de que las capitales de los estados y las cabeceras municipales habían sido liberadas "del yugo juarista". Estaba convencido de que todos los centros de población estaban dispuestos a aceptar al imperio y al archiduque, y que se contaban las adhesiones en más de 6 millones, sobre los 8 del total que tenía el país. Sin duda exageraba, pero él estaba convencido de que los mexicanos estaban cansados de un régimen impuesto "por una minoría turbulenta". La adhesión unánime al imperio de Maximiliano le parecía más que evidente: "Nuestra expedición producirá grandes resultados, yo no lo dudo ni un instante, y están ciegos los que no quieren ver que la corriente comercial se dirigirá dentro de poco hacia el Pacífico y al Extremo Oriente. Una nación como la nuestra no puede quedarse encerrada en sí misma y el emperador ha entendido el movimiento de su siglo al promover nuestro crecimiento comercial y al mostrar los colores de nuestra civilización en el Nuevo Mundo. El ejército no aprueba las ideas estrechas y poco generosas emitidas por la oposición representada por algunos diputados; es tan fácil ponerse a criticar todo y no hacer nada".

Como bien observaba el general Bazaine, instaurar una monarquía en México no se veía nada fácil. Después de las arduas negociaciones iniciadas desde que la Alianza Tripartita firmara los tratados de la Soledad, ya se hablaba de poner a la cabeza del gobierno mexicano a un príncipe europeo y católico. "Qué lástima que mi hijo sea tan pequeño, de lo contrario lo hubiera yo propuesto para hacerlo emperador de México", llegó a decir Eugenia de Montijo a su esposo. Entonces el heredero a la corona francesa, Eugenio Luis Napoleón, tenía seis años. A ese grado estaba la emperatriz de los franceses comprometida con el proyecto monarquista. Entre los candidatos se encontraba el infante don Enrique de Borbón, duque de Sevilla, nieto de Carlos IV de España. Para cuando fondearon las escuadras militares en las aguas del puerto, Napoleón III ya le había escrito una carta a Maximiliano, a quien conocía desde hacía varios años, cuando el joven archiduque pasó algunas temporadas en la corte francesa. Entonces ya era un joven muy apegado al protocolo, al punto de que a los 15 años había escrito de su puño y letra en una pequeña hoja de cartón, que acostumbraba llevar consigo para poder consultarla constantemente, una lista de normas de vida.

Siempre que regresaba de sus viajes a Francia, Maximiliano se sentía profundamente decepcionado. Veía en Napoleón III a un personaje ordinario, como le escribiera a su hermano Francisco José, "de una timidez insuperable", la cual le hacía arrastrar los pies al caminar; "de mirada astuta y huidiza". Estimaba que la corte imperial francesa era desordenada, indisciplinada, "arribista". Por su parte, Napoleón vio en Maximiliano a un "príncipe bien educado sabedor de tantas cosas". No obstante, el emperador francés sintió la incomodidad del joven. Para mantener las buenas relaciones con el imperio austrohúngaro tenía que conquistarlo. Se le ocurrió entonces invitarlo a un baile de la corte el 22 mayo de 1856 para presentarle a la condesa Virginia de Castiglioni, quien en ese momento era su amante en turno. Días después, el archiduque le escribió a su hermano que la condesa era "una aventurera", "una verdadera bailarina de la Regencia recién salida de su tumba". Después de ese viaje, antes de llegar al palacio de Schönbrunn, en Viena, pasó por Bruselas para presentarse ante la corte del rey de los belgas. En una de esas fiestas conoció a la princesa Carlota, que recién cumplía 16 años y con quien habría de casarse el 27 de julio de 1857.

María Carlota Amelia Victoria Clementina Leopoldina deslumbraba entonces por su belleza y personalidad. Desde muy pequeña dio muestras de una gran inteligencia. La muerte de su madre, María Luisa de Orleans, cuando Carlota contaba con tan solo 10 años, provocó que su abuela materna, María Amalia, viuda del rey Luis Felipe de Francia, se hiciera cargo de ella. Si algo le preocupaba a esta abuela tan intuitiva era la complejidad de carácter que tenía esa niña de sensibilidad a flor de piel. La veía alternar la madurez de una persona mayor con arranques caprichosos o accesos de melancolía. Ya entonces tenía pesadillas. Pero sobre todo, a la abuela le llamaban la atención los estados de profundo hermetismo en los que podía caer la pequeña Carlota.

Cuando el rey Leopoldo I de Bélgica, tan orgulloso de su hija, se percató de que ella ya era toda una mujer preparada para el matrimonio, decidió ocuparse de la cuestión de inmediato. Sin duda alguna era la princesa más bella de Europa y no tendría ningún problema para encontrar un marido que valiera la pena. A fines de mayo de 1856 se presentó un candidato de 24 años de edad, Fernando Maximiliano de Habsburgo, archiduque de Austria. La primera noche que pasó en Bélgica se ofreció un banquete en su honor y al día siguiente una comida más íntima. Leopoldo I le dio un tratamiento especial al joven archiduque, en quien no causó el menor impacto, y por si fuera poco, la actitud de su anfitrión le pareció aburrida y pretenciosa. Carlota, por su parte, se enamoró a primera vista. Se enamoró perdidamente. "Llegaste tú y contigo llegaron la juventud y la alegría y supe que mi vida tenía una luz distinta porque la iluminabas tú con tu humor y tus sonrisas. Cómo te lo agradecí cuando llegaste a Bruselas, con tu uniforme blanco de almirante de la flota austriaca. Y en tus ojos aleteaban las violetas azules que crecen en las faldas de los Alpes del Tirol", recordaría Carlota con nostalgia años más tarde. Ella, sin embargo, no causó tanta impresión en el joven archiduque. En las cartas que Maximiliano le escribió a su hermano le habló del rey Leopoldo sin hacer mención alguna de Carlota.

El padre de la princesa había enviado a un sobrino a Viena con instrucciones para que el joven pudiera pedir la mano de su hija. Maximiliano se puso a considerarla retrospectivamente. "Ella es bajita y yo soy alto, como debe ser. Ella es morena clara y yo soy rubio, un buen detalle también. Ella es muy inteligente, lo que no deja de ser un fastidio, pero sin duda saldré airoso". Estas reflexiones no mostraban una pasión desenfrenada. Sin embargo, después de asegurarse con su futuro suegro de que no solo se trataba de una unión con objetivos políticos, le dirigió unas pomposas líneas a su prometida: "Señora, la graciosa respuesta de Su Majestad, vuestro augusto padre, me ha hecho profundamente feliz y me autoriza a dirigirme directamente a Vuestra Alteza real para expresar mi reconocimiento más cordial y más vivamente sentido por el consentimiento que habéis tenido a bien dar a mi petición, consentimiento que garantiza la dicha de mi vida".

Más tarde le envió una carta en la que le aseguró que la fama de sus virtudes y de su belleza había llegado hasta el más recóndito pueblo del imperio y que toda Austria se regocijaba de tenerla como nueva archiduquesa. Carlota no cabía de felicidad. En Maximiliano había encontrado todas las cualidades que esperaba en un hombre. Además, él sería incapaz de serle infiel como lo había sido su padre con su madre.

Lo que aún no sabía Carlota era que el nacimiento de su Habsburgo, 24 años atrás, estaba ligado a una tragedia. Sofía, princesa de Baviera y madre de Maximiliano, era muy joven cuando la casaron con el archiduque Francisco Carlos, hijo y hermano de emperadores. El padre de Maximiliano era una auténtica nulidad. Tímido y falto de carácter, aburría profundamente a la joven y vigorosa princesa, que se encontró trasplantada en la corte de Viena entre una familia sofocante, arisca y austera. Con la única persona con la que podía platicar, intercambiar impresiones y compartir diversiones, era con un joven muy guapo, de mirada triste, actitud romántica, pero sumamente enfermizo. Este hombre era nada menos que el hijo de Napoleón I y de la archiduquesa María Luisa: el Aguilucho o rey de Roma, que nunca fue rey y nunca fue a Roma. Tanto Sofía como él disponían de todo su tiempo, y pasaban horas juntos en su jaula dorada de Schönbrunn. Sofía veía con angustia cómo el Aguilucho tosía y escupía sangre. La única ocasión en que no pudo estar con él fue porque empezó con los dolores de parto. Sofía estaba embarazada de su segundo hijo. Ese mismo día el joven murió. Al enterarse Sofía de la muerte de su amigo, se desmayó tres veces y perdió el conocimiento por horas, y sufrió una fiebre que la llevó a las puertas de la muerte. A raíz de este episodio tan dramático para Sofía, la princesa se convirtió en una matrona avejentada, severa, amargada y autoritaria. Su reacción y su lamentable aspecto dieron pie a una serie de chismes en la corte de que ese recién nacido, nombrado Maximiliano, en realidad era hijo del Aguilucho. Sin embargo, no había fundamento alguno para llegar a esa conclusión. Pero lo que sí resultaba evidente fue que durante toda la vida de Sofía, en lugar de preferir a su hijo mayor, Francisco José, siempre manifestó una ternura excesiva por Maximiliano.

Maximiliano llegó a Bruselas para asistir a todas las festividades en su honor y en el de su prometida. El novio no solo se informó sobre los gustos de Carlota, sino que hizo preguntas muy concretas sobre la fortuna de su futura esposa. El joven Leopoldo, hermano de Carlota, ya había oído decir que Max era sumamente interesado. Leopoldo I le otorgó a la dote un suplemento. "Le apasiona la etiqueta. Nunca habíamos visto una rapacidad comparable, ni un deseo similar de riqueza", criticaba el conde de Flandes, hermano menor de Carlota.

Antes de la boda, Maximiliano se reunió amistosamente con los hermanos de su prometida para conversar sobre diversos temas, entre los cuales se hallaba inevitablemente el tema de las mujeres, y de confidencia en confidencia Maximiliano confesó a sus incrédulos futuros cuñados que nunca había tenido ninguna amante, jurándoles que era virgen.

Al día siguiente de la boda, Leopoldo vio a los recién casados unos minutos después de haberse despertado. "Carlota se veía con el semblante cansado, pero resignado", escribiría en su diario el extrañado hermano, "según Max todo fue bien, Carlota se mostró razonable y durante el acto repetía 'estoy sorprendida'". Tal vez estaría cansada. Pero, ¿resignada? ¿Resignada a qué? Lo que no mencionó en su diario fue que además del séquito italiano que había llevado Maximiliano, se presentaron como invitados especiales dos personajes que estaban destinados a desempeñar un papel esencial en la vida del archiduque, su ayuda de cámara y su ayudante de campo.

Los recién casados se dirigieron a Viena para que Carlota conociera a su nueva familia, los Habsburgo. Su suegra la recibió con muestras de cariño, en parte para vengarse de su nuera Sissi, esposa del emperador Francisco José, a la que detestaba. No había día en que no le recordara a Sissi que tenía los dientes demasiado amarillos o bien que su pelo larguísimo no tenía el menor brillo. Sin embargo, cuando hablaba de su segunda nuera derramaba miel: "Carlota es encantadora, hermosa, atractiva y dulce. Agradezco profundamente a Dios la mujer elegante, inteligente y culta que le ha dado a Max".

Los jóvenes archiduques continuaron su viaje hacia Milán, donde Maximiliano tenía que reincorporarse a su puesto de gobernador general de Lombardía-Venecia, que formaba parte del imperio austrohúngaro. Carlota impresionó a sus nuevos súbditos por su dominio del idioma y el interés que de inmediato tomó en lo que sería su reino. Tenía apenas 17 años.

Habiendo sentido la derrota del imperio austrohúngaro el 14 de mayo de 1858 como si fuera la suya, Maximiliano por fin se reunió con Carlota en el castillo de Miramar. No querían ver a nadie y llevaban una vida de anacoretas. Había sido retirado de su puesto de gobernador general, y a los 30 años ya no ocupaba ninguna posición ni tenía ningún puesto y no veía un futuro claro. Pero Carlota no se dejaba derrotar. Por primera vez desde su boda, Maximiliano y Carlota se encontraban juntos solos. El archiduque dedicaba todo su tiempo, dinero y energía al avance de las obras de su castillo de Miramar. Carlota montaba a caballo, pintaba, leía, se paseaba. Seguía enamorada, cada día lo encontraba más admirable. Un día Maximiliano le anunció que quería hacer un viaje muy largo. "¡Hagámoslo!", propuso entusiasta Carlota. "Preferiría ir solo a Brasil". La joven esposa sintió un golpe en el corazón, ¿por qué había decidido ir solo? ¿Iría a recorrer los lugares en los que solía pasear con su primera prometida y a la que tanto quiso, María Amelia de Braganza?

Varias semanas más tarde, Carlota recibió una carta de su marido: "Si no tuviera mis obligaciones de marino y no sintiera vergüenza ante Dios, hace tiempo que hubiera regresado a ti". Estuvieron separados tres meses. La familia belga le preguntaba a Carlota por qué no lo había acompañado. ¿Por qué se embarcaron juntos hacia Portugal, para después dejarla sola en la isla de Madeira? Carlota callaba. Para colmo, cuando Maximiliano regresó a Europa se marchó a Viena.

La existencia que los dos llevaban en ese momento no era la que Carlota había previsto; ya no gozaban de honores, no tenían corte ni tampoco responsabilidades. Carlota se aferraba a la idea de que su esposo tenía un destino brillante. Leopoldo, su hermano, la visitó: "Mi cuñado está más gordo, tiene los dientes peor y está más calvo. Carlota no dice nada, no confiesa nada y lo que nos ha escrito no es tan revelador como lo que no nos ha escrito", reportó Leopoldo a Bélgica.

Maximiliano volvió a ausentarse y de nuevo le escribió cartas maravillosas a su esposa. Por fin pudieron mudarse juntos a Miramar y una vez instalados, Maximiliano tuvo que ir de nuevo a Viena. De regreso, Max se las arreglaba para estar siempre en compañía de sus amigos y de los oficiales de la guarnición para beber, fumar y divertirse. Durante una visita que les hicieron Sissi y Francisco José a Miramar, Carlota y el emperador se dieron cuenta de que había nacido un idilio entre sus respectivos cónyuges. Por más platónico que fuese, Carlota se sintió herida pero no dijo nada, y Francisco José aborreció con toda su alma a su hermano. No toleraba el cruce de miradas cómplices entre su mujer y su hermano. De todas maneras, la joven pareja ya no esperaba nada del emperador de Austria. El futuro se veía negro, sobre todo porque la armonía entre Carlota y su esposo había dejado de reinar.

En octubre de 1861 los archiduques recibieron una gran oferta: ¿aceptarían ocupar el trono de un imperio que se fundaría en un país llamado México?

El 22 enero de 1862, Maximiliano escribió a Napoleón III para agradecerle que hubiera pensado en él para la corona de México. Apreciaba infinitamente su confianza y le confirmaba la aceptación de sus condiciones. Además, le pidió su apoyo para un préstamo bancario de 25 millones de piastras destinadas a poner en marcha su nuevo gobierno. México se encargaría de pagar más adelante dicha deuda. Maximiliano deseaba ser acompañado por un cuerpo armado formado en Europa, para evitar caer bajo la protección de "soldados y generales mexicanos acostumbrados a la anarquía". Como tercera condición, el archiduque solicitó viajar hasta su nuevo imperio en una fragata austriaca.

Maximiliano le envió su carta con un mensajero de toda su confianza: el general Juan Nepomuceno Almonte.

> Le estoy muy agradecido, Señoría, por haberme presentado al general Almonte, un hombre cuyo talento y experiencia serán una gran ventaja para la causa monárquica en su patria. La suerte ha querido que el general se encontrara aquí con uno de los miembros más eminentes del episcopado mexicano, monseñor Labastida, obispo de Puebla, que en vísperas de acercarse a su diócesis ha venido a Miramar a presentarse. Los diferentes puntos señalados por Su Majestad al general Almonte han sido el tema principal de nuestros encuentros y de ello resultó un memorando, Señoría, que él [Almonte] tendrá el honor de entregarle, *Sire* [...].
>
> Me parece que el Sr. Almonte parece compartir la opinión de que no se pierde nada al poner a Santa Anna a la cabeza de la Regencia, encargada de administrar el Estado hasta la llegada del Soberano. Un solo punto que según el general Almonte Su Majestad le ha recomendado mucho no ha podido ser resuelto de manera definitiva, se trata de la nacionalización de los bienes del clero. Monseñor de Puebla, que en esta materia como en muchas otras tiene opiniones muy sensatas, ha propuesto que antes de proseguir, sería útil conocer la posición del Santo Padre sobre este asunto. Por ello se ha propuesto para ir a Roma con el fin de tratar este tema directamente con Su Santidad, así como para tratar de otras cuestiones religiosas mencionadas durante nuestro encuentro.

En esta misma carta, el archiduque le prometió a Napoleón III hacer hasta lo imposible para que la bandera francesa y su lema, "Orden y progreso", flotaran armoniosamente en su nuevo imperio. Almonte se encargó de llevarle esa carta a Napoleón a las Tullerías, acompañada de una petición formal de Maximiliano en la que le informaba sobre la necesidad de la permanencia de las tropas francesas hasta el establecimiento de una armada "indígena", de contar con 10 mil hombres además de las tropas francesas ya presentes en México, y la petición de un préstamo de 100 millones de dólares al 5% de interés, hipotecado sobre los bienes de la Iglesia; se estimaba que con la venta de estos bienes se obtendrían de 20 a 25 millones de dólares, pero para ello se necesitaría la autorización del papa Pío IX. Se sostuvo que esto último difícilmente ocurriría porque tan solo la aduana de Veracruz podía producir más de 4 millones de dólares. Adicionalmente, las tres potencias que suscribieron el Tratado de Londres, con el propósito de dar mayores garantías a la casa que concediera el préstamo podrían, de ser necesario, obligar al gobierno mexicano a cumplir con sus compromisos financieros. Además, Maximiliano planteaba la formación de un senado, una cámara de diputados y un consejo de Estado. Proponía también una Regencia basada en un triunvirato a cargo del general Santa Anna, el general Almonte y monseñor Labastida. El documento fue firmado conjuntamente por el archiduque y el general Almonte en Miramar.

En los correos sucesivos, fechados en el mes de marzo de 1862, Maximiliano insistía en que el apoyo de los mexicanos y de los europeos era indispensable para que él aceptara la corona. Por ello, envió misivas a Inglaterra para cerciorarse de la consideración de los británicos. Pero la reina Victoria se abstuvo de dar su opinión, lo cual preocupó mucho al futuro emperador. El archiduque intentaba ganar credibilidad; su preocupación mayor era establecerse en México "con el consentimiento y la benevolencia de los participantes en los acuerdos entablados".

En este acuerdo, Maximiliano autorizaba, "a nombre de su Alteza Imperial y salvo su ratificación", otorgar títulos nobiliarios, sin rebasar el número de 20 para el de barón, 10 para el conde y 10 para el de marqués. Los títulos de nobleza de las antiguas familias serían reconocidos; sin embargo, era necesario actuar "con prudencia y discreción" al prometer nuevos títulos nobiliarios a los individuos importantes. También se acordó "utilizar los servicios", es decir, asegurarse la fidelidad de los jefes de los partidos conservadores; para ello se necesitaría una suma de disponibilidad inmediata de 200 mil dólares. La Regencia debía firmar todos sus decretos a nombre del Soberano.

Una vez que Francia venció al México republicano, restaba saber de qué manera se iba a instaurar la monarquía. A sugerencia de Napoleón III, se creó una Junta de Notables para establecer una regencia. Finalmente se implantó el 25 de junio de 1863. La Junta se componía de unas 35 personas seleccionadas por el ministro plenipotenciario de Francia, Dubois de Saligny, y eligió a Juan Nepomuceno Almonte, José Mariano Salas ("un viejo fósil conservador, una momia recién salida de su tumba", como lo describió Bazaine), que había sido presidente provisional de México, y al arzobispo Pelagio Antonio de Labastida y Dávalos (quien se había exiliado en Roma en 1856). Por hallarse fuera del país el arzobispo fue representado por Juan Bautista Ormaechea, obispo de Tulancingo.

Los conflictos empezaron a darse muy pronto. El prelado Juan Ormaechea estaba en total desacuerdo con la desamortización de las Leyes de Reforma. El arzobispo Labastida confiaba en que el triunvirato iba a lograr anular la adjudicación de los bienes eclesiásticos en favor del Estado. Varios obispos declararon en el mes de septiembre haber aceptado la intervención europea con la única condición de elegir a un príncipe católico para gobernar el país. Sin embargo, las políticas no parecían dar marcha atrás a las medidas que Juárez había tomado anteriormente. "Esperemos que llegue el emperador Maximiliano para que pueda resolver estas cuestiones, yo no tengo el poder para solucionarlas", les dijo Almonte a Salas y al obispo, tomando su papel muy en serio. Esto obviamente no les gustó; el mismo Bazaine confirmó que debían validarse los pagarés de los bienes nacionalizados, siguiendo la propuesta inicial de Juárez. La Iglesia se enfureció aún más. Los obispos se encontraban más que indignados.

El 10 de julio de 1863 la Junta de Conservadores emitió el siguiente dictamen:

1. La nación mexicana adopta por forma de gobierno la monarquía moderada, hereditaria, con un príncipe católico.
2. El soberano tomará el título de emperador de México.
3. La corona imperial de México se ofrece a S. A. I. y R., el príncipe Maximiliano, archiduque de Austria, para sí y sus descendientes.
4. En caso que, por circunstancias imposibles de prever, el archiduque Maximiliano no llegase a tomar posesión del trono que se le ofrece, la nación mexicana se remite a la benevolencia de S. M. Napoleón III, emperador de los franceses, para que le indique otro príncipe católico.

Por sus diversos informantes, militares, enviados diplomáticos, almirantes de Marina, su ministro de Asuntos Exteriores y también su ministro de Guerra, Napoleón III sabía todo lo anterior. Sabía que las arcas de México estaban vacías, que Juárez seguía dando pelea y que por lo tanto el país no estaba pacificado,y por último, que los conservadores no se ponían de acuerdo. Cuando el emperador de los franceses se enteró de que el triunvirato se había disuelto, se preocupó por saber quién quedaría a la cabeza del país mientras llegaba Maximiliano. Era evidente la elección de Almonte, lo cual agradó a Napoleón III.

Maximiliano recibía la información de lo que pasaba en México gracias a las misivas de Napoleón, *le petit,* y de Almonte, quien en cada carta tenía el arte de desvirtuar la realidad de México. Por ejemplo, el 27 de julio de 1863, le escribió: "No hay que considerar las opiniones poco propicias a su nuevo imperio. Debemos alejar las intrigas susceptibles de impedir la puesta en marcha de su reino. Las oposiciones surgirán no solo de México, sino también en el seno de Europa, en particular de Alemania y de España, quienes se mostrarán celosos del éxito del imperio. El Trono espera a su príncipe; toda duda desaparecerá cuando él lo asuma". Líneas más abajo, Almonte hacía al archiduque una serie de peticiones, al mismo tiempo subrayaba la pérdida de fuerza entre las tropas juaristas. Por un lado lo tranquilizaba y por otro le hacía peticiones imposibles.

1. El apoyo de 10 a 12 mil voluntarios alemanes, para que lo escolten en cuanto desembarque. Más por prestigio que por seguridad.
2. Que consiga un préstamo en Londres, Viena o París de unos 500 millones de francos para administrar el imperio durante cinco años.
3. El nombramiento de un nuncio enviado a México por el Santo Padre para resolver la cuestión de la desamortización de los bienes del clero.
4. Poner la independencia de México bajo la garantía de al menos cinco naciones.

Además, para aceptar la corona, Maximiliano necesitaba convencerse de que todo el pueblo de México deseaba efectivamente ser gobernado por un príncipe europeo, por lo tanto exigió un plebiscito.

Fue Luis Napoleón quien comunicó al archiduque los resultados: todos, absolutamente todos los mexicanos, estaban deseosos de una monarquía.

No pasaba una semana sin que Almonte publicara un manifiesto a la nación. Dos meses antes del "plebiscito", expuso a la ciudadanía lo siguiente: "Mexicanos: Nombrados nosotros por la Junta Superior de Gobierno para ejercer el supremo poder ejecutivo de la Nación.[...] Un ejército disciplinado y valeroso, y una potencia grande y civilizadora se han comprometido a salvarnos del insondable abismo de males, a que tan ciega como despiadadamente nos arroja una extraviada minoría de nuestros compatriotas. Se restablece el libre culto católico, no más ateísmos ni doctrinas inmorales y antisociales. Ya no habrá más escándalos al mundo por parte de México, sino paz y armonía".

El regente del imperio escribió al archiduque a Miramar lo siguiente: "No se preocupe, basta con que el resto del país se decida y todas las dificultades se allanarán si unimos fuerzas. Esperemos que la Providencia nos conceda las gracias necesarias", de tal manera que Carlota pueda ocupar el papel de "Madre de México", como se lo escribiera, asimismo, Dolores Quezada de Almonte en el mes de agosto.

Por su parte, y sobre el mismo tema, la archiduquesa le respondió:

24 de agosto de 1863

Señora:

Mucho me ha conmovido la amable y afectuosa carta que me dirigió con motivo del voto de la asamblea de notables de México.

Si después de que el resto del país se decida y que todas las dificultades se superen, me es concedido, asociándome a los esfuerzos del Archiduque, llenar en su hermoso país el papel de madre que describe usted tan bien, espero que la Providencia me dispensará las gracias necesarias que encontrarán mi corazón dispuesto de antemano.

El archiduque me encarga agradecerle los sentimientos que nos expresa y ambos hacemos votos sinceros por la felicidad y prosperidad de sus compatriotas. Crea usted, señora, mientras tanto, en

Su afectísima,
Carlota

Para los oídos de Maximiliano las palabras "imperio", "emperatriz", "trono", "corona", sonaban a gloria. "Es una locura" opinaban unos; "es un proyecto muy peligroso", declaraban otros. "Los asesinarán, los asesinarán", gimió y lloró María Amalia de Borbón, la abuela de Carlota, quien la había criado después de la muerte de su madre.

En agosto de 1863, Luis Napoleón comunicó al archiduque que una delegación de 11 personas bien seleccionadas iría a hacerle la petición formal de aceptar la corona de México.

El 3 de octubre los conservadores se presentaron en Miramar. La comitiva mexicana encontró a un Maximiliano muy alto, de pelo rubio, nariz recta, ojos azul porcelana, y una sorprendente barba rubia, rizada y partida a la mitad. Para sus 33 años empezaba a estar un poco calvo. Pocos años después, Juárez habría de decir al ver su cadáver que su frente mostraba una avanzada calvicie y que no necesariamente era un signo de inteligencia.

Para esa ocasión tan importante, el archiduque llevaba un pantalón de paño azul marino, una casaca blanca del mismo material y una corbata negra. Su pecho se hallaba cruzado por la banda de la Orden de San Esteban y lucía el collar de la Orden del Toisón de Oro. Lo que también llamó la atención a los miembros de la delegación fueron sus finas maneras, su hidalguía, pero sobre todo su serenidad. Mientras el presidente de la delegación, José María Gutiérrez de Estrada, le daba a conocer la decisión del pueblo de México, Maximiliano se mantenía de pie, muy firme. Al finalizar el discurso de Gutiérrez de Estrada, el archiduque agregó: "Intervención francesa... ojalá signifique una mejora para los mexicanos". Enseguida presentó a su esposa a los delegados que quedaron sumamente impresionados no solo por la belleza y la juventud de la archiduquesa, sino por su espléndido atuendo, su gracia y el magnífico collar de enormes diamantes que enaltecía su elegancia. Durante la cena todos estaban felices con la elección de Napoleón, a quien se dedicó el primer brindis. Después de los postres, Carlota se dirigió al tocador, acompañada por *madame* De la Fère. Mientras se ponía un poco de carmín en los labios miró a su interlocutora frente al espejo y le comentó muy quedito: "En el fondo yo no quería que Maximiliano aceptara la corona de México. Mi corazón me dice que podrían pasarnos cosas terribles en ese país. He sido tan feliz en Miramar, demasiado feliz para que dure. Pero, como hija de la casa de Bélgica, ya no puedo dar marcha atrás". Al escuchar lo anterior, *madame* De la Fère se quedó perpleja. ¿Qué habría querido decir la futura emperatriz con esas premoniciones? Nunca se imaginó que esa mujer de apariencia tan fuerte, en el fondo fuera insegura y vulnerable.

—Archiduquesa, ¿por qué de pronto le asaltan tantas dudas?

—Es que últimamente he tenido muchas pesadillas, y el hecho de dejar Trieste me tiene muy inquieta. Llevo noches sin dormir preguntándome si no he presionado demasiado a mi marido.

—No se preocupe. Dice mi esposo que México está esperando a sus emperadores con los brazos abiertos. Hasta el mismo monseñor Labastida, que nos honra con su amistad y su confianza, asegura que todo se arreglará en México cuando ustedes lleguen. Y que sus majestades contarán con la bendición del Papa. *Je suis sûre que tout ira pour le mieux...*

Al salir del *boudoir*, *madame* De la Fère se topó con su marido, quien se dirigía al salón de fumadores. Ni tarda ni perezosa le contó su conversación con Carlota. El banquero la escuchó con atención. Al fin, agregó.

—Estos mexicanos corren peligro de hundirse en una terrible tragedia. Juárez nunca se someterá con docilidad a una monarquía.

Almonte no viajó a Trieste para no descuidar sus obligaciones en México. A nombre de la Regencia, el presidente de la Comisión, José María Gutiérrez de Estrada, le entregó al archiduque una preciosa caja de plata repujada con el voto de la Asamblea de Notables a favor de la monarquía. Lo hizo mientras realizaba una ostentosa genuflexión al mismo tiempo que le besaba las manos.

Enterada la Regencia de la aceptación definitiva de Maximiliano de Austria al trono de México, el general Almonte mandó celebrar el hecho con una salva de 101 cañonazos y con un tedeum cantado por monseñor Labastida, recién desembarcado de Europa. Fue una ceremonia de gran pompa a la que concurrieron todas las autoridades francesas y mexicanas. Entusiasmado, Juan Nepomuceno volvió a casa asegurándole a su esposa que la situación del país era de lo más satisfactoria: el archiduque iba a encontrar menos dificultades de las esperadas.

Sin embargo, aun cuando las condiciones parecían cumplirse para el establecimiento de su nuevo gobierno, Maximiliano dudaba. Su hermano mayor, el emperador Francisco José, le había pedido renunciar a la sucesión al trono de Austria antes de asumir una nueva corona. El archiduque calificó de "perverso" el documento llamado Pacto de Familia por medio del cual se oficializaba su retiro voluntario de la sucesión. Se rehusó a firmar el pacto en Viena y exigió que el káiser fuera directamente con el documento a Trieste.

Mientras Maximiliano no se decidía por una fecha para embarcarse a México, su mujer cada vez estaba más convencida de la misión que los esperaba. Sobre todo cuando recibieron una más de las tantas cartas que les enviaba Almonte, en la que les decía: "Cuando Vuestra Majestad tenga en sus manos esta misiva, la sumisión y la adhesión de todo el país será un hecho consumado".

El archiduque contestaba recordando sus condiciones:

4 de noviembre de 1863

Mi querido general:

Cuando reciba usted estas líneas, las tropas francomexicanas, como lo hace esperar su carta de septiembre 27, habrán podido volver a emprender su marcha libertadora hacia las provincias sometidas aún al poder de los terroristas, logrando que los habitantes de esas regiones elijan libremente el régimen político bajo el que deseen vivir. Si como creen ustedes poder asegurarme por adelantado, y como parecen indicarlo las manifestaciones parciales que le han llegado de estas provincias, los votos de la gran mayoría de la nación me llaman al trono, se habrá cumplido con una de las condiciones esenciales para mi aceptación.

Espero que para entonces, y gracias a las diligencias que se preparan a efectuar en estos momentos varios miembros de la diputación en París, Londres y Madrid, podrá contarse con el cumplimiento de la otra condición, que usted mismo definió tan bien al exigir un tratado de garantía entre México y las Potencias que firmaron el tratado del 31 de octubre de 1861.

Esté usted seguro, mi querido general, que yo no vacilo en absoluto; mi resolución ha sido tomada y desde que pronuncié mi discurso del 3 de octubre, tal resolución ha sido proclamada ante México y ante el mundo; únicamente espero, para tomar las riendas del gobierno, el cumplimiento de las condiciones que no solo mi dignidad, sino el propio interés de su patria, me han obligado a exigir. Ya le di esta seguridad en mi carta del 10 de octubre y me es grato renovarla ahora; puede usted hacer de ella el uso que crea conveniente para disipar las dudas que aún puedan existir en México.

Por lo que se refiere al deseo que me ha expresado usted de intervenir ante el gobierno francés para que rectifique su decisión sobre el regreso del señor Dubois de Saligny, sean cuales fueran las ventajas de su permanencia en el puesto que ocupaba, he creído mi deber abstenerme de efectuar cualquier diligencia a ese respecto, pues el nombramiento del Conde de Montholon estaba ya dado en aquel momento, y se esperaba en Francia la llegada de su predecesor en uno de los barcos que estaban por llegar.

La archiduquesa y yo nos sentimos felices al pensar en el consuelo que tendrá usted al volver a ver muy próximamente a su familia, y le reitero, querido general, mi sincera estimación.

Su afectísimo,
Fernando Maximiliano

Entre los rumores palaciegos de la corte francesa no faltaba quien hablara del *Archiduc*, como el *Archidupe*, es decir el Archiengañado. Por todos lados lo presionaban: Carlota, su madre, la emperatriz Sofía de Austria, su hermano Francisco José, los enviados de México, Gutiérrez de Estrada e Hidalgo, y naturalmente, Luis Napoleón. Para colmo de males, comenzaron las fricciones familiares.

Nunca imaginó el archiduque que su hermano mayor, el emperador de Austria, lo alentara con tanto ahínco a embarcarse a México. ¡Habían sido tan unidos desde niños!

Lo presionaba no tanto para que se convirtiera en el monarca de un nuevo territorio, sino para alejarlo de la sucesión al trono austrohúngaro. A pesar de que el emperador del imperio más grande y poderoso de Europa ya llevaba 15 años gobernando, siempre existía la posibilidad de que falleciera, y en tal caso, el segundo de la familia Habsburgo subiría al trono. Sin duda, Maximiliano representaba un gran riesgo. Había que alejarlo cuanto antes. Para ello, Francisco José apeló desde el mes de febrero a un Pacto de Familia, a través del cual el futuro emperador de México se veía obligado a renunciar a sus derechos a la sucesión de la corona austriaca y a sus bienes. Esta medida draconiana incluía a su posible descendencia.

En febrero de 1864, el archiduque todavía no se decidía a embarcarse. Aun cuando ya tenía los resultados del plebiscito, a solicitud suya e ideado por Almonte, no tenía ni idea de cuándo llegaría a México. Los días pasaban, las semanas pasaban y él seguía dudando. El 22 de febrero Maximiliano y Carlota viajaron a Bruselas para despedirse de rey Leopoldo de Bélgica y solicitarle una guardia imperial de 2 mil soldados belgas exclusivamente para proteger a su hija, la futura emperatriz. Carlota, con los ojos llenos de lágrimas, le agradeció a su padre esta enorme deferencia. Para la princesa belga su padre era una figura fundamental. Desde que era muy joven tenía una gran complicidad con Leopoldo I. A sabiendas de que su suegro, el gran paterfamilias, era uno de los hombres más poderosos de Europa, también Max recurría a él con frecuencia. Se escribían largas cartas sobre temas relacionados con asuntos familiares, políticos, inversiones gubernamentales pero, sobre todo, pidiéndole consejos porque lo sabía un viejo muy sabio.

El 5 de marzo los archiduques de Habsburgo llegaron a París, en donde fueron recibidos con un gran protocolo, como correspondía a los príncipes de su rango llamados a convertirse en emperadores. Napoleón III estaba feliz. "Ya verán cómo serán recibidos en ese país que actualmente se encuentra lejos de la mano de Dios. ¡Los mexicanos los necesitan tanto! Me he estado informando y el indio Juárez está cada vez más debilitado. Mi buen general Bazaine, excelente estratega militar, está ganando cada vez más terreno. No están solos, Francia está con ustedes y Almonte los estará apoyando en todo lo que necesiten". Estas palabras de aliento era música para los oídos de Carlota.

En medio de tantas recepciones oficiales, Luis Napoleón aprovechó para firmar un nuevo convenio con el archiduque. Francia se comprometía con México a lo siguiente: el cuerpo militar de 38 mil hombres se iría reduciendo gradualmente de año en año, de tal manera que, incluyendo a los de la Legión Extranjera, se quedarían 28 mil hombres en 1865; 25 mil en 1866 y 20 mil en 1867. Por añadidura, el gobierno de Maximiliano pagaría los gastos de la expedición. Estos ascendían a 270 millones de francos desde que llegaron los primeros contingentes al país en enero de 1862 hasta el primero de julio de 1864. Después de esta fecha, todos los gastos del Ejército mexicano debían quedar a cargo de México. Si algunos de estos soldados llegasen a permanecer en el país al cabo de este plazo, debían recibir una pensión de mil francos por año y por cada hombre. Además, el gobierno imperial se comprometía a indemnizar a los súbditos franceses por los perjuicios que habían padecido en años anteriores y que habían motivado la intervención de las fuerzas de la Alianza Tripartita. Por último, en cuanto desembarcara Maximiliano en Veracruz, se les ofrecería el indulto a los prisioneros mexicanos de guerra.

El 19 de marzo llegaron a Viena en donde fueron recibidos con todos los honores de su nuevo rango. El emperador Francisco José se comportó con cordialidad excesiva. Sin duda los hermanos se llevaron muy bien hasta que Francisco José ascendió al trono. Incluso, según contaba Sofía de Austria, cuando sus dos hijos eran pequeños y alguno enfermaba, se escribían cartas tiernas que se mandaban de habitación a habitación. Todo eso se había terminado; hasta entre Sissi y Carlota existía una gran competencia e incluso celos. Carlota estaba segura de que Max se sentía atraído por los encantos de su cuñada y prima hermana.

En una de las tantas fiestas de la corte vienesa, Carlota los vio bailar con demasiada familiaridad; desde ese día no dejaba de observarlos cada vez que los veía juntos. Cuántas veces no le preguntó a su marido si no había algo entre los dos. "¡Qué locuras se te ocurren! ¿No te das cuenta de que es la esposa de mi hermano mayor?", le decía el archiduque a su mujer. Le preocupaba que ese tipo de escenas de celos se repitieran con tanta frecuencia. Carlota veía en Sissi a una rival considerable, no nada más por su extraordinaria belleza, medía 1.76, pesaba 46 kilos, su cintura no era mayor de 50 centímetros y su cabellera, muy admirada por todas las cortes europeas, le llegaba a los tobillos. Además era poderosa; era la esposa de un emperador que gobernaba 13 países, y por si fuera poco, también era querida por sus súbditos. Sissi tampoco quería a su concuña, la veía como una mujer demasiado ambiciosa y manipuladora. No le gustaba cómo trataba a Max, su primo y cuñado. No le gustaba que estuviera tan obsesionada por llevar una corona imperial, pero lo que más le disgustaba era que de las tres nueras de Sofía, Carlota era la preferida.

Desafortunadamente, la complicidad consolidada a través de tantos años entre Francisco José y Maximiliano se rompió. Ninguno de los dos hermanos imaginó que llegaría un día en que la separación entre ambos sería definitiva

Al día siguiente de su llegada a Viena, el 20 de marzo de 1864, el matrimonio imperial se enteró, no sin sorpresa, del proyecto que le entregó el conde de Rechberg. Se trataba del pacto que Maximiliano debía firmar antes de partir para México. El contenido lo enfureció al punto que exclamó frente a la corte austriaca: "La propuesta que me hacen es indignante". Se rehusó a firmarlo. No comprendía cómo su familia podía hacerle algo semejante. Para Francisco José era una petición legítima; no podía concebir que un emperador mexicano se hallara un día, por alguna circunstancia, a la cabeza del imperio austrohúngaro. Los padres de Max estaban igualmente ofuscados por esta demanda tan inesperada. El exmonarca Francisco Carlos, le advirtió: "Hijo, hiciste bien en no firmar. Si yo todavía fuera alguien en este mundo y no hubiera abdicado en favor de tu hermano, ya estaría haciendo un escándalo en el Consejo para protestar por lo que se te quiere imponer". Su madre seguía sin creerlo. Incluso ella estaba convencida de que su hijo mayor ni siquiera había leído este pacto "infame". Desafortunadamente, en esta ocasión su intuición como madre había fallado. Eso lo corroboró con mucho desconsuelo cuando acudió junto con Maximiliano y Carlota ante el emperador de Austria para preguntarle si efectivamente avalaba el documento. "Sí, madre. Estoy al tanto y por el bien de Austria es lo más conveniente". En ese momento, la archiduquesa, Maximiliano y Carlota salieron del despacho, incrédulos y confundidos. Esa noche no durmieron en el palacio de Hofburg, la residencia imperial. De alguna manera tenían que mostrarle a Francisco José a qué grado reprobaban su comportamiento, y decidieron partir esa misma noche al palacio de Laxenburg.

Durante semanas Maximiliano se negó a firmar; sin embargo, su mujer y Napoleón III lo presionaban. *Signez, signez!*, le ordenaba desde París para que se embarcara cuanto antes a México. Nunca en su vida Maximiliano se había encontrado en tal encrucijada: si firmaba renunciaba a todos sus derechos, si no firmaba se podía embarcar pero con el absoluto rechazo de las cortes europeas y la desaprobación de Napoleón III. Con ello perdería todo apoyo una vez que asumiera el trono mexicano. "¿Qué hacer?", se preguntaba día con día.

Max, nos tenemos que ir a México, tienes que firmar. No te preocupes por nuestro futuro. Como sabes, yo heredaré una enorme fortuna de mi abuela. Además, contamos con el apoyo de mi padre. Para demostrarle tu determinación, proponle a tu hermano que venga a Miramar para firmar el documento. Que él venga aquí. Ponle esta condición. Nunca ha venido a Miramar. En el fondo siempre te ha visto menos. Francisco José es terrible, ya ves cómo te relevó de tus funciones como gobernador general de Lombardía-Venecia, con el pretexto de que era mejor para su corona. Argumentó que lo hacía por la seguridad de su imperio y para controlar a esos italianos que se quieren independizar. Tu hermano es capaz de todo. Escríbele que si no viene a Miramar no firmas.

El 9 de abril de 1864, finalmente el káiser aceptó la condición de Maximiliano de ir a Miramar para firmar el Pacto de Familia. Viajó en un tren imperial desde Viena hasta el pequeño castillo, acompañado de su esposa Sissi, sus principales dignatarios, su madre, su padre, los hermanos Carlos Luis, Luis Víctor, sus sobrinos, tres ministros, tres cancilleres de Hungría, de Croacia, de Transilvania y algunos generales. En la corte del ya emperador de México se hallaban José María Gutiérrez de Estrada, José Hidalgo, Velázquez de León, Aguilar y Marocho, Escandón y Landa, Arrangoiz, Murphy y Facio, quienes le hicieron una marcada reverencia a Maximiliano cuando lo vieron entrar en el salón.

Después de un espléndido banquete cuyo ambiente había resultado particularmente tenso a pesar de que los invitados trataban de guardar todo el protocolo, la familia pasó al salón principal a tomar el café. La única que parecía radiante, con una alegría inconsciente, era Carlota. El más taciturno era el padre del emperador austriaco, Francisco Carlos de Austria, de 62 años, quien había abdicado en 1848 en favor de su hijo, y cuyo gobierno había sido lamentable por su carácter inestable. El conflicto que oponía a sus dos hijos mayores desde hacía semanas entristecía mucho al exmonarca. "¡Qué injusticia!", repetía constantemente a quien lo escuchara. Como su marido, Sofía también se rehusaba absolutamente a los términos estipulados en el Pacto de Familia. Durante el café solo se hablaba en voz muy baja de la renuncia del archiduque Maximiliano a sus derechos de sucesión. De pronto, los dos hermanos se pusieron de pie y se retiraron a la biblioteca de 6 mil volúmenes, cuyas ventanas daban al Adriático.

Al cabo de varias horas se abrieron las puertas de la biblioteca y aparecieron los dos hermanos, quienes se dirigieron al salón de La Rosa de los Vientos. En él y ante las dos cortes, se leyó la siguiente sentencia: "Su Alteza, el archiduque Fernando Maximiliano, renuncia para su augusta persona y para sus descendientes a la sucesión del imperio de Austria y a todos los reinos y países que dependen de ella, sin ninguna excepción, en favor de todos los otros miembros capaces de suceder en la línea masculina de la casa de Austria y de su descendencia de varón en varón, de tal forma que mientras haya un archiduque o un descendiente varón aun en el grado más alejado, el archiduque Fernando Maximiliano no podrá hacer valer ningún derecho a la sucesión mencionada". Ello significaba que los jóvenes archiduques y futuros emperadores de México renunciaban a todos, todos, todos sus bienes. Los hermanos se veían devastados. Ambos tenían los ojos llorosos. Estaban pálidos, agotados. Era evidente que las discusiones habían sido más intensas de lo que ambos esperaban. He aquí lo que Sissi escribió en su diario acerca de ese encuentro tan doloroso: "Maximiliano tenía un rostro desamparado. Yo tenía ganas de gritar, mientras Carlota mostraba una sonrisa ruin. Carlota es el ángel de la muerte de Max".

Nadie supo qué se dijeron los hermanos entre esas cuatro paredes forradas de tapiz azul. Nadie fue testigo de esa conversación. Y nadie, ni sus respectivas esposas, conocieron jamás los detalles de esa discusión tan desgarradora.

A la una de la mañana, cuando Francisco José y su comitiva se disponían a tomar el tren en la pequeña estación de Miramar para regresar a Viena, los hermanos se despidieron con un saludo militar al mismo tiempo que hacían sonar los talones de sus botas. Parecían dos extraños, dos hombres que no tenían nada en común y que se habían limitado a cumplir con su deber. Antes de abordar el tren, y mientras Maximiliano se alejaba lentamente con la cabeza gacha, Francisco José de Austria viró el cuerpo y gritó mientras le abría los brazos: "¡Max!". Su hermano corrió a abrazarlo con la cara bañada en lágrimas. Fue la última vez que los dos hermanos se vieron en su vida.

Cinco días después, el 14 de abril a las 10 de la mañana, los jóvenes emperadores de México se embarcaron en la fragata *Novara* del archiduque. El muelle del castillo de Miramar había sido espléndidamente decorado. La fragata francesa *Thémis*, enviada por Napoleón III, sería la encargada de escoltar al barco austriaco hasta México. Se hallaba anclada a corta distancia. Carlota miró el pabellón francés de la *Thémis* ondeando al viento y bajó liviana las escaleras de mármol que la llevaban directamente a las aguas del Adriático. El matrimonio se subió a una pequeña goleta adornada con escarolas y moños dorados, que los llevó a la fragata anclada mar adentro. Era un día espléndido. Las salvas despedían a Sus Majestades. Su primer destino sería Roma, en donde los archiduques se presentarían ante el papa Pío IX para recibir de él la bendición antes de iniciar la travesía hacia México.

Los archiduques se hospedaron en el *Palazzo* Marescotti, propiedad de José María Gutiérrez de Estrada, quien los recibió con amplias muestras de entusiasmo y una espléndida hospitalidad. El 19 de abril, una radiante Carlota vestida de negro, con el pelo cubierto por una mantilla de etiqueta y un Maximiliano de traje oscuro, acudieron al Vaticano en donde los esperaba el Papa. Durante esa entrevista evitaron hablar de la situación del clero mexicano. Al día siguiente, también. No fue sino hasta el tercer día, después de la misa pontifical y de la comunión de la pareja imperial, que el Santo Padre hizo una breve alusión al problema de los bienes confiscados a la Iglesia por Benito Juárez. Les advirtió que si bien los derechos de los pueblos son grandes y que si bien es necesario satisfacerlos, más grande y más sagrados son los derechos de la Iglesia. El que fuera cardenal liberal, José María Masai Ferratti, conocido bajo el nombre de Pío IX, invitó a los archiduques a respetar los derechos de la Iglesia. Durante la comida íntima que se llevó a cabo en la biblioteca del Vaticano, ese mismo día, recordó a los futuros soberanos de México su "listado de errores". Era el *Syllabus*, célebre documento emitido ese mismo año que expresaba los principales errores de la época, entre ellos:"Rechazamos y detestamos las doctrinas nuevas y extranjeras que, en detrimento de la doctrina de Cristo se propagan por todas partes; condenamos, reprobamos los sacrilegios, las rapiñas, las violaciones de la inmunidad eclesiástica y los otros delitos cometidos contra la Iglesia y contra la silla de San Pedro".

El 21 de abril los archiduques se embarcaron con destino a Veracruz. Hicieron escala en las Islas Canarias y en la Martinica. Finalmente, Maximiliano y Carlota llegaron a México el 28 de mayo de 1864.

Cuando la *Novara* fondeó en las costas del puerto, acababa de pasar "un norte". El general Juan Nepomuceno Almonte, regente del imperio, debió haber llegado a las 12 del día para recibir a Sus Majestades; sin embargo, se retrasó debido a la descompostura del tren en Puebla. El almirante francés Auguste Bossé ofreció al archiduque su barco para alcanzar el malecón. Maximiliano se negó, no había cruzado los mares durante cuatro semanas en una fragata austriaca para desembarcar a sus nuevas tierras en un barco francés. ¿Qué hubieran dicho los mexicanos? Que era un emperador francés. Maximiliano deseaba por encima de todo conservar al mismo tiempo el apoyo de los franceses y demostrar que estaba dispuesto a gobernar su "nuevo" país según su entendimiento. Cuatro horas tuvo que esperar, furioso, a Almonte a bordo de la *Novara*. "Ya me habían comentado en Miramar sobre la impuntualidad mexicana. Pero en esta ocasión creo que el regente ha exagerado", le comentó Maximiliano, visiblemente molesto, a Carlota. Mientras esperaba, el emperador lanzó al pueblo el siguiente manifiesto: "¡Mexicanos! ¡Vosotros me habéis deseado! ¡Vuestra noble nación, por una mayoría espontánea, me ha designado para velar, de hoy en adelante, sobre vuestros destinos! Yo me entrego con alegría a este llamamiento. ¡Mexicanos! el porvenir de nuestro bello país está en vuestras manos. En cuanto a mí os ofrezco una voluntad sincera, lealtad y una firme intención para respetar vuestras leyes y hacerlas respetar con una autoridad invariable [...] Unámonos para llegar al objeto común; olvidemos las sombras pasadas; sepultemos el odio de los partidos y la aurora de la paz y de la felicidad merecida renacerá radiante sobre el nuevo imperio".

Finalmente, Juan Nepomuceno Almonte llegó sin resuello y rigurosamente uniformado, luciendo en el pecho la Gran Cruz Imperial de la Orden del Águila de México, la gran Cruz Imperial de la Orden de Guadalupe, la Gran Cruz de la Legión de Honor de Francia y la Gran Cruz de Hierro de Austria. Todo le pesaba. Arribó acompañado de su mujer, Dolores, y de su hija, Guadalupe. A pesar de su disgusto, Carlota nombró a la señora de Almonte su dama mayor de la corte.

En esos días, el puerto de Veracruz estaba devastado pues se había propagado la epidemia de vómito negro, que cada día cobraba más víctimas. "No nos podemos quedar en el puerto. Debemos alcanzar Perote cuanto antes", advirtió el almirante a Sus Majestades. Desde la cubierta, Carlota observaba, aterrada, la Isla de Sacrificios —llamada así por los que se practicaban en la época prehispánica— en donde las Fuerzas Armadas francesas sepultaban los cadáveres de sus soldados.

En el momento en que finalmente el emperador y la emperatriz pusieron un pie en tierras mexicanas, la decepción de Carlota fue abismal. Sus ojos color miel se llenaron de lágrimas: no había nadie en todo el poblado para recibirlos. Ni una sola persona para escuchar el discurso que con tanto esmero había preparado Maximiliano. Ni una sola banderita ondeando. Lo único que vio la emperatriz, por encima de los techos de tejas de las decenas de casuchas, fueron zopilotes que sobrevolaban ávidos por comerse todo lo muerto. Empezando por los cadáveres de mulas y caballos que morían durante el viaje y que eran aventados a la orilla de los caminos. Qué espectáculo tan desolador: la ciudad estaba inundada, los arcos de flores que habían sido preparados la víspera para recibirlos habían sido derribados por la fuerza del viento y las lluvias. Decenas de perros deambulaban por las calles desiertas y anegadas. Carlota recordó su viejo presentimiento sobre las desgracias que la esperaban en México.

Al día siguiente, Almonte hizo hasta lo imposible para reparar esta primera impresión. Pero todo fue inútil. Ni los niños vestidos de blanco con su respectiva banderita francesa ni las bandas musicales ni mucho menos los "acarreados" contratados por Almonte a cambio de un litro de pulque para darles la bienvenida a los emperadores, pudieron consolar a Carlota. Para ese momento, la emperatriz se había dado perfectamente cuenta de que si no hubiera sido por las artimañas de Almonte, los soberanos no hubieran tenido ningún tipo de recepción. "Ha de ser juarista el puerto de Veracruz", le señaló Maximiliano a su mujer. Pero su decepción era mayor a la buena voluntad de su marido para justificar lo que para ella era injustificable.

¿Qué diría mi padre de este recibimiento? No me quiero imaginar la cara de Sissi si me viera en estos momentos ante mi nuevo reino. Y pensar que renunciamos a todo para esto. ¿No estaremos haciendo el ridículo ante la corte que nos acompaña? ¿Qué estarán pensando mis damas? ¿Qué dirán de

nosotros en Europa cuando se enteren por la prensa de nuestra lamentable llegada a este país tan miserable? ¿A dónde diablos venimos a caer? ¡Pobre de Max!

Los emperadores regresaron a la *Novara* con sus tres mástiles, tres cubiertas, 42 cañones, y su tripulación de 352 hombres de diversas nacionalidades como la croata, la eslovena y la italiana, mientras que los oficiales eran de nacionalidad alemana. Este había sido el primer buque de guerra austriaco en darle la vuelta al mundo y buscaba competir con los mejores navíos ingleses y franceses. Uno de sus objetivos era recolectar, por todos los países que visitaba, muestras botánicas, antropológicas, etnográficas y zoológicas. Era un barco destinado a emprender una grande y noble hazaña, honrosa para la patria germana y la ciencia, como lo describiera Alexander von Humboldt. Para evitar el contagio de las epidemias en Veracruz, los emperadores optaron por pasar la primera noche en su lujoso camarote. A pesar de haber viajado durante un mes en altamar, esa noche en que regresaron a su cabina, Sus Majestades tuvieron la impresión de apreciarlo aún más. El contraste con el lugar tan modesto donde habían cenado unas horas antes era flagrante. Cuando Carlota ya estaba en cama, envuelta en sus pesadas sábanas de lino bordado, al evocar las imágenes que se quedarían grabadas para siempre en su memoria, le bastó con acariciar la tela para agradecer a la Providencia el haber llegado sana y salva a sus aposentos imperiales. Durante esa cena se les heló la sangre cuando escucharon los primeros disparos en el puerto. "Calma, calma", decía Almonte, "no pasa nada son cuetes". Los miembros de la corte no le creyeron. Estaban aterrados. Para desviar la atención, la emperatriz se dedicó a observar entre los comensales a las señoras mexicanas que le parecían más dignas de ser nombradas damas de honor.

Maximiliano tenía a bordo de la fragata una oficina que era una réplica de la que tenía en Miramar. Los planos de su estudio habían sido trazados por él mismo. Las paredes estaban cubiertas con tela de damasco azul marino con estampados de anclas doradas, igual que en el palacio de Trieste. El resto de la decoración era como a él le gustaba, es decir, exquisito y con acabados de óptima calidad. Había cuidado cada detalle: los cuadros, la vajilla, la madera fina, el timón, los estantes, los baños y los camarotes. Maximiliano nunca imaginó que, tres años después, esa misma fragata que lo había llevado como monarca a tierras mexicanas, devolvería su cadáver embalsamado a Europa.

Al día siguiente, los emperadores finalmente desembarcaron y se alistaron para ponerse en marcha hacia la capital en carruajes y por tren, en un tramo de algunos kilómetros. Sus majestades ya habían sido advertidos por medio de varios correos de los peligros de los caminos infestados de bandoleros y asaltantes. Se decía que eran capaces de degollar a los pasajeros en cada milla. Eran tan comunes estos asaltos que en los hoteles de prestigio de la Ciudad de México, como el hotel Iturbide y el Bazar, tenían previstas cobijas y sarapes para cubrir a los viajeros en cuanto descendieran de sus diligencias. A los señores los envolvían en periódicos cuando ya no alcanzaban las cobijas. Durante el camino habían sido totalmente despojados de todo, incluyendo de su ropa. A las ancianas les dejaban sus calzones bordados y sus gorritos de dormir. De allí que la comitiva imperial decidiera partir unida para cuidarse: las tropas francesas que los protegían, la guardia de honor de Maximiliano y todos los miembros de la corte. Los emperadores traían consigo unos mil quinientos bultos con todas las *toilettes* de Carlota. Matilde Doblinguer, su camarera, había pasado días empacando en papel de china los vestidos de día, de tarde y de noche, crinolinas, sombrillas, sombreros, guantes, chales, corsés, capas. Por su parte, el señor Grill, chambelán de Maximiliano, había tenido cuidado de no olvidar ningún atuendo: uniformes militares, ropa de montar, casacas, abrigos, botas y capas.

El intendente de la corte no se despegaba de un cofre especial en donde viajaba la vajilla de plata de Christofle de Carlota. Él era el responsable del servicio de mesa de Maximiliano con 4 438 piezas de orfebrería, 1 703 piezas pequeñas, 3 159 objetos diversos, 60 adornos de mesa y 16 candelabros de plata.

Mientras viajaba en el vagón, Carlota pensaba en qué estado llegaría su maravillosa carroza estilo rococó. ¡Estaba tan orgullosa de ella! No era para menos. Había sido fabricada por el milanés Cesare Sola, artista que la pintó de dorado y la esculpió con ángeles de todos tamaños, sin olvidar agregar, naturalmente, los escudos de armas de la casa de los Habsburgo. Mientras que su majestad estaba al pendiente de estos menesteres, su comitiva se preocupaba por ella. Por ello varias damas se acercaban a preguntarle cómo se sentía, en especial la condesa de Kuhachevich, la condesa Paula de Kolonitz, y por supuesto, Matilde de Doblinguer. El séquito se componía de un centenar de personas, entre ellos el conde de Zichy; el matrimonio Kuhachevich; el conde austriaco Charles, *Charlie*, de Bombelles, jefe de la guardia palatina; el belga Félix Eloin, jefe del gabinete; el conde Pachta, jefe de la escolta personal de Maximiliano; el húngaro Poliakovitz, su secretario particular; el arqueólogo francés, Boban; los chefs de cocina, el húngaro Tüdos, Hout, Bouleters y Mandl.

En el poblado de La Soledad, a unos 70 kilómetros del puerto de Veracruz, Almonte organizó una comida "casi lujosa", debajo de una carpa. Por primera vez numerosos indígenas se acercaron para conocer al rubio emperador. La emperatriz era la más admirada entre los indígenas, tanto por los hombres como por las mujeres. No podían creer la cantidad de metros de tela y de alforjas que llevaba el vestido de viaje de Carlota. Los nativos no le quitaban los ojos de encima, admiraban su belleza y sus finas facciones. Lo más probable era que les hubiera parecido sumamente alta, en comparación con las veracruzanas, pero sobre todo por su cintura tan estrecha. La miel de sus ojos impresionó a más de uno. Cambiaban de color según su estado de ánimo; si la emperatriz estaba contenta, brillaban como dos gotas de ámbar; si al contrario, se sentía perturbada, fruncía el ceño y su mirada se oscurecía al instante.

Y últimamente sus ojos eran casi siempre oscuros. Reflejaban quizá su decepción de un marido que no era lo que ella había esperado, de un México que no los recibía con los brazos abiertos, de un imperio que pretendía florecer en una nación dividida.

V

ENTRE "CANGREJOS Y "CHINACOS"

México se encontraba, en efecto, dividido entre liberales y conservadores, entre "chinacos" y "cangrejos", entre federalistas y monarquistas, entre juaristas, santanistas y partidarios de Almonte. México se encontraba, sobre todo, dividido entre unos muchos que nada tenían y unos pocos que tenían de sobra. Algunos de estos acaudalados mexicanos habían ofrecido a Maximiliano el trono de su país haciéndole creer que era todo el pueblo mexicano el que le hacía el llamado a convertirse en su emperador.

Ahí, en el poblado de La Soledad, para sorpresa de todos llegó un mensajero de Benito Juárez. Para entonces el presidente de los mexicanos se había alejado de la capital hacia Monterrey. Se vio obligado a huir de la capital para protegerse y proteger a su gabinete de la monarquía. El emisario llevaba una misiva para Maximiliano:

> Respetable señor:
>
> Usted me ha dirigido una carta confidencial fechada el 2 del presente, desde la fragata *Novara*. La cortesía me obliga a darle una respuesta, aunque no me haya sido posible meditarla, pues como usted comprenderá, el delicado e importante cargo de presidente de la República absorbe todo mi tiempo sin descansar por las noches.
>
> El filibusterismo francés ha puesto en peligro nuestra nacionalidad y yo, que por mis principios y mis juramentos he sido llamado a sostener la integridad de la nación, su soberanía e independencia, he tenido que multiplicar mis esfuerzos para responder al sagrado depósito que la nación, en el ejercicio de sus facultades soberanas, me ha confiado. Sin embargo, me he propuesto contestar aunque sea brevemente lo más importante de su misiva.
>
> Usted me dice que "abandonando la sucesión de un trono en Europa, su familia, sus amigos y sus propiedades, y lo que es más querido para un

hombre, la patria, usted y su esposa, doña Carlota, han venido a estas lejanas y desconocidas tierras obedeciendo solamente al llamado espontáneo de la nación, que cifra en usted la felicidad de su futuro". Realmente admiro su generosidad, pero por otra parte me ha sorprendido grandemente encontrar en su carta la frase "llamado espontáneo", pues ya había visto antes que cuando traidores de mi país se presentaron por su cuenta en Miramar a ofrecer a usted la corona de México, con las adhesiones de nueve o diez pueblos de la nación, usted dio con todo esto la ridícula farsa indigna de que un hombre honesto y honrado la tomara en cuenta. En respuesta a esta absurda petición, contestó usted pidiendo la expresión libre de la voluntad nacional por medio de un sufragio universal. Esto era imposible, pero era la respuesta de un hombre honorable.

Ahora cuando grande es mi asombro al verlo llegar al territorio mexicano sin que ninguna de las condiciones demandadas hayan sido cumplidas y aceptar la misma farsa de los traidores, adoptar su lenguaje, condecorar y tomar a su servicio a bandidos como Márquez y Herrán y rodear a su persona de esta peligrosa clase de la sociedad mexicana. Francamente hablando me siento muy decepcionado, pues creí y esperé que usted sería una de esas organizaciones puras que la ambición no puede corromper.

Usted me invita cordialmente a la Ciudad de México, a donde usted se dirige, para que tengamos una conferencia junto con otros jefes mexicanos que se encuentran actualmente en armas, prometiéndonos todas las fuerzas necesarias para que nos escolten en nuestro viaje, empeñando su palabra de honor, su fe pública y su honor, como garantía de nuestra seguridad.

Me es imposible, señor, acudir a este llamado, mis ocupaciones oficiales no me lo permitirán. Pero si, en el ejercicio de mis funciones públicas, pudiera yo aceptar semejante invitación, no sería suficiente garantía la fe pública, la palabra y el honor de un agente de Napoleón, de un hombre cuya seguridad se encuentra en las manos de los traidores y de un hombre que representa, en este momento, la causa de uno de los signatarios del Tratado de la Soledad. Aquí, en América, sabemos demasiado bien el valor que tiene esa fe pública, esa palabra y ese honor tanto como sabe el pueblo francés lo que valen los juramentos y las promesas de Napoleón.

Me dice usted que no duda de que de esta conferencia —en caso de que lo aceptara— resultará la paz y la felicidad de la nación mexicana y que el futuro imperio me reservará un puesto distinguido y que se contará con el auxilio de mi talento y de mi patriotismo.

Ciertamente, señor, la historia de nuestros tiempos registra el nombre de los grandes traidores que han violado sus juramentos, su palabra y sus promesas; han traicionado a su propio partido, a sus principios, a sus antecedentes y a todo lo que es más sagrado para un hombre de honor y, en todos estos casos, el traidor ha sido guiado por una vil ambición de poder y por el miserable deseo de satisfacer sus propias pasiones y aun sus propios vicios, pero el encargado actual de la Presidencia de la República ha salido de las masas obscuras del pueblo, sucumbirá si es este el deseo de la Providencia, cumpliendo su deber hasta el final, correspondiendo a la esperanza de la nación que preside y satisfaciendo los dictados de su propia conciencia.

Tengo que concluir por falta de tiempo, pero agregaré una última observación. Es dado al hombre, algunas veces, atacar los derechos de los otros, apoderarse de sus bienes, amenazar la vida de los que defienden su nacionalidad, hacer que las más altas virtudes parezcan crímenes y a sus propios vicios darles el lustre de la verdadera virtud.

Pero existe una cosa que no puede alcanzar ni la falsedad ni la perfidia y que es la tremenda sentencia de la historia. Ella nos juzgará.

Soy de usted,
Benito Juárez

Dos veces leyó Maximiliano la carta de Juárez en su vagón. Quería entender profundamente las convicciones de un hombre admirado por grandes estadistas como Abraham Lincoln. El emperador sabía que el Congreso de Estados Unidos había condenado la intervención francesa y que todos los países de la América hispana, (Colombia, Venezuela, El Salvador, Chile, Perú) estaban con Juárez, salvo Guatemala y Brasil. El primero porque se hallaba encabezado por Manuel Carrera, presidente conservador, y el segundo porque era una monarquía. La heredera al trono, María Amelia de Braganza, había sido la prometida de Maximiliano, antes de morir de tuberculosis a los 22 años. El archiduque también sabía que Inglaterra y España se oponían al imperio. Incluso en Francia había muchos opositores, siendo el poeta Víctor Hugo el más ilustre de todos. ¿Acaso la intervención estaba destinada al fracaso? ¿Qué hacer para acercarse a ese hombre tan obstinado en sus ideales? ¿Invitar tal vez a algunos liberales a trabajar con él en su gabinete? Una última pregunta lo asaltó: "¿me juzgará realmente la historia como un invasor?".

Maximiliano comprendió que lo más conveniente era mostrarle la carta a su mujer. Antes de casarse ya se había percatado de su buen juicio y de su fina intuición. ¿Acaso no había sido ella la que tanto había insistido en aceptar el trono de México? Era tal la necesidad de Carlota de ceñir sobre su frente una corona para sí, que el mismo conde de Flandes, su hermano, le escribió a la condesa de Hulsp: "Lo que impulsa a Carlota, en el asunto mexicano, es su explícito deseo de ser la soberana de cualquier cosa y de cualquier lugar". No había duda, a Carlota la devoraba esa ambición. Perdía la cabeza por una corona imperial. Ella había sido el principal motor para convencer a su marido tan indeciso para embarcarse en esa aventura.

Cuando Carlota leyó la carta de Juárez no pudo evitar reírse. Se acercó a su marido, le tomó la mano y le dijo en una forma casi maternal: "Pero, Max, ya estamos aquí. Esta es nuestra nueva patria. Tenemos una misión divina que cumplir. El tiempo de Juárez ya acabó. Este país empieza una nueva era. No te preocupes. Nos están esperando en la capital. Los mexicanos nos necesitan". Maximiliano la escuchaba con toda su gentileza, como solía hacerlo, pero en esta ocasión, lo hacía con escepticismo. "La cosa" —la *chose*, como llamaban a la aventura mexicana— no se presentaba tan bien.

El tren se detuvo súbitamente. El conductor tenía instrucciones de pararse unos instantes en Camarón para honrar la memoria de los soldados caídos que combatieron bajo el mando del capitán Danjou, el 30 de abril de 1863. Maximiliano era muy protocolario, especialmente cuando se trataba de rendir honores a los soldados que habían dado su vida por su patria. En el caso de la Batalla de Camarón era más que justificado. Se habían enfrentado la Legión Extranjera francesa y el ejército mexicano. Mientras el tren se hallaba detenido, Carlota estrujaba la mano de su marido. Él seguía pensando en la carta de Juárez. Como la emperatriz leía todos los partes oficiales de los sucesos militares y políticos que se llevaban a cabo en México, no había olvidado en absoluto la Batalla de Camarón.

Entre muchas cartas que los soldados franceses enviaron a sus familias describiendo esta batalla, se hallaba sobre el escritorio de Bazaine una que le había mandado el ministro de Guerra, Jacques Louis Randon, para que se las mostrara a sus oficiales, como un ejemplo de valentía.

Veracruz, 12 de agosto de 1863

Querido Ferdinand:

Te escribo después de haber salido de un caos, de las tinieblas del delirio y de la inconsciencia. Nunca podrás imaginar lo que he pasado. He vuelto a nacer. Apenas puedo sostener mi pluma para escribirte. Si no fuera por los cuidados que he recibido por iniciativa del capitán Talavera del ejército mexicano, después de la derrota que sufrimos, ya estaría yo en el Valle de Josafat en espera del juicio divino.

Como recordarás, te anuncié en mi última misiva que Napoleón ordenó que se enviaran refuerzos militares para la conquista y regeneración de este país. Tuvieron que recurrir a la Legión Extranjera y por eso me encuentro aquí. Nuestra ayuda, en un principio, fue bienvenida, pues las tropas de infantería francesas habían sufrido muchas bajas. Después, como esperábamos, los franceses tomaron mucha distancia y si había algún trabajo sucio se lo confiaban a la Legión. Nos mandaron a la zona más insalubre, la zona tropical de Veracruz, en donde reina la fiebre amarilla. Un verdadero infierno. El calor es insoportable y los insectos son peores que un tigre al ataque. Para colmo de males, nos asignaron tareas menores como resguardar convoyes. Yo trataba de levantarles el ánimo a todos esos pobres muchachos aislados de su hogar y que se sentían rechazados por la gente a la que venían a ayudar. A consecuencia de este rechazo, nos unimos mucho más y se creó un extraordinario *esprit de corps* entre nosotros. Los legionarios, como sabes, hemos servido a Francia desde hace muchos años, pero la Legión es nuestra patria. Ya está probado que la Legión es igual a cualquier cuerpo de infantería, pero déjame decirte que aquí, en México, demostramos ser el mejor del mundo. Te cuento.

Para apoyar al general Forey, que se encontraba en Puebla, el 15 de abril los franceses mandaron desde Veracruz un convoy compuesto por 64 carretas con varios cañones, municiones, provisiones y cofres cargados de oro. Como la seguridad de este convoy era de particular preocupación para nuestras fuerzas, el comandante en jefe, coronel Jeanningros, recibió órdenes el 29 de abril en su cuartel general en Chiquihuite (no trates de pronunciarlo) de escoltar el convoy mientras recorriera el área bajo su responsabilidad. El coronel decidió que la Tercera Compañía del Primer Regimiento debía llevar a cabo esa tarea. Pero la mayoría de los oficiales se encontraban enfermos. Tres oficiales nos ofrecimos como voluntarios: Napoleón Villain, Danjou y yo. Permíteme decirte que Danjou era un tipo formidable. Se distinguió en Argelia, Italia y Crimea. Ahí perdió una mano y la reemplazó por una de madera. Nuestra compañía solo contaba con 62 hombres. Danjou propuso que saliera una avanzada y el 30 de abril nos integramos el convoy.

Habíamos caminado unos 20 kilómetros cuando nos detuvimos para tomar la ración del desayuno, a un kilómetro y medio de la aldea de Camarón, o como decimos los que no hablamos español, Cameron, en donde estaba la Hacienda de la Trinidad, una pequeña vivienda. De pronto, vimos que un contingente de caballería mexicana se acercaba hacia el lugar. Danjou dio la orden de preparar los rifles. Nos colocamos estratégicamente y al grito de ¡Viva el emperador!, abrimos fuego. Justo es decir que causamos algunas pérdidas del lado mexicano. Pero cuando Danjou ordenó la retirada hacia el único lugar donde podíamos resistir, o sea la Hacienda de Camarón, se desató el infierno. Tiroteos por todos lados. La mayoría logró llegar al patio de la destartalada propiedad, con muros exteriores de tres metros de altura, pero a costa de perder las mulas con las municiones y las raciones. Se fueron dejándonos sin agua y comida. Varios compañeros cayeron muertos o heridos y otros fueron tomados prisioneros.

Aunque resguardados, estábamos en una posición muy complicada. Éramos unos 40 y solo contábamos con 60 balas por hombre. Nos dimos cuenta de que los mexicanos eran más de mil. No temíamos por nuestras vidas, sino porque nos abandonara el valor para soportar los ataques. Nos atacaron desde las alturas. ¿Qué podíamos hacer? Sin embargo, matamos a muchos de ellos, porque hay que reconocer que de cada 12 balas que disparábamos una la poníamos en el blanco. Los legionarios somos muy buenos tiradores. Pero una lluvia de balas pasó silbando por encima de nosotros. A cada momento se desplomaban mis compañeros. Danjou no podía hacer nada para neutralizar al enemigo, pero no le faltó valor para seguir la defensa. De pronto, los mexicanos dejaron de disparar sobre aquel espacio cubierto de muertos y heridos. Un mexicano, el coronel Milán, se presentó para exigir nuestra capitulación. Danjou contestó con un rotundo "¡No!", y agregó: "¡Aún tenemos cartuchos y no nos rendiremos!". Levantando su mano de madera juró defenderse hasta la muerte.

Aproximadamente a las 11 horas vi cómo Danjou se llevó las manos a una de sus piernas, luego vi cuando una bala le pegó en el corazón y la mano de madera voló por los aires. No sabes la tristeza de perder a un hombre cuyo valor siempre será mi ejemplo. Villain asumió el mando, pero pronto cayó muerto. Solo yo quedé a la cabeza de unos cuantos valientes.

Cerca de mediodía escuchamos unos clarines, los zuavos ubicados en los techos nos avisaron que se trataba de refuerzos del ejército francés. Pero eran refuerzos mexicanos, tres batallones de infantería: la Guardia Nacional de Veracruz, el de Jalapa y el de Córdoba. Me invadió el horror y la compasión hacia mí mismo al verme rodeado de cadáveres. Comprendí que todo estaba perdido. Estábamos sedientos, hambrientos, adoloridos, heridos, bajo los rayos de un sol implacable. Una vez más, Milán nos propuso la rendición garantizándonos la vida. Una vez más rehusamos rendirnos. Nuestros enemigos emprendieron un asalto frontal, pero nuestros certeros disparos e implacable disciplina los contuvieron un buen rato. Los mexicanos, aunque aguerridos, son desordenados e insubordinados. Hacia las 6 de la tarde solo quedábamos 12 legionarios dispuestos a morir. Una hora más tarde, solo éramos cinco. Disparamos nuestra última andanada de balas y preparamos nuestras bayonetas para morir con honor. Dos más cayeron muertos. Wensel, un polaco; Berg, un alemán, y yo retrocedimos hasta ponernos frente a una de las paredes de la hacienda, presentando nuestras bayonetas como única y última defensa. Ante este espectáculo, los mexicanos no sabían si acabarnos o perdonarnos la vida. "Ahora supongo que sí se rendirán", dijo el coronel Ángel Lucio Cambas. Es lo último que recuerdo.

Los veracruzanos nos brindaron las mayores consideraciones, son la mar de generosos. Yo, junto con otros legionarios heridos, fui atendido en un hospital en Huatusco. Posteriormente, me trajeron a casa de doña Juana Marredo de Gómez por órdenes del capitán Talavera. (Curiosamente esta señora no deja de fumar ni de tocar piano). ¿Qué te puedo decir? No puedes imaginarte el respeto y la admiración que los mexicanos nos han manifestado por la Batalla de Camarón. Nos consideran muy hombres y muy machos, lo cual significa un gran elogio en este país.

El trato que he recibido, la atención y sobre todo la belleza de Adela (yo le digo Adelita), la sobrina de *madame* Marredo, me han conquistado a tal grado que tengo toda la intención de establecerme en Veracruz. Creo que alguien debe decir a Maximiliano que si viene aquí no es por voluntad de la nación mexicana. Pero sé que es demasiado tarde y que en unas semanas desembarcará en Veracruz. Sorpresa la que se llevará, porque no todos los mexicanos lo recibirán muy bien, muchos de ellos piensan que Benito Juárez sigue siendo su presidente.

Por lo pronto, regresaré a Francia a recibir la Legión de Honor. Pero Adela me habla mucho de una bella ciudad llamada Tlacotalpan. Pronúnciala despacio, muy despacito, para que se escuché con más musicalidad: Tla-co-tal-pan. Este pueblo está ubicado en la ribera del Papaloapan, que quiere decir río de las mariposas. Te fijas qué hermosos nombres. Parece que es un lugar encantador, en medio de la selva. Te extiendo una invitación formal para que regreses conmigo. Podríamos dedicarnos a lo que queramos, aquí todo crece, todo se da y todo florece con un brillo especial. Ya conociendo más a fondo este lugar y a su gente tan simpática, acogedora y gentil, puedo decirte que esto es lo más cercano al paraíso. ¿Será que estoy enamorado de *ma belle* jarocha? Esta mujer que no deja de peinar su cabello largo y abanicarse como si fuera una reina.

Con todo mi afecto,
Robert

PD La mano de madera del capitán Danjou fue encontrada en las ruinas de Camarón y ahora es guardada como reliquia. El convoy llegó a Puebla y la toma de esa ciudad se debió en gran parte al uso de los cañones que transportaba.

"Qué valientes fueron estos soldados franceses. Qué bueno que nos detuvimos aunque hubieran sido unos minutos para rendirles un modesto homenaje", comentó la emperatriz emocionada. A Carlota le gustaba la política; había empezado a interesarse en ella desde muy joven. Incluso tenía una nutrida correspondencia sobre estos temas con Eugenia de Montijo. Desde antes de embarcarse a México, Carlota le escribió a la emperatriz de Francia el 7 de junio de 1862: "Henos ya, gracias a Dios sin aliados. El próximo correo os dará probablemente la noticia de nuestra llegada a México. [...] Desde que nuestra acción ha sido liberada de dificultades, el país se siente lo suficientemente seguro para expresar sus deseos y todos los hombres se agrupan alrededor de Almonte". Carlota le escribía muy a menudo a su abuela, a su hermano, pero especialmente a Eugenia y Napoleón, siempre con un gran entusiasmo sobre su misión casi divina, en su calidad de elegida por Dios como emperatriz de México.

Cuando retomaron su viaje, los emperadores se percataron de que las vías del tren llegaban únicamente hasta Paso de Macho. Los franceses se habían empeñado en avanzar lo más posible para que estas vías sirvieran para sacar a sus heridos de la costa y así poder evitarles el contagio de las epidemias. Decidieron entonces, sin más alternativa, tomar las diligencias y atravesar las montañas para alcanzar la capital. Las diligencias, tiradas por 10 a 12 mulas, eran unas inmensas cajas embadurnadas de pintura roja, que contaban con tres hileras de bancas de madera cubiertas de cuero sin el menor acojinado. Es decir, que al cabo de una hora de viaje, los miembros del séquito empezaron a padecer todo tipo de dolores. Por añadidura, los caminos estaban llenos de profundas zanjas y las diligencias caían abruptamente en ellas.

En una de sus cartas, Carlota escribió a Eugenia lo siguiente: "Los mexicanos se confundían en disculpas por el estado de la carretera (habíamos pasado por una media docena de barrancas con rocas de varios metros de largo) y nosotros les asegurábamos que nada de eso nos importaba, pero en realidad, gracias a nuestra edad y a nuestro buen humor, no tuvimos calambres ni costillas rotas. Los caminos son hasta ahora lo único que ha sido peor de lo que yo creí". Lo que omitió decir Carlota en su carta fue que habían invertido 15 días en llegar de Veracruz a la capital, cuando se habían tardado el doble en atravesar el océano desde Trieste.

México, 11 de junio de 1864

Hermano muy querido:

Nombré a Albert subteniente en el Tercer Regimiento de Zuavos, cuerpo muy bien constituido de oficiales que han estado destinados a hacer campaña en África cuando no pueden llevarla a cabo en otro lado. Para el futuro de este querido muchacho más vale un cuerpo de esta naturaleza que un regimiento de guarnición, así se evitará parte de los desvíos de la juventud militar, a menudo nocivos para muchos de los jóvenes oficiales. Seguirá permaneciendo a mi lado, vivirá en el cuartel general, lo pondré al servicio de oficiales de sanción para que conozca bien su oficio. No necesita nada, aquí encontraremos lo necesario para su equipamiento.

Estoy esperando al emperador que llega mañana a México, y su viaje desde Veracruz hasta la capital se ha llevado a cabo bajo una larga y sincera ovación de la población indígena que ha adivinado que ha llegado al fin el hombre de la justicia para socorrerla. Tengo plena esperanza en el éxito de nuestra política, que pondrá en marcha el nuevo emperador. Francia le habrá hecho un gran favor al Nuevo Mundo y al comercio del Viejo. Después de la convención estipulada entre los dos gobiernos, el ejército debe ser reducido a 25 mil hombres que permanecerán en México el tiempo necesario para consolidar nuestro servicio. Este efectivo, el de un cuerpo del ejército y bajo el mando de un comandante en jefe, deberá quedarse todavía un año. Pero hasta ahora, no se me ha dado ningún anuncio oficial al respecto y es una simple opinión mía. Sin embargo, tengo tanta necesidad de volver a verte, mi corazón sigue partido, que la prolongación de esta pesada separación es un nuevo sacrificio, un nuevo dolor para agregar a mi pena. Estoy resignado a cumplir con la voluntad de Dios y con lo que él me imponga.

Te mando mi certificado de vida para la Legión de Honor y el permiso para que cobres la pensión en mi nombre. [...]

Te dije al inicio de mi carta que no le mandes nada a Albert, su sueldo mensual en México es de 500 francos sin tener que gastar en alojamiento o en mantenimiento. Te estrecho contra mi corazón, lleno de ti, pero también henchido de lágrimas.

Baz

El 5 de junio de 1864, Maximiliano, nieto de Carlos V, y su esposa, nieta del rey de Francia Luis Felipe I de Orleans, nunca imaginaron el recibimiento apoteósico que Puebla, una ciudad de 70 mil habitantes, les reservaba. Ricos y pobres, ancianos y niños, mujeres y hombres se apiñaban en las calles para ver pasar el carruaje imperial en medio de cuetes, cañonazos, aplausos, el tañido de todas las campanas de todas las iglesias y las miles de flores que cubrían las calles y que arrojaban desde los balcones y azoteas mientras gritaban: "¡Viva el emperador! ¡Viva la emperatriz!". Los emperadores iban acompañados por el prefecto del Departamento, el señor Pardo, el prefecto del municipio, el señor Uriarte, el secretario general y los alcaldes regidores, los síndicos del ayuntamiento, 60 hombres de la policía municipal de la ciudad, un escuadrón de gendarmería rural mexicana, la gendarmería francesa y su brigada, Almonte, el gran mariscal de la corte, el secretario de Su Majestad y los miembros de la corte. Todos ellos iban vestidos en uniforme de gran gala.

Desde las 9 de la mañana, los soldados formaban una inmensa valla para contener a las multitudes que buscaban arrojarse sobre el carruaje imperial. La emperatriz llevaba un sencillo traje blanco de seda, muy elegante. En la cabeza ostentaba una corona de diamantes y esmeraldas; llevaba un chongo, adornado con dos rosas, una blanca y una roja. Su collar de diamantes refulgía con los rayos del sol de esa luminosa mañana. Las poblanas de la alta sociedad estaban felices. Eran las más entusiastas y las que más gritaban a todo pulmón. Llevaban sus mejores vestidos y tocados para estar a la altura. En la calle de Mesones, estas damas mandaron erigir un espléndido arco efímero cubierto de flores sobre el que se leía: "Las hijas de Puebla, a su augusta emperatriz 1864". Habían trabajado semanas en su diseño y en la recolección de las flores que utilizarían. Se habían reunido en diferentes casas para hablar, durante horas, de la futura recepción a los emperadores y se habían mandado hacer con las mejores costureras los más bonitos vestidos sacados de los figurines de moda franceses. En todas las calles se habían levantado, a distancias precisas, mástiles con banderitas cruzadas que sostenían unos escudos de fondo azul, en donde se leían los nombres en letras doradas de Maximiliano, Carlota, Napoleón y Eugenia, rodeados de laureles. El cortejo había partido de Xonaca hacia la Catedral; a lo largo del camino las ventanas y balcones estaban adornados por banderas de Francia, Austria y Bélgica.

En la entrada de la calle del Alguacil Mayor se levantaba un inmenso arco con el escudo de armas del imperio, con cuatro banderas mexicanas y francesas, con una inscripción que decía: "S.P.Q.A. Maximiliano I. *Imperator. Semper. Augusto. Anno. Domini.* MDCCCLXIV". Una sola casa, en la esquina de Mercaderes y Estanco de Hombres, permaneció cerrada de puertas, ventanas y balcones y sin un solo adorno. Sin duda el dueño era un liberal aguerrido.

Halagados como estaban por el recibimiento que les hacían los poblanos, que contrastaba abismalmente con el que habían tenido en Veracruz, los monarcas visitaron gustosos la biblioteca Palafoxiana, las fábricas textiles La Constancia y El Patriotismo. También visitaron el hospicio en donde Carlota dejó 7 500 piastras como donativo. Por la noche, todas las fachadas de las casas, muchas de ellas decoradas con azulejos de talavera de la casa Uriarte, estaban iluminadas con farolitos de papel de colores y vasos de vidrio multicolores. En el palacio municipal se dispusieron veladoras que conformaban los nombres de los emperadores de México y de Francia. Hasta las torres de la Catedral habían sido iluminadas. En la negrura de la noche, surgió de los cerros aledaños de la ciudad de Puebla un extraordinario juego pirotécnico. Al ver la figura que representaba el castillo de Miramar, a Carlota se le llenaron los ojos de lágrimas. Estaba muy conmovida. Nunca se imaginó que sus súbditos poblanos fueran capaces de tal creatividad y proeza. También los discursos que se habían dado a lo largo del día habían llegado hasta el fondo de su corazón. Con todas estas manifestaciones, cómo no sentirse parte de su nuevo país. Sobre todo, cuando una nutrida procesión acompañó al carruaje imperial con antorchas encendidas hasta el palacio municipal. Ahí los esperaba una habitación, decorada por las damas de la sociedad poblana. Habían pensado en todo, en elegir una amplia cama con cabecera de latón del siglo anterior, cubierta con una colcha finamente tejida en ganchillo. Arriba de la cabecera, estaba colgado un cuadro de la Virgen de Guadalupe pintado por Miguel Cabrera, de cuyo marco en hoja de oro pendía un rosario de marfil bendecido por el Papa. Las sábanas de lino, bordadas con encajes de Brujas, habían sido prestadas por la familia Pérez Salazar. Las almohadas y los cabezales eran de mullidas plumas de ganso. Dos bargueños filipinos del siglo XVII habían sido prestados por el industrial y coleccionista José Luis Bello y González. Sobre un gran baúl de marquetería con incrustaciones de nácar se hallaban dos pesados candelabros de plata. En medio de una mesa redonda de marquetería lucía un enorme aguamanil de la más fina talavera de la casa Uriarte. El baño era amplio y luminoso, las enormes toallas estaban bordadas con el monograma del emperador y la emperatriz. Todo estaba decorado con un gusto exquisito, siendo a la vez un estilo muy mexicano, y europeizado, lo cual halagó mucho a Carlota.

—Max, *¿as-tu vu la chemise de nuit sur le lit?*

—¡Qué bello camisón te hicieron las poblanas. En verdad son muy gentiles y muy hábiles para bordar.

Camille, la primera camarera de Carlota, tomó la prenda entre sus manos y no pudo más que admirar el finísimo algodón, los encajes y los múltiples botoncitos de nácar alrededor del puño.

Mientras Maximiliano contemplaba totalmente absorto una maravillosa marina que se encontraba en el vestíbulo de la habitación, de pronto apareció Carlota enfundada en su camisón nuevo.

—*Tu es ravissante!,* le dijo Maximiliano.

En efecto, Carlota se veía hermosa. Parecía una novia, con el mismo aire de inocencia con que la había pintado Winterhalter unos años antes. Al ver la expresión de complacencia de su marido, ella se acercó para intentar darle un beso en la boca. El emperador le dio un beso en la frente y dio dos pasos atrás. Inmediatamente después ordenó a su edecán que fuera en busca de un catre de campaña.

—Hágame el favor de colocarlo en la habitación más lejana. Estoy muy cansado y necesito silencio.

Al escuchar lo anterior, Carlota apretó los puños sin agregar una sola palabra, un solo reproche y mucho menos una sola queja. A pesar de que ya estaba acostumbrada a no dormir con su marido, esa noche le dolió particularmente. Era la víspera de su cumpleaños y además había sido un día lleno de alegría y de emociones que esperaba compartir con Maximiliano. Era el inicio de su imperio.

Después de tres días de viaje desde Veracruz, a la mañana siguiente Carlota se sentía mucho más descansada y en paz. Le pidió a su camarera que la acompañara a la azotea del Palacio del Ayuntamiento. A llegar, junto con el prefecto municipal, el señor Uriarte, no podía creer lo que tenía frente a sus ojos: un paisaje como nunca había visto. El aire era tan transparente y la luz tan luminosa que tenía la impresión de poder tocar la cima de los dos volcanes nevados.

—¿Esos son los famosos volcanes cuyos grabados vi tantas veces en los atlas de Miramar? ¿Cómo pronuncia usted el nombre del volcán que cuenta la historia de amor de unos príncipes azteca?

El señor Uriarte estaba impresionado por los conocimientos de la emperatriz. Era evidente que sabía de lo que estaba hablando, gracias a sus lecturas de historia y de geografía de México. Su obra preferida era la de Humboldt, *Atlas geográfico y físico del Virreinato de la Nueva España*.

—El volcán del que me habla Su Majestad se llama Iztaccíhuatl, es decir, la Mujer Dormida. Todo el año está nevado. El otro, el Popocatépetl, seguido exhala grandes fumarolas. Han sido inmortalizados por miles de pintores de todo el mundo.

—Entonces está activo. ¿Quiere usted decir que un día podría entrar en erupción como el Vesubio y destruir parte de Puebla?

—No se preocupe, Su Majestad. No corremos ningún peligro. A veces tiembla pero no es muy frecuente y tampoco tan fuerte.

—¡Qué paisaje más bello! Lo tiene que ver el emperador.

—Tengo entendido que Su Majestad Maximiliano fue a visitar los Fuertes en donde se llevó a cabo la batalla de Puebla. Disculpe, Su Majestad, no quise referirme a cosas tristes.

—No se preocupe. Reconocemos el mérito de los mexicanos que se comportaron con la mayor valentía al defender su patria.

El prefecto se quedó tan sorprendido por las generosas palabras de la emperatriz que no supo cómo responderle. Se limitó a dedicarle una ligera inclinación de cabeza y ambos se quedaron pensativos frente a aquella visita tan excepcional.

Dos días después de haber llegado a Puebla, el 7 de junio, era el cumpleaños de Carlota. ¿Lo sabían los poblanos? ¡Claro! Tenían conocimiento de esa fecha tan importante. Era la primera vez que Su Augusta Majestad celebraba su aniversario número 24 en tierras mexicanas. La fiesta no podía ser más lucida. Después de la misa de Acción de Gracias que se celebró en la Catedral, se presentó ante Su Majestad un comité de las damas más distinguidas de la sociedad poblana para felicitarla y obsequiarle un regalo digno de una princesa. Doña Guadalupe Osio de Pardo, esposa del prefecto político, le ofreció en nombre de todas un *porte-bouquet* en oro de 18 quilates para insertar pequeñas flores como pensamientos, violetas, mimosas o lirios del valle, que las damas solían llevar en el dedo anular por encima del guante blanco de cabritilla para poder lucirlo mientras bailaban. Este *porte-bouquet* era un pretexto más para lucir una joya trabajada con preciosismo y esculpido con incrustaciones de perlas y piedras preciosas, indispensable en la época. Los más afamados eran los de Eugenia de Montijo, por ser piezas de orfebrería excepcionales. Si el pretendiente era del agrado de la joven, ella acostumbraba obsequiarle su *bouquet*, tal como hizo Pepita en el primer baile en el que conoció al mariscal Bazaine. Esa mañana, el *porte-bouquet* de Carlota en oro esmaltado de mango de nácar y un espejito ovalado rodeado de pequeñas perlas para retocarse el carmín, llevaba unas violetas. Estaba tan conmovida la emperatriz con todas esas muestras de afecto, que tras el encuentro se apresuró a elegir a tres de esas ilustres señoras como sus damas de compañía: la señora Osio de Pardo, Guadalupe Almendaro de Velazco, madre del presidente municipal, Francisco Velazco, y Carmen Marrón.

Lupita Almendaro tenía "una belleza candorosa, una mirada apacible y una elegante modestia", tal como la describían sus amigas de toda la vida. Carmen Marrón, con un físico muy costeño, era una mujer dicharachera y franca. Bastaba con que Carmelita abriera la boca para que todos se pusieran nerviosos por los comentarios desafortunados que la caracterizaban. Esta poblana era tan desenfadada que al ver a la emperatriz, no tuvo empacho de darle un abrazo, diciéndole con voz chillona: "¡Mi alma!". Las señoras que la acompañaban se quedaron pasmadas, no sabían cómo remediar semejante atrevimiento. Unas palidecieron y otras soltaron risitas de nervios y de vergüenza. Pero todo lo había hecho con tal espontaneidad que, como respuesta, Carlota le regaló su mejor sonrisa. Así era doña Carmen, vivaz, desatinada, pero sobre todo chismosa.

Dicen que los emperadores no tienen heredero porque no duermen en la misma cama. Yo sabía que era una costumbre que los reyes europeos no durmieran juntos, pero entonces, ¿cómo van a tener un heredero? Aunque mi marido ronca como un león, gracias a Dios, dormimos en la misma cama y muy juntitos. Porque eso de dormir sola, cuando una está casada es horrible. Por eso me da mucha pena Conchita, porque desde que se casó, ella y su marido duermen en cuartos separados. Claro que él aprovecha, y por la noche se va por allí, sin que se entere Conchita porque mete el almohadón debajo de las cobijas, como si él estuviera profundamente dormido.

Este derroche de lujo para darles la bienvenida a los emperadores parecía una puesta en escena destinada a cubrir las recientes heridas de la guerra, tanto de la Batalla del 5 de mayo, como la de sitio de 1863. Como los arcos triunfales efímeros, las fachadas también parecían de utilería, acribilladas por las balas, agujeradas, los techos remendados, algunas paredes en ruinas. Detrás de aquellas exposiciones artísticas, se veían barrios miserables. De allí que muchas mujeres de rebozo y sus hombres e hijos en harapos comentaran entre sí, en tanto veían pasar el cortejo: "Todo esto para un *empiorador quesque* viene a gobernarnos. Mientras nosotros nos morimos de hambre y todavía no hemos terminado de enterrar a nuestros muertos. Estos hijos de la chingada tiran el dinero a lo pendejo". Los tapetes de flores y los cuetes no habían podido desaparecer del todo el impacto del sitio que se había prolongado durante 62 días.

Finalmente, el 12 de junio los emperadores hicieron su entrada triunfal a la Ciudad de México. Muy temprano esa mañana se habían detenido en la Basílica de Nuestra Señora de Guadalupe, en el monte del Tepeyac, para recibir la bendición de la Virgen morena. En ese lugar tan simbólico para los mexicanos, el conde de Zichy, gran maestro de ceremonias de Maximiliano, hizo las presentaciones a sus majestades. En primer lugar, al General en Jefe del Cuerpo Expedicionario, Achille Bazaine; enseguida, al conde de Montholon, ministro plenipotenciario de Francia; a monseñor Pelagio Antonio de Labastida y Dávalos, arzobispo de México, así como al prefecto de la ciudad, Miguel María Azcárate Vera Villavicencio, tío de Pepita.

Al encontrarse los emperadores frente a la imagen de la Guadalupana, Carlota con la cabeza cubierta con una mantilla color marfil, se arrodilló en uno de los reclinatorios e invitó a su marido a hacer lo mismo. Conmovida, le rezó a la Virgen y le encomendó su misión y le pidió que le otorgara el milagro de ser madre. Carlota había leído a fray Bernardino de Sahagún, quien hacía varios siglos había descrito la importancia del santuario muy concurrido por los indígenas, quienes relacionaban a la virgen católica con Tonantzin, cuyo nombre en náhuatl significa "nuestra madre venerada", y que en su calidad de madre otorgaba la fertilidad. También la conocía gracias a Eugenia de Montijo, quien mandó a erigir una capilla en su honor en los jardines del palacio Villa Eugénie, en Biarritz. Incluso le había comentado lo importante que era esta virgen tan milagrosa para todos los mexicanos, ya fueran ricos o pobres. "Es su verdadera patrona", le dijo mostrándole una medalla enorme de oro con su imagen. Maximiliano retomó la condecoración de la Orden Nacional de Nuestra Señora de Guadalupe que fue instaurada por Agustín I de México. El primer condecorado con esta distinción fue Juan Nepomucemo Almonte. Todos los caballeros de la Orden de Guadalupe, "juraban vivir y morir en el seno de la religión católica, apostólica y romana, defender al emperador, la Constitución, la Libertad e Independencia absoluta de la nación y la unión de los habitantes del imperio. Debían poseer una cualidad que los distinguía de todos los demás: su generosidad para dar limosnas y socorrer a los afligidos".

Al salir del atrio de la basílica, Carlota se conmovió aún más. La multitud era impresionante. Se habían reunido las familias más aristócratas y pudientes de la capital. "¡Viva la emperatriz!", vociferaban miles de voces entusiastas. "Nunca había visto un recibimiento como el que nos brindaron ese día; era una profunda efusividad totalmente liberada y como una especie de delirio que había ganado a varios miles de caballeros de México y a todas sus damas", le escribió Carlota a la emperatriz de Francia.

A la salida del templo, los emperadores subieron a uno de los carruajes imperiales, descubierto y jalado por seis caballos vestidos de rojo y dorado. El cortejo que los acompañaba eran los Lanceros de Carlota, encabezados por el coronel López, los destacamentos franceses de Cazadores de África y de Húsares, así como el general Achille Bazaine y el general comandante superior, barón Neigre. Ambos flanqueaban la carroza, montados en sus respectivos caballos y con la espada desenvainada.

Las calles fueron adornadas con gallardetes, las casas con cortinajes, banderas y flores de todo tipo. Carlota le escribió a Eugenia de Montijo que llovían montañas de flores de todas partes: de las ventanas, de los balcones, de las azoteas y de los peatones que se habían arremolinado por las calles. A lo largo de toda la calle de Plateros, una de las arterias principales que daban al Zócalo, se respiraba un verdadero día de fiesta. Era tal la euforia que provocaba la llegada de los emperadores, que se habían levantado 1500 arcos florales desde Orizaba, hasta la capital. Estos arcos gigantescos eran esculturas efímeras de madera y yeso, cubiertas de tela y por la noche se iluminaban. Estaban adornados por columnas, ramos y coronas, retratos y flores. Las inscripciones estaban en prosa y verso, en náhuatl y en español. Una de ellas dictaba: "El viejo trono de los aztecas te espera a ti, oh, Maximiliano [...] la verdadera luz perseguirá a la temible oscuridad". Para ese día, además de los arcos, las imágenes de los monarcas fueron reproducidas en óleo a gran escala. Maximiliano estaba representado por las alegorías Equidad y Justicia. Encima del arco principal que desembocaba en la plaza mayor estaba el retrato del emperador y en otro arco efímero el de la emperatriz. En la ciudad el júbilo era total: tronaban los cañones, sonaban las campanas, se asomaba gente por todos los balcones y desfilaban 200 carruajes que transportaban el séquito de los emperadores. Estos viajaban en un carruaje abierto. Su presencia se anunció con salvas de artillería disparadas desde el frente de los portales: "¡Viva Napoleón III, Viva Maximiliano I! ¡Que vivan!". Desde los balcones y las azoteas las damas arrojaban sobre Maximiliano y Carlota una gran cantidad de pétalos de rosas y hojas doradas y plateadas. Muchos de estos balcones habían sido rentados hasta por 500 pesos, una pequeña fortuna. Otras mujeres agitaban sus pañuelos blancos o banderitas francesas y mexicanas. El monarca, conmovido, saludaba con la mano enguantada y con una pequeña inclinación a toda la gente que encontraba a su paso.

Los emperadores se veían radiantes; de pronto Carlota volteó hacia Maximiliano: "Ya ves cómo si valió la pena haber pasado por tantas cosas para llegar aquí. Tenía razón Almonte, los mexicanos nos estaban esperando. Qué pueblo tan entusiasta. Tenemos mucho que hacer para que este país salga adelante. Estoy feliz, Max. Somos muy afortunados. Todavía no hemos hecho nada por ellos, y ya nos quieren".

El emperador llevaba su uniforme de gala y la emperatriz vestía un atuendo de seda blanca bordado con un encaje costosísimo, sus diamantes eran simplemente magníficos.

Después de haber recorrido varias calles del corazón de la capital mexicana en medio de ese alboroto, el cortejo se detuvo frente a la Catedral, en el Zócalo. Allí los esperaban monseñor Labastida y Dávalos, dignatarios, damas de la corte y muchos invitados especiales. Se ofreció un tedeum y un *Domine Salvum Fac Imperatorum* fue cantado por un magnífico coro, en medio de centenares de cirios que se consumían en los candiles dorados. Los jóvenes monarcas eran dignos representantes de la religión católica. El arzobispo Pelagio Antonio de Labastida los recibió con el siguiente discurso: "La Iglesia mexicana en cuyo nombre tengo la honra de dirigirme a Vuestras Majestades se congratula llena de un santo júbilo, como el profeta con Jerusalén cuando estaba para venir el salvador del mundo. Ella ve en Vuestras Majestades a los enviados del cielo para enjugar sus lágrimas, para reparar todas las ruinas y estragos que han sufrido aquí la creencia y la moral, para que vuelva Dios a recibir un culto en espíritu y en verdad y el homenaje continuo de la virtud reparada en la justicia".

Una vez terminada la ceremonia, los emperadores llegaron al Palacio caminando sobre una alfombra roja la cual les fue tendida desde las puertas de la Catedral. Felizmente para ellos, no alcanzaron a leer unas cuartetas pegadas en los muros de tezontle que los guardias se empeñaban en quitar y que decían: "Llegaste Maximiliano/y te irás Maximilí/pues lo que trajiste de ano/lo vas a dejar aquí!".

El prefecto político de México, Villar de Bocanegra, les ofreció el siguiente discurso acompañado del general Achille Bazaine, el barón Neigre, el general Almonte, y el ministro Montholon:

> Las palabras me faltan para expresar nuestra más profunda gratitud. Habéis abandonado otro trono, riquezas, patria, padres, hermanos y amigos y compadeciéndoos de nuestras desgracias. Vuestras Majestades se han dignado venir para tratar de hacernos felices y salvarnos de los males que amenazaban hacernos desaparecer del conjunto de las naciones. Vosotros habéis recibido información oral y escrita de la voluntad del pueblo y ahora personalmente habéis comprobado que no se os ha engañado.

Carlota lo escuchaba con un nudo en la garganta: "¡Qué misión nos espera! Pobre pueblo, lo que ha de haber sufrido. Dios mío, ilumíname para ser la madre de los mexicanos". Dadas las aclamaciones de júbilo de una multitud que se apiñaba debajo de los balcones, los emperadores se vieron obligados a salir varias veces al balcón principal para saludarla.

Cuando cayó la noche después del banquete de bienvenida, la ciudad fue iluminada de una manera extraordinaria. Los palacios se llenaron de luz, de faroles, de lámparas de gas. En el centro de la Plaza Mayor se instalaron fuegos de artificio que serían encendidos más tarde. Todos los edificios alrededor de la plaza resplandecían, hasta las torres de la Catedral brillaban. En la parte más alta de los campanarios se colocaron centenares de lámparas. Lo que más le llamó la atención a Maximiliano fue ver desfilar bandas de niños y jóvenes indígenas que tocaban tambores y chirimías. Venían engalanados con adornos de plumas y lentejuelas brillantes. Arriba de varios carros alegóricos se encontraban otros niños y niñas disfrazados para representar la paz, la abundancia y demás bienes anhelados.

Había sido prevista para la seguridad de Maximiliano y Carlota una guardia a cargo del Tercero de Zuavos. El emperador, entusiasmado, decidió sustituirla por una guardia mexicana. Cuál no sería su sorpresa cuando unas horas después escuchó una turba en el patio interior del palacio. Recorrió la cortina, se asomó y vio en la parte inferior de las ventanas, a cientos de curiosos mexicanos listos para verlos entrar a sus aposentos, que se encontraban en el primer piso. "¿De qué se trata?", preguntó Maximiliano. "Nos enteramos de que el jefe de la guardia mexicana vendió la entrada a un real por cabeza para estar presentes en el momento en que Sus Majestades se metieran a la cama", le informó su edecán, Adrián Woll.

Más que azorado, Maximiliano estaba tan molesto que en ese momento, volvió a nombrar Guardia de Honor a la Tercera de Zuavos. De la manera más diplomática posible despidió a la guardia mexicana.

Unas horas después, el buen humor de Carlota estaría todavía más a prueba. Al acostarse sintió que sus piernas se habían adormecido, como si un par de botas le oprimieran al máximo hasta la rodilla. Era una legión de chinches negras que se había amontonado y circulaba a lo largo de sus piernas. Esta sensación tan desagradable la conservó durante varios días. Carlota sentía que las chinches se le habían subido hasta las axilas. En esos días tuvo necesidad de bañarse mañana, tarde y noche. Afortunadamente su camarera principal, Matilde de Doblinguer, le pidió a la condesa Paula Kolonitz un poco de polvos insecticidas que ella había tomado la precaución de traerse consigo de Europa. Maximiliano pasaría la noche sobre la mesa de billar, ahuyentando, como buen entomólogo, lo que reconoció como simples pero voraces *Conorhinus mexicanus.* La emperatriz trataría de conciliar el sueño en un sillón. Ninguno de los dos pudo dormir a causa de los cuetes que no dejaron de tronar hasta las cuatro de la mañana. "¿Serán balazos?", se preguntaba una muy angustiada Carlota.

Muy pronto, la princesa belga entendió que México era un país de contrastes; por un lado, las damas pudientes de la sociedad mexicana le habían regalado un tocador de plata repujada, de media tonelada, y por otro, los indios dormían en el piso en las calles sobre un petate, sin duda lleno de chinches.

Un mes antes de la llegada de Sus Majestades al Palacio Nacional, habían llegado de incógnito el arquitecto imperial, Julius Hofmann, el lacayo Müller, y Graf, jefe de cocinas. Seis semanas después llegó el jardinero imperial, Wilhelm Knechtel de 32 años, y al ver el estado en que se encontraba el palacio se dijo que era imposible que los emperadores pudieran vivir allí aunque hubiera sido una noche. En ese palacio "de cien mil habitaciones", según Maximiliano, no había una sola restaurada ni preparada para recibir a ningún viajero y menos a un príncipe. En el edificio, de gigantescas proporciones, los cuartos se hallaban vacíos, húmedos, oscuros, con las paredes agrietadas; para colmo vivía en él mucha chusma, un montón de soldaderas, indigentes con sus familias, sus perros y sus puercos. En ese recinto que ocupaba varias manzanas se concentraban los ministerios, la imprenta estatal, la casa de moneda, el correo, los cuarteles, las prisiones y hasta un museo y un jardín botánico. Al día siguiente de su llegada, lo primero que hizo Knechtel, junto con el arquitecto, el lacayo principal y el jefe de cocina, fue pedirle al general Almonte que se ocupara de limpiar y desalojar a toda esa gente. Lo incitó a limpiar las inmundicias de todos los cuartos, a que encalaran las paredes y comprar muebles franceses que les vendieron a precios exorbitantes.

Cuatro días después de dormir con tantas incomodidades, Carlota le sugirió a su marido: "Vámonos de esta pocilga, Max. ¿Por qué no nos vamos a vivir al Castillo de Chapultepec? Hay que mandar a Knetchel a conocer el viejo edificio virreinal". Unas horas después ya se encontraba el jardinero en el único castillo real del virreinato, casa de verano del virrey Bernardo de Gálvez y Madrid, para ver en qué condiciones se encontraba. El edificio mostraba un aspecto deplorable. Al llegar se percató de que había varias remodelaciones que hacer, mismas que le comentaba en italiano al mariscal Bazaine, quien lo acompañaba. "Mire nada más en qué estado se encuentra este edificio. Vea las paredes todas descarapeladas. Mire nomás esos pisos llenos de agujeros. Es impensable que hayan arrancado todas las herraduras de las puertas dejando los boquetes. Esto está peor que el Palacio Nacional pero por lo menos no lo ha invadido la plebe". El Mariscal tampoco podía creer lo que veían sus ojos. "Comencemos por acondicionarles a Sus Majestades un aposento digno", dijo el jardinero en su magnífico italiano. Si el castillo se encontraba prácticamente hecho una ruina era porque nadie le había dado mantenimiento desde la invasión norteamericana en 1847.

Esa misma tarde Knetchel, acompañado por el arquitecto Hofmann y por los monarcas, regresó al Alcázar. Recorrieron el parque, la terraza desde la cual se admiraba una espléndida vista del Valle de México, y al fondo los picos nevados del Popocatépetl y del Iztaccíhuatl. "¿Te das cuenta, Max de que este era el lugar de descanso de los emperadores aztecas?", le dijo la emperatriz emocionada. No acababa de formular su pregunta, cuando de pronto sus ojos color miel se detuvieron en una nopalera de la colina y descubrieron el trasero de un soldado mexicano, en cuclillas, desahogando sus intestinos. Carlota no se inmutó. Desvió la mirada hacia la cúpula de la Basílica de Guadalupe y continuó su recorrido de la terraza como si nada hubiera pasado. Con interés revisó todos los edificios y eligió el Alcázar, porque desde sus balcones se podía contemplar la ciudad entera. A pesar de que nunca habían estado en Chapultepec, Maximiliano le había hecho saber a Juan Nepomuceno Almonte y a José Gutiérrez de Estrada su deseo de vivir precisamente en el castillo. "Necesito ver los planos", les pidió en noviembre, un año antes de salir de Trieste. El entonces príncipe austriaco había leído la descripción de Alejandro von Humboldt y se había enamorado del lugar antes de conocerlo. Una vez que se pasearon y revisaron todo el castillo, los emperadores le encargaron a Knetchel el cuidado de los arbustos, árboles, la plantación de rosas y otras flores que pudieran atraer a los colibríes, aves favoritas del monarca, porque son las únicas capaces de volar hacia atrás. Al arquitecto Hofmann, con un equipo de arquitectos mexicanos y austriacos, le encargó remodelar lo más pronto posible una residencia habitable, sobre todo, digna, limpia, aunque sin lujos. Maximiliano se había quedado muy impresionado por el contraste que existía entre ese castillo, aunque estuviera muy deteriorado, y las calles de la ciudad cubiertas de polvo, excremento y sin pavimentar. En los suburbios había más chozas que casas. A lo lejos se veían los viejos acueductos coloniales llenos de agujeros por donde permeaba el agua día y noche.

El 24 de julio de 1864, Carlota le escribió a su abuela, la reina María Amalia de Borbón-Dos Sicilias: "Max ya arregló aquí el jardín, o más bien la terraza, de una manera admirable [...]. A propósito de los colibríes, ayer por la tarde oímos uno en la terraza, verde y azul, chiquito, con pico largo, que zumbaba alrededor de las flores abriendo la cola, como un gran abejorro. El panorama de los alrededores es de lo más grandioso del mundo, abarca todo el Valle, los volcanes y la faja de la cordillera. Al ponerse el sol, el cielo tiene tonos verdes, como en los cuadros de Bassones [...]. Chapultepec se embellece todos los días bajo la mano feliz de Max".

Mientras se instalaban los monarcas en su nueva residencia, las fuerzas de Benito Juárez lidiaban con dos guerras: por un lado la guerra civil de conservadores y "cangrejos" contra liberales y "chinacos", y por otro, la entablada en contra de los intervencionistas.

La guerra intestina se llevaba a cabo en el país desde hacía unos cuarenta años aproximadamente. Nueva España fue gobernada por la corona española a lo largo de 300 años. Para concluir el proceso de su independencia, México tuvo que pasar por una monarquía propia encarnada en Agustín de Iturbide, en 1821, aunque solo hubiera durado diez meses. Muchos mexicanos pensaban que por lo menos su país contaba con un emperador propio y ya no dependía de un virrey español; en un inicio, el modelo de gobierno de Estados Unidos resultó atractivo para los mexicanos. A raíz de esto, se entabló una lucha entre los que defendían los principios federalistas y centralistas. Años más tarde se hablaría de conservadores y liberales. Los conservadores eran aquellos que siempre se sentían atraídos por una idea de nación imperialista. Además, estaban apegados a la institución eclesiástica. El ideal de estos conservadores era tener una nación católica, de herencia hispana.

Los liberales le temían a una Iglesia ambiciosa e intolerante, capaz de controlar las mentes y los sentimientos de la población, además de poseer bienes que eran incontables en el país. Una Iglesia protegida por los llamados "cangrejos", por los "ultramontanos", o como gustaba llamarlos Maximiliano, "los pelucas", defensores de las políticas del Papa.

El archiduque le mostraba a Almonte, su exregente del imperio, grandes deferencias. Era uno de sus hombres más cercanos. A pesar de que el emperador sabía que debía confiarle la organización de las tropas militares a Bazaine, al que más escuchaba sobre cuestiones políticas era a Almonte. Sabía que había sido tres veces candidato a la presidencia del país; sabía que había sido ministro de la Guerra y de Hacienda y sabía que había sido embajador en varios países, entre ellos Estados Unidos, lo cual le daba un bagaje de experiencia sobre los demás. Pero lo que Maximiliano más apreciaba en su confidente, era que se trataba del enemigo número uno de Benito Juárez. No obstante su confianza en Juan Nepomuceno, intuía que en su caso, o como parte de la condición humana, la ambición desmedida pierde a los hombres. Todo lo que empezó a saber el entonces archiduque de Austria sobre Juárez en Miramar, fue a través de la correspondencia de Almonte y de otros conservadores como Gutiérrez de Estrada. Por lo tanto, era una visión muy parcial.

Cuando Maximiliano llegó a México y observó de cerca la realidad del país y las diversas medidas que había establecido Benito Juárez, apoyado por consejeros tan valiosos como Melchor Ocampo uno de los autores de las Leyes de Reforma, se dio cuenta que se sentía mucho más afín a las políticas de Juárez que a las de los "ultramontanos". Es decir, los conservadores aguerridos apegados a los intereses del papa Pío IX, quien por encima de todo deseaba recuperar los bienes de la Iglesia en México.

Cuando Maximiliano se percató del valor de las reformas de Juárez, tales como el matrimonio civil, el divorcio por consentimiento mutuo, la educación laica, el emperador promulgó la ley de abolición del peonaje para proteger a los trabajadores rurales, promovió la creación de comisiones científicas y se preocupó, en su calidad de poeta, por las artes. Fue también el primero en concebir una colección de piezas precolombinas para crear un museo. Él estaba por la libertad de culto, la administración de los cementerios a cargo del Estado, el establecimiento del Registro Civil. Además, ordenó la publicación de leyes en náhuatl, e incluso pensó en devolverle sus tierras a los indígenas. Decretó leyes y reglamentos en ocho volúmenes. Esta repentina fascinación por parte de un príncipe católico, que antes de embarcarse a México había jurado obediencia al Papa, especialmente en lo que se refería a la restitución de los bienes de la Iglesia, enfureció a los monarquistas. Ya en Miramar y antes de venir a estas tierras, Maximiliano anunció en abril de 1864: "Solo conservaré [el poder] el tiempo preciso para crear en México un orden regular y para establecer instituciones sabiamente liberales".

Un mes y medio después de la llegada de los emperadores, en 1864, "los cangrejos" ya se quejaban del apoyo y protección que Maximiliano brindaba a los liberales. Los conservadores se sentían despreciados cuando se habían sacrificado por la instauración de la monarquía, en cambio, los "puros" buscaban la protección de Achille Bazaine para conspirar contra el imperio. "El clero es, sobre todo por el negocio de los bienes eclesiásticos, el blanco general de todas esas tramas y de todos los ataques de los *puros* y de los franceses", se quejaba Aguilar y Marocho. Además, desaprobaba los nuevos nombramientos en el gabinete y en el Consejo de Estado, en los que destacaba una mayoría de liberales. Ello solo podía significar que estos pretendían apoderarse del poder utilizando al imperio.

En el mes de diciembre llegó a México el nuncio apostólico, enviado de Pío IX, monseñor Pedro Francisco Meglia. Maximiliano mandó tres carruajes a recibirlo para que lo condujeran a Palacio, donde fue recibido por guardias palatinas y bandas de música. La recepción oficial duró media hora. A nombre del Papa, Meglia pidió al emperador que México volviera a ser como era antes de las Leyes de Reforma; que le dejara a la Iglesia libertad absoluta de acción y que le devolviera todos los privilegios que habían sido abolidos por Juárez y su gabinete. Maximiliano enfureció. No solo no estaba dispuesto a restituirle a la Iglesia sus bienes, sino que proponía el cobro de una renta a los obispos, cuyo monto se entregaría al gobierno; los sacerdotes pasarían a ser funcionarios públicos encargados de registrar nacimientos y defunciones a cambio de un sueldo fijo, y lo más intolerable para el Nuncio: Maximiliano estaba dispuesto a respetar la libertad de cultos. El desencuentro fue total; a los pocos días monseñor Meglia volvió al Vaticano sin haber resuelto nada. Estaba tan enojado con los jóvenes monarcas que ni siquiera se despidió de ellos.

Camino a Veracruz, Meglia se cruzó con Achille Bazaine, quien por su parte le daba la bienvenida a una legión belga de 500 hombres recién desembarcados. Monseñor Meglia le dijo al Mariscal acerca de Maximiliano: "A este señor habría que tirarlo por la ventana".

Un emperador liberal era lo que menos deseaban los conservadores y la Iglesia mexicana.

VI

¡QUE BAILEN! ¡QUE BAILEN!

El mariscal Bazaine no sabía que con la llegada de los emperadores su vida daría un gran vuelco. En el baile que habría de ofrecerles conocería a su gran y último amor: Pepita de la Peña.

México, 27 de junio de 1864

Hermano querido:

Mañana daré una fiesta militar al emperador electo y el Cuartel General está muy atareado por los preparativos, y estamos todos ya cansados antes de que empiece el baile: a mí me da lo mismo, soy indiferente. Pero mis jóvenes, sobre todo Albert, la van a pasar muy bien. Tuve varias entrevistas con el emperador Maximiliano, que es altamente distinguido y de una elevada inteligencia, tiene las ideas liberales de nuestro siglo, ¡qué suerte para este país el haber encontrado a un príncipe como él! La emperatriz es encantadora como mujer, tiene carácter e inteligencia; no es en absoluto clerical como nos lo habían hecho creer. En una palabra: es muy difícil hallar una pareja más seductora y prometedora para un país que parece entenderlo así. Su viaje desde Veracruz no ha sido más que una larga fiesta triunfal, las delegaciones del interior llegaron muy numerosas a rendirle sus cumplidos al emperador, y solo los que son de mala fe o lo que están ciegos no quieren ver la opinión unánime de un pueblo en favor del imperio y de todas sus manifestaciones. Tengo, pues, fe en el futuro de este país y nuestra política tiene el derecho de estar orgullosa de ser la salvación de esta gran cuestión mexicana que interesa a los dos mundos.

Le di un permiso de dos meses al capitán Willette, ya te contará él todo lo que pueda interesarte sobre los asuntos internos, es un buen muchacho que aprecio mucho. Yo quisiera verlo convertido en jefe de escuadrón porque ya lleva 15 años con el grado de capitán.

Voy a mandar de regreso unos 10 mil soldados en el otoño. Aunque permanecerá aquí el efectivo del Cuerpo del Ejército, es decir unos 25 mil soldados. Por ello no tengo esperanza de volver antes de los primeros meses de 1869. Como a ti, mi querido hermano, me parece que es muy largo. ¿Pero, qué hacer? Esperar a que el emperador decida dejarnos ir.

En su última carta, el ministro de la Guerra me dice: "Los dos soberanos están muy satisfechos de los servicios que usted ha brindado, esta buena opinión es una razón para el pasado, un aliento para el futuro", por lo tanto no espero un cambio en mi posición por ahora.

Te quiero tiernamente, solo pienso en la dicha de volver a verte, de vivir a tu lado, que ese día llegue lo más pronto posible, querido hermano. Te estrecho contra mi corazón.

Baz

En las cartas que a diario escribía a su hermano, Bazaine se quejaba de los elevados precios de los productos. Le decía que se encontraba de todo pero muy caro. Le contaba acerca del manejo de las tropas, de las nuevas adhesiones y de sus primeras impresiones sobre Maximiliano: "Las afiliaciones nos llegan en masa y tengo toda mi esperanza puesta en el nuevo Imperio. El Príncipe electo parece decidido a seguir la vía liberal y del progreso que la política interna ha inaugurado. Yo lo apoyo en esta decisión, esta es la única forma de alcanzar una organización sólida para este desdichado país en donde las pasiones políticas de los dos partidos lo empujan siempre hacia las restricciones. El clero es aún muy poderoso, hace lo posible por recuperar sus bienes y sus privilegios. El tan esperado nuncio apostólico para trabajar en el Concordato se está dando a desear. Es evidente que se trata de una táctica romana y esperan que por hartazgo el nuevo soberano termine por dejarse convencer; pero se equivocan porque el emperador Maximiliano parece tener energía y carácter, y nuestro emperador lo ha inspirado en principios liberales que le impedirán equivocarse".

Para finales de septiembre de 1864, Bazaine tenía la ambición de alcanzar Sonora con sus tropas: "En donde estamos tratando de obtener las concesiones de las minas para indemnizar a nuestro país por sus sacrificios así como las tierras cultivables para instalar a los inmigrantes. Esta es una operación muy seria que puede ser muy ventajosa para nuestra querida Francia".

Según él, México se estaba pacificando y Maximiliano le imprimía una dirección liberal a la organización de todas las ramas de la administración, para consolidar su imperio. En la correspondencia de esa época, le decía a su hermano cuán agradecido estaba con Napoleón III y con Maximiliano, a quien llamaba "mi Soberano". A veces se mostraba tan optimista e ingenuo que estaba convencido de que en pocos días ya no quedaría, de Oaxaca a Sinaloa, "un solo grupo serio de fuerzas juaristas o de 'chinacos'. Nuestro emperador tuvo una buena mano, no podía ser de otra manera con tanto tacto y su juicio tan derecho. Por lo tanto, nuestra política triunfa y veremos los resultados dentro de poco, pero necesitamos que los impacientes y los soñadores se calmen, porque no creen que podamos un día hacer lo que han hecho otras naciones, como lo hizo la nuestra en medio siglo".

Para principios de noviembre, el Mariscal se preparaba para ir a Oaxaca: "Es una provincia de 500 almas que dicen es bella y rica y sería yo muy feliz de poderla anexar al nuevo imperio".

20 de enero de 1865

Cuerpo Expedicionario de México
General Comandante en Jefe
Hacienda Blanca, Oaxaca

Querido Adolphe:

Llegué aquí el 16, después de marchas rápidas, largas y pesadas a través de un paisaje muy accidentado y boscoso. Empecé la primera operación del sitio de esta vieja ciudad muy fuerte por la gran cantidad de reliquias monumentales que son como fortalezas pero que lograremos someter con la energía y la persistencia que tú conoces. Esta provincia es un verdadero paraíso en donde todas las producciones del universo han sido generosamente dadas por la naturaleza; el clima también es muy bueno.

Mariscal Bazaine

El 7 de febrero de 1865 concluyó el sitio de Oaxaca y la ciudad capituló sin condiciones. La guarnición era de 4 mil hombres que contaban con un armamento de 50 a 60 cañones. El Mariscal se vanagloriaba de haber obtenido tan buen resultado en el estado de Benito Juárez y de Porfirio Díaz, sin derramar sangre y con tan pocos heridos.

Apenas terminó Bazaine la campaña en Oaxaca, y en abril envió a los cuerpos de artilleros y las baterías hacia Durango y Chihuahua. Su trabajo lo tenía muy abrumado; lo único que lo distraía un poco era escribir y recibir cartas de su hermano Adolphe, quien se dedicaba, además de a cumplir con la encomiendas financieras de su hermano viudo, a promoverlo entre las señoritas bien de París. Su amiga Fanny era la celestina en turno. Le había hablado maravillas de la señorita De Montaigu, cuya dote era más que considerable. Su familia era de Normandía y tenía raíces en la nobleza inglesa. Aun así, la candidata no le gustó a Bazaine. Fanny seguía insistiendo. Al cabo de unas semanas le propuso a Thalía, de una clase social menos elegante; sin embargo, le escribió su hermano: "Esta joven de 19 años tiene unos ojos verdes preciosos y es muy hacendosa. Su tío Paul es accionista de ferrocarriles. Es una familia muy honorable. No me gusta saberte solo. Necesitas una esposa amorosa y de carácter dócil. Dice Fanny que te puede presentar a Solange, que es de Marsella y es muy parlanchina, aunque no es muy bonita, pero tiene 17 años. En fin, hermano mío, cuando vuelvas, Georgine se encargará de presentártelas y tú tomarás tus decisiones". Este tipo de correspondencia irritaba sobremanera al Mariscal, quien tenía demasiadas cosas importantes como para pensar en *mademoiselle* De Montaigu, en Thalía o en Solange. Harto ya de tanta insistencia, Bazaine cortó de un tajo las ambiciones matrimoniales que su familia tenía para él: "Siento afecto por Thalía pero no amor; lamento mucho que Fanny haya llevado este asunto a todo vapor disponiendo de mi corazón".

Una de las características del imperio mexicano eran sus bailes. En esa época cada día se daba un baile, al que asistían los representantes de las legaciones y colonias extranjeras, así como la aristocracia y la burguesía. Se organizaban bajo cualquier pretexto, desde el más familiar hasta el más elaborado. Los bailes más lucidos eran los que efectuaba la "gente decente", "lo más granado de la sociedad". Las fiestas de la corte de Maximiliano y Carlota brindaron a estos sectores de la sociedad mexicana la oportunidad de hacer alarde de su posición social y económica. Eran la ocasión perfecta para lucir sus joyas, sus casas, sus atuendos, vajillas, pero sobre todo, para demostrar su *savoir vivre*. La instauración del imperio permitió, además, que hubiese un abastecimiento permanente de telas, listones, pelucas y crinolinas para el deleite de las invitadas. Igualmente, se instalaron en la Ciudad de México, provenientes de París, peluqueros, modistas, sastres, zapateros, perfumistas y joyeros. "Cada vapor de Europa trae algunas novedades para tener la casa al corriente de las mudas y gustos del día", se jactaba un anuncio en el periódico *La Sociedad*, del 24 de mayo de 1865.

En la corte austriaca se acostumbraba que el maestro de ceremonias anunciara el inicio del baile con la siguiente consigna "*Alles walzer*". Muy pronto en México se adoptó esta fórmula mágica: "¡Que bailen! ¡Que bailen!".

¡Que bailen! ¡Que bailen! Que estallen los suspiros, que se alcen las quejas; que broten las protestas; que reviente el volcán; que se crucen los fuegos; que estalle la celosa ira; que aquello sea una especie de cuadrilátero; que Mantua y Verona sean atacadas; que cruja la artillería; ¡que haya víctimas y víctimas! Si los guerreros en el combate exclaman: "¡Sangre! ¡Sangre!". Nuestras parejas gritan: "¡Música!". Ellas son las mariposas que se lanzan veloces sobre la llama. ¡Que bailen! ¡Que bailen!

El general Bazaine no nada más organizaba las campañas militares, sino que también se daba tiempo para organizar bailes. Bailes para sus soldados, bailes en honor a Sus Majestades, bailes para celebrar el santo de Napoleón III, y bailes para que se conocieran los soldados franceses y las mexicanas. De allí que se acuñara el término *novioter*. Se trataba de una relación entre la amistad y el compromiso matrimonial: Charles *noviote* Lupita, escribirá el sobrino del Mariscal a su mejor amigo en París.

Adolphe y Albert, hijos de su hermano Adolphe, habían llegado con Achille Bazaine en el mismo barco que él, con la intención de hacer una carrera militar rápida y eficaz. Su tío se empeñó en ascenderlos cuanto antes. Adolphe sería promovido a Lugarteniente, en la Compañía Tercera de Zuavos, mas no por ello dejaba de asistir a los bailes. Quería conocer a todas las jóvenes casaderas, pero con dote.

Cuando años después Eugenia Bazaine leyó la segunda carta que le había dirigido su padre a su madre, nunca imaginó cuánto se habían querido desde el momento en que se vieron en aquel baile que ofreció el Mariscal en honor de Maximiliano y Carlota el 28 de junio de 1864. Al otro día de este encuentro definitivo, Achille le escribió en su idioma, a sabiendas de que Pepita hablaba francés:

Graciosa señorita:

Fue para mí un grande honor el haber bailado con usted anoche. Tiene usted una gracia incomparable para bailar las habaneras. Si usted me lo permitiera, me alegraría verla de nuevo lo más pronto posible.

Mariscal Bazaine

Aquella noche, la señorita Josefa de la Peña leyó el *billet* que le había entregado, en propia mano, un joven oficial del Estado Mayor del jefe de las Fuerzas Armadas. De inmediato corrió a la sala donde se encontraban su madre y su tía:

—Mamá, mamá, ¿quién crees que me escribió?

—¿Quién hijita?

—¿Por qué estás tan alborotada, niña? ¿Quién te escribió? —preguntó la tía Juliana, quien bordaba punto de cruz en un mantel.

—Lean por favor el remitente —dijo Pepita al mismo tiempo que mostraba un sobre de papel arroz beige con un sello.

En ese momento, las dos mujeres sacaron sus respectivos impertinentes para leer mejor el sello del sobre: Cuerpo Expedicionario de México. General Comandante en Jefe. Oficina.

—¿Bazaine? ¿El mariscal Bazaine? —exclamaron las dos mujeres al unísono.

—Sí mamá, sí tía, el jefe de las Fuerzas Armadas.

—Con razón desde que llegamos al Palacio de Buenavista no te quitaba los ojos de encima. ¡Ay, niña!, pero es un señor muy mayor —comentó exaltada la tía Juliana.

—Pero muy importante —agregó la madre abriendo los ojos desmesuradamente.

—¿Le contesto? ¿O qué hago? —preguntó Pepita con toda su ingenuidad.

—¡No! —respingaron súbitamente las dos.

—¿Por qué no?

—Déjanos pensar un poquito para que tu respuesta sea la más apropiada. No es cualquier persona —comentó la tía Juliana.

—Está bien. Como ustedes digan, pero no se tarden mucho…

Más allá de la diferencia de edad entre Pepita y el Mariscal, lo que le preocupaba a la tía Juliana era lo que se decía en sociedad acerca de este personaje. Unos afirmaban que Bazaine era muy simpático, que le encantaba bailar. Acostumbraba retirarse poco antes del final de los bailes, es decir, cerca de las cinco de la mañana. Otros repetían que el Mariscal mostraba un orgullo desmedido. Sin embargo, entre sus tropas era muy popular por generoso y por su carácter mesurado. La leyenda dolosa que más se contaba entre las tropas francomexicanas a propósito del Mariscal, y la cual se había extendido como un reguero de pólvora, era que su esposa, Marie, se había suicidado por haberse enamorado de un joven actor de la *Comédie Française*, cuando en realidad Marie había muerto de una pleuresía.

Después de la recepción que ofreció el general a Sus Majestades, la condesa Paula de Kolonitz escribiría en sus memorias: "El general Bazaine también dio un gran baile, para lo cual dispuso el patio de su casa, que con sus pilares y galerías presentaba un bellísimo aspecto. Todo estaba adornado con flores, ramos, banderas y otros trofeos; y como el único techo que había era de lona, la atmósfera permaneció muy fresca. El hermoso jardín se prestaba muy bien a una excelente iluminación y a los fuegos artificiales, que en México han alcanzado un alto grado de perfección. El baile, sin embargo, fue poco alegre. Las tarjetas de invitación habían sido redactadas en una forma que comprometía, el tocado estaba prescrito, y se añadía que solo debía admitirse aquel que entregase su tarjeta, rechazándose a los que llegaran después de las 9 de la noche. Al mismo tiempo, los ayudantes se habían permitido hacer algunas observaciones personales al tiempo de invitar, y se había excluido a los más importantes personajes; las señoras habían sido invitadas sin sus maridos, y las hermanas sin sus hermanos, y por añadidura, a petición de Bazaine, las mujeres debían asistir escotadas. Muchos no fueron, y otros lo hicieron por respeto a la imperial pareja. La conmoción fue universal. El que es ahora el mariscal Bazaine mostró más que ninguno una arrogancia y una falta de buena educación, como se ve pocas veces; y por desgracia otros muchos oficiales siguieron su ejemplo. Tan pronto como la corte se retiró, la mejor parte de la reunión se retiró también, y hemos oído decir después que la reunión francesa que permaneció allí había concluido el baile con un cancán".

A la madre y a la tía de Pepita les sorprendía que un hombre de la importancia del Mariscal pudiera interesarse en una joven de 17 años recién cumplidos y que aún no terminaba sus estudios. Pepita se precipitó a su habitación para sentarse, cuanto antes, frente a su *secrétaire* y escribirle a su prima Cayetana, que en esos momentos estaba postrada en cama debido a una fiebre reumática.

México a 29 de junio de 1864

Querida prima:

No sabes de quién recibí un *billet* esta tarde. ¡Del mariscal Bazaine! ¿Te acuerdas de que la madre superiora lo mencionó en una ocasión, diciendo que era un general victorioso de muchas batallas y que debíamos rezar por él, para ayudar al país a recobrar la paz? Pues bien, lo conocí ayer por la noche. Fue mi primer baile formal. Nos invitó con mi tío Miguel, porque como es prefecto político del Valle de México le llegan muchas invitaciones del mariscal. Por eso vinieron con nosotros mi tía Juliana y mi prima Trinidad. Cayetana, ¡no sabes qué preciosidad de fiesta! ¡No sabes qué fastuosidad! Estaba lo más granado de la sociedad. Fue en la residencia del mariscal Bazaine, el Palacio de Buenavista, en San Cosme. Fue en honor de Sus Majestades, el emperador y la emperatriz. Se les mandó instalar un estrado donde fueron colocadas dos sillas de respaldo alto, un dosel de terciopelo granate con el águila imperial bordada en hilo de oro. Los señores iban vestidos de frac negro con corbata blanca, las señoras en traje claro y escotado, y los militares de riguroso uniforme. Éramos tantos que no podíamos ni bailar. En el patio principal montaron un hermoso salón circular sobre el cual tendieron un cielo artificial pintado con nubes y con el águila mexicana en el centro. En la galería del primer piso instalaron un jardín suspendido, con muchas macetas colgantes. Las columnas del palacio estaban todas forradas de caprichosas masas de follaje y en todo el derredor alternaban pabellones con los colores nacionales de Francia y México. Había trofeos militares por todos lados, hasta tres cañones saliendo de macizos frondosos, arcos construidos con espadas y en todos los salones se advertían escudos con las iniciales de Napoleón, Eugenia, Maximiliano y Carlota.

¡Ay, Cayetana! Subir por la escalera al primer piso era como estar dentro de un sueño; estaban alfombradas de color blanco, con muchos floreros por todos lados. Incontables arañas colgaban de cada uno de los arcos. Además, colgaban lámparas de gas de las ramas de los árboles. Eran como estrellas, prima, entre las hojas de un bosquecillo. El jardín trasero estaba todo iluminado con linternas y vasitos de colores. ¡Se veía tan bonito: parecía un palacio encantado! Ese jardín estaba reservado a los carruajes imperiales. Los emperadores llegaron un poquito después de las 9:30. Maximiliano llevaba su uniforme de general de división del ejército mexicano con el gran cordón de la Legión de Honor. ¿Sabes cómo iba la emperatriz Carlota? Yo nada más la conocía por los retratos que pusieron alrededor del Zócalo. Se veía hermosa. Iba vestida toda de blanco con una diadema de muchos diamantes y esmeraldas. Su pulsera era magnífica. Llevaba esmeraldas, brillantes y rubíes figurando nuestra bandera mexicana. Nunca había visto una pulsera tan bonita en toda mi vida.

Estaba Pepita a punto de contarle a Cayetana que Bazaine la había invitado a bailar, cuando llegó la nana a su habitación para avisarle que ya estaba lista la merienda. "Niña, ya la están esperando su mamá y su tía para merendar". La adolescente obedeció a regañadientes; su espíritu seguía en el baile. Sobre el papel secante colocó su pluma de metal que le había regalado su padrino por sus 17 años. Cerró la tapa de plata del tintero y ocultó la carta debajo de su cartapacio. Doblemente emocionada por los recuerdos de aquel baile y por el mensaje de Bazaine, se dirigió al comedor que se encontraba en la parte superior de la casa. Recorrió el corredor de amplios arcos sostenidos por columnas de cantera. Pasó frente a las jaulas de pájaros: cenzontles, jilgueros, canarios, cardenales y loros. A su preferido lo había bautizado con el nombre de Benito: "Repite conmigo periquito lindo: ¡Mariscal Bazaine! ¡Mariscal Bazaine! A partir de ahora te tienes que aprender este nombre", le ordenó la adolescente, viéndolo derechito a los ojos negros como dos canicas pequeñitas. ¡Pepita estaba feliz!

Cuando la joven llegó al comedor vestida con su falda larga de lino claro y su blusa de algodón de apretadas alforjas, su madre y su tía ya estaban sentadas a la mesa. En el centro se hallaba un pequeño frutero con mangos, plátanos dominicos y guayabas. "Te aparté tu 'cuernito'. Perdón, quise decir tu *croissant*", dijo la tía Juliana con cierta picardía. En la casa de los Gómez Pedraza era de buen tono soltar, de vez en cuando, algunas palabras y expresiones en francés. Pepita podía sostener una conversación en el idioma galo gracias a las clases que había tomado con las monjas.

—*Merci!* —repuso la sobrina frunciendo ligeramente la nariz.

Desde la llegada de los franceses en 1862, en México habían proliferado las panaderías y pastelerías francesas, compitiendo con las españolas de arraigo tradicional. En las casas de clase alta habían sustituido los bolillos y teleras por las *baguettes*. Para esa época, las tiendas de ultramarinos vendían cada vez más productos franceses, además de los ya tradicionales como la canela, las aceitunas, las almendras, las alcaparras, el aceite de oliva, el membrillo y la jalea. La tía Juliana era de las mejores clientas de *Chez Gustave Dusseaux*, que anunciaba "un inmenso surtido de vinos y licores de las primeras marcas, conservas alimenticias y juguetes finos, chocolate superior, pasteles y dulces nuevos, frutas secas y en almíbar, aguardiente, vinagre y quesos". La tía también frecuentaba la dulcería Deverdun en donde compraba los dulces franceses más finos que obsequiaba de colación en sus posadas. Sin embargo, la mantequilla la mandaba a comprar al número 5 de la calle del Seminario, a donde llegaba fresca, los martes y jueves, de la hacienda de Nicolás Buenavista. Era la mejor que se encontraba en toda la ciudad. La viuda de Gómez Pedraza padecía de dolores de espalda que solo se le atenuaban con una "untura de rana", receta particular de la familia Azcárate. Como la cocinera Asunción no sabía leer, tuvo que aprendérsela de memoria.

A su arribo a México los emperadores se habían permitido apreciar la comida "nacional", dejando un poco a un lado la comida novohispana. Lo que quería Maximiliano era demostrar que podía ser tan mexicano como sus súbditos, por lo que se dedicó a apreciar los sencillos ingredientes como el chile, el maíz, los frijoles, las tortillas, los tamales y el guajolote. Sin embargo, desde que llegó, Maximiliano empezó a padecer del estómago. La disentería se le hizo presente y lo persiguió hasta el fin de sus días.

Mientras Pepita disfrutaba de su chocolate, su madre y su tía no dejaban de comentar la fiesta de Bazaine en honor de los emperadores. De las dos la más parlanchina era Juliana. De hecho, era conocida entre sus amistades por su lengua afilada.

¿Te fijaste qué fea se veía Lola de Almonte? Eso sí, tenía un vestido muy bonito, de madame *Léonce, que le ha de haber costado una fortuna. Por más que llevaba postizos en la cabeza de los hermanos Macé, su peinado se veía* démodé. *¿Te acuerdas hermana que cuando la emperatriz desembarcó en Veracruz, Lola se atrevió a ofrecerle un cigarrillo que sacó de su bolsa diciéndole: "¿Gusta usted?". Y claro, nuestra querida emperatriz lo rechazó. Dicen que fumar ya no es de buen ver. Eso es de señores. Imagínate, para rematar, Lola, osó darle un abrazo a la princesa con todo y palmaditas en la espalda. Carlota no tenía ni idea de lo que era un "abrazo mexicano". Oye, Josefa, no me digas que no te gustó el vestido blanco de la marquesa de Montholon. ¡Qué caída de seda, qué holanes festonados y qué cinta de terciopelo negro, tan bonita, intercalada entre las trenzas! Se veía preciosa cuando abrió el baile. ¿Viste con qué amabilidad nos saludó el conde de Zichy, vestido con su traje tradicional húngaro? Es un hombre muy atractivo. El uniforme extranjero del marqués Corio era muy raro. ¿Te fijaste cuántos idiomas se hablaban en las mesas? Alemán, húngaro, inglés, francés, italiano, hasta turco. Oye, qué gorda está Julia Campillo,*

y luego con esas crinolinas tan amponas con las que barría el piso. Ese vestido azul cielo la hacía verse más prieta. Qué diferencia con Laura Quijano de Rincón Gallardo, siempre tan distinguida, con ese collar de perlas de siete hilos por las siete virtudes que debe tener una mujer decente.

La que siempre se anda paseando por los bailes con cara de sufrimiento es la pobre Guadalupe Cervantes Ozta de Morán. Será muy marquesa de Vivanco, descendiente de los condes de Santiago de Calimaya y de los marquesados de las Salinas del Río Pisuerga y de Salvatierra. Y su marido, Antonio, será muy chambelán del emperador, pero lo único que conservan es el abolengo, porque dinero, de eso no tienen ni un centavo. Claro, Emilia, la viuda de Caldelas, llevó a todas sus hijas porque a fuerzas quiere casar a una de ellas con un francés. Siempre he dicho que de todas la más graciosa es Lupita. Oye, a la que vi muy pálida fue a Leonor Rivas de Torres Adalid. Dicen que tiene un amorío, nada más ni nada menos que con el príncipe austriaco Carl de Khevenhüller Metsch. ¿Te das cuenta que es el único príncipe después de nuestro emperador? El otro día me dijeron que tiene muchas deudas y que se había ido de Europa para escapar de sus acreedores y no por lealtad a Maximiliano. Se rumora que al esposo de Leonor, Javier Torres Adalid, un hacendado riquísimo, no le gustan las mujeres. Pobrecita porque es muy bonita y apenas tiene 17 años.

Carl de Khevenhüller-Metsch huyó de Viena por un pasado tormentoso que involucraba deudas, duelos, líos de faldas y novias que sus aristocráticos padres no aceptaban. Era tan buen mozo, lucía el uniforme con tal garbo, que en los bailes las jóvenes hacían todo para que las invitara a bailar. Su fogosa mirada y sus delicadas manos habían hecho sucumbir a más de una. Carl nunca fue bueno para los estudios, sin embargo, era un espléndido jinete de la Escuela de Equitación Española de Viena. Perseguido por sus acreedores, tuvo que vivir oculto en una granja durante varios meses, mientras su madre, Antonia Khevenhüller-Metsch, movía cielo y tierra para conseguir que Carl se alistara con los voluntarios austriacos que se embarcarían con destino a México. Doña Antonia le escribió a Maximiliano rogándole que le perdonara su comportamiento irresponsable. Con la benevolencia del archiduque, Carl llegó en noviembre de 1864 para servir a su emperador. Al desembarcar, fue tal el impacto de encontrarse con un país tan exótico y con tantas necesidades, que empezó a escribir un diario. "Hay dos clases de comerciantes: los acreditados y pudientes alemanes, los pobres y tramposos indígenas. Las tiendas las tienen aventureros franceses. Los viejos españoles criollos disfrutan de una pésima reputación [...]. El indio puro es más bien pequeño que mediano, de constitución robusta, extraordinariamente fuerte [...] corre por lo general a trote corto, aun cuando lleva una pesada carga, casi siempre en la cabeza o arrastrándola; es sobrio hasta lo increíble, un puñado de frijoles y un par de tortillas le son suficientes. Estas personas son a la vez honradas y fieles, como soldados valientes y constantes, adictos a sus comandantes. Integran 4/5 del total de la población. [...] Los mestizos poseen todos los defectos de ambas razas, india y española, pero ninguna de sus cualidades. Forman la clase media".

En tanto la tía seguía chismeando, lo único que quería su sobrina era huir a su recámara para terminar su carta. Le dio un último sorbo a su chocolate, a pesar de que se había formado una gruesa nata, y pidió permiso para levantarse de la mesa. Pepita odiaba los chismes. Sor Elena de la Cruz le había enseñado que las habladurías solo mostraban un talento limitado y una educación poco esmerada.

—¿Por qué te vas tan pronto, niña? ¿Por qué no nos cuentas de qué hablaste con el Mariscal? ¿Qué te decía mientras bailaban? —le preguntaba la tía Juliana con insistencia.

—Hablamos de su gusto por México, de su clima y sus volcanes. ¿Puedo retirarme? —preguntó cortante la joven, quien para ese momento ya se encontraba irritada.

Al escucharla, las dos mujeres se miraron desconcertadas. A pesar de que se morían de ganas de saber más acerca de este primer encuentro, optaron por no seguir preguntando.

—No te desveles. ¿Quieres que vaya la nana Dolores a ponerte tus *papillotes* para que mañana sea más fácil hacerte tus caireles?

—Esta noche no, mamá. Prefiero terminar mi carta. Hasta mañana.

Pepita se levantó de la silla de bejuco estilo Napoleón III, salió del comedor y recorrió los pasillos de regreso, no sin antes detenerse una vez más frente a la jaula de Benito para repetirle en voz queda: "¡Mariscal Bazaine!". "¡Mariscal Bazaine!".

Llegando a su habitación encontró su quinqué ya encendido, las sábanas bordadas de su cama de latón descubiertas, y sobre ellas su delicado camisón de encaje de bolillo.

Se instaló frente a su *secrétaire*, tomó su pluma, remojó la punta en la tinta negra y continuó con su misiva:

Retomo mi carta después de merendar con mi madre y mi tía Juliana. Ya no las aguanto. Son muy entrometidas. Me preguntaron tantas cosas sobre el baile de ayer que terminaron por exasperarme. Tan contenta que estaba por el *billet* que me mandó el mariscal Bazaine. Te estaba contando que el Mariscal se veía espléndido con su uniforme azul marino plagado de medallas de todas sus batallas y sus charreteras doradas. Yo estaba bailando con un joven oficial francés. Éramos muy pocas muchachas para tantos oficiales. Yo tenía mi *carnet* de baile repleto de peticiones. No olvides que no habían podido convivir con mujeres durante meses, por lo tanto no me senté ni un minuto. Estaba yo bailando una habanera con este oficial, que creo que se llamaba Jean-Pierre, cuando de pronto la cola de mi vestido de tul blanco se atoró con la pata de una silla. Lo jalé con tanta fuerza que rasgué la tela. Estaba preocupada, ¿qué le iba a decir a mi mamá de mi ajuar nuevo hecho jirones que había costado tanto? Tuve que dejar de bailar. Me aparté del grupo, me alejé hacia una consola y me agaché para ver qué tanto se había rasgado la tela. De repente levanté el rostro y mis ojos se toparon con una mirada muy intensa. Me puse roja roja y me di cuenta de que frente a mí había varias personas que me sonrieron. El más sorprendido era él. En ese momento se apartó del grupo una joven norteamericana y muy amablemente se ofreció a acompañarme al tocador en busca de hilo y aguja para reparar el encaje del holán. Cuando le pregunté quién era ese señor con tantas medallas, me dijo que era el mariscal Bazaine. Regresamos juntas al salón, le di las gracias y me fui a donde estaban sentadas mi madre y mi tía Juliana. Después supe por Sarah York qué él había preguntado quién era esa muchacha tan bonita y tan vivaz. Sarah es hermana de un empresario norteamericano dedicado a la construcción de ferrocarriles. Enseguida el Mariscal fue a buscarme a mi lugar para invitarme a bailar. "*Me feriez vous l'honneur de m'accorder cette danse?*". Me lo pidió tan bonito que acepté de inmediato. Bailamos cuatro piezas, unas con la orquesta y las otras dos con la banda militar austriaca dirigida por el músico vienés Saverthal. Yo, que no soy buena bailarina, en los brazos del Mariscal me dejé llevar como una pluma. Su voz es grave y habla español a la perfección pero con un fuerte acento. Me miraba con ternura e insistencia. No pude abrir la boca. No supe qué decir. En cambio él, me elogiaba las flores que llevaba en el pelo, y en mi *porte-bouquet*. Me elogiaba mi vestido, e incluso mi escaso francés. Cuando terminó la pieza nos acercamos a mi madre y a mi tía y él las saludo con un besamanos. Las dos lo felicitaron muy efusivamente por ser tan buen anfitrión. Él nada más sonreía. Me di cuenta de que al sonreír rejuvenecía. Te confieso que eso me gustó. Después de cenar nos acompañó a tomar nuestro carruaje y se despidió de nosotras con una amabilidad apabullante, haciendo una reverencia. Antes de que el cochero echara a andar la carroza, me asomé por la ventanilla, y esta vez fui yo quien le sonrió. Te seguiré contando.

Te quiere, tu prima

Esa noche, Pepita soñó que bailaba con su padre en medio de un jardín cubierto de veladoras.

Mientras la joven dormía, en la madrugada Carlota le escribía a Eugenia de Montijo: "*La quadrille* se componía del emperador y de la hija del prefecto municipal, del general Bazaine y de mí, y de dos otras parejas. Montholon y Almonte. Este último está felicísimo por la Legión de Honor que ostenta con un orgullo visible. Da gusto ver que al fin obtiene alguna satisfacción por el precio a tantas penas y dificultades; es un hombre muy bueno y honesto, y nadie en este país ha mostrado tanta devoción y abnegación. La madre de [José María] Hidalgo, quien debe haber sido muy bella en su juventud, cenó con nosotros el otro día y hablamos mucho de su hijo. Es una mujer inteligente, me gusta mucho".

Algo que le había llamado la atención a la emperatriz desde su llegada era el comportamiento de los mexicanos en los bailes. Por ejemplo, no entendía cómo era posible que del tocador de las damas, donde se solía poner a disposición de las invitadas todo tipo de afeites: polvos de arroz, carmín, horquillas, postizos, alfileres por centenas, agua de olor, agujas, hilos de todos los colores, dedales, abanicos y tijeritas, después del baile, todo, como por arte de magia, ¡desaparecía! Incluso Carlota llegó a escuchar entre los oficiales franceses que los mexicanos le tenían horror "al vacío", eran muy propensos a llenar sus casas pero también sus bolsillos con lo ajeno. Entre los invitados hubo quien se llevó hasta los pompones dorados de las cortinas de terciopelo que esa noche del baile de Bazaine ornaban las ventanas del Palacio de Buenavista. Este robo indignó tanto a los miembros de la corte de Maximiliano que la condesa De Kolonitz, comentaba: "Ya me lo había dicho un querido amigo mexicano: '*Chez nous rien n'est organisé, que le vol!*'. En efecto, nada está tan bien organizado en este país como el robo. Todos roban. No nada más los malandrines que desvalijan las haciendas y la diligencias, también los presidentes, los altos funcionarios que aprovechan el breve tiempo de su poder para enriquecerse y poner en altos puestos a sus parientes para de este modo amasar dinero y hacerse poderosos. Tampoco faltaron los hombres de industria que supieron sacar ventajas de los embarazos del gobierno obteniendo grandes concesiones, en pactos desventajosos para el bien público. Por un lado los mexicanos son generosísimos, por no decir pródigos, aunque no son muy delicados en la manera de obtenerlos. La avidez del dinero es uno de los mayores defectos del mexicano". Lo que también le llamaba la atención era que los mexicanos prometieran tanto y no cumplieran nada. Pero lo que más le dolía era escuchar a los propios mexicanos juzgar a su nación, cómo se denigraban a sí mismos.

El tocador era atendido por cuatro costureras y dos peinadoras que prestaban servicios a las señoras. Había cómodos sofás, elegantes butacas dispuestas alrededor de una fuente de mármol llena de agua florida que despedía pequeñas gotas para refrescar el ambiente y las mejillas sonrosadas de las jóvenes que habían bailado con demasiado entusiasmo. Había un gran espejo ovalado, sostenido por columnas de caoba y frente a él, diversos espejos con el fin de crear un juego en el que la señora pudiese admirar su chongo y sus bucles desde diversos ángulos.

México, 10 de julio de 1864

Hermano muy querido:

Tu buena carta me devuelve algo de valor, porque créeme que se necesita cuando se lleva una vida de trabajo constante como la que yo llevo desde hace dos años sin cansarme de espíritu y de cuerpo; pero todo tiene un límite y la edad me está alcanzando. Si no me regresan en primavera me veré probablemente obligado a pedir mi cambio porque ya no podría quedarme aquí, este clima es muy debilitante y los asuntos nada fáciles de llevar cuando no se tienen los poderes para llevarlos.

Le ofrecí al nuevo emperador y a la buena sociedad de México un baile magnífico; te mando las fotografías así como el retrato de Albert y la fotografía de un pequeño retrato que le mando al emperador sobre la fiesta y que representa todos los tipos de los diferentes Cuerpos del Ejército de México.

No tienes que reembolsarme nada por lo de Albert, no quiero. Estoy agobiado de trabajo para este correo y solo me queda tiempo para estrecharte contra mi corazón.

Todo tuyo,
Baz

Pero no todo eran bailes. Dos meses después de haber llegado a la capital, Maximiliano decidió emprender un viaje hacia el sur con el fin de conocer su imperio. "Es un paseíto", le dijo el emperador a Carlota, a sabiendas de que podría prolongarse hasta el 30 de octubre. Para compensar lo que se convertiría en una constante respecto a sus ausencias, nombró a su mujer Regente del Imperio. Ella había sido educada para gobernar por su padre Leopoldo I. Carlota empezaría a presidir el Consejo de Ministros; los domingos recibía en nombre de Maximiliano en audiencia pública. Atendía públicamente a todo aquel que lo solicitara. Aunque todo esto le interesaba y apreciaba, solía decirle a sus damas de compañía: "Para mí es mucho más importante ver a mi 'ángel', a mi bello archiduque cerca de mí que gobernar sin él". Por añadidura, la emperatriz tenía que cumplir con sus propias tareas, porque como ella misma decía: "Somos demasiado jóvenes como para no hacer nada". Había ocasiones en que visitaba de cuatro a cinco escuelas en un solo día, lo cual le tomaba mucho tiempo debido a las distancias. Cuando por fin se encontraba a solas, le escribía a su Max para decirle cuánto lo extrañaba.

Palacio Nacional, México, 11 de agosto de 1864

Tesoro adorado, entrañablemente amado:

Eloin envía un paquete en el que incluirá esta carta. Recibí tu telegrama con tristeza y alegría. Con tristeza porque cada día te alejas más y para mí es espantoso pensarlo; con alegría porque todo, y aun el clima son favorables. Ayer fui muy triste al Palacio y me sentí sola y abandonada. Desahogué todos mis sentimientos en la emperatriz Eugenia, como en un corazón afín al mío, y escribí también sobre Corta. A él lo vi hoy. Estaba en el gabinete y le hice venir, lo que lo conmovió mucho. Sus consideraciones son infinitamente claras y correctas. La carta con respecto a la libertad de prensa ha alegrado en general. Solo lo que se arruinó en ella, como me di cuenta de inmediato, la hizo poco clara y los periodistas la comentan en forma diferente. Márquez me envió ayer a un ayudante para decirme que saldrá en unos días (y preguntarme) si no tenía órdenes que darle; mandé decirle que no y le deseé un buen viaje.

Hoy llegaron los ministros media hora tarde. No sé quién haya faltado. Peón de Regil, Taresa y Espinosa asistieron. Velásquez [de León] dijo unas palabras muy sentidas. Hablé con todos y los despedí con toda dignidad. Eloin te envía una carta de las Señoras de la Caridad, "para que te dignes resolver". No tomaré la responsabilidad de decidir sobre ello, pues te escriben directamente. Hoy, coronada por la fama, hice mi primer paseo a caballo. El animal me gusta tanto que le he puesto el nombre de Chulo. Camina como con resortes. Cabalgamos por la calzada de la Teja y otros caminos encantadores y sombreados, habitados y embellecidos por aves canoras. No vimos a Bazaine, se cree que hoy durmió más. Almonte llevaba un sombrero y un paletó grises. Bombelles quedó satisfecho con mi modo de montar. Regresé antes de las 9. Mañana visitaré una institución y el domingo espero representar al imperio en el paseo, para que la gente vea que todavía hay alguien aquí.

Abrazándote con entrañable amor,
tu fiel Carlota

Maximiliano había dejado la capital acompañado por dos pelotones de caballería francesa y escuadrones francomexicanos. Cuando el emperador viajaba en carroza, los escuadrones lo custodiaban para no hacerle correr riesgos en los caminos infestados de bandoleros. El cortejo era impresionante, porque tras de él venían seis coches jalados cada uno por 12 caballos. Todos temían toparse con lo que ellos llamaban, "las gavillas" de Juárez. Si bien algunas de estas fuerzas eran espontáneas, surgidas del pueblo, por lo cual eran conocidas como "guerrillas", la mayoría estaba militarmente bien organizada y bajo del mando de jefes reconocidos, como el general Ignacio Comonfort, el coronel Porfirio Díaz y el general Francisco Loaeza Caldelas. Pero más allá de los sucesos entre liberales y conservadores, los caminos se volvían cada vez más inseguros y los asesinos y asaltantes eran particularmente violentos. Por ello, Pepita evitaba salir de la ciudad; prefería quedarse en su casa a ir a un día de campo. Las agresiones cercaban tanto la ciudad que hasta Carlota se sentía en peligro cuando cabalgaba en los paseos. Para ello les pedía a los soldados franceses que antes de ensillar a Chulo recorrieran todos los caminos a fin de cerciorarse de que no hubiera riesgos. Buscaba la seguridad, no nada más para ella, sino para el resto de los mexicanos. Sin embargo, en sus cartas a la emperatriz de Francia evitaba hablarle de todo esto, prefería darle una imagen idílica de su país de adopción.

Para contrarrestar a esas tropas rebeldes y "nefastas" al imperio, el mariscal Bazaine designó a Charles Dupin, un militar hecho y derecho, ilustrado y egresado de la prestigiosa Escuela Politécnica. Su padre era alcalde y su madre provenía de una familia de la pequeña nobleza. Le gustaba pintar, dibujar, escribir. Levantaba mapas, hacía croquis, escribía sus memorias, hablaba varios idiomas. A los 20 años de edad empezó a combatir. Su experiencia, adquirida en distintas campañas: Argelia, Crimea, Italia, China, y sus viajes a Japón y África, lo habían convertido en un feroz elemento, capaz de combatir con éxito a las guerrillas que le pusieran enfrente. Con sus 650 hombres, Bazaine le había otorgado una paga muy por encima de lo normal y licencia para saquear. Era arrojado y corría el rumor de que era un tanto perverso, porque caer en sus manos podía significar quedarse sin lengua o sin dedos. Se le reconocía a distancia por su atuendo estrafalario: pantalones blancos, botas de montar, ancha capa roja adornada con sus galones de coronel, un sarape mexicano del que no se desprendía nunca, y un sombrero de charro bordado con hilos de oro. Era pendenciero, mujeriego y jugador, pero no borracho. Jugaba con la fortuna con tanto ahínco que llegó a perder todos sus bienes en los naipes y a contraer tremendas deudas. Para pagarlas, Dupin se valió de todos los medios. Llegó a vender algunos mapas considerados secretos militares, e incluso algunos *souvenirs* que se había llevado del Palacio de Verano de Pekín cuando se hallaba en campaña. Con todo, el emperador Napoleón III le tenía cariño, y Bazaine, con quien había combatido en Crimea, le pidió hacerse cargo de la contraguerrilla en las tierras calientes de Veracruz y Tamaulipas. Es cierto que pronto el coronel empezó a dar magníficos resultados. Dupin se volvió un diablo, en extremo temido.

Su reputación de crueldad llegó a oídos de Maximiliano. Pidió a Bazaine que lo regresara a Francia en el otoño de 1865. Si bien el ministro de Guerra reprendió a Dupin, el coronel era tan mañoso que supo convencer a Napoleón de que su intervención era imprescindible para pacificar México. Al ver al jefe de la contraguerrilla francesa regresar airoso al país, Maximiliano se enfureció. No tardó en reclamarle a Alphonse Dano, el embajador de Francia: "Yo había prohibido la vuelta de Dupin, y espero que en el futuro mis órdenes serán cumplidas. Es la primera vez que no se me obedece desde que estoy en el país; quiero que se me obedezca y cuidaré de que así sea. Diga usted eso al Mariscal de mi parte". Sin duda, este fue uno de los asuntos que empezó a irritar sobremanera al emperador y a distanciarlo del jefe de las Fuerzas Armadas en México. Maximiliano decía a quien quisiera oírlo que no deseaba ser el testaferro de Bazaine. A partir de ese grave desencuentro empezó una "guerra muda" entre el monarca y el Mariscal.

Bazaine fue aún más lejos: le consiguió a Dupin la Legión de Honor, promovió su ascenso a brigadier y le ayudó a obtener el permiso de usar el

"Du Pin", con lo que se le reconocía su supuesta ascendencia aristócrata del siglo XVII. El comportamiento del Mariscal irritaba mucho a Carlota.

Palacio Nacional, México, 13 de agosto de 1864

Tesoro entrañablemente amado:

No te escribí ayer porque estaba un poco mal; para no angustiarte no te telegrafié. Ayer y hoy he pasado algunas horas en cama, tuve cólicos e irregularidades, como te dije antes de tu partida, pero más desarrollados así que solo como sopa. Espero que pase en un par de días. Sin tomarlo en cuenta, tengo la esperanza de dar audiencia mañana (domingo). Se han anotado 32 personas. Por tu telegrama veo con mucho gusto que los caminos siguen buenos, pero esto renueva mi dolor. Solo sé que cuando me pasa algo es, como en Miramar, por la ociosidad. Aquí no sucede nada y como ayer no pude salir, leí de continuo hasta tener los ojos rojos. El libro de Choreau es tan tonto que habría que reescribirlo, nada ayuda a mejorarlo.

La Almonte estaba resuelta a visitarme con frecuencia, pero solo le permití venir por la tarde para jugar damas y le gané 10 partidas.

Ves, pues, que hasta ahora el tiempo no transcurre de modo muy agradable para mí; me siento, tras nuestra interesante vida, como inválida por tu partida y me momifico en este palacio pantanoso. Por la noche hay tales tormentas que no es posible subir a la azotea. Por lo demás, aunque me entretuviera con algo, no me tranquilizaría, pues mi sentido de responsabilidad no está satisfecho cuando me divierto sola. Y entonces temo que la gente advierta cuánta pena me causa. Todavía es pronto para pensar en salidas al campo, ya que el lunes hay Te Deum y el martes, después del baile, seguramente nadie se levantará. Ya no quiero seguir con esta jeremiada que te comprobará que no estoy en el estado habitual, pues me siento triste, inactiva e inútil. La Bovèe, mi aya, escribe que Gutiérrez y su hija van a Roma en octubre. No sin importancia. La familia Cardillo hacia [ilegible], para vivir con la Gudenau. En el "Memorial" verás el artículo sobre Veracruz de M. Visconti. Al buen hombre, Velásquez de León, le ha anunciado su [ilegible] criado que se casará con una de sus sobrinas si lo asciende a telegrafista. Pues bien movió la cabeza, superado por esta desvergüenza.

Te abraza cariñosamente,
tu Carlota

Cada vez que Maximiliano le contestaba a su esposa, hacía detener el convoy. De pronto frenaban caballos, carrozas, escuadrones, caballerías, para poder escribir con calma. El 16 de septiembre, Maximiliano llegó a

Dolores Hidalgo para celebrar el aniversario de la Independencia. Visitó con emoción la casa de don Miguel Hidalgo y su pequeño jardín. El emperador de México dio el Grito de las 11 de la noche, frente a una multitud que no dejaba de vociferar "¡Vivas!" a la patria. Maximiliano estaba sumamente conmovido de ver cómo vibraban los mexicanos al mismo tiempo que agitaban sus banderitas imperiales. Nunca había visto tantas mujeres envueltas en su rebozo, tantos niños con silbatos y trompetitas y tantos "sombrerudos" juntos aclamando a los héroes de la Independencia. Por su parte, el pueblo no salía de su asombro de ver a ese príncipe alto y rubio, vestido de frac negro y corbata blanca, con las condecoraciones de Guadalupe, la roseta de la Legión de Honor y el Toisón de Oro, convertido en un patriota dispuesto a envolverse en la bandera mexicana.

Por esos días Maximiliano estaba enfermo de disentería. "Doctor Basch, tiene usted que curarme a como dé lugar para asistir a las fiestas patrias en Dolores Hidalgo. Para mí son tan importantes como para los mexicanos". El médico del emperador hizo hasta lo imposible para que efectivamente pudiera presidir las fiestas nacionales; le administró agua de tuna en cantidades, agua de Seltz, polvos de caolín, tazones de almidón de arroz y muchos tés de hierbas, aconsejadas por el jardinero imperial. También le recomendaron comer guayaba verde y beber tres vasos al día de pulque blanco. En tres días Maximiliano se sintió mucho mejor. Estaba listo para viajar.

Según el emperador las fiestas de Dolores fueron "magníficas", pues en ellas, "privaron el orden y el entusiasmo, hubo misa, tedeum y comida de setenta cubiertos". Asistieron "siete veteranos de los que acompañaron en su lucha a Miguel Hidalgo y Costilla". El monarca dio su discurso desde la ventana del despacho del cura Hidalgo: "Mexicanos: más de medio siglo tempestuoso ha transcurrido desde que de esta humilde casa, del techo de un humilde anciano, resonó la gran palabra de independencia, que retumbó como un trueno del uno al otro océano por toda la extensión de Anáhuac, y ante la cual quedaron aniquilados la esclavitud y el despotismo de centenares de años. Esta palabra, que brilló en medio de la noche como un relámpago, despertó a toda la nación de un sueño ilimitado a la libertad y a la emancipación; pero todo lo grande y todo lo que está destinado a ser duradero se hace con dificultad y a costa de tiempo".

Fue tanto su asombro y su emoción, que quiso compartirlo con Carlota.

Guanajuato, 20 de septiembre de 1864

Ángel bienamado:

Desde ayer estoy en el bello y simpático Guanajuato, donde el entusiasmo de la población ha superado al de cualquier otra parte. Todo salió perfecto en Dolores, hacia la hora del grito leí desde el balcón mi discurso, que tú ya conoces, con voz fuerte y muy lentamente. El entusiasmo fue indescriptible, todos vociferaban, las tropas, el pueblo, los señores de mi comitiva, etcétera, etcétera. Después, acompañados por música y antorchas, regresamos a mi alojamiento; con el tacto propio de los mexicanos, se reunieron todos bajo mi ventana y prorrumpieron en enormes *cheers* [vivas]. El 16 tuvimos misa y Te Deum en la bella y grande iglesia, a la que me presenté de gran uniforme. A las tres hubo una comida para 70 personas, en la que pronuncié el brindis a la independencia y a sus héroes. El 17 de este mes hicimos una cabalgata de 10 horas por la hermosa Sierra de Guanajuato, por un camino de mulas muy peligroso y terriblemente malo. El paisaje es del todo como el de los Alpes y Apeninos, con bellos bosques, cascadas y rocas. La vista de Guanajuato y El Bajío desde lo alto de la sierra es completamente italiana. La ciudad es muy bella y característica, con hermosos palacios e iglesias, la población limpia, fresca y libre, entregada por completo al progreso y al trabajo. Las instituciones públicas son aquí extraordinarias, como en Italia. Vivo en un palacio magnífico con todo lujo y confort europeos con la amable y liberal familia Rocha. Deberé permanecer aquí un tiempo bastante largo, pues hay mucho que hacer y cambiar muchas cosas en la administración; lo más probable es que tenga que sustituir a todos los funcionarios. Tengo mucha curiosidad por las descripciones del 16 de este mes en México.

Ahora debo terminar a toda prisa a fin de vestirme para una gran cena con damas invitadas. Abrazándote con profundo amor, quedo,

Tu siempre fiel Max

En la Ciudad de México Carlota se empeñaba en celebrar la Fiesta Nacional con gran pompa. Pidió que todas las entradas a los teatros fueran gratuitas y que se celebraran fiestas populares en las calles. Se aseguraba de que asistieran a estos festejos todos los soldados franceses. Para ellos, la emperatriz también mandó montar obras de teatro en francés como parte de las celebraciones.

El 16 de septiembre de ese mismo año, los refugiados republicanos mexicanos se reunieron en Nueva York para celebrar las fiestas patrias.

Alrededor de una misma mesa celebraron Matías Romero, Manuel Doblado, el general Ogazón, José Baz, Francisco Alatorre. Benito Juárez iba camino a Chihuahua.

Carlota no dejaba de informarse de todo lo que pasaba en México, ni dejaba de informar a su vez a Eugenia de Montijo acerca de los movimientos militares, las intrigas políticas y las posiciones de los juaristas. Con la emperatriz francesa nunca se quejaba, ni le hablaba de los ladrones ni del palacio "pantanoso". Ella seguía cumpliendo, y muy bien, su papel de regente. E informaba, por supuesto, a su marido de todo lo que hacía.

Palacio Nacional, México, 29 de septiembre de 1864

Tesoro entrañablemente amado:

Gracias cordiales por tu cariñosa carta desde Guanajuato. Me alegro de que todo te guste. He llegado al convencimiento de que aquí, en la capital, está lo peor. La gente es más retrasada y corrupta que en otras partes. Te envío una carta de nuestro excelente obispo Ramírez que de nuevo salió de gira para hacer algo bueno. Espero que estés satisfecho con mi medida de poner la responsabilidad de la policía en manos de Bazaine; mejor dicho, del activo [comandante de la plaza] Courcy. Este último ya la había ejercido en Roma. Era tiempo más que suficiente, pues nos han comido los ladrones y apenas empieza. Todas las noches hay robos en la ciudad y los cerros están llenos. Bourdillon encontró, sin más, que el arreglo es muy bueno, lo mismo que Ramírez y Eloin. Almonte dice que nunca se acabará si no se azota a la gente, como lo hizo el comandante de plaza Portier y antes de él los americanos y los españoles. De esto resultará algo. En poco tiempo se fueron los ladrones. El domingo le dije a Bazaine: "El emperador no me dejó aquí para hacer innovaciones, sino para que la situación no empeore, y encuentro que empeora, y yo quiero devolvérsela tal como la dejó, pues si volviera ahora y encontrara todo lleno de bandidos, no sé qué le diría, ni qué le diríais vos tampoco", le añadí sonriendo. Después de lo cual prometió que limpiaría el Valle si le dejaba mano libre. Le respondí que ya vería, y días después, una vez que busqué consejo, le di la orden de proceder con toda energía, pues en cinco o seis días no quería tener ladrones en el Valle, no me importa a dónde se vayan. Después añadí que una vez que aprese a la gente debe encerrarla bien bajo su vigilancia; así lo hará. Courcy envió hoy el primer informe. Carvajal está encantado de recibir ayuda. Ayer me encontré con Bazaine, que iba a pie en el paseo, y le dije que resultaría cómico que nos apresaran a él y a mí. El ayudante se rió por lo bajo todo lo que pudo. Un momento después empezó una terrible tormenta como si fuera el fin del mundo. Te anexo la lista de la cena que di. Doutrelaine no asistió porque estaba mal. Raigosa, que proviene de tu escuela, es naturalmente mejor [ilegible] como las de la mía. La señora Gutiérrez, madre de muchas hijas, se les parece mucho y todavía es muy bella. Es nacida Estrada. Ortigozo de Guadalajara es una importante personalidad. Me agradó muchísimo por su espíritu y su inteligencia ilustrada. Es un liberal decidido, amigo de Uraga, conocido de Douay, encantado con Corta, y está lleno de patriotismo y conceptos correctos. Es de aquellos que nada tienen en contra de la introducción de nuevas instituciones en la administración y la justicia. Me dijo que [todo] iba estupendamente. Es por completo un hombre de ideas modernas y de progreso. Naturalmente, después algunas gentes no [ilegible] tuvieron más que hablar mal de él, pero yo juzgo desde mi punto de vista, que por lo común no me hace equivocar; hablé largo y tendido con él, y es un hombre del que se puede sacar algo. Después de Ramírez y con él, es el mexicano más importante que conozco. Fue educado en Prusia y conoció a Humboldt. Quizá fuera adecuado para ministro del Interior. Espero noticias más amplias sobre él. Por su profesión es ingeniero; también se le podría poner como ministro en Fomento, aunque quizá un europeo destacado fuera más apropiado. Hoy recibí al marqués de San Juan de Rayas, minero de Guanajuato, emparentado con Robles. Después visité un convento, la Enseñanza, el mejor y más hermosamente conservado de lo que he visto aquí. Desde luego, lo mismo que las Hermanas de la Caridad, tiene origen en Francia, donde han surgido todas las órdenes útiles y el único lugar donde la religión sigue el camino correcto. Obtendrás el Concordato; en Bélgica no lo hay: todas las instituciones belgas, que no parten de la constitución, son francesas y, por mucho, las más sabias. Lamentablemente, uno se ha apartado del sistema que da al Estado autoridad sobre la Iglesia en algunos asuntos, lo que la Iglesia francesa ha sostenido siempre con el celo correcto y alejada siempre de cualquier ultramontanismo. José II erró en el asunto, pues cohibió a la Iglesia; Napoleón I la obligó a ser más católica que antes, y en un Estado católico el gobierno debe poder hacerlo. En Francia, la Iglesia está regulada como un reloj, y por ello es la más ilustrada que hay. También ayudó a ello cierta dosis de galicanismo. Son completamente adictos al Papa, pero son liberales y están también sujetos a las instituciones del país como súbditos y miembros de él. Llamo toda tu atención acerca de los *articles organiques* y acerca de las fiestas, cuando sea posible enviártelos por correo. Recibí los papeles más importantes de Corta y le saqué a relucir su aspecto más íntimo. Pero lo dejo todo para cuando llegues; si por temor no decides otra cosa, se empeorará.

Abrazándote cordialmente,
tu fiel Carlota

La emperatriz estaba sinceramente preocupada por la que ya consideraba su ciudad. Una ciudad que a pesar de las guerras civiles y de la pobreza contaba con tranvías de mulas, máquinas de coser, un cable que permitía la comunicación instantánea con Europa, diez pastelerías de lujo, 180 bizcocherías y panaderías, 14 hoteles con restaurantes, 174 carnicerías, 538 tiendas de abarrotes, 339 expendios de tabaco, 6 mercados importantes, 45 parroquias e iglesias, entre ellas la Catedral; diversos colegios como el de San Ildefonso, el de Minería, el Seminario, el de Medicina, el de las Vizcaínas, el de las hermanas de la Caridad, una Biblioteca Nacional, un Conservatorio, una escuela de Bellas Artes, la escuela de Oficios, 7 hospitales, 5 teatros, un circo, una plaza de toros, una cárcel, un asilo, una correccional, un telégrafo del Interior, las instituciones fundadas por los emperadores, como eran la Casa de Maternidad y el Museo Nacional y cientos y cientos de ladrones.

Juan Nepomucemo Almonte publicó *El manual del viajero* en 1850, en el que describía la historia de México y de sus conventos, de sus edificios públicos y las costumbres de sus habitantes. Entonces el promedio de vida era de 24 años.

Sin duda, la Ciudad de México empezaba a despertar el interés de otras naciones.

VII

HACIENDO "EL OSO"

Conforme pasaban los días, Eugenia leía con verdadero fervor la correspondencia de amor entre sus padres. En las páginas del álbum de Pepita de pronto halló un par de sobres pegados en dos hojas diferentes del mismo pliego. En uno se leía el nombre de su madre, y en el otro, el de su padre. Abrió el primero. Allí se encontraba un gran pliego doblado en cuatro. La escritura en tinta sepia era muy elaborada. En la parte superior decía: *Traits de caractère de Mademoiselle de la Peña à travers son écriture par Madame de Kuhachevich.* Eugenia no salía de su asombro. Se trataba de un estudio de grafología realizado por una de las damas de la corte de Carlota, fechado el día de su matrimonio, 26 de junio de 1865. La señora Kuhachevich se había apasionado por la obra del famoso grafólogo francés, el abad Jean Hippolyte Michon. A partir de entonces, y gracias a su intuición, comenzó sus propios estudios. Todo el mundo acudía a ella para pedirle que analizara las cartas de los pretendientes. De allí que pensara que el estudio de la escritura y las firmas de Bazaine y de Pepita sería una espléndido regalo de novia.

> La escritura angulosa es un tipo de caligrafía que solo se da en grafismos femeninos, siendo los más conocidos los que se enseñan en los colegios de Jesús María y en la Orden del Sagrado Corazón. Para cambiar de dirección el movimiento se contiene secamente formando esquina o ángulo en su desviación.
>
> Ello denota falta de buen sentido en la distribución del tiempo y del dinero. Necesidad de hablar. A veces olvido de detalles y de cosas importantes que se han querido decir. La contención imaginativa da a este grafismo el aspecto agradable y armónico del equilibrio en las facultades (la armonía no es un producto de la voluntad, sino una mezcla en proporciones convenientes de las diferentes disposiciones afectivas y de las diversas aptitudes

intelectuales). Vida interior y preocupación por formularla. Espíritu resignado, paciente, capaz de sacrificio por los demás. Ausencia de actitudes arrogantes complicadas, y por el contrario, presencia de mucho candor, ingenuidad, encanto personal. Sometimiento al deber. Carácter que se contiene en las opiniones y en los actos, que evita todo aquello que puede molestar, dañar o desagradar a los demás. Puritanismo, austeridad, economía; todo ello en una inteligencia muy clara, ponderada y estable. Ausencia de materialismo en las ideas, propensión a la ternura, a la delicadeza y finura; gustos finos y elevados, con gran preponderancia de la vida interior.

Percepción espontánea, clara e intuitiva de la belleza, ya sea en la naturaleza o en el arte. Procura llegar al fondo de las cosas y expresarlas con el mínimo gesto de tiempo y esfuerzo. Cultura, distinción, nobleza y elevación de ideas y criterios, elegancia. Temperamento con notable sentido del deber, sentimientos fieles y constantes, actividad positiva, rectitud, lealtad, seriedad y razón.

Condesa de Kuhachevich

Eugenia nunca se imaginó que se podían interpretar los rasgos de carácter a través de la escritura. También ella tenía el mismo tipo de escritura característica del colegio de monjas que le habían enseñado las ursulinas en Madrid. Le sorprendió que el análisis fuera tan acertado y tan apegado a la personalidad de su madre. "Una mujer de deber, eso era exactamente mi madre", pensó la señorita Bazaine. "Lo que no creo es que fuera tan generosa como dice la condesa. ¿Acaso no dejó a mi padre morir solo? ¿Acaso no hizo todo lo posible para que no me casara y no la dejara nunca? A lo mejor por eso me heredó todo a mí para compensar mi soledad y no les dejó nada a mis hermanos".

Enseguida, Eugenia abrió el otro sobre, doblado también en cuatro y en el cual leyó: *Traits de caractère du Maréchal Bazaine à travers son écriture par Madame de Kuhachevich.* La fecha era la misma que el texto dedicado a su madre.

La escritura del mariscal Bazaine pone de manifiesto un carácter armónico, mesurado, conciso. La organización y la adaptación al medio son espontáneas y habituales, así como la serenidad y reflexión los signos dominantes. Atención y deferencia hacia los demás, especialmente con la persona a quien se escribe. Cortesía, distinción, respeto a los usos y costumbres sociales; sentimiento de comunidad con un sentido muy desarrollado de buen juicio. Temperamento receptivo, observador, inteligente, dentro de una naturaleza muy erótica y sensual. Con una tendencia a empezar muchas cosas a la vez y quizá no acabarlas nunca. En lo físico, actividad que se agota pronto. Flexibilidad, diplomacia, agilidad para comportarse según las circunstancias. Mente acostumbrada a resolver las cosas rápidamente, con destreza y habilidad. A veces, suele abandonar los actos a medio hacer y decir, para luego orientarlos hacia el lado más conveniente; con cierta impresionabilidad de ideas (circunstancialmente).

Conciencia de la fuerza personal, que se apoya en una buena salud con vitalidad ardiente; gran confianza en sí mismo, gran fuerza moral. Espíritu dinámico y penetrante, sentido y memoria visual, visión rápida. Voluntad y seguridad en sí mismo, con un gran sentimiento del deber y objetividad de pensamiento. Los rasgos regresivos finales denotan un apego muy marcado hacia los lazos familiares; a un pasado no acabado. Síntesis de conjunto, dentro de un deseo de orden y claridad. Ingenio versátil, experiencia de la vida. Actividad mental, cultura, encauzamiento de las cosas. Adaptabilidad muy fácil. El gusto por las cosas sobrias y la voluntad contienen y organizan el entusiasmo y optimismo del temperamento.

Condesa de Kuhachevich

Eugenia dobló con todo cuidado el pliego. Estaba conmovida, pues sentía que había viajado al interior de la historia de cada uno de sus padres. A pesar de que ambos ya habían muerto, nunca los había sentido tan cercanos porque en realidad no llegó a conocerlos tan a fondo. "Seguramente heredé muchos de estos rasgos. Qué padres tan especiales tuve. Quizá no los aprecié lo suficiente en vida. Debía haberme acercado mucho más a mi padre. ¡Sabía tantas cosas! Le pude haber preguntado más acerca de sus batallas, de sus padres y abuelos. La verdad es que conviví con él cuando ya era muy viejito. Sufrió tanto al final de su vida. Él me adoraba y ni siquiera estuve a su lado para cerrarle los ojos. No me lo permitió mi madre. Estábamos en México, demasiado ocupadas tratando de obtener una compensación por la venta del Palacio de Buenavista".

Además del estilo y la delicadeza con las que estaban escritas estas cartas, Eugenia admiró la asiduidad epistolar, especialmente por parte del Mariscal. Había días en que Bazaine escribía a su prometida Pepita por la mañana y por la tarde, no obstante que se veían diario en el Paseo. Aunque las cartas de la joven eran menos prolíficas que las de su pretendiente, eran igual de apasionadas. Eugenia no salía de su asombro al descubrir a su madre con tanto arrojo.

A partir del 24 de marzo de 1865, aunque los enamorados se conocían desde hacía seis meses, la correspondencia entre ambos se vuelve más familiar, al grado de que él la llamaba "mi mujercita" para acostumbrarla y dejarle en claro que muy pronto se convertiría en *madame* Bazaine.

A pesar de sus 17 años, las respuestas de Josefa eran ardientes. Doña Josefa llegó a revisar los primeros *billets* de Bazaine para asegurarse de que estos fueran escritos según las reglas de urbanidad y cortesía. Tampoco la tía Juliana podía dejar de opinar acerca de esta correspondencia. "Todavía no le respondas. Date a deseo y olerás a poleo". "Déjate ver cada rato y olerás a caca de gato", interrumpió Asunción con vehemencia desde la cocina. La tía Juliana torció la boca e hizo como si no hubiera escuchado a la cocinera. "Y no te olvides cuando vayas a los bailes, de que el movimiento del cuerpo enciende la sangre y echa a andar las pasiones. Es menester saberlo reprimir para no entregarse a una alegría inmoderada". No había duda, la tía Juliana, como la mayoría de las mujeres mexicanas, era esclava de las reglas de etiqueta y observaba con escrúpulo las leyes de la conveniencia, sobre todo, de la Iglesia.

Si de algo sabía Bazaine, además de estrategias de guerra, era de los asuntos del amor. También era un gran estratega en materia de seducción. En los bailes el Mariscal era muy popular porque invitaba a las damas cuyo físico era más bien ingrato: sacaba a bailar a las de carnes frondosas, a las abuelas, sin olvidar a las viudas, pero eso sí, escotadas. A pesar de su corpulencia, el Mariscal bailaba con gracia, máxime cuando se trataba de sus piezas predilectas, las habaneras, esos valsecillos tan populares que venían de Cuba. En las reuniones y en las fiestas, Bazaine gustaba de ser el centro de atención. Era conocido por sus bromas de buen gusto. A pesar de que se quejaba con su hermano de la situación política en México, Achille era feliz en México. Para él, el país tenía lo mejor de los dos mundos; de Francia le mandaban el mejor coñac, champaña, vinos selectos, embutidos, toallas, sábanas, manteles de algodón, en suma, todo lo que requería en su casa. De México recibía el mejor café y chocolate, azúcar de caña, frutas, los ates más exquisitos, las carnes más frescas y hasta el tabaco de la mejor calidad. Por encima de todo, apreciaba las múltiples atenciones que tenía por parte de la improvisada aristocracia mexicana. Doña Emilia podía ser lapidaria con aquellas familias "rotas" y pretenciosas; solía decir, por ejemplo, que las hermanas Duque habían salido de Río Verde, San Luis Potosí, pero que Río Verde no había salido de ellas. Cuando estas familias recibían a Bazaine a sus comidas y reuniones, lo llenaban de halagos y atenciones a veces apabullantes y totalmente fuera de lugar. "*Pasé mesié* a tomar un chocolatito caliente. *Vive la France. Vou et le bienvenu.* ¿No gusta un *gató* de nata? ¿O prefiere un arroz con leche con su canelita?".

Bazaine tenía la reputación entre sus oficiales de ser muy despilfarrador. No solo para sí mismo sino en la guerra. El asesor financiero de Maximiliano, Langlais, había calculado que nada más en la campaña de Oaxaca el Mariscal se había gastado 10 millones de francos, lo cual equivalía a 10% del déficit del imperio. Así solía gastar en las recepciones. Para que fueran muy fastuosas, bien intentaba colectar fondos entre sus amigos y más fervientes monarquistas o buscaba recursos en las arcas del ayuntamiento. La viuda de Caldelas juraba y perjuraba que de estos gastos ni siquiera ponía al tanto a Maximiliano.

Nada le gustaba más al Mariscal que escribir. Solía despertarse a las 4 de la mañana para darle noticias, en primer lugar, a su hermano, y también a Napoleón III, al ministro de la Guerra, a su hermana Mélanie y ahora a su nuevo amor, el cual lo tenía verdaderamente obsesionado. Pepita era como su segunda juventud. Las tropas bajo su mando estaban sorprendidas de ver al general, ese "viejo" tan "bonachón", de pronto convertido en un joven teniente enamorado.

Está enloquecido con su Pepita. Parece como si le hubieran dado toloache. Es un viejo verde que babea por la chiquita. Ya se le olvidó su esposa francesa, ahora quiere conquistar a esa niña mexicana de quien dicen tiene muchas haciendas y casas solariegas, además de una cuantiosa dote. No nada más ella tiene dinero, sino que el viejo también tiene su fortuna; dicen que es dueño de dos almacenes en la Ciudad de México con otro nombre. ¡Claro! En ellos venden sedas, guantes y vestidos de moda que llegan en los buques de guerra de Francia sin pagar un solo arancel. Es un viejo lobo con piel de oveja. Siendo tan feo no le queda de otra más que impresionar con su palabrería y su chispa natural, sobre todo a las jovencitas. ¿Se han fijado la mirada tan maliciosa que tiene últimamente?

Desde el cuartel general, el Palacio de Buenavista, la madrugada del 24 de marzo de 1865, Bazaine le escribió a su bienamada.

Pepita, *mon amour*:

¡Es un sueño para mi corazón esa deliciosa velada de ayer pasada en su compañía! ¿Por qué las horas se fueron tan rápido? ¡Y ahora me veo obligado a vivir de recuerdos en esta casa en donde mi pensamiento la halla a usted en cada paso!

Mi felicidad es tan grande cuando pienso que usted comparte mi vivo afecto, mi amor que me dará la paciencia de sobrellevar los obstáculos para alcanzar los resultados que deseamos tan intensamente uno y otro. Tengo plena confianza en esta dicha que Dios protegerá, estoy convencido, porque estará fundada en el afecto sincero y la devoción inalterable de vuestro amigo, para toda la vida que besa su mano.

Mariscal Bazaine

Mientras más le escribía su novio, más ganas le daban a Pepita de contarle a Cayetana. Mientras que con su prima lo hacía con absoluta libertad y confianza, dirigirse a él le representaba un enorme esfuerzo porque lo tenía que hacer en francés. Además, tenía muchísimas faltas de ortografía, incluso en los dos idiomas. El Mariscal se empeñaba en que su adorada niña hiciera un esfuerzo para mejorar su ortografía en francés. Al mismo tiempo, sus faltas gramaticales, sumadas a su candor y su euforia, volvían loco a Bazaine.

Ciudad de México, 25 de marzo de 1865

Mi muy querido Mariscal:

Qué velada tan deliciosa pasé el jueves a su lado; me pareció un instante, tanto que mi corazón deseaba estar para siempre con el único objeto de su amor. Me siento la mujer más feliz del mundo de contar con sus afectos, yo también quisiera consagrarle solo a usted mi vida y mi corazón. No hago más que pensar en usted y le rezo a Dios el brindarnos lo más pronto posible la posibilidad de realizar nuestros más grandes deseos. Quédese seguro de que lo amaré siempre con el mismo ardor que hoy y si es posible amar más, lo haré. Lo amaré cada día más porque sé que tiene cualidades especiales. Lo amo con entusiasmo y estoy segura de que eso durará toda mi vida. Esta noche tengo la esperanza de verlo en el Paseo de la Viga, no se olvide de su amiga que lo adora.

Josefa de la Peña

Cuando Eugenia leyó la carta anterior, se dijo que su madre, a pesar de su juventud, sabía ya entonces exactamente lo que quería: convertirse en la Mariscala. ¿Estaría en efecto profundamente enamorada de un viudo que le llevaba 37 años y que no era precisamente un Adonis? O más bien, ¿lo estaría por todo lo que ese hombre representaba: poder, posición social, prestigio, riqueza y sobre todo la seguridad que da un padre? Estos aspectos siempre intrigaron a Eugenia, y sin embargo, nunca se atrevió a preguntárselo a sus padres en vida. ¿No estaría en el fondo de su corazón un poco envidiosa de este par de enamorados cuya pasión duró más de 20 años? A ella nadie le había escrito cartas tan ardientes, y jamás había mantenido una correspondencia semejante con ningún novio. Siempre estuvo demasiado ocupada cuidando a su madre.

28 de marzo de 1865

Querido Mariscal:

Estoy encantada de casi haber alcanzado nuestro objetivo, tan deseado por mi corazón, y estoy muy segura de que a su lado me hallaré en el paraíso más completo. Lejos de usted no quiero nada, absolutamente nada del mundo. Créame, mi bienamado Mariscal, lo amo tanto, tanto, que preferiría la muerte a una separación eterna de usted, si no tuviera la esperanza de casarme con usted muy pronto. Tengo el gusto de enviarle mi fe de bautismo. Le he confiado nuestro secreto a mi madre, con el fin de que usted le pida mi mano, y creo que usted debería mencionárselo el día en que la vea para tener más libertad de poder escribirle a usted todos los días. Me hubiera gustado responderle de inmediato, pero mi tío Pepe estaba a mi lado y no podía dejarlo solo ni mandarle ninguna carta sin haberle pedido permiso a mi madre.

Lo amo cada día más con toda mi alma. Vuestra amada que os adora,

Josefa de la Peña

A pesar de conocerse tan poco, ¿ya lo adoraba? ¿Acaso no me enseñó mi madre que solo se adoraba a Dios? Entonces, mis hermanos y yo somos el fruto de esa adoración. Entonces sí se quisieron. Antes de que mi madre y yo regresáramos a México, la llegué a ver tan indiferente y tan lejana hacia mi padre. Eso me dolía. Pobre papá, ha de haber sufrido mucho debido a nuestra ausencia, el exilio en Madrid, el juicio tan injusto de la gente y la falta de dinero. Debió de haberse sentido muy solo. Todo el mundo le dio la espalda, hasta su esposa y su hija. Ahora me arrepiento tanto. Debí de haber insistido para que volviéramos a su lado. ¿De qué habrá huido mi madre? ¿Por qué cuando vivíamos en Francia, cada vez que le escribía le decía que volveríamos a Madrid, a sabiendas de que no era cierto? Para ella, esa "adoración" que decía tenerle, se había erosionado con el tiempo. Por eso yo no creo en el amor.

Después de escribir sus correos, el mariscal Achille Bazaine acostumbraba cabalgar para hacer ejercicio en el Paseo de Tacubaya. Apenas despuntaba el día, montaba vestido con un gabán sin insignias, un cubrenuca blanco debajo del quepis, y solía ir armado con un rifle de cazador. A veces iba solo; otras lo acompañaban su edecán o dos oficiales de ordenanza, seguido a lo lejos por dos cazadores de África. El Mariscal se encontraba con oficiales franceses que también estaban ejercitándose y con hacendados de alcurnia. Las pisadas de los caballos no se escuchaban porque solían ir sin herraduras. También veía pasar a las amazonas, valientes damas que preferían los ejercicios ecuestres a la misa de ocho. La más bella de todas era sin duda Fausta Arrigunaga, hija de la familia Gutiérrez de Estrada, ricos hacendados campechanos y sobrina de José María Gutiérrez de Estrada, uno de los hacedores del imperio de Maximiliano.

¿Cómo está tu mamá? ¿Cómo está tu papá? ¿Cómo están tus hermanos? ¿Cómo están tus abuelos? ¿Todos bien en casa? ¿Vas al paseo? Nos vemos en la zarzuela El soplo del diablo *en el Teatro Imperial. Te recomiendo que vayas* chez *Clotilde Montauriol, es una costurera maravillosa; está en las calles de Plateros, muy cerca de* madame *Celina que tiene unos sombreros soberbios. No dejes de ir a la nueva zapatería del Borceguí que está en la calle de Tiburcio; tienen unos botines de charol para el día ¡preciosos! Ya me llegaron las toallas de París. No se te olvide traerme mañana la receta del bizcocho de vainilla. ¿Te invitaron a la cena de los Escandón? Dicen que Bazaine está cortejando a la hija de Josefa. Me enteré de que Leonor de Torres Adalid sigue con su* affaire *con el príncipe austriaco Khevenhüller, no la culpo, es muy apuesto. ¡Qué escándalo, se encuentran en el hotel Bazar, una de las tantas casas que eran de la condesa de Miravalle.* C'est inadmissible! *En cambio, la pobre de la emperatriz Carlota nada que encarga bebé.*

Todo lo anterior lo comentaban a una velocidad indecible. Las distinguidas y acaudaladas damas ni siquiera esperaban la respuesta de su interlocutora. Hablaban y hablaban sin parar. Muchas de ellas pasaditas de peso, con papada, ostentaban un ligero y oscuro bozo sobre su labio superior y más de una lo lucía con absoluta satisfacción. Lo único que les interesaba a estas señoras eran los chismes, los bailes, las tertulias, las reuniones de costura y bordado, los paseos, y cumplir con sus labores virtuosas y morales. Lo ignoraban casi todo. Para ellas, Europa era España, de donde vienen sus orígenes; Roma, donde reside el Papa y París el origen de sus vestidos, sus sombreros y sus guantes. Entre estas feligresas no faltaban las que acariciaban la ambiciosa idea de casar a alguna de sus hijas con un francés, que por lo menos fuera oficial militar. Doña Emilia era la mejor promotora de sus siete hijas, pues a toda costa quería casarlas con franceses. Curiosamente, también promocionaba a las hijas de sus amigas.

No seas tonta, no hay nada como un marido francés. Todo lo que es francés tiene que ser bueno; desde el tapete importado de París hasta los señores. Francia es la cuna de la cultura, de la moda, de la cocina, de la música, de la pintura y de la inteligencia. ¡Mira qué lista Pepita de haberse conseguido a alguien como Bazaine! ¡Cómo me gustaría que el Mariscal le presentara a uno de sus sobrinos a alguna de mis hijas! Como les digo: "Miren, niñas, pónganse listas. No se pierdan ninguna tertulia y menos las de los lunes, que es el día en que recibe la emperatriz Carlota". Para que vayan muy bien vestidas a las fiestas me quedo hasta la madrugada cosiéndoles los vestidos más bonitos que copio de los figurines recién llegados de París. No me importa gastar lo que sea con tal de que vayan bien vestidas. La dote de mis hijas no es cuantiosa, pero por lo menos son muy graciosas, especialmente Lupita, que es como una belleza colonial. El otro día que vino a la casa a cenar el capitán Blanchot, me di cuenta de que le hacía ojitos a Guadalupe. "Ma fille c'est un volcan, monsieur!", *le decía yo para animarlo porque los franceses tienen una reputación* pour la chose… *Anda tú, no seas tonta, la próxima vez que haga un té en casa me mandas a tus niñas e invitamos a los edecanes de Bazaine. Yo me encargo de casarlas. Eso sí, mándame a las más bonitas. No me vayas a mandar a Sofía que es medio prietita y que tiene unas ideas muy raras. Esa mejor cásala con un juarista.*

Voces como la anterior provocaban que corriera por las calles la siguiente cancioncita:

Ya vino el güerito.
¡Me alegro infinito!
Quiero que me des
Por yerno un francés.

De regreso al cuartel general francés, Bazaine se ocupaba de los asuntos militares y en medio de su enamoramiento por esa niña mexicana de "dedos rosas y ojos negros", ejercía el mando al frente de 40 mil hombres. Su impaciencia por ver a su bienamada Pepita hacía que despachara los asuntos lo más pronto posible con el objeto de llegar a tiempo al Paseo, que se llevaba a cabo en las diferentes calzadas de la ciudad a las 6 de la tarde. El Paseo de la Independencia también era conocido como Paseo de Bucareli o el Paseo Nuevo, bordeado de fresnos, sauces, chopos y pirules. También estaban el Paseo de la Alameda, el de la Viga, el de Las Cadenas y el de la Plaza Mayor. El de Bucareli era el más custodiado por soldados que se empeñaban en mantener el orden; era el más viejo de todos y desembocaba en una plaza de toros. Era también el más amplio: una larga avenida con cuatro filas de grandes árboles en flor. Las damas de la sociedad solían asistir con un atuendo diseñado especialmente para esos paseos.

Bazaine nunca entendió por qué los mexicanos caminaban a un ritmo tan lento; parecían nunca aprovechar el tiempo, cuando él a las 6 de la mañana ya había terminado todo su correo, ya había dado instrucciones, ya había desayunado y ya se había entrevistado con sus edecanes. Por eso tenía tiempo de acompañar a Pepita en los paseos.

Los solteros "hacían el oso", es decir, iban y venían a caballo, de un lado al otro, haciéndolo bailar para lucirse frente a la mujer amada. En medio de ese cortejo, entre más sostenía el jinete la mirada de su pretendida, más ardiente era su amor. ¡Cuántos "osos" no hizo Bazaine, a lo largo de seis meses, para conquistar a su Pepita!

México, a 6 de marzo de 1865

Señorita y muy querida mía:

Por la llegada de los Cuerpos que han vuelto hoy de la campaña temo no poder salir antes de las seis, pero tengo la esperanza de verla en el Paseo Nuevo.

Mañana, sin falta, tendré el placer de ir a saludarla antes de las cinco, porque esas visitas son momentos de felicidad para su amigo que la quiere con todo su corazón y que besa su mano.

Mariscal Bazaine

Ricos o venidos a menos, todos los que asistían al Paseo eran abordados por los vendedores ambulantes que les ofrecían frutas, dulce de membrillo, castañas cocidas, bizcochos, figuras de cera, peines de carey, ollas, objetos de oro y de plata, utensilios de madera y hasta aves en sus jaulas. El bullicio en esos momentos era perturbador pero también alegre. Mientras los pregoneros mostraban a gritos su mercancía, no faltaba el clamor de los aguadores.

Aquellos que querían charlar se apartaban de la larga fila de carrozas, berlinas y guayines y formaban pequeños grupos. Las damas bajaban las ventanillas y los señores, montados en sus corceles, se ponían de acuerdo para el próximo baile. Los novios intercambiaban miradas dulces y algunas palabras un poco cifradas, ya que ellas se encontraban acompañadas de su madre, su nana o una hermana casada. Las jóvenes nunca salían solas. Estos paseos eran tan concurridos que el Ayuntamiento decretó que las carrozas y las cabalgaduras salieran por la puerta de la Alameda, que desembocaba hacia la calle del Puente de San Francisco, por la gran afluencia. De esta manera, el señor alcalde municipal podía evitar las desgracias que pudieran acontecer entre la gente de a pie, las cabalgaduras y los coches.

Después del Paseo todos regresaban a su casa para arreglarse para la noche, ya fuera para asistir al teatro, al circo Chiarini o a un baile. Las damas se llegaban a cambiar de *toilette* hasta cinco veces en un solo día. Competían tanto entre ellas, que procuraban no repetir el mismo vestido. Las menos acaudaladas preferían cortarle o cambiarle el vuelo al vestido o a la falda, modificar los listones, que usar el mismo que se habían puesto unos días antes.

Antes de ir a los bailes era la hora del baño diario. Las casas elegantes contaban con baño propio. Si esa noche no había baile y nada más asistían al teatro, se lavaban la larguísima cabellera, la cual a muchas les llegaba hasta los tobillos. Si iban al baile, acudían a los mejores peluqueros franceses que llegaron con el imperio e instalaron sus elegantes salones en las calles de Plateros y San Francisco. Los más solicitados eran los hermanos Macé, discípulos del reconocido peluquero de la emperatriz Eugenia, que proponían vistosos postizos necesarios para el peinado, redecillas y peines traídos de París. También estaba el Castillo de las Flores, de C. Alexandre y Cía. Esta casa estaba especializada en peinados para los bailes. Las hijas de doña Emilia lo preferían por encima del italiano Domingo Cicardi, quien había sido peluquero de la reina de España. Entre sus talentos se hallaba que conseguía peinar a las señoritas sin usar horquillas ni peines y les prometía un peinado distinto cada 30 días.

La capital mexicana no había visto nunca tal profusión de modistas, perfumeros, joyeros, peluqueros, comerciantes de telas, encajes y listones. El dinero circulaba a manos llenas. Entre más se enriquecían los comerciantes, más felices se sentían sus clientas. Nunca se habían vendido tantas joyas, tantos litros de vino importado y tantos metros de encaje. Los periódicos, sobre todo el *Diario del Imperio*, no se daban abasto promocionando los afeites, los jabones, los polvos de arroz y de haba. Los grandes almacenes como Las Fábricas de Francia, A la Francia Marítima o A la Ciudad de México, vendían candiles, tapetes, vajillas, muebles, vestidos de lujo, zapatos y perfumes. La mayoría de los dueños de los comercios franceses venían del pueblo de Barcelonnette, y sin empacho vendían a juaristas y a imperialistas. Eran buenos hombres de negocios. Cuando no recorrían el país con los baúles cargados de mercancía sobre mulas, instalaban en el centro de la capital los famosos cajones.

Uno de los vapores más grandes del mundo era el *Impératrice Eugénie*. Este enorme buque de dos mástiles, dos chimeneas y dos ruedas de vapor con paletas, cubría la ruta desde Saint Nazaire hasta el puerto mexicano en tan solo 20 días, lo que le permitía a las damas de sociedad seguir de cerca la moda de París. También llegaban magníficos surtidos de alhajas de 18 quilates, según la orfebrería parisina, todas las revistas de moda, entre ellas *La Moda Elegante* y *La Moda*; en esta última se incluía un suplemento de figurines a colores dibujados por un célebre pintor francés.

Nunca como ahora Pepita necesitaba desahogarse con su prima. Estaba segura de que nadie la conocía mejor, que no hacía juicios y era incapaz de sentir un ápice de envidia. La sabía buena como el pan, e inteligente. Cayetana aún no conocía al Mariscal, pero comenzaba a sentir afecto por él al saber todo lo que quería a Pepita.

19 de marzo de 1865

Mi muy querida Cayetana:

En la misa de 8 de esta mañana le pedí a san José, en su día, que nos otorgue su protección. En la capilla prendí tres veladoras y las puse muy cerquita, una para el Mariscal, otra para ti y la última para mí. Recé por ti para que te alivies muy pronto y puedas venir a visitarnos. El Mariscal me escribe todos los días. Me sorprende su romanticismo. Nunca imaginé que un hombre de su importancia le dedicara tanto tiempo al amor. Te confieso que su correspondencia me halaga y me hace quererlo cada vez más. A veces temo sentirme tan feliz. Mi mamá y mi tía Juliana todavía no conocen nuestras intenciones de unir nuestras vidas cuanto antes. Creo que lo intuyen, porque últimamente me consienten más que antes. Me han de imaginar Mariscala. ¡Ay, Cayetana!, no puedo creer lo que me está sucediendo. ¿Te das cuenta de la responsabilidad que me espera convertida en Mariscala, la más alta posición que puede ambicionar una mujer en Francia, a no ser que sea hija o esposa de reyes? ¿Tú crees que estoy lista? El Mariscal está convencido de que haré muy buen papel. ¿Te acuerdas cuando te decía yo que quería ser monja? Dios ha decidido para mí otro camino. Ya recibí los figurines que me mandó pedir el Mariscal a París. De todos los vestidos de Paseo, el que más me gustó fue uno de *moiré* de seda azul cielo rayada con listas, con moños de hilo de seda y chaquiras y bordes de encaje de bolillo. Le llevaré el figurín a *madame* Léonce. Voy a pasar a la Toalla de Venus por polvos de arroz y carmín, ¿quieres que te compre tu jabón de lechuga que tanto te gusta, o prefieres un agua de colonia? ¿O quieres unos dulces cubiertos de la dulcería El Paraíso Terrestre? De los dos figurines de moda que recibí te voy a mandar uno con la carta. ¿Ya tienes más apetito? Tienes que comer. Tienes que estar muy bonita para mi boda. ¿A quién crees que me encontré en el Paseo? ¡A Agustina! Nos miró al Mariscal y a mí con cara de que ya sabía de nuestra relación. Es tan chismosa que no me sorprendería que mi mamá se entere por su culpa. A lo mejor ya hasta a las monjas lo saben. La muy mustia me preguntó por ti y yo le dije que estabas muy mejorada. No me gusta esa niña por envidiosa. Te dejo porque me está llamando mi mamá. Extraño tus carcajadas.

Tu prima que bien te quiere y mucho,
Josefa

Quince días después la joven recibió una carta de Bazaine que sellaba definitivamente el compromiso de ambos. Aunque ya conocía con certidumbre las intenciones de su novio, al leerla sintió que le daba vueltas la cabeza. Por primera vez se percató de que su relación iba en serio, era formal e incluso oficial. No era cosa fácil convertirse de la noche a la mañana en una figura pública del imperio mexicano. Su vida de hija de familia daba un vuelco. Sabía, y no sin temor, que el futuro de Bazaine no terminaría en México y que se vería obligada a seguirlo a donde fuera enviado por Napoleón III, a lejanos países que estuvieran en guerra contra Francia. Aunque su familia le hablaba mucho de París y le contaba de sus primos que vivían muy cerca del Arco del Triunfo, y que podría vestirse con los mejores costureros y podía sentarse a las mejores mesas de la nobleza europea, en el fondo de su corazón empezó a sentir nostalgia por lo que irremediablemente dejaría atrás: su nana, su madre, su tía, Cayetana y sus pájaros.

La fecha de la boda era inminente. Como buen estratega, Bazaine lo tenía todo planeado en su cabeza: la consolidación de la relación sentimental, los trámites oficiales, la anuencia de Napoleón III, la compra del anillo, la lista de testigos e invitados y la pedida de mano. A quien le enteraba de todo esto era a su hermano.

29 de marzo de 1865, 8 de la mañana

Querido Adolphe:

Mi carta de ayer ya estaba escrita y en el correo cuando el general Almonte llegó de parte del emperador a proponerme la mano de la señorita Josefa de la Peña, encantadora jovencita de 18 años, sobrina de un presidente de México (Pedraza) y del prefecto de México, a condición de que me entreguen el Palacio de Buenavista que vale 700 000.

Esta jovencita tiene un enorme parecido con mi querida Marie, tanto en carácter como en belleza, y estoy muy enamorado. A pesar de la enorme diferencia de edad, este amor es compartido, y te mando las cartas de esta adorable niña que escribe en francés con su corazón y no según nuestras reglas. Yo le exigí que me escribiera en nuestra lengua, para obligarla a aprenderla de una manera más completa.

Guarda esta confidencia para ti, hermano muy querido. La emperatriz Carlota escribió en este correo a la emperatriz Eugenia. Podrás saber por el general Rolin si se concluye su petición. Para decírtelo francamente, yo no sentía amor por Thalía, además creo que tiene un temperamento linfático. Por otro lado, su madre, por lo demás una mujer encantadora, siempre estaría en la casa, a la cual introduciría todos los blasones del barrio noble. Quiero seguir siendo lo que soy, reaccionando como siempre lo he hecho con mi corazón primero y mi cabeza después. Logré que nombraran a Albert caballero de Guadalupe, que es una condecoración muy bonita.

Mil ternuras,
Mariscal Bazaine

PD Cómo resistirse a semejantes ojos negros, a sus pies y a sus manos de niña, bajo un cielo en donde todo respira amor. Estoy decidido a aceptar la oferta de Su Majestad mexicana, siempre y cuando nuestro emperador, a quien ya le escribí, me dé su consentimiento. Tal vez sea la última locura de mi vida, pero qué quieres, sigo siendo joven a pesar de mi edad, sobre todo de corazón que está igual que cuando tenía 20 años. Tengo que aceptar un buen partido porque necesito tanto afecto íntimo que terminaré por dejarme dominar por una gentil amante, y eso quisiera evitarlo ante todo. Te pido que por favor me mandes las actas siguientes para poder usarlas cuando las necesite: mi acta de nacimiento, acta de defunción de mi querida Marie, el acta de matrimonio de mi madre, un certificado de la alcaldía del barrio de la Rue de Matignon certificando que no hay oposición alguna a mi matrimonio con la señorita Josefa de la Peña de 18 años de edad nacida en México. No sé si todos estos documentos sean útiles, pero quiero tenerlos en mi poder si el emperador da su consentimiento.

Mientras que el Mariscal organizaba su próximo matrimonio, Maximiliano reestructuraba su gabinete, un año después de haber llegado a México. En Relaciones Exteriores nombró a José Fernando Ramírez, y por estar ausente Velázquez de León, también le entregó la cartera del ministerio de Estado; en Gobernación nombró a José María Cortés Esparza; en Instrucción Pública y Cultos, a Manuel Siliceo; en Justicia a Escudero y Echánove; en el ministerio de Guerra a Juan de Dios Peza.

Por esos días agonizaba la Guerra de Secesión de Estados Unidos en favor de los yanquis del norte. Hasta ese momento Napoleón III, al igual que otros monarcas europeos, había buscado mantenerse neutral, al menos oficialmente. El emperador francés solía decir: "Si el norte sale victorioso, estaré feliz, pero si gana el sur, estaré encantado". A Napoleón III por supuesto le convenía la guerra civil, porque podía reforzar la presencia de las tropas francesas mientras los americanos hacían la guerra. La política del bando del sur promovía el intercambio comercial libre de impuestos, al contrario del norte que aplicaba aranceles muy elevados. Francia deseaba vender productos industriales, armamento y vino a los estados confederados. A todos los ciudadanos franceses que residían en Estados Unidos el emperador les prohibió que participaran en el conflicto armado. Sin embargo, 40 por ciento de 50 mil residentes franceses en el norte tomó las armas formando un regimiento bajo el nombre de *Garde de La Fayette*. En el sur vivían unos 20 mil galos, de los cuales 70 por ciento tomó las armas junto con los confederados; uno de estos regimientos era dirigido por el general Camille de Polignac apodado La Fayette del sur.

Por ello, cuando le anunciaron a Napoleón que los yanquis habían ganado, se preocupó porque ya en tiempos de paz los del norte apoyarían sin lugar a dudas a Juárez.

En sus cartas Bazaine nunca le hablaba de política a su Pepita. Temía contaminar su amor con cuestiones tan complicadas para una adolescente. Además, escribir cartas de amor de alguna manera lo distraía y hacía que se olvidara un poco de la guerra.

5 de abril de 1865

Bienamada y muy adorada mujercita:

El sueño encantador de esta noche es una realidad, puesto que nada en el mundo me hará cambiar de idea de la decisión que he tomado, dictada por mi corazón e inspirada por Dios, de convertirme en su esposo, para dedicarme a su felicidad. Este será un deber muy dulce para mí, porque la amo tan tiernamente, con tanta pasión verdadera, que cualquier otro afecto desaparece de esta tierra. Ya solo vivo para usted, mi tierna amiga, y no hago más proyectos que para usted; en una palabra, usted llena mi alma de una esperanza tan dulce, y mi corazón de un amor tan tierno, que solo podría terminarse con la existencia.

No tenga usted la menor zozobra, mi bienamada, ángel de todos mis pensamientos, pronto estaremos unidos en una unión indisoluble, puesto que tendrá por lazo una verdadera ternura.

Describirle a usted el estado de mi corazón me es muy dulce; la amo con un amor celeste. Mi alma no tiene sensación alguna si no es cuando piensa en su buena y generosa compañera, de pequeños pies tan bonitos a los cuales se pone para cubrir sus manos de besos.

Su muy devoto y fiel
Maré [Maréchal]

Las cartas que siguieron mañana y tarde eran cada vez más encendidas por parte de los dos. Dada la evolución de su compromiso, Pepita comenzó a prepararse. Le dio por frecuentar a las familias con las que mantenía relación desde hacía años. Visitó a Cayetana cuantas veces pudo. Se dedicó a leer manuales de urbanidad en francés y puso más atención en su pequeño libro, *Imitación de Cristo*, de Kempis. Procuraba ir más seguido a la Catedral. Su mantilla negra, ahora más larga y elaborada, obsequio de su tía Juliana, le daba un aspecto más grave y recogido.

Hablaba varias veces con su confesor, el padre Palacios, y comulgaba a diario. Frente a la imagen de la Virgen de Guadalupe se hincaba para abrirle su corazón:

Virgencita de Guadalupe, ilumíname en estos momentos tan importantes de mi vida. Cuida a mi Maré, a mi Mariscal que es tan bueno conmigo. Dale salud a Cayetana. Protege a mi mamá y a mi tía Juliana. Hazme fuerte. Cuida mucho a los emperadores que vinieron a este país para pacificarlo. Te prometo ser buena esposa y con tus bendiciones ser la mejor madre del mundo.

Una tarde, después de la comida, Pepita fue con las monjas de las Vizcaínas para ver los adelantos de su ajuar. Después de revisar camisones, pañuelos y blusas bordadas por las manos de las religiosas, pasó a ver al peluquero Cicardi para hacerse varias pruebas de peinados para el día de su boda. "Quiero que por favor me peine con una doble diadema de trenzas y un chongo con varias trencitas enroscadas. Así como se peina la emperatriz Sissi. Arriba de la frente me gustaría llevar una peineta adornada con azahares y botones de rosas naturales, de la cual saldrán los bucles que harán las veces de fleco. El velo de tul de seda debe quedar por debajo de las flores. Mi vestido es precioso. Es muy parecido al de boda de la emperatriz Carlota. Es de satín de seda. Mi velo y mi cola miden dos metros". Todas las clientas que se encontraban en la peluquería escuchaban a Pepita con la boca abierta. Por allí andaban tres de las hijas de doña Emilia, quienes se estaban preparando para ir al baile de las Escandón. De pronto una de ellas, Sofía, la mayor, se puso de pie y se dirigió hacia Pepita:

—¿No te da vergüenza?

—¿Qué?

—¿Qué si no te da vergüenza casarte con un invasor? ¡Con un imperialista!

—Calma, Sofía. Como sabes, el Mariscal y sus tropas vinieron a ayudarnos a regenerar al país.

—Es todo lo contrario. Lo único que les interesa a tu príncipe y a su Carlota es explotar este país para sus propios beneficios. Como dice José María Iglesias, tu Maximiliano "es débil y de pocos alcances". ¿Qué pensará tu prima Rosario de la Peña en cuya casa se reúnen los liberales más destacados? ¿Cómo le haces esto a México?

—Yo no le hago nada a México. Me caso porque estoy enamorada.

—¿De un viejo de 54 años?

—¿Por qué estás tan enojada? ¿Por qué tú no te has casado?

—Estoy enojada porque a mi país lo gobierna una corona extranjera que no elegimos y que yo no me haya casado no tiene nada que ver.

Pepita se dio la media vuelta y salió de la peluquería sin despedirse de nadie. Estaba muy molesta. No quería llorar; sin embargo, le había parecido sumamente ofensiva la actitud de Sofía, antigua alumna de las Vizcaínas, rebelde desde chiquita. Incluso las monjas la habían corrido, a pesar de que su madre, doña Emilia, hizo todo un escándalo. Leer era su pasión. A escondidas leía todos los libros de la biblioteca de su padre. Doña Emilia ya no sabía si mandarla a Oaxaca o meterla de monja. Pero eso hubiera significado para ella desembolsar una enorme dote.

Llegando a su casa, Pepita le escribió a su prima Cayetana. Seguía furiosa, se sentía indignada. La única que podría entenderla, una vez más, era su prima:

Querida Cayetana:

Hoy en la peluquería tuve uno de los encuentros más desafortunados que te puedas imaginar. ¿A quién crees que me encontré? A Sofía Caldelas. Me dijo que al casarme con Bazaine le estaba haciendo un daño al país porque era un invasor. ¡Me sentí tan mal! Creo que además de ser una quedada, es una "chinaca" disfrazada de hija de familia. Mañana te sigo contando.

Te quiere tu prima,
la novia más feliz del mundo.

Sin duda ese había sido un mal día para Pepita. Su madre la había regañado porque había ido a la peluquería sin avisarle. La discusión le causó a doña Josefa un fuerte dolor de cabeza que la obligó a encerrarse en su recámara. A la hora de la merienda, aprovechó que estaba a solas con su tía Juliana para preguntarle si el Mariscal era un invasor.

—¡Ay, niña!, ¿qué cosas se te ocurren? Llevamos 40 años de guerra civil. Que si los conservadores, que si los liberales, que si Santa Anna, que si Iturbide, que si Juárez…

—Pero, ¿por qué vinieron a gobernarnos los franceses si ya teníamos un presidente?

—Ese no era un presidente, ¿no ves cómo se le enfrentó a la Iglesia? ¿No ves que Juárez no pudo pagar las deudas de México ni aplacar a las gavillas de bandoleros ni gobernar en todo el país? ¿Cómo es eso de que cada quien tiene derecho a elegir su propia religión? Este es un país católico, apostólico y romano.

—Pero hay muchos mexicanos que no están de acuerdo en que nos gobierne un príncipe extranjero.

—¡Ay, niña!, ¿con quién has estado hablando últimamente?

—Con nadie. Eso es lo que escucho en la calle y lo que dice mi nana Justa.

—¡Ay!, pero si esa es una india ignorante.

—Puede ser que tengas razón, tía. Mejor cambiemos de tema. ¿Me pasas la canasta con el pan dulce? Quisiera preguntarte algo que me es ahora muy importante. Hace muchos años me dijiste que yo no tenía dote y por lo que entiendo una no se puede casar bien sin dote. Dime, tía, ¿tengo dote?

—¡Qué pregunta me haces! De eso tienes que hablar con tu mamá. Por lo que a mí respecta, me encargaré de que nada te falte. Además, Bazaine ha de ser un hombre muy rico. Debe de tener propiedades en Francia. No te olvides que es un viudo sin hijos. Pepita, te voy a decir algo que siempre decía tu abuela: "Tu carácter es tu azote o tu dote". Y en tu caso, tu dote es tu carácter. Con eso tienes. Además, deja que primero se pronuncie el hombre y después ya averiguaremos.

Era la primera vez en su vida que Pepita se hacía tantas preguntas que tenían que ver con su porvenir. Faltaban dos horas para el Paseo. ¿Se atrevería a preguntarle a Bazaine cuándo iría formalmente a pedirle su mano a doña Josefa? ¿Acaso su novio no le suplicaba constantemente que le abriera su corazón?

—¿Por qué esa carita tan triste, ángel mío? —le preguntó Achille esa misma tarde al verla tan taciturna.

—Es que hoy me dio a entender mi tía Juliana que mi dote no es tan cuantiosa…

—*Mais mon amour,* eso no tiene la menor importancia. Lo que importa es nuestro amor. Además, lo de tu dote ya está arreglado. Pon tu destino en mis manos. Ya te he dicho cientos de veces que mi única misión en la vida es hacerte feliz y que mis demostraciones de afecto y mis cumplidos no solo son "monadas", como dicen ustedes.

—A lo mejor a usted le convendría una mujer de una familia mucho más acaudalada que la mía. Una mujer con mucho más mundo…

—No Pepita. Le repito, este asunto de la dote ya está resuelto. Para mí la riqueza más valiosa es la de su corazón. Yo le enseñaré muchas cosas.

Mejor hablemos de algo más importante, la fecha para formalizar nuestro compromiso. Dígame, *ma petite,* qué día puedo ir hablar con su madre.

—El martes, mi adorado Maré, en lugar del Paseo. Lo estaremos esperando en la casa.

Pepita tenía la costumbre de confesarse por lo menos cada semana. El padre Palacios, confesor también de su madre y de la tía Juliana, era el mismo que la había bautizado, preparado para su primera comunión y confirmación. La conocía de toda la vida.

—Ave María Purísima...

—Sin pecado concebido.

—¿Hace cuánto te confesaste, hija?

—Hace una semana, padre. Como sabe, el Mariscal se quiere casar conmigo.

—Así es. Ya me lo contó tu madre y te felicito.

—Todo ha sido muy rápido, padre. Las cartas del Mariscal me hablan cada vez más de amor. Yo también lo quiero, pero...

—Pero, ¿qué, hija? —preguntó el sacerdote mientras se olía la punta de los dedos de las manos. Esa mañana había comido una tortilla española con mucho jitomate y cebolla y se había hecho unos deliciosos taquitos. De allí que sus dedos regordetes se hubieran impregnado del olor a cebolla.

—¡Ay, padre! Lo que pasa es que el otro día me encontré con una amiga y me dijo que si me casaba con el Mariscal le estaba haciendo mucho daño a México porque era un invasor.

—Esa niña no es tu amiga porque no quiere tu felicidad. Al contrario, casándote con el Mariscal le vas a hacer un enorme bien a México. La Providencia te lo puso en el camino, mi hijita.

—Entonces, ¿el emperador le está haciendo un bien a México?

—Mira, hija, cuando un príncipe o un Mariscal sacrifican todo su tiempo, sus bienes, y aún su salud a la felicidad general, se puede decir que son hombres verdaderamente virtuosos. Finalmente los militares, en este caso, las fuerzas francesas, son los que más hacen y a quien regularmente se les agradece menos, pues se exponen a perder la vida por la conservación de las leyes de este país.

—Padre, explíqueme qué es ser traidor a la patria.

—Juárez, ese es el traidor a la patria. Un traidor es el que ofende con ánimo deliberado, cualquiera que sea el motivo que lo impela a una acción tan vil. Tu única obligación es ser buena, obedecer a tu madre y casarte con el Mariscal.

—Sí, padre. Pero confieso que no le perdono a Sofía Caldelas cómo me insultó delante de todo el mundo.

—Ah, fue Sofía. No me sorprende. Ella está muy alejada del Señor. Pobrecita. Perdónala y reza por ella, porque no se da cuenta de que está en pecado capital por sentir ira, soberbia, pero sobre todo envidia.

—¿Esa sería mi penitencia, padre? ¿Perdonarla?

—Sí, hija. Y tres rosarios y tres actos de contrición.

—Gracias, padre.

—Que Dios te bendiga, hija. Y salúdame al Mariscal.

Dos días después, el 5 de abril, el Mariscal escribió un *billet* muy temprano pidiéndole a la señora De la Peña que lo recibiera en su casa. La respuesta llegó de inmediato: sería recibido a las 5 de la tarde. Aunque era un hombre de mundo, el Mariscal estaba nerviosísimo.

—¡Que nadie me moleste! —exigió al coronel Blanchot.

Bazaine se encerró con llave, comió cualquier cosa y a las 4.15 PM pidió su carroza. Tuvo que esperar afuera de la casa de Pepita hasta que sonaran las cinco campanadas de la Catedral. Una vez que se callaron, el Mariscal descendió de su carruaje, se encaminó hacia el portal de la calle de Coliseo número 7 y golpeó la aldaba. El jefe de las Fuerzas Armadas llevaba su uniforme de lujo: una casaca de paño de lana negra con botonadura dorada, su cordón de mariscal, los galones y el cuello bordado con tres hileras de hojas de roble en hilo de oro, y sus charreteras doradas. Sus botas de montar estaban relucientes. En una de sus manos sostenía sus guantes blancos y su quepis forrado de paño de lana negra, también bordado.

En la sala de paredes forradas de tela de seda lo esperaban las tres mujeres de la familia Azcárate: doña Josefa, doña Juliana y su adorada Pepita. Lo primero que le llamó la atención al Mariscal fue la enorme charola de plata que se encontraba en la mesa de centro, el juego de té. Todas sus piezas, incluyendo la chocolatera estilo Luis XV que había heredado la tía Juliana de su madre, brillaban como nunca. Unas horas antes, todo el servicio se había esmerado en pulirlos, a tal grado que la imagen del novio aparecía reflejada en la tetera. De pronto descubrió su cráneo casi pelón y lo poco que le quedaba de pelo totalmente gris, sus tupidos bigotes y su piocha a la Napoleón III.

Pepita iba y venía, de la cocina a la sala, para buscar el limón en rebanadas, el panqué de naranja glaseado, el chocolate y las tazas de porcelana de Sèvres. Detrás de las puertas se escuchaban los susurros de los criados de la casa, sabían que era un día muy especial, "la pedida de mano de la niña Pepita". Fue doña Juliana la que le ofreció al Mariscal el mejor lugar del sofá forrado de *jacquard*.

—*Comment allez vous, Monsieur le Maréchal?* —preguntó la dueña de la casa con un pronunciado acento.

—Más feliz que nunca, *chère madame*. Como ustedes saben, mi visita de hoy es especial.

Al escuchar lo anterior, Pepita corrió a sentarse a su lado. En ese preciso momento tanto la tía Juliana como Josefa se impresionaron al ver la diferencia entre aquella joven recién salida de la infancia y ese hombre que podía ser su abuelo. Ambas se sintieron consternadas por el contraste. A pesar de que esa tarde Pepita llevaba un chongo más elaborado que de costumbre y un vestido muy formal de tafeta azul marino, no podía disimular los 37 años que mediaban entre su novio y ella. Como si quisieran ahuyentar un mal pensamiento, madre y tía preguntaron al Mariscal, al mismo tiempo.

—¿Un poco de chocolate?

—*Volontiers, mesdames!* Me encanta el chocolate mexicano —respondió el prometido con su fuerte acento.

Pepita se incorporó de un brinco, tomó el mango de madera de la chocolatera y haciéndose un poco la graciosa, lo sirvió a cierta distancia para que hiciera espuma.

—*Merci, ma petite* —dijo Bazaine con una mirada llena de ternura. Sus bigotes estaban ligeramente bañados de espuma. Tosió y tomó la palabra con mucha ceremonia.

—*Mesdames*, soy hombre de pocas palabras pero precisas. Sería inútil contarles una historia que ustedes ya conocen. Acabo de escribirle una carta a mi emperador, pero no debo enviarla a París sin su consentimiento, porque en ella le pido, oficialmente, su permiso para ofrecer mi nombre a Pepita, a mi adorada, pequeña Pepita, *mon amour* —dijo haciéndole un guiño a su novia—. Y les suplico que me perdonen por llamarla así delante de ustedes por primera vez.

Se hizo un breve silencio; doña Josefa se puso de pie. Bazaine hizo lo mismo y se mantuvo erguido, como buen militar. De su casaca sacó un estuche de terciopelo negro. Se lo entregó a Pepita y le dijo:

—*Pour ma petite Maréchale.*

Con las manos temblorosas, la novia abrió la pequeña caja y vio un rubí "sangre de pichón", ovalado, rodeado de los más finos brillantes.

—Mira, mamá, ¡qué bonito! —dijo la prometida brincando de gusto—. Gracias, mi Achille, es un anillo ¡precioso!

Bazaine había comprado la sortija en la Casa Boulot de la calle de Plateros número 10. *Monsieur* Boulot garantizaba todas sus alhajas en oro de 18 quilates. Era la joyería de moda porque era la que tenía el más amplio surtido para las alhajas de los bailes imperiales. Allí las damas de la sociedad mexicana podían comprar aderezos completos de brillantes, pulseras, prendedores, brazaletes, sortijas de moda caprichosa, perlas, amatistas, esmeraldas y rubíes. Todo venía de París.

Bazaine tomó la mano de su prometida y le dio un beso inclinándose ligeramente en un gesto de respeto. Enseguida pidió permiso para salir un momento. De regreso traía en sus manos dos estuches de piel: uno negro y otro guinda. El primero se lo dio, con una reverencia, a la señora Azcárate y el segundo a la tía Juliana.

—*Avec mes respects, mesdames.*

Las dos señoras abrieron gustosas su respectivo estuche. Doña Josefa descubrió un frasco de cristal de roca con una finísima esencia de violetas proveniente de la famosa Casa Lubín. El dueño de esta perfumería se jactaba de ofrecer a su exigente clientela más de 174 esencias, entre las que se encontraban de jazmín, madera, rosas y azahar, entre muchas otras. Además, ofrecía álbumes para fotografías, abanicos, guantes, pañuelos, objetos de carey y de marfil. Sus peinetas de Oaxaca eran las más famosas de las calle de Plateros. Las de plata, decoradas con perlas de coral, se las llevaba su amigo, José Manuel Loaeza Caldelas, hermano mayor del general Loaeza, quien combatía en las filas de Porfirio Díaz, y cuñado de doña Emilia. No teniendo la vocación militar de sus seis hermanos, José Manuel se dedicaba al comercio de accesorios, muchos de los cuales los conseguía en la Nao de China. Cuando la tía Juliana descubrió en su estuche un par de bellas peinetas tuvo deseos de abrazar al Mariscal.

—Me encantan. ¿Dónde las encontró, Mariscal?

—Con el viejo judío Lubín —le respondió.

—Nunca había visto unas tan finamente trabajadas. *Merci beaucoup!*

—Puede usted despachar su carta al emperador de Francia, señor Mariscal —le dijo doña Josefa con una sonrisa—. Tiene usted nuestra bendición.

Después de tomarse otra taza de chocolate y una rebanada más de pastel, Bazaine se retiró, no sin antes ofrecerles ayuda para la compra del *trousseau* de Pepita.

—Puedo pedirle a mi cuñada Georgine, que vive en París, que las ayude.

—De ninguna manera, Mariscal, eso déjemelo a mí —respondió su futura suegra.

—Por lo menos mi vestido de novia, mamá. A Faustina se lo mandaron comprar a Worth y era de ensueño. Parecía princesa.

—Niña, eso lo veremos después. Luego hablamos.

—Sus deseos serán los míos. Quedo a sus órdenes para lo que necesiten.

Cuando Juliana y Josefa vieron alejarse hacia el zaguán a Pepita y a Bazaine de la mano, sonrieron y se dieron un abrazo.

A petición de Maximiliano el matrimonio fue fijado para el lunes 26 de junio. Los emperadores habían programado una estancia de 15 días en el estado de Puebla, donde invariablemente eran recibidos con una fastuosidad exuberante. Por eso a Maximiliano, muy apegado al protocolo, le gustaba mucho convivir con los poblanos aficionados a las fiestas imperiales. Para Carlota estos viajes eran un pretexto ideal para estar cerca de su marido. En Puebla de los Ángeles se sentía querida, la hacían sentir como una verdadera emperatriz. Además, la ciudad le encantaba por señorial, por segura y por limpia. Sus tres damas de honor poblanas, Guadalupe Osio de Pardo, Guadalupe Almendaro de Velazco y Carmen Marrón, a quien Carlota había terminado por apodar "mi alma", en recuerdo de su primer encuentro, la colmaban de todo tipo de atenciones. En su viaje de Puebla a México, visitaron Zoquiapan, San Martín Texmelucan, Río Frío, Santa Marta y Ayotla.

En San Martín Texmelucan los emperadores se hospedaron en la hacienda que formaba parte del marquesado de Selva Nevada, concedida por el rey Carlos III al señor Manuel Rodríguez de Pinillos y López Montere, cuya madre mandara construir el Palacio de Buenavista.

El domingo 25 de junio de 1865 los emperadores llegaron exhaustos a la Ciudad de México, pero al ver la forma en que eran recibidos se reanimaron y se sintieron como en casa. De nuevo hubo discursos de bienvenida, las damas elegantes los esperaban en carretelas y los caballeros cabalgaban detrás de la guardia imperial.

—Mira Max, qué bonito ramo de flores nos mandó la futura Mariscala —le dijo Carlota a su marido al entrar a su salón privado del Castillo de Chapultepec.

—Estoy tan cansado que no sé sí tendré fuerzas para asistir a su boda mañana tan temprano.

—Tenemos que asistir, somos los padrinos. Además, se trata de la boda de Bazaine. ¿Estás seguro de que todavía quieres hacerles ese fastuoso regalo? ¿No crees que es demasiado?

—Es el Jefe del Cuerpo Expedicionario francés. Tengo obligaciones con Napoleón III.

—Tú sabrás lo que haces. Eres demasiado generoso. Le regalaste 100 mil pesos de regalo de boda a la hija de Almonte. A pesar de que yo ya le había comprado un aderezo de diamantes.

—Pero Almonte fue Regente del Imperio. En parte gracias a él estamos aquí.

—Tienes razón. Es muy importante estar bien con Bazaine. Además, está enloquecido con su Pepita; se le ve muy feliz. Todo sea por el bien del imperio.

Unos días antes de su matrimonio, Pepita cumplió con su promesa. Se puso frente a su *secrétaire*, y le escribió en español al hermano de su futuro marido.

10 de mayo de 1865

Muy querido hermano y señora Bazaine:

Desde que el Mariscal le pidió autorización a Su Majestad, el emperador, quise escribirles, pero no me atreví a hacerlo hasta hoy. Deseo expresarles cuánto me siento ya parte de su familia y que los querré tanto como al Mariscal, porque sus afectos son los míos. Ya hace diez meses que lo conozco y cada día lo amo más, aunque pareciera imposible amarlo aún más. Haré todo lo posible en el mundo para hacerlo feliz. Quiero mucho a vuestros hijos, Albert y Adolphe, quienes han sido muy amables conmigo. Deseo que me envíen un retrato de ustedes para así tener el gusto de ver a mi querido hermano, a mi querida hermana, que ya quiero tanto, aunque no tenga el honor de conocerlos.

Mis respetos a toda su apreciable familia, y por favor crean ustedes en el sincero afecto de vuestra hermana muy leal,

Josefa de la Peña

No había día en que la señorita Eugenia Bazaine no leyera con avidez la nutrida correspondencia de amor entre sus padres. Empezó a sentir compasión por su padre. Tanto amor por una jovencita de 17 años que no tenía ni idea del mundo y que parecía vivir dentro de un capelo. Ahora entendía por qué su madre había estado dispuesta a dar su vida por él. Gracias a él conoció el amor y una vida que ni en sueños hubiera imaginado. Al leer las cartas seguía sorprendiéndole la cantidad de adjetivos o de frases como: "Te amo como no es posible amar en esta tierra y poseerte será para mí la más grande de las posibilidades". "Nuestros corazones, nuestros caracteres están tan bien hechos el uno para el otro, que podemos creer que es la Providencia la que desea esta unión". Eugenia llegó a la conclusión de que los caracteres de sus padres estaban efectivamente hechos uno para el otro. Como bien lo había advertido la condesa de Kuhachevich en su estudio de grafología, sus personalidades se acoplaban en absoluta armonía.

Una de las cartas que más le habían gustado a Eugenia era aquella en la que su padre le anunciaba a su madre que el emperador de Francia había dado su consentimiento para el matrimonio.

12 de junio de 1865

Muy amada mujercita:

El correo acaba de llegar y el ministro de la Guerra me dice que el emperador da su consentimiento a nuestra unión, enviándome sus felicitaciones para nuestra felicidad. Ya está todo listo y voy a escribir esta noche a Puebla para conocer las intenciones de Sus Majestades sobre su regreso. Puedes imaginar cuán alegre estoy, feliz de ver llegar el momento en que no me dejarás nunca más.

Pienso que no vas a salir esta tarde porque el clima parece volverse malo. Sin embargo, si no te asusta el lodo, te haría bien tomar un poco el aire. Iré a tu casa a presentarte al doctor a la hora acostumbrada.

Te colmo de caricias, te cubro de besos de la cabeza a los pies, y soy todo tuyo para toda la vida,

Mariscal Bazaine

Por encima de la autorización de la madre de Pepita, la que resultaba esencial para el Mariscal era la de Napoleón III. Este matrimonio sin duda representaba un as inesperado para el emperador francés, pues reforzaba los lazos políticos y sociales entre los dos países. El vizconde de la Pierre, antiguo edecán del general Almonte, ya había investigado de dónde venía la familia de la novia. Para ello tuvo que consultar los libros de genealogía *Las familias mexicanas,* que se hallaban en una de las bibliotecas del Palacio de Buenavista. Si el vizconde tuvo la iniciativa de indagar sobre la familia Azcárate fue porque además de ser un apasionado de la genealogía sentía que podía utilizar esta información para todo tipo de fines. Fue tanto lo que averiguó el vizconde que incluso se enteró de que siendo Pepita una niña fue varias veces al Palacio de Buenavista, cuando aún pertenecía a su tía abuela, Victoria Rul y Obregón, viuda de Pérez Gálvez. Todo lo anterior se lo escribió a Napoleón III para tranquilizarlo acerca de la ascendencia de la novia.

Mientras Pepita vivía un gran amor y esperaba casarse muy pronto con su amado "Maré", la emperatriz Carlota buscaba, desesperada, cómo atraer a su marido, al "tesoro de mi corazón", que alguna vez había iluminado y dado una luz distinta a su vida y que ahora parecía preferir la compañía de los insectos, o de sus plantas, a la de su esposa.

VIII

LA EMPERATRIZ

El 13 de mayo de 1865 el buque francés *Impératrice Eugénie* fondeó en las aguas de Veracruz, como solía hacerlo cada mes el mismo día. Solo que en esta ocasión traía en sus bodegas el *trousseau* de la novia. Se trataba de once cajas a nombre de doña Josefa de la Peña en las que venían espléndidas *toilettes* para "el paseo", para "la sociedad", para "el viaje". Además del elaborado vestido de novia, el ajuar de Pepita contaba con 30 vestidos con sus respectivos sombreros, pañoletas, zapatos, diez abrigos, 60 pares de guantes de todos colores, cuatro crinolinas. En una caja especial se encontraban cuatro modelos diferentes de corsés, o cotilla o corpiño; sin embargo, el principio era el mismo: apretar y apretar y apretar para que la cintura de "la niña" Pepita, futura *madame* Bazaine, se viera cada vez más estrecha y los pechos cada vez más realzados. Además de los corpiños, venían en esta caja la ropa interior y ahuecadores, armazones que le daban volumen a las faldas. Doña Josefa había tenido cuidado de no olvidar pedir dos docenas de calzones tipo pantaloncillos color carne. Todo había sido encargado a las mejores casas de costura de París: La Maison Blanche, Dubard, Marguerite Mayerowsky, quien solía confeccionar los atuendos de las reinas; la propia Eugenia de Montijo le había sugerido a la célebre costurera más de tres modelos para Pepita.

Doña Josefa le había pedido al señor De la Mora, ministro del Imperio ante el zar de Rusia y los países escandinavos, que hiciera el viaje a París para comprar todo lo necesario. La tía Juliana había costeado, como regalo de bodas, el ajuar de Pepita y un collar de perlas de tres hilos.

Le tout Mexique ya sabía del futuro matrimonio entre "la encantadora jovencita de 17 años" y el "viejo gordo Mariscal francés", como decía doña Emilia. Una vez oficializado el noviazgo, se les veía juntos en el teatro, en la ópera, en las fiestas de caridad, en los paseos campestres y en los bailes. Ambos eran la comidilla de las reuniones, de las tertulias, pero sobre todo, de los troperos. No había soldado francés que no se riera de esta pareja tan dispareja.

Desde que el "viejo" está noviando, ya no se ocupa de los asuntos del país. Mientras él está "haciendo el oso" frente al balcón de la niña, corremos un posible ataque por el norte. Los problemas del imperio han dejado de importarle y los norteamericanos nos amenazan, en tanto el fiancé *prende el* bouquet *del vestido de su novia a la silla de su caballo. Nunca está cuando se le necesita, eso sí, no se pierde ni un baile ni un día de paseo con ella. ¡Bazaine es grotesco!*

Los que sí estaban preocupados de ver al Mariscal de Francia desatender los asuntos militares eran los monarcas. Cada uno por su lado lo comentaba en su respectiva correspondencia. A la emperatriz Carlota, Bazaine le parecía una "mosca gorda e indolente, devorando con los ojos a esa novia infantil", y se preguntaba por qué los hombres de ese tipo tenían de pronto un aire tan demoniaco cuando se enamoraban. En su calidad de esposa del emperador, siempre mantenía informada a la emperatriz Eugenia de Montijo, pero el noviazgo de Bazaine la irritaba tanto que no había carta en que no lo mencionara:

Chapultepec, 28 de marzo de 1865

> Doña Josefa Peña tiene 17 años, tiene una bonita cara, muchísima gracia y sencillez, hermosos cabellos negros y un tipo español muy expresivo. Es hija única, su madre es viuda, pertenece, como se dice, a una buena familia y está muy bien educada. Habla correctamente francés y dice mucho en su favor que, aunque es el objeto de las atenciones del Mariscal y en consecuencia de todo el ejército francés, no ha perdido un momento su naturalidad. Parece no notar tampoco la admiración de que es objeto ni el gran porvenir que se abre ante ella, aunque está muy encantada cuando su futuro se encuentra a su lado, lo que a este entusiasma todavía más, pues a decir verdad, es una inclinación manifiesta, ya que el Mariscal ha empezado incluso a bailar de nuevo y me confesó que no perdía una habanera.

Por su parte, Maximiliano escribía a su hermano, el archiduque Carlos Luis, el 20 de junio de 1865: "El lunes 26 de junio tenemos todavía, por desgracia, una gran fiesta en el Palacio de México, la boda del mariscal

Bazaine con una encantadora mexicana de 17 años, que por su belleza y amabilidad nos honraría en Europa. El Mariscal, a pesar de sus 54 años, está enamorado como un tonto. Ojalá le dé felicidad este atrevido matrimonio".

Una vez fijada la fecha de la boda, el Mariscal tenía permiso de ver a su prometida todas las tardes a partir de las 5.30 PM. Solían caminar tomados del brazo por el Paseo de la Teja, que se encontraba fuera de la ciudad. El "viejo" travieso jalaba a su Pepita detrás de un árbol, mientras un edecán francés entretenía a la futura suegra. Con su pronunciado acento en español le hacía preguntas de toda índole. "*Madame* Josefa, ¿es cierto que la salsa negra que sirve usted en su casa la hace con chocolate? Dígame dónde puedo comprar un bonito rebozo para mi novia mexicana. Su familia es poblana y vino a vivir a la capital a casa de una tía para estar más cerca de mí. Adela es muy bonita, le llega el pelo casi a los tobillos. Y se hace unas trenzas tan gruesas como mis brazos. Son del color del ébano. Sus ojos son como de terciopelo negro, todos pestañudos. Y es chiquita toda ella".

Doña Josefa no escuchaba al edecán, estaba demasiado preocupada por su hija. Aunque la relación de Pepita con el Mariscal la tenía encantada, había escuchado tantas cosas acerca de Bazaine que no sabía si podía tener confianza en él. Doña Emilia le había dicho que le gustaban las muchachitas, incluso le dijo que Bazaine había mandado a uno de los oficiales a campaña con tal de quedarse con la esposa. Cada vez que Josefa se encontraba con Emilia, viuda de Caldelas, era para escuchar una barbaridad de argumentos en contra del prometido.

Pepita es una niña y este señor es un anciano. Además, me contó Lola Almonte que la esposa de Bazaine se suicidó. Imagínate lo infeliz que debe haber sido. Nada más dime, Josefa, ¿con qué dinero la vas a casar? ¿Le vas a pedir prestado a tu hermana Juliana? ¿Qué vas a hacer si te la regresan? ¿Qué tal si el hombre se desilusiona de tu hija en la luna de miel? Además, Pepita tiene muy mal acento en francés; qué diferencia con mis hijas. Nos vas a invitar a la boda, ¿verdad? Las niñas ya se mandaron a hacer sus vestidos y están listas para la fiesta. La única que no quiere ir es Sofía. Es que ella se cree muy liberal. ¡Ay, Josefa!, pero pobre Pepita, me da lástima porque dentro de unos años va a terminar de enfermera de ese señor. Yo creo que no va a poder tener familia. Ya ves que no tuvo hijos de su primer matrimonio. No digo que Bazaine no sea un magnífico partido. Que entre los seis mariscales de Francia, él sea el consentido de Napoleón III, pero no deja de llevarle a tu hija 37 años. Toda una vida. Trein-ta y sie-te años. En fin, tú sabrás.

Mientras el Mariscal buscaba acariciar los dedos rosas de su bienamada detrás de los troncos de los frondosos árboles del Paseo de la Teja, y doña Josefa vigilaba de reojo a la pareja de enamorados, Carlota intentaba resolver las cuestiones políticas de la Regencia. Una vez más Maximiliano la había abandonado en el Alcázar de Chapultepec, y tomando como pretexto el reflexionar sobre las importantes decisiones del imperio, se fue a Orizaba, en donde dos mayordomos, uno austriaco y otro italiano, acostumbraban quitarle las pantuflas, mientras su secretario particular, José Luis Blasio, le leía la correspondencia. Seguramente el emperador estaba deprimido ya que se conformaba, para su higiene personal, con lavarse las manos y la cara en un aguamanil, vestirse de blanco con ropa holgada para dedicarse a recolectar insectos, después de haber desayunado una taza de chocolate con tres galletas vienesas. Solía firmar unos documentos que le extendía su secretario, mientras fumaba un puro también austriaco. Su rúbrica abarcaba toda la página, por lo que la tinta se tardaba en secar. Para evitar que se corriera, y puesto que el príncipe detestaba usar papel secante, Blasio extendía los documentos por todo el piso. Una vez que había "trabajado" con tanto "ardor", elegía cabalgar en su caballo favorito, un prieto al que había nombrado Ante-burro. Se ponía su traje de charro de paño azul marino con botonadura de plata, y su *foulard* de seda del mismo color marfil que su sombrero de charro. Otra de las actividades de Maximiliano era confesarse y comulgar. Su corte lo miraba con desdén: "¿Habrase viste príncipe austriaco con tremendo atuendo?". Lo único que quería Maximiliano era alejarse del mundanal ruido y de las aburridas fiestas. Como aquel día de su cumpleaños el 6 de julio de 1864 en que, a manera de celebración, pasó el día encerrado en su habitación, solo, envuelto en una mortaja para reflexionar sobre "la vanidad humana".

Se contaba que la culpa del alejamiento entre los monarcas la tenía Brasil. Maximiliano había estado a punto de casarse con su prima hermana, la princesa María Amelia de Braganza, hija del exemperador Pedro I. Desafortunadamente, la prometida falleció en la isla de Madeira, lo cual causó en el novio un profundo dolor. La imagen de María Amelia lo obsesionaba. Aun después de casado había regresado a Brasil, con el pretexto de realizar excursiones botánicas. Se decía que en uno de esos viajes había adquirido una enfermedad venérea que le impedía, por su honor de caballero, acercarse a su mujer. Dejaba sola a Carlota en la isla en donde había fallecido su prometida. Este constante desapego mortificaba en extremo a Carlota. No sabía qué pensar. Su soledad la carcomía. Empezó a verse fea en el espejo. No se gustaba. Comenzó a adelgazar cada vez más. Se cambiaba de ropa hasta doce veces al día, hasta encontrar un vestido que le quedara impecable. Cuando había recepciones en el castillo, Carlota no le quitaba de encima los ojos a su marido. Se metía a escondidas de sus camareras y del primer valet de Maximiliano a la alcoba del emperador para abrir los armarios y los baúles y oler su ropa. El comportamiento de la pareja imperial era tan extraño que corrían todo tipo de rumores. Grill, el valet de Maximiliano, acallaba constantemente a las mucamas de Palacio. La más temible era la Doblinguer, directora del guardarropa de la emperatriz, que sin piedad comentaba en los corredores los secretos de las sábanas de los monarcas.

Hace meses que no duermen juntos. La almohada de la emperatriz siempre amanece empapada en lágrimas. A veces duerme desnuda, ¿qué hará debajo del edredón? La primera camarera me ha contado que a veces se despierta sollozando. Su marido la tiene muy abandonada. Dicen que en sus viajes el emperador se divierte más con sus edecanes que con su mujer. ¿No será que en realidad ella se comporta como un hombre y él es demasiado delicado? Lleva semanas sin bañarse. Se rehúsa a lavarse el pelo. Ya huele mal. Cuando está sola, se pasa las horas viendo el retrato del emperador y murmurando cosas muy extrañas. Pobre emperatriz, tiene todo y a la vez no tiene nada, ni amor ni compañía ni verdaderos amigos ni hijos ni nadie en quien confiar. Una noche le insistí tanto a Rafaela que le preparara su tina. A través de la puerta entreabierta vi cómo la mucama la enjabonaba. Le pasaba la esponja con todo cuidado por los brazos, el cuello y por entre los pechos. De pronto, la emperatriz le detuvo la mano y con la suya la obligó a acariciarle los senos hasta llegar a los muslos; allí, dos manos se detuvieron un momento. La emperatriz empezó a jadear hasta las lágrimas. A partir de ese baño la emperatriz exige que siempre sea Rafaela la que la ayude a bañarse, que le ponga el talco, los aceites y el camisón. Pobrecita de la soberana, su piel está ávida de caricias.

Se decía que Carlota gobernaba mejor que Maximiliano. Entre los muchos decretos que emitió se hallaban la desaparición de las deudas con la muerte del deudor, la abolición de los siervos en las haciendas, la instauración de horarios obligatorios de trabajo diario. Los conservadores reaccionarios empezaron a tenerle miedo y a apodarla Carlota la Roja. Por su parte, Maximiliano promovía una educación primaria obligatoria, los mismos derechos para todos los ciudadanos y una presencia más evidente de las mujeres en la política y en la corte.

Una mañana, Carlota salió muy temprano a cabalgar al Bosque de Chapultepec. Solamente la acompañaban dos lacayos que la seguían a 30 metros de distancia. Mientras iba cuidando los cascos de Chulo, admiraba la luz que bañaba los ahuehuetes milenarios plantados a lo largo del camino. A galope pasaba por encima de los riachuelos que nacían de los manantiales. Carlota cabalgó hasta el pie del acueducto en donde se detuvo unos instantes para contemplar el valle. La belleza del paisaje que la rodeaba hirió su soledad. No podía compartirla con su marido, siempre ausente. Se le hizo un nudo en la garganta y decidió acortar el paseo cuanto antes. Al trote, pasó por el gran estanque de agua tan transparente como la de los lagos de Austria. Conforme se acercaba al Alcázar, se sintió más aliviada. Tenía muchas cosas que hacer ese día que era de audiencia. Por la tarde tenía que llevar unas camas al Hospicio de Pobres. Por la noche recibiría al Mariscal, a Pepita y al embajador Alphonse Dano.

Al llegar un poco agitada al Palacio, su chambelán la ayudó a bajarse del caballo. Enseguida se dirigió hacia sus habitaciones para cambiarse. Allí se encontraban sus dos camaristas tendiendo su cama. Se colocó detrás de la puerta para escucharlas conversar:

—Ya llevo dos años de casada y nomás no encargo. Mi viejo y yo estamos bien desesperados.

—¿Por qué no vas con doña Arcadia?

—¿Y esa quién es?

—¿No la conoces? Es la hierbera más conocida de Xochimilco. Tiene hierbas *pa'* todo mal.

—¿Hasta *pa'* traer chilpayates al mundo?

—*Pa'* todo tiene, Arcadia. Una vez descubrí que mi viejo andaba con otra. Fui a verla. Me dio un tecito *pa'* mi viejo y luego luego encargué. Gracias a esas yerbitas mi marido quería estar conmigo todas las noches.

—La voy ir a ver porque a lo mejor el problema es de mi viejo. Luego me dices dónde la hallo.

Estaban las mucamas a punto de poner la colcha sobre la cama, cuando de repente se abrió la puerta. Al ver entrar a Carlota, ambas mujeres se quedaron atónitas. No sabían qué hacer. "¡Su Majestad!", exclamó Juana.

—¿Nos puedes dejar solas, por favor Cuca?

La segunda mucama salió de la habitación, cubriéndose la cara totalmente consternada. Temía que la emperatriz le pidiera a la señora Matilde Doblinguer que las despidiera a las dos.

Cuando Carlota y Juana se quedaron a solas, la emperatriz le ordenó.

—Quiero que vayas hoy mismo por la yerbera. ¿Cómo se llama?

—Arcadia, Su Majestad.

—La necesito para ver si me quita los dolores de cabeza que no me dejan dormir. De esto ni una sola palabra. Mañana temprano voy a salir a montar. Dile que la veo a las 7:30 AM en el primer acueducto del bosque —le ordenó Carlota a Juana a la vez que le entregaba 12 monedas de plata de un peso.

—Sí, Majestad. Lo que usted diga —susurró Juana agradecida, haciendo una reverencia.

Como de costumbre, esa noche Carlota no durmió. Hacía años que padecía de insomnio. Se pasó las horas viendo fijamente la araña de cristal que pendía del techo y preguntándose si podía confiar realmente en esa yerbera indígena.

¿Y si la mujer me engaña y trata de envenenar a Max? ¿Existirá realmente una hierba que me haga ver deseable a sus ojos? ¿Cuál será realmente el impedimento de Max? Me niego a creer que tiene sífilis como muchos de los Habsburgo. En el fondo, ¿no será como su hermano Luis Víctor, que prefiere a los varones? O a lo mejor ya no me quiere. Estoy segura de que a mí nunca me ha querido como a María Amelia. Yo lo quiero por él y por mí. Mi amor nos da para ambos.

A la mañana siguiente, la emperatriz montó a Chulo en su silla inglesa y cabalgó hasta el lugar de la cita. Los dos lacayos se sorprendieron de verla hablar con una indígena.

—Estas hojas de sauce son *pa'* la dolencia de la cabeza. Tómate tres tazas de té cada día. Y *pa'* el señor que no quiere dormir contigo, dale damiana. Su enfermedad es que no tiene ganas de amar. Pones a hervir en la olla nada más las hojas. Lo dejas reposar un ratito. Luego se lo sirves endulzado en un jarrito. También es bueno *pa'* los nervios. Ya verás que con esto compras un niño.

Carlota no salía de su asombro. Todo resultaba tan cómico que hasta se puso de buen humor. ¿Cómo sabía Arcadia que ella y su marido no compartían el mismo lecho? Juana debió habérselo contado. Seguro era un secreto a voces. Hacía mucho tiempo no sentía tanta complicidad con otra mujer. Por eso la emperatriz siempre prefirió a los indígenas que a los mestizos. En esto coincidía con la opinión de su esposo. Para ellos el carácter indígena tenía un fondo más noble que cualquiera de los cortesanos. Aunque a menudo se mostraban desconfiados y orgullosos, eran más de fiar que los mestizos.

—Max, querido, te encontré un té de lo más eficaz para tus cólicos. Verás que con esto padecerás mucho menos del estómago. Ya le dije a Grill que te sirva esta infusión en las mañanas después del desayuno —le dijo Carlota a su marido.

Así era ella. Mientras los hombres como José Manuel Hidalgo y Gutiérrez de Estrada admiraban su instrucción, su gran facilidad para las lenguas, su conversación amena y su manera de discutir asuntos serios, las mujeres la envidiaban y la consideraban masculina. Inclusive sus damas de compañía la criticaban, se sentían molestas de que Carlota se dedicara a asuntos políticos, a la economía, a la relación con el Vaticano; les molestaba que se metiera en cuestiones militares. No había una que no se extrañara de su comportamiento autoritario pero, sobre todo, inteligente. Carlota contaba con 20 damas de compañía elegidas por su posición social —según los oficiales franceses no precisamente por su belleza—. Uno de ellos las describió en una de sus cartas dirigida a su madre como *guenons habillées,* es decir, "changas vestidas". Pero eso no era lo que más exasperaba a Carlota de sus damas. Era su ignorancia, su falta total de instrucción y de conocimientos. A pesar de que la impacientaban ya fuera por impuntuales o porque no sabían comportarse con el debido protocolo, era muy generosa con ellas.

Ser dama de compañía era una posición envidiable pero no para todas. Incluso una de ellas que había sido invitada a pertenecer a la corte, respondió de manera tajante: "Prefiero ser reina de mi casa y no sirvienta del palacio". Carlota la escuchó con absoluta indiferencia. Antes de despedirse de ella, le dijo: "La felicito porque usted debe de ser toda una reina que gobierna con toda justicia".

Palacio de México, 29 de abril de 1865

Tesoro de mi corazón:

Infinitas gracias por tu cariñosa carta del día 27 que me alegró profundamente. Aquí el ánimo es excelente desde la muerte de Lincoln, el jefe de la demagogia en América; los rojos están como si les hubiera caído un rayo y lo atribuirán a tu buena suerte, ¡este ideal de la liberación, tan unido a Juárez, se acabó! Todavía están demasiado vivas las impresiones que recibí en Italia, a mis 19 años, ante una mala situación como para no poder decirte que desde hace ocho días sopla en la capital un aire sofocante, señal de una tormenta cercana. Hoy han pasado las nubes, el peso ha desaparecido y el sol aparece de nuevo físicamente. La gente me saludó anoche de modo más sonriente que nunca, el sentimiento de la nacionalidad no puede ser ahogado totalmente por una pasión cualquiera [...].

Ayer, cuando iba caminando con [la dama de Palacio] Pacheco, me encontré con un coche solitario que venía de Tacubaya. Él estaba adentro con una acompañante femenina, la mujer metió asustada la cabeza y ambos quedaron como fulminados por un rayo. Me complació que fuera no solo por respeto a mi posición, sino también por mi personalidad. Rara vez he visto gente tan desconcertada.

Por lo demás, al lado de este triste cuadro puedo pintarte otro de verdadero amor. En la rotonda del paseo estaba un coche y en él se encontraban Josefa de la Peña y Azcárate, a su derecha Bazaine, su prometido, con la mirada radiante, a la izquierda el pequeño Alberto. Cuando regresé todavía estaban allí, sin moverse, el Mariscal con una expresión de doble felicidad por ser visto allí. Ambas impresiones me parecieron como el día y la noche, se podría escribir una novela con esto.

Abrazándote mil veces,
tu siempre fiel Carlota.

A pesar de su melancolía, la emperatriz no cesaba de trabajar como Regente del Imperio. Se empeñaba en cumplir sus responsabilidades con ahínco. Quería que, a su regreso, el emperador encontrara todo en orden. Los domingos tenía audiencia pública. Leía con sus impertinentes de oro los periódicos nacionales e internacionales, los cables, los partes de guerra, los informes de los ministros, las acciones de Bazaine en la ocupación del territorio a cargo de las tropas francesas, y cuando podía informaba a Eugenia de Montijo de todo lo que sucedía en México. Por supuesto, su interés principal era mantener siempre informado a Maximiliano.

Palacio de México, 13 de mayo de 1865

Tesoro entrañablemente amado:

Te agradezco infinitamente tus tres últimas y cariñosas cartas y todo lo que contenían. Tengo tanto de qué informarte que no sé por dónde empezar, pues aquí nos hemos destacado mucho. Primero te contaré acerca de la beneficencia. Anteayer tuvimos dos reuniones y quedé encantada. No solo se nombraron ya todos los consejos en Toluca, Oaxaca, Guanajuato, Querétaro, Morelia, etcétera, sino que se leyó un muy interesante informe de Martínez de la Torre que pone el dedo en la llaga, y con la ayuda de Silíceo, de cuya sincera voluntad y actividad estoy muy especialmente satisfecha, espero que las cosas resulten maravillosamente bien. No solo se cuida el futuro, sino que ya en unas cuantas semanas sucederá algo, y no con palabras, sino con hechos, lo que tan rara vez sucede aquí. Martínez de la Torre es extremadamente importante. ¿Quién sabe si no estaría bien para ministro de Justicia? Para mí sería la mayor pérdida, pues los otros no abren la boca y son unas momias completas, pero él merece atención. Ayer salí a pasear a caballo por mi trabajo; la reunión duró desde la una hasta casi las cuatro, y almorcé en una hacienda que pertenece a Barrón; tuvimos música de los indígenas y también hice que me mostraran los gusanos esos de los olmos, ¿o es aloe?, que tú comiste, el pulque y todo el proceso para extraerlo de la planta. Ahora conozco ya el valor de las plantas individuales, y de acuerdo con su número, puedo hacerme una idea de su rendimiento. Hoy tuve consejo de ministros que duró también casi tres horas, y me cubrí de gloria. Recibirás algunas cosas para firma.

Me siento orgullosa por la organización de las finanzas, pues hice que la mejoraran y me imagino, lo mismo que los ministros, que es la mejor que haya habido hasta ahora en el país. Se atienden todos tus encargos y se trabaja afanosamente en todo.

La vida de Julio César (la obra histórica de Napoleón III) es interesantísima, todo el juicio sobre la sociedad romana, y me gusta mucho. Te agradezco mucho que me hayas mandado el ejemplar enseguida. Hace poco la estaba leyendo durante la música en la plaza, y ambas cosas juntas me resultaron muy agradables.

Abrazándote mil veces,
tu siempre fiel Carlota

Después de escribir su carta, la emperatriz hojeó *El Diario del Imperio.* En tanto repasaba las hojas del periódico, su mirada se detuvo en la sección "Diversiones públicas". Con cierto desgano leyó lo que esa noche se presentaba en el Teatro Imperial la comedia en tres actos intitulada *Un marido como hay muchos.* Carlota sonrió. También se presentaba en matiné *La cruz del matrimonio.* El tema de la obra ya no le cayó en gracia, para ella su matrimonio era una cruz. Buscó el programa del Teatro Iturbide: "Función patriótica, cuyos productos se destinan a la erección de monumentos dedicados a perpetuar la memoria de los héroes de la Independencia". Esa presentación no se la podía perder. Antes de partir, su esposo le había destacado la necesidad de reunir fondos para erigir una estatua dedicaba a la memoria de José María Morelos y Pavón, la cual sería inaugurada en el mes de septiembre en la Plazuela de Guardiola, en presencia del hijo del caudillo, el gran chambelán de la corte, Juan Nepomuceno Almonte. Además, estaba previsto que el 16 de septiembre Maximiliano otorgara los títulos de príncipes a los nietos del emperador Agustín de Iturbide, los niños Agustín III y Salvador, así como a Josefa de Iturbide, hija del mismo.

IX

¡TRES VECES...!

Conforme se acercaba la fecha de la boda de Pepita y el Mariscal, iban llegando suntuosos regalos a casa de las Azcárate en la calle de Coliseo y al Cuartel General de Bazaine en Buenavista. Según la importancia del invitado era el valor del regalo. Exhibidas sobre la gran mesa del comedor de la casa de la novia estaban expuestas las suntuosas joyas destinadas a la desposada. Destacaba en primer lugar el aderezo de esmeraldas del emperador y la emperatriz de Francia, que constaba de un collar, una diadema y una pulsera. Eran joyas dignas de una princesa. Se apreciaba también, en un gran estuche de terciopelo verde botella, la imponente pulsera de diamantes y rubíes que Carlota había elegido para hacer juego con su sortija de compromiso. El gran chambelán de la corte, Juan Nepomuceno Almonte, y su esposa, Dolores, obsequiaron a la novia un prendedor en forma de moño cubierto de diamantes del cual pendían seis hileras con la misma piedra preciosa, inspirado en uno de los que tenía Eugenia de Montijo. Para entonces, Almonte era nada más el jefe de Protocolo, puesto importante para el imperio, pero ciertamente no tanto como el de Regente del país, al cual había tenido que renunciar. Este cambio no fue casual, en el fondo Maximiliano temía la desmedida ambición política del hijo bastardo de Morelos. Por otro lado, el gran chambelán se sentía muy gratificado con esta boda puesto que su intervención fue definitiva para unir más los lazos entre los novios.

Don Faustino Goríbar, rico hacendado testigo de la boda, mandó unos maravillosos pendientes largos de zafiro en *cabochon*. El embajador de Francia, Alphonse Dano, regaló a Pepita un brazalete de esmalte con ópalos incrustados. Dano era conocido porque le gustaban los objetos refinados; todos sus pañuelos estaban delicadamente bordados con sus iniciales, sus relojes y sus anillos llevaban sus armas de familia, aunque no fuera noble. El coronel don María Azcárate, tío de la desposada, que adoraba a su sobrina, tuvo especial cuidado de elegir un collar de coral rosa "piel de ángel", con sus aretes a juego. Federico Ludert y su bella esposa, Ángela, le mandaron un tibor de porcelana china. El conde Del Valle, gran chambelán de la emperatriz, les regaló un juego de cubiertos de plata para 24 personas de Christofle. Lucas de Palacio y Maragola les envió dos grabados originales de las plantas exóticas que encontró en México su amigo y compañero, Alexander von Humboldt. El conde de Bombelles les mandó un samovar de plata que había adquirido en Rusia. Miguel de Rul Azcárate y don Manuel Álvarez Rul se juntaron para comprar el regalo de su sobrina, un pequeño Cristo de marfil del siglo XVI. Pepita lo conservó toda su vida, hasta que un día su hija Eugenia se vio en la necesidad de venderlo. La novia estaba azorada con tantos abanicos, juegos de tocador en marfil con su monograma, manteles bordados y varias pinturas de la Virgen de Guadalupe.

Los demás regalos que llegaban al cuartel general de Bazaine eran igual de espléndidos: candiles, vajillas de Limoges, juegos de copas de Baccarat, tapetes persas. El que más se lució fue Carlos Sánchez Navarro, que le regaló un alazán pura sangre con su silla de montar mexicana con incrustaciones de plata.

Aunque los novios ya habían recibido decenas de regalos, para esas fechas aún no llegaba la autorización de Napoleón III. A veces el correo tardaba más de lo acostumbrado. Bazaine estaba impaciente.

10 de junio de 1865

Hermano muy querido:

Estoy esperando en este correo el permiso de nuestro emperador para casarme, y como espero que hayas mandado los documentos que te pedí, es muy probable que ya esté yo casado para finales de este mes. Amo cada vez más a mi querida novia, que es toda bondad y que tiene por mí un enorme cariño a pesar de sus 18 años. Ya le hice esa observación sobre la gran diferencia de edad, pero a ella no le importa. A partir del momento en que considero que le convengo, en plena libertad me decidí a ya no tener ningún remordimiento. Ya me convencí de ello.

Tengo noticias de tu querido Adolphe, está en Durango y está muy bien. Albert estuvo ligeramente enfermo de una fiebre biliosa, pero ya está convaleciente y en unos días ya no tendrá nada. No se me olvida ninguno de tus protegidos y espero poder obtener un nombramiento para tu doctor.

El emperador Maximiliano está de nuevo de viaje; no traté con él el asunto del que me hablas, pero lo haré a su regreso con el ministro que está a cargo y que lo está acompañando. En mi última carta se me olvidó decirte que no cambies nada en mi hogar hasta que pueda decirte más o menos lo que será de mí. Por el momento debo quedarme aquí, pero, ¿qué pasará dentro de algunos meses? Lo ignoro y me gustaría vivir cerca de ti al menos por un tiempo con mi encantadora y tierna mujercita. Te mando uno de sus guantes para que mandes a hacer varias docenas de todos los colores.

Te beso con la más grande ternura del mundo así como a Georgine y a Achille. Te quiere siempre, desde lo más profundo de mi corazón,

Mariscal Bazaine

Cuatro días antes de la boda, el Mariscal le anunció a su prometida que al fin se podían casar.

22 de junio de 1865

Tiernamente amada mujercita:

Recibí esta mañana el permiso del arzobispo que le envié al Intendente y acordamos que será él quien oficie la misa de matrimonio. Será a las 10 en lugar de las 11 porque le parece que es mucho tiempo para quedarse en ayunas.

El emperador ya ha sido avisado y lo aprueba. Te verás obligada por lo tanto, mi muy querida mujercita, a vestirte más temprano, pero por otro lado, estoy muy contento de acabar con esto cuanto antes. Las invitaciones van a ser enviadas mañana a más tardar y el luto de la corte ha sido suspendido para esta ceremonia. Qué felicidad de llegar así, sin el más mínimo incidente, al término de todos nuestros deseos. ¡Cómo nos va a volver dichosos nuestro amor! No me atrevo ni a creer todavía en ello, con todo lo que he sufrido moralmente por la larga espera; cuánta paciencia me ha sido necesaria para soportarlo.

Decirte que te amo no es suficiente, pero agrego que te adoro desde lo más profundo de mi corazón y te colmo de dulces caricias y de besos ardientes para toda la vida.

Tu Maré, muy devoto

Finalmente llegó el día de la boda. La ciudad se hallaba engalanada desde el amanecer. Del cuartel general al Palacio Imperial se encontraban, formando una valla, varias compañías de oficiales franceses vestidos con su uniforme de gala. De esta forma recibían con honores el landó palaciego del Mariscal. Eran las ocho de la mañana. La gente se asomaba por los balcones, en las bocacalles, en las aceras y hasta en las azoteas, para ver pasar al novio acompañado de su testigo, el señor Dano, embajador de Francia. Bazaine vestía su suntuoso uniforme de gran gala. En el pecho lucía seis de sus 14 condecoraciones y las bandas propias de su grado.

Mientras el Mariscal y el embajador de Francia se dirigían lentamente hacia la casa de Pepita, el *coiffeur* Cicardi terminaba de acomodar las últimas flores del tocado de la novia.

No me gusto. Me veo horrible. Parezco una señora de 30 años. Bájeme por favor el chongo. Acuérdense de que el Mariscal es muy puntual. Faltan diez minutos para que llegue. ¿Dónde está mi rosario de marfil? ¿Ya llegó Cayetana? Me falta mi perfume. Nana, ¿dónde estás? Mamá, ya ponme mi collar de perlas. Me aprieta demasiado el corsé, me voy a desmayar en la ceremonia. ¿Ya llegaron mis primos Rul? Tía Juliana, no se te olvide mi misal de concha nácar. Faltan cinco minutos señor Cicardi, y todavía no me ha puesto el velo.

La tía Juliana no dejaba de intervenir bajo cualquier pretexto: "Justa, no le aprietes tanto el corsé porque se le puede estancar la sangre en los pulmones. Luego no va a poder respirar y tal vez hasta tos le dé en la ceremonia. ¿Qué no sabes que los corsés causan tubérculos, tisis, aneurisma del corazón y quién sabe cuántas otras cosas?".

La novia estaba nerviosísima y ya no aguantaba la voz aguda de la tía Juliana. Cuando se miró al espejo de su tocador se preguntó quién era esa joven vestida de blanco. Tuvo miedo. ¿Estaría haciendo lo correcto? Claro que su novio la adoraba y la aceptaba tal como era, pero ¿y ella? ¿Lo quería tanto como él a ella? Esta fue precisamente la pregunta que le hizo al obispo Quezada, a lo que él le contestó: "No temas, hija. Es la voluntad de Dios que te cases con ese hombre tan valiente que está haciendo tanto por México. Al lado de él tienes una gran misión en tus manos".

"¿Dónde está mi ramo de flores?".

Conociendo la impuntualidad de Pepita, el Mariscal había tomado sus precauciones y había salido de su casa una hora antes, lo cual no le gustó del todo al embajador. "No he acabado de entender por qué los mexicanos son tan impuntuales. Me temo que no saben manejar el tiempo", comentaban entre ellos, en el landó, mientras se dirigían a la calle de Coliseo para ir en busca de la novia. Para sorpresa de Bazaine y de Dano, Pepita bajó las imponentes escaleras de cantera a la hora acordada. Se veía soberbia toda vestida de blanco. Si no hubiera sido por los azahares que llevaba en la cabeza, se hubiera dicho que se trataba de una niña a punto de hacer la Primera Comunión. Esa mañana su tez se veía particularmente lozana. Su vestido, firmado por el diseñador inglés Charles Frederick Worth, era de satín de seda. La muy amplia falda tenía cinco grandes holanes bordados con encaje de Calais. Su estrechísima cintura estaba sujetada con una banda también de satín de seda, anudada en un enorme moño cuyas franjas caían sobre la falda. Las mangas eran amponas y también tenían cinco tiras de encaje. El velo era de tul de seda y su cola medía dos metros.

—*Pepita, mon amour… tu es ravissante!*

—*Merci!, Et toi Achille, quel uniforme!* ¡Cuántas medallas! ¿No te pesan?

En efecto, le pesaban un poco.

Fue Juliana la que más se tardó en bajar con las peinetas oaxaqueñas que le había regalado el Mariscal. No encontraba su medallón de oro, con el retrato de su marido, expresidente de la República. Solamente lo usaba en ocasiones muy especiales. Al ver a los novios juntos, no pudo evitar las lágrimas.

—Tenemos que esperar a mi hermana. Josefa es la más impuntual de la familia. Está terminando de ponerse sus guantes de cabritilla. Son tantos botoncitos…

De pronto, en el patio donde se encontraban todos listos para irse al Palacio Imperial, un intenso olor a violetas precedió la aparición de doña Josefa. El vestíbulo estaba a reventar. Se encontraban presentes oficiales de ordenanza, guardias, los sobrinos de Bazaine, la servidumbre, los peinadores y dos costureras. No obstante que todos hablaban en voz baja, se escuchaba un constante barullo. "¡Mariscal Bazaine, Mariscal Bazaine!", gritaba el perico. "¡Cállate, Benito!", le ordenaba Justa entre risas. Pero el periquito insistía: "¡Mariscal Bazaine, mariscal Bazaine!".

—Ustedes disculpen —dijo con sus labios demasiado pintados de un intenso carmín que también manchaba sus dientes.

Después de haber saludado a los invitados y haber recibido la bendición de la señora De la Peña, los futuros esposos se despidieron de la servidumbre. "Adiós, niña Pepita", decían entre lágrimas mucamas, cocineras, galopinas, cocheros. "Se ve usted preciosa", comentaban otros. "Que Dios la bendiga", repetían los sirvientes uno después de otro. Josefa tenía un nudo en la garganta. Pero no pudo evitar el llanto cuando su nana Justa la tomó en sus brazos y muy quedito le preguntó al oído: "¿No sabía mi niña que las perlas son lágrimas? ¿Para qué se puso ese collar?". Pepita la miró con los ojos brillantes de tristeza. "No te preocupes, mi nana querida", alcanzó a decirle con la voz temblorosa. Sin embargo, algo había sentido aquella mujer que la vio nacer y que ahora la veía partir para siempre. Es cierto que cuando se enteró del matrimonio de su niña con el Mariscal no lo aprobó para nada. "¿Qué va a hacer mi Pepita con ese viejo tan feo. Con ese franchute tan viejo. ¡Si hasta parece su abuelo!", pensaba molesta. Desde el día que supo la noticia, cada vez que lavaba la ropa de su niña, cantaba fuerte para que la oyera la patrona:

Ya los franchutes ya se enojaron, porque a
Su nana la pellizcaron,
Se hacen chiquitos, se hacen grandotes y nunca
Pasan de monigotes.

—Dime, Maré, ¿será verdad que las perlas son lágrimas?—preguntó Pepita a su futuro marido en tanto se dirigían a Palacio para casarse.

—*Ne t'inquiete pas, mon amour. Tu n'auras jamais de raison pour pleurer* —le respondió el Mariscal al tiempo que acariciaba la cabeza llena de bucles de su novia.

Años más tarde, la vida le daría la razón a aquella nana tan sabia y conocedora de la condición humana.

Cuando llegaron a Palacio, el gran chambelán Almonte condujo a los novios directamente a la presencia de los emperadores, padrinos de la boda. Maximiliano y Carlota llevaron a los novios a un pequeño salón privado para hablarle a Pepita de sus futuros deberes de Mariscala. La emperatriz no pudo terminar de dar sus consejos porque la novia estaba tan conmovida que la tuvo que tomar en sus brazos para que no se desmayara. "No te preocupes, Pepita. Todo saldrá bien. Como Mariscala harás un muy buen papel. El Mariscal te adora, nunca lo había visto tan feliz". Las palabras de la emperatriz la tranquilizaron; sin embargo, no sabía lo que le esperaba. Maximiliano intentaba poner su mejor cara. Había tenido que regresar de Puebla para asistir a la boda interrumpiendo un viaje previsto hacia el este del país. El emperador no era nada afecto a estas festividades ceremoniosas, aunque hizo un esfuerzo para leer lo siguiente:

> Queriendo dar a usted, señor Mariscal, una prueba tanto de mi amistad personal como de reconocimiento por los servicios prestados a nuestra patria, y aprovechando la ocasión del matrimonio de usted, le damos a la Mariscala el Palacio de Buenavista, comprendiendo el jardín y los muebles, bajo la reserva de que el día que usted se vuelva a Europa, o si por cualquier otro motivo no quisiera usted conservar la posesión de dicho Palacio para la Mariscala, la nación volverá a hacerse de él, en cuyo caso se obliga el Gobierno a dar a la Mariscala, como dote, 100 mil pesos.

"¿Cien mil pesos?", se preguntó doña Josefa a la vez que miraba con complicidad y satisfacción a su hermana Juliana. Era una fortuna. Benito Juárez se conformaba con un sueldo anual de 30 mil pesos —un peso valía entonces cinco francos—. En contraste, Maximiliano exigía al mes un sueldo de 125 mil pesos para él y 17 mil pesos mensuales para Carlota, lo cual ascendía a 1 700 000 pesos anuales asignado a la "caja personal" de los emperadores, Esa era la dote de Pepita, 100 mil pesos. De allí la insistencia que tuvo el Mariscal para tranquilizarla al respecto. Pepita estaba pasmada. Parecía ausente, se hubiera dicho que no había escuchado la cantidad de la dote que le acababan de obsequiar los monarcas. Su madre empezó a padecer una taquicardia terrible. Sacó su pañuelo bordado, y con mucha discreción se lo llevó a la frente. En ese instante, Bazaine le hizo una profunda reverencia al emperador y le dio las gracias en su nombre y en el de Pepita, quien a su vez se inclinó ante él. Adelantándose un paso hacia donde se encontraba su madre, le susurró al oído: "Mamá, sé que estás feliz por mi boda, pero no lo demuestres tanto". La señora De la Peña no la escuchó, pensaba que la antigua casa del conde de Buenavista ahora pertenecía a su hija. Sabía que el palacio que se encontraba en la calle Puente de Alvarado se llamaba así porque la marquesa de Sierra Nevada lo encargó al arquitecto valenciano Manuel Tolsá para el hijo, a quien le habían dado el título de conde de Buenavista. Sabía que en esa espléndida construcción neoclásica, con un patio ovalado cuyos arcos se sostenían por 20 columnas, se había hospedado el general Santa Anna en 1843. Sabía que la escalera contaba con 12 peldaños antes de llegar al descanso, a partir del cual se dividía en dos ramas; que tenía un huerto muy grande y un jardín con 11 mil árboles. Pero lo que más le impresionaba a Josefa era que en esa deslumbrante residencia habían vivido Francisca viuda Pérez de Gálvez, su sobrino Miguel Rul, primo hermano de Pepita, y Victoria Rul y Obregón, viuda de Pérez Galves, tía abuela de Pepita. Hacía más de un año que el Palacio de Buenavista estaba en manos de los franceses, cuando Juan Nepomuceno Almonte, a nombre del imperio mexicano, lo adquirió para instalar al Estado Mayor de las tropas intervencionistas.

Al otro día, Josefa y su hermana se precipitaron enfundadas todavía en su bata sobre el *Diario Imperial* para leer la crónica de la boda de su Pepita con el Mariscal:

> Sus majestades, el emperador y la emperatriz, han querido presidir a la ceremonia del matrimonio de su S. E., el mariscal Bazaine con la señorita Peña y Azcárate.
>
> Esta fiesta de familia en que los soberanos han hallado ocasión de mostrar una vez más la augusta bondad que les ha ganado la adhesión y el afecto de sus súbditos, tenía al mismo tiempo un carácter de grandeza, que debe dejar a todos los concurrentes un recuerdo imborrable de la unión del jefe del ejército francés con una mexicana.
>
> A las diez, Sus Majestades recibieron al Mariscal y a la señorita Peña, y enseguida se dirigieron a la sala de consejo Iturbide, seguidos de los novios, de la corte, de la familia de la novia y de los convidados del ejército, es decir, de la familia militar del Mariscal, de la que el emperador había querido rodearle. Los testigos del Mariscal fueron el señor Almonte, gran chambelán de la corte, el señor Dano, ministro de Francia, y el señor general Courtois D'Hurbal. Los de la Señorita Peña eran los señores Lacunza, presidente del Consejo de Estado, Goríbar propietario, y don Lucas de Palacio y Maragola, antiguo ministro de Negocios Extranjeros bajo la República. El matrimonio civil fue celebrado, conforme a la ley francesa, por el intendente militar Mr. Friant, quien dirigió a la joven desposada algunas frases interesantes: "Sed siempre buena, dulce, afectuosa y adicta, porque la bondad, la dulzura, el afecto y la consagración son los atributos de la mujer y embellecen sus días. Amad a vuestra nueva patria, que es el país de las expansiones generosas; amad a nuestro grande emperador, sin olvidar a México ni a vuestros graciosos soberanos que han venido a regenerarle; amad al señor Mariscal Bazaine, como le amamos todos con más ternura".
>
> En la capilla del Palacio el altar desaparecía bajo un sinnúmero de flores: las más frescas guirlandas cubrían las paredes y las bóvedas. Este cuadro elegante contrastaba con los severos ornamentos de la iglesia, y realzaba

admirablemente la asamblea ilustre reunida para la ceremonia nupcial. El ilustrísimo señor arzobispo de México, de mitra y báculo y revestido con sus vestiduras pontificales que oficiaba, después de algunas sabias exhortaciones sobre los deberes de la esposa celebró el matrimonio cristiano. Esta imponente ceremonia, en la cual las pompas de la tierra se unían a las grandezas de la iglesia, ha dejado en todos los corazones una impresión profunda.

A las once, Sus Majestades, el mariscal Bazaine y la Mariscala, la corte y los convidados, estaban reunidos en la gran sala del Palacio, donde estaba preparado un espléndido almuerzo. El emperador tenía a su izquierda a la nueva esposa, y la emperatriz estaba sentada entre el Mariscal y el ministro de Francia. La afabilidad de los soberanos produjo pronto su efecto acostumbrado, y dio a la fiesta un carácter marcado de cordialidad, hasta el momento en que Maximiliano dijo en pie el siguiente brindis: "Bebamos a la salud de nuestro querido Mariscal y de la señora Bazaine. ¡Qué Dios bendiga su unión!", agregó ante los ochenta convidados.

Este grito del corazón, que tan bien simbolizaba en el Mariscal los lazos íntimos que unen a México y Francia, y estos votos tan sencillamente expresados no podían menos de producir la emoción más viva".

Mientras la madre de Pepita y la tía Juliana se regodeaban leyendo la crónica de la boda, la flamante Mariscala le relataba en una carta a Cayetana los pormenores de su primera noche de desposada.

Palacio de Buenavista, junio 27 de 1865

Cayetana, prima querida:

No sé si deba contarte lo que enseguida me dispongo a escribirte. Sé que este asunto es muy personal. Mi mamá jamás me habló del tema. Tengo muchas dudas. El viernes me voy a confesar con el padre Palacios y le voy a preguntar si es muy católica la forma en que se portó mi adorado Achille conmigo anoche. Pero ni cómo contarle a un hombre de iglesia tantos detalles. A ti sí te puedo contar todo, porque sé que no me vas a juzgar. Sabes que idolatro al que es ahora mi marido. Es tan bueno conmigo, atento y cariñoso. Pero yo no sabía que era tan apasionado. Su deseo carnal me asustó. Sé que todo lo que me hizo fue por amor. Pero, ¿tres veces? Sí, Cayetana tres veces. Estaba aterrada. Y mientras Achille me demostraba su amor con tanta pasión, me puse a rezar. Estaba yo más tierna que ardiente. Aunque me dolía, jamás me quejé. Todo se lo ofrecí al Señor. Pero, ¿tres veces? ¿No te parece demasiado, Cayetana? Mejor ya no te sigo contando, porque como yo, tampoco tú has de saber mucho sobre el tema.

Te quiere, tu prima,
Pepita

Su prima leyó varias veces la carta. Aunque no entendía del todo su significado, intuía que Pepita estaba sumamente impresionada por lo que había sucedido en su noche de bodas. Fue así como le respondió:

Querida Pepita:

Tu carta me atufó bastante. ¿Por qué no llamas a las cosas por su nombre? Tres veces, ¿qué? A lo mejor así son las noches de boda de los franceses. Tú que te has sacudido el polvillo de tus alas de mariposa para vestir el traje nupcial ahora sabes más que yo. Lo único que te recomiendo es que ames y obedezcas a tu marido como te lo recomendó el arzobispo. Como dice mi madre, las mujeres de valor debemos conjugar el verbo "aguantar" en todos los tiempos: "yo aguanto, tú aguantas". Ese es nuestro destino. Tú aguanta y serás no solo muy feliz sino también recompensada por el Señor. Recuerda que siempre tienes que agradar al Mariscal, porque es el secreto mayor para fijarlo en tu hogar. ¿Ya fuiste con el padre Palacios? A él sí le puedes abrir tu corazón por completo. Él te sabrá guiar. Mándale todos mis recuerdos a tu esposo que tanto te quiere. Sé feliz y no dejes de escribirme. Tengo que ir a la ciudad para ver el doctor en quince días. Espero verte para entonces.

Te ama, Cayetana

Finalmente Pepita fue a confesarse con el padre Palacios, pues tenía que entender si el comportamiento de su marido era normal. Quería saber si ella actuaba de forma adecuada. Lo más importante era no decepcionar a su Mariscal; también de eso quería hablar con alguien con autoridad moral. Jamás podría tocar este asunto con su mamá ni mucho menos con la tía Juliana.

Vestido con su sotana negra y su alzacuello impecable, el sacerdote se dirigió discretamente hacia Pepita y la invitó a pasar al confesionario.

—Ave María Purísima —le dijo con su aliento de cebolla.

—Sin pecado concebida.

—Cuándo te confesaste por última vez, hija.

—Hace dos días, fue la víspera de mi boda, padre.

—¿Cuáles son tus pecados?

—Pequé contra la pureza, padre. Me comporté de una forma extraña en mi noche de bodas.

—¿Por qué, hija?

—Porque me asustó la pasión de mi esposo. Me poseyó tres veces, padre. Estaba como un animal. Y lo peor es que me gustó, porque todo lo que me hacía era con mucha ternura y cuidado.

—No obstante es pecado. Eso es lujuria, hija. El Mariscal ha de ser una fuerza de la naturaleza.

—¿Qué es eso, padre?

—Quiere decir que tu esposo tiene una vitalidad demasiado ardiente.

—¿Eso es bueno o es malo, padre?

—Lo importante es que no te dejes llevar por el gozo. No permitas que el diablo se apodere de tu cuerpo. Piensa que el amor carnal es nada más para concebir.

—Es que dice mi marido que en Francia eso no es pecado. Dice que, al contrario, eso habla muy bien de un hombre ya mayor.

—No, hija. No te dejes engañar. Eso es pecado aquí y en la Cochinchina.

—Voy hablar con él y pedirle que sea más espiritual y menos carnal en el amor. ¡Ay padre, me gustó tanto! A lo mejor ya estoy preñada, porque hoy en la mañana tuve ganas de devolver el estómago.

—Nada más porque se trata del Mariscal, que está contribuyendo a salvar a la Santa Iglesia de los herejes. Ya calla, hija. Ya, ya entendí. Como penitencia, te dejo que reces diez rosarios con toda su letanía. Cien jaculatorias, tres viacrucis, seis misas y diez comuniones espirituales.

—Pero sí me va a dar la absolución, ¿verdad, padre?

—Sí, hija. Que Dios te perdone.

Ni una sola palabra le dijo Pepita a Bazaine acerca de su confesión y mucho menos de su pecado contra la pureza por sentir tanto. Al contrario, poco a poco fue adentrándose en los caminos del gozo. Nunca más se confesó al respecto.

Esas "tres veces" incluso llegaron a oídos de Carlota, quien de inmediato constató con amargura que al viejo Mariscal sí le había hecho efecto la infusión de damiana.

Aparte de sus obligaciones como esposa abnegada, ahora Pepita tenía muchas otras responsabilidades. Tenía que aprender a organizar su personal: galopinas, recamareras, cocineras, mozos, cocheros y jardineros. Además, su nuevo hogar seguía siendo el cuartel general, la sede militar y hasta política de los franceses. ¿Cómo lidiar con tanta gente entre importante y aquella que estaba a su servicio? Por si fuera poco, además de estas tareas, se había convertido en la Mariscala. Al mismo tiempo, como un gesto de deferencia había sido invitada a ser dama de honor de la emperatriz.

Al día siguiente de su matrimonio, *madame* Bazaine recibió a la señora Dolores de Almonte a tomar el té. Durante la boda, esta le había avisado a Pepita que iría a su casa para entregarle una invitación.

Después de comentar la fiesta, los regalos de boda y la suerte que tenía de haber recibido como dote el Palacio de Buenavista, doña Dolores le entregó una invitación oficial lacrada con los sellos imperiales y el monograma de la emperatriz. En su interior se encontraba su nombramiento, firmado por Carlota, para ser dama de honor. Además, la señora Almonte le llevó el *Reglamento para el servicio y ceremonial de la Corte*, empastado en verde con una coronita dorada en el centro de la tapa. Este fue redactado a bordo de la *Novara* entre lección y lección de español, impartidas por el sacerdote Tomás Gómez a Maximiliano y Carlota. Por las noches, los tres revisaban este voluminoso documento con absoluto rigor. Al desembarcar en Veracruz, los emperadores terminaron de escribirlo con la ayuda de Juan Nepomuceno Almonte, quien mandó imprimir un centenar de ejemplares para todos los miembros de la corte.

—Te entrego en este momento el reglamento. Cuídalo mucho. Debes acatar tus responsabilidades. Eres muy joven pero no dudo que te esforzarás en complacer a Su Majestad cumpliendo escrupulosamente tus deberes respectivos. A ver cómo le haces pero si quieres ser una buena dama de la corte te lo tienes que aprender de memoria.

Con las manos temblorosas, Pepita abrió el sobre frente a doña Dolores. Era la primera vez que veía su nombre de casada escrito en tinta sepia. *Madame* Achille Bazaine, *Maréchale de France*. La recién casada leyó la misiva que le enviaba Carlota de su puño y letra:

México, 27 de junio de 1865

Señora de mi consideración:

Atendiendo a las relevantes cualidades que adornan a Ud. y al deseo que me anima de tener en la Corte cerca de mí, mejicanas que como Ud. honran a nuestra patria, he tenido a bien nombrarla Dama de Palacio, cuyas funciones entrará desde luego a desempeñar.

"Conservaré esta carta toda mi vida. La mandaré a enmarcar para que me acompañe a donde vaya", pensó Pepita estrechándola contra sí. Estaba contenta de que ahora, con su nuevo rol, dependería directamente de doña Dolores. Le tenía mucha confianza puesto que era amiga de su madre y de su tía Juliana, y podía preguntarle sin miramientos todas sus dudas respecto a sus nuevas tareas. Como dama mayor Dolores podría indicarle cuánto tiempo debía quedarse en el castillo y a qué actos oficiales debía asistir.

—Muchas gracias, doña Dolores. Me lo voy a aprender de memoria. Créame que no la decepcionaré.

—No lo dudo, Pepita, con tu encanto personal muy pronto serás toda una dama. Aunque en el libro se encuentran secciones que podrían parecerte aburridas, lee el manual con cuidado porque te va a ayudar mucho.

La nueva Mariscala no podía creer su suerte. De haber sido una joven que nadie conocía, de la noche a la mañana se había convertido en un personaje importante del imperio mexicano. En su posición tendría la oportunidad de conocer a todos los miembros de las cortes europeas: condes, príncipes, vizcondes, marqueses, princesas, archiduquesas, reinas, emperatrices, y claro, a gente como la condesa de Kolonitz, cuya inteligencia tanto le llamaba la atención. *La crème de la crème* de la aristocracia la esperaba con las puertas abiertas.

En cuanto la señora de Almonte desapareció en su carruaje, Pepita subió las imponentes escaleras de su nuevo palacio de dos en dos. Se le cocían las habas por leer su nueva biblia. A llegar a su habitación, se recostó de un brinco en la cama matrimonial y sin detenerse en las secciones relacionadas con otros cargos, se fue directamente al capítulo titulado "De las Damas de Honor".

> Las Damas de Honor vivirán en Palacio y disfrutarán de derecho de mesa y coche.
>
> Se sucederán en el servicio por semanas, una cada vez, comenzando los domingos. La que esté de servicio no deberá salir de Palacio sin previa licencia de la emperatriz.
>
> La Dama de Honor estará siempre a disposición de la emperatriz para acompañarla a caballo, en coche, y oír misa para leerle cuando lo desee.
>
> Acompañara a la emperatriz a pasear a caballo, siempre con dos lacayos que se mantendrán atrás de ella.

Mientras la Mariscala leía en voz alta el reglamento de la corte, el Mariscal escribía a su hermano desde su despacho:

México a 28 de junio de 1865

Hermano muy querido:

Me casé el 26 a las 10 de la mañana en el Palacio Imperial, asistido por el emperador y la emperatriz que fueron, uno y otro, de una perfecta bondad. La ceremonia estuvo verdaderamente bella e imponente y la joven corte mostró todo su lujo; una comida de 80 lugares después de la ceremonia. Albert debe mandarte el programa de dicha fiesta que parecía casi nacional para los mexicanos.

Mi mujercita es deliciosa, hecha para mí, y soy el hombre más feliz del Nuevo Mundo. Te amo y te mando besos.

Beso tiernamente a mi querido hermano,
Bazaine

Con su matrimonio, la vida del Mariscal dio un vuelco definitivo. Más que atender los asuntos militares, lo único que quería era estar al lado de su Pepita. Todas las cartas que le escribió a su hermano después de la boda eran reiterativas: "Hace un mes que me casé, este mes de pruebas de carácter me demuestra que mi nueva y encantadora compañera es buena y de humor parejo. Estoy tan feliz como uno puede serlo y encantado de la decisión que tomé".

El Mariscal se sentía joven de nuevo. No había mañana en que no se jactara, ante sus edecanes Blanchot y Willette, de sus capacidades amatorias. "Tres, lo hice tres veces", les decía desde el balcón de su alcoba nupcial en Buenavista, señalando con los tres dedos de una mano.

Las acrobacias nocturnas y matinales del Mariscal fueron bien recompensados. Para el mes de agosto, Achille le anunciaba a su familia: "La mariscalita no puede esconder que está padeciendo por un inicio de embarazo, lo que me da la más grande esperanza de tener un bebé en abril o mayo de 1866, pero no quiere que se lo diga a nadie antes del mes de septiembre; guarden para ustedes este secretito hasta nueva orden. Adolphe, te suplico que encargues en uno de los mejores almacenes del país (en la

Rue du Bac hay lencerías) todo lo necesario para un futuro pequeño mariscal, no solamente ropita de lujo, pero de todo lo demás en cantidad suficiente". La dicha del guerrero de muchas batallas de 55 años de edad, no podía ser mayor. Lo único que deseaba el Mariscal era tener un niño "a quien besar y a quien amar".

Pepita le pidió a su cuñada Georgine que fuera a escoger el ajuar para el futuro bebé en las mejores tiendas de París. Era tanto el entusiasmo de la pareja Bazaine que hasta el mismo Willette, que había decidido pasar unos días de asueto en Nueva York, se había dado a la tarea de buscarle un sombrero "conveniente" a su futuro "mexicanito".

Mientras su embarazo iba avanzando, la Mariscala cumplía con sus compromisos sociales. Inteligente e intuitiva como era, muy pronto aprendió que la gente la buscaba exclusivamente por su nueva posición. A diario recibía personas con diferentes solicitudes. "¿Le podría decir por favor a la emperatriz Carlota que mi marido necesita un trabajo?". "¿Haría usted el favor de decirle al Mariscal que promueva el ascenso de mi hijo?". "Mis hermanos me quieren quitar mi casa, señora Mariscala, dicen que no la necesito porque mi marido tiene dinero. ¿Podría usted interceder con su tío el prefecto político?". "Mi esposo y yo venimos a pedirle que nos honren con ser los padrinos del bautizo de nuestro primer hijo". Pepita apuntaba todo lo que le pedían en un cuaderno para no olvidar nada. Eran tantas peticiones que a veces se sentía agobiada. Cuando su marido llegaba por la noche, se las leía.

—Hay cosas en las que sí te puedo ayudar, como los ascensos militares. Pero en lo que respecta a las propiedades, son asuntos del gobierno mexicano. No te preocupes, no te corresponde resolverlo todo. Pero sí es importante que la gente sepa que estás dispuesta a escucharla.

La correspondencia entre Pepita y su familia política se intensificaba en cada vapor. Las cartas se volvían cada vez más afectuosas e íntimas.

Mi querido hermano:

Usted me pregunta qué tipo de vida llevamos aquí; es una pregunta muy fácil de responder: no tenemos ningún amigo, los únicos amigos que tengo son mi madre y usted, el Mariscal trabaja todo el día. A las 5 vamos al Paseo y volvemos a casa para cenar, después de la cena vamos a la ópera, en donde el Mariscal se queda con los oficiales de la casa hasta las 10 de la noche en que nos vamos a acostar. Esa es la vida que llevamos aquí. Naturalmente, todas las damas de la sociedad vienen a verme, pero las miro solamente como personas del mundo a quien me veo obligada a ver. Ahora entenderá que todos los afectos de mi corazón están totalmente concentrados en mi marido, usted y su familia, mi hijo y mi madre. Ustedes son para mí todo mi mundo, todo mi futuro y fuera del afecto que tengo por ustedes, todo lo demás es secundario para mí. Veré el momento de mi partida como mi más grande felicidad, porque es muy triste estar separada de ustedes.

La lista del ajuar me pareció admirablemente bien escogida, y estoy muy agradecida, querido hermano, por el afecto que siente usted por mí, así como por mi hijo adorado, y créame, le correspondo desde el fondo de mi corazón. Adiós muy querido hermano, no se olvide de vuestra hermana que lo quiere de todo corazón.

Madame Bazaine

A pesar de que aún no se conocían personalmente, su cuñada, Georgine Bazaine, siempre estaba buscando darle gusto. Con sus atenciones, le devolvía al Mariscal toda la protección que les brindaba a sus dos hijos, que vivían con ellos en el Palacio de Buenavista. Georgine estaba tan agradecida que procuraba cumplir todos los deseos de Pepita: los guantes por docenas de pares de diferentes colores; los encajes por metros; el papel de arroz del más fino para su correspondencia y hasta la tinta sepia que tanto le gustaba. La Mariscala esperaba ansiosa los paquetes de Veracruz, rezando para que sus baúles no fueran robados en el camino.

Mientras Pepita pensaba en baberitos y en zapatitos de estambre, Bazaine hacía grandes esfuerzos por concentrarse en los asuntos militares. Seguía de cerca los movimientos de sus soldados en el norte del país, especialmente en Chihuahua, a donde habían llegado el 28 de agosto después de expulsar a los juaristas y de haberles hecho 25 prisioneros. En ese momento, Benito Juárez se hallaba "en fuga en Paso del Norte". Por esos días, Maximiliano consultaba a su suegro por carta sobre la posibilidad de pagar agentes en Washington para que esparcieran rumores de que las cosas en México marchaban de maravilla. Era una manera de contrarrestar la propaganda que por su parte llevaban a cabo los juaristas para que Estados Unidos no reconociera al imperio mexicano.

X

LA MARISCALA

A pesar de que su marido no siempre la ponía al corriente de todo lo que estaba sucediendo en el país, Pepita intuía que el imperio mexicano no tenía manera de consolidarse. En una ocasión se había encontrado a Rosario de la Peña en el café del hotel Bazar, en donde se daban cita tanto las damas de la alta sociedad como los intelectuales. En la mesa de su prima estaba Constantino Escalante, un liberal aguerrido, caricaturista, que hasta hacía unos meses colaboraba en el periódico *La Orquesta*.

—Te presento a mi prima, la señora de Bazaine. Josefa, él es Constantino Escalante.

—¿Usted es la Mariscalita? ¿Qué tal duerme en las noches?

Pepita entendió perfectamente la intención de la pregunta del periodista. No le gustó su tono y menos su ironía.

—Perfectamente. ¿Y usted padece insomnio?

—Sí, porque el país va muy mal. Con todo respeto, señora, permítame decirle que este imperio es de opereta. Es cierto que su emperador nos ha salido más liberal de lo que pensábamos. Bien dice el pueblo: "Juárez indito, Juárez güerito, todo igualito". Aun así, México no está dispuesto a someterse al yugo de fuerzas militares extranjeras.

Pepita se quedó muda. Los últimos meses había tenido que padecer este tipo de comentarios. No obstante, contestó con tono firme al caricaturista.

—Mire, señor Escalante, yo respeto su trabajo, incluso me he reído con algunas de sus caricaturas, así como el emperador también lo hace. Pero su presidente no ha sido capaz de darnos paz. Por su culpa tuvimos que apelar a un príncipe extranjero para que nos gobierne. Que tenga usted un buen día.

Pepita dio media vuelta y se alejó del caricaturista.

—Pepita no te pongas así. Mejor platícame cómo están mis tías —le dijo su prima.

—Están muy bien. Las dos están teje y teje para la llegada de mi bebé.

—La tía Juliana ya me había dicho que estabas esperando. ¡Felicidades! ¿Cómo lo vas a llamar? ¿Maximiliano?

—A mí me gusta mucho ese nombre. En fin, ya veremos. Me voy corriendo porque voy a pasar a buscar unas cosas a Los precios de Francia.

La Mariscala salió del café temblando. Era la primera vez que se atrevía a contestar agresiones casi personales con tanta firmeza. Sin embargo, se sintió aliviada de haberlo hecho. Para la próxima estaría mejor preparada. Le dolía que su prima hermana no la hubiera apoyado aunque hubiera sido un poquito. La sabía liberal hasta la médula; a pesar de ello, hubiera esperado un poco más de solidaridad de su parte. ¿Y si Escalante no estuviera equivocado, y este fuera un imperio de opereta? Por la noche, no le comentó a Bazaine su encuentro con Rosario.

Mientras Pepita aprendía a defenderse con sus propias armas, el Mariscal se defendía de las "gavillas" juaristas. Entre estas había muchos bandidos de profesión y temperamento, pero también se hallaban indígenas que habían sido enrolados por la fuerza. El Mariscal se jactaba de nunca permitir semejante comportamiento entre sus hombres; se quería enérgico, pero no cruel como Dupin. Bazaine no dejaba de suplicar al emperador que evitara demostrar su bondad natural a sus enemigos, lo cual hacía permanentemente. Por ello era muy fácil para Maximiliano delegar el papel de rigor en Bazaine. Un incidente doloroso vino a envenenar aún más la situación. Un destacamento de "disidentes" que recorría las tierras calientes atacó el tren de Veracruz. Los partidarios de Juárez capturaron a nueve militares franceses que se hallaban sin armas y en calidad de pasajeros. Los torturaron, los masacraron y los mutilaron con saña. Bazaine, indignado, eligió esta vez la represión absoluta y giró a sus soldados la orden de reaccionar sin piedad alguna: "No admito que se hagan prisioneros, todo individuo sea cual sea que se halle con armas en las manos será condenado a muerte. Es una guerra a muerte entre la barbarie y la civilización, de ambos lados, hay que matar o hacerse matar".

Esta conducta reafirmaba el decreto de Maximiliano del 3 de octubre de 1865, que entregaba a los Consejos de Guerra y a sus procedimientos sumarios a todos los que se opusieran al imperio con las armas en la mano. Para el emperador era una manera de demostrar que no era tan débil de carácter. Lamentablemente dicha medida costó la vida a incontables personas e hizo aparecer a este príncipe extranjero como un gobernante cruel e injusto. "Ojo por ojo, diente por diente", conocido proverbio del Antiguo Testamento que Bazaine había aplicado en su campaña en Argelia, y ahora repetía en México.

Diez días después de este decreto, mejor conocido como la Ley del 3 de octubre de 1865, el coronel imperialista Ramón Méndez, que operaba como comandante militar en el estado de Michoacán, tomó como prisioneros a 300 juaristas, entre ellos los generales liberales José María Arteaga y Carlos Salazar. El coronel Méndez decidió soltar a todos los prisioneros pero mandó fusilar a los dos generales en la misma plaza en donde los juaristas habían pasado por las armas a un oficial superior y a un subprefecto de la localidad de Santa Ana Acatlán, a finales de octubre.

Por esos días, por un extraño azar, cuando Carlota regresaba de Yucatán, desembarcaba en Veracruz una de las hijas pródigas de México, que se había vuelto en Europa una cantante reconocida por su talento. Volvía de Milán la única estrella del firmamento artístico mexicano en La Scala, y venía a saborear los aplausos de sus compatriotas. A Ángela Peralta la precedía una reputación de talento, de encanto y de belleza que había conquistado todas las simpatías. Se le recibía con un despliegue de magnificencia poco visto antes: flores, guirnaldas, juegos pirotécnicos, mantas en las casas y cortejos. Todas estas alegres manifestaciones coincidían con el regreso a la capital de la emperatriz, cuyo carruaje viajaba detrás del de la Peralta, con un día de diferencia. Su Majestad, informada de lo que sucedía, se indignó profundamente de que los habitantes de su capital le prepararan semejante recepción a una cantante, cuando era lo mínimo que esperaba para ella.

Herida en su orgullo, hizo saber al emperador, quien había acudido a alcanzarla a las afueras de la ciudad, que no entraría a la capital. Carlota tomó la decisión de irse a Cuernavaca. Nadie entendió que los emperadores, tan apegados al protocolo de la corte, hubieran preferido renunciar a los festejos de Año Nuevo de 1866 —que sería un año nefasto para el imperio— antes que encontrarse con la maravillosa Ángela Peralta.

Mientras en el Castillo de Chapultepec se llevaban a cabo las obras de restauración, Maximiliano y Carlota, en su fiebre por construir y remodelar propiedades, andaban en busca de una casa de campo. Gracias a su huida para evitar a la estrella de La Scala conocieron Cuernavaca. Carlota se entusiasmó mucho al llegar a "la mayor alhaja del país". Buscó un lugar a su gusto, y se encontró con la Casa Borda. Se trataba de una bella mansión construida en 1783 por Manuel de la Borda, rico propietario de unas minas de plata. Los emperadores decidieron alquilar la propiedad para pasar allí estancias de tranquilidad y silencio, lejos del ruido de la capital que detestaba Maximiliano. Aun así, el emperador siguió cabalgando en los alrededores de Cuernavaca en busca de un terreno para construir una propiedad que pudiera satisfacer sus ambiciones. De cabalgata en cabalgata, encontró un espléndido terreno de una hectárea muy cerca de Acapatzingo. Carlota estaba encantada con la noticia, la cual quiso compartir con Eugenia. El 16 de mayo le escribió:

"Hay que construir en el pueblo de Acapatzingo un pequeño chalé indio, que tendrá el nombre de Olindo, que está rodeado por espesos bosquecillos de laureles, naranjos y plátanos distribuidos por la naturaleza con graciosa profusión".

Mientras Maximiliano encargaba los bocetos de su futura casa de campo a los arquitectos Hofmann y Knechtel, el mariscal Bazaine repatriaba a las tropas francesas, Almonte presentaba en París sus cartas credenciales a Napoleón III como embajador de México y Carlota estaba a dos meses de dejar el país para siempre. El proyecto Olindo previsto para ser concluido en noviembre, se quedaría trunco con la caída del imperio.

El emperador encargó la restauración de los jardines de la Casa Borda a Wilhelm Knechtel, quien había llegado con él de Austria y se había dedicado a la planeación de los jardines de Miramar en Trieste. Maximiliano le tenía tanto afecto que lo invitó a embarcarse con él en la aventura mexicana. Además de ser un reconocido botánico, Knechtel hablaba seis idiomas. Como jardinero imperial plasmó su fascinación por todo lo que ofrecían las tierras mexicanas. Así, se dedicó a dibujar un catálogo completo de herbolaria donde ilustró en una forma sumamente artística cada flor, cada planta, cada cactus y cada fruta que se encontraba en su camino.

El alma botánica de Maximiliano también se maravillaba. En una de las cartas que dirigió a su amiga, la baronesa de Bintzer, le describía ese pedacito de paraíso: "En este feliz valle, a pocas horas alejado de la capital, vivimos en medio de un jardín frondoso en una apacible quinta sin pretensiones. El jardín, de viejo estilo, está atravesado por magníficas enramadas oscuras cubiertas de rosas de té siempre en flor. Innumerables fuentes bajo las espesas copas de los naranjos y de los mangos seculares refrescan el ambiente. Sobre la terraza que corre a lo largo de nuestros cuartos y que cubre el mirador, están nuestras cómodas hamacas y pintados pajarillos nos cantan canciones, mientras nos mecemos en nuestros sueños. Aquí en

Cuernavaca hacemos por primera vez una verdadera vida tropical; por supuesto, no la puedo gozar mucho tiempo, pues dentro de pocos días me llaman mis asuntos a la capital".

Cuando el séquito imperial llegó por primera vez al valle de Cuernavaca, tuvo una visión que jamás olvidaría. De tan frondosos los frutales tropicales, las casas del poblado no se veían. Al oriente brillaban las cumbres de los dos volcanes gigantescos siempre nevados, y alrededor un mar de caña de azúcar.

Más allá de toda la naturaleza que había en la Casa Borda, a Maximiliano le atraía una inmensa alberca de mármol rodeada de figuras talladas y sus pequeños estanques, que servían para chapotear. Knetchtel, el jardinero, no salía de su asombro al ver árboles tan exuberantes.

Entre los miembros de la corte que permanecían con el emperador en Cuernavaca se hallaban el pequeño Agustín Iturbide y Josefa, su tía, la muy poco agraciada hija del emperador Agustín I de México. La pareja imperial no había engendrado hijos hasta ese momento, ni lo haría nunca. Por lo tanto, el emperador debía pensar en una solución para prolongar su linaje. Deseaba una descendencia que pudiera asegurar una sucesión al trono mexicano. Por ello, se le ocurrió elegir a los descendientes del único emperador mexicano que había reinado antes que él, Agustín de Iturbide. Al ser fusilado en julio de 1824, este había dejado tres hijos y una hija. Agustín III, de dos años, era nieto del emperador Iturbide. Maximiliano tomó la decisión de adoptar tanto a Agustín III como a su primo Salvador, huérfano de padres. Deseaba que el niño Agustín fuera su heredero. El emperador se dio a la tarea de firmar un convenio secreto con la familia De Iturbide, otorgó el título de "príncipes" a doña Josefa de Iturbide y a ambos niños.

De esta manera, Maximiliano se convirtió en el tutor de los dos menores, mientras la tía Josefa era ascendida a princesa y se hacía cargo de la educación de los pequeños. A pesar de los múltiples problemas que se iban incrementando en su imperio, el príncipe austriaco se dedicó en cuerpo y alma a entablar negociaciones con la familia Iturbide que mandó al exilio. Se dice que el gobierno mexicano les otorgó 150 mil pesos mexicanos, además de generosas pensiones a cada uno de los hijos del primer emperador mexicano. El adolescente Salvador Iturbide fue enviado a estudiar a París y encomendado a José María Hidalgo. El niño Agustín se fue a vivir con su tía Josefa al Alcázar de Chapultepec. A todos parecía convenir este acuerdo, salvo a la madre del pequeño Agustín, Alicia Green de Iturbide.

Alicia era ciudadana norteamericana, nieta del general Uriah Forrest, casada con Ángel Iturbide. La madre le pidió al emperador de México que le permitiera, por lo menos, criar a su hijo hasta los cinco años. Los otros miembros de la familia, totalmente conformes con el convenio, presionaban a Alicia para que renunciara a sus derechos. Maximiliano calificó a Alicia Green de "loca" y no cedió. El emperador no estaba dispuesto a permitir que el niño dejara Chapultepec. Quería tenerlo a la mano. Parecía como si tuviera la idea secreta de irse del país y dejar a un heredero susceptible de mantener vivo el imperio. De allí que "invitara" a los Iturbide a permanecer en Europa. Alicia Green pidió ayuda a su gobierno, ya que para ese momento no había relaciones diplomáticas con Estados Unidos. William Seward, secretario de Estado, la apoyó. Además, Alicia acudió a la que había sido su casera, doña Juliana viuda de Gómez Pedraza. Cuando Ángel y Alicia estaban recién casados, le habían rentado a Juliana el primer piso de la casa de Coliseo. Sabía que doña Juliana gozaba de mucho prestigio entre sus múltiples conocido, y que, además, su sobrina Pepita se había casado con el mariscal Bazaine.

Para el verano de 1865 ya había terminado la Guerra Civil de Estados Unidos en favor de los norteños. Había sido una guerra tan cruenta que le había costado al país vecino la muerte de 850 mil soldados, sobre el millón que había participado en ella. No solo el vecino del norte nunca había reconocido al imperio mexicano, sino que además la antipatía de los norteamericanos por Maximiliano iba en aumento. El pleito legal entablado por Alicia Green para obtener la tutela de su hijo iba a contribuir a la mala imagen de Maximiliano y a la decadencia del imperio.

Para agradar a su tía Juliana, y por los favores recibidos, Pepita suplicó a su esposo intervenir.

—¿Por qué no ayudas a la señora Green a recuperar a su hijo? Me parece injusto que el emperador insista en quedarse con él. Me dijo mi tía que lo único que pide la madre es poder educarlo durante cinco años.

—No es tu problema, Pepita. Es un asunto de Estado. Tampoco yo estoy de acuerdo con esa adopción. *C'est ridicule!*

—Con mayor razón. Dile por favor al emperador. Él te aprecia y tú sabes muy bien cómo plantearle esas cosas. A mí la señora Green me da lástima. ¿Te imaginas que nos quitaran a nuestro bebé para que fuera el sucesor del emperador? ¿Qué te parecería?

—*Terrible!* Déjame ver qué puedo hacer. No será fácil. Ni Almonte ni su esposa consiguieron nada. *Inch Allah*. Como dicen los árabes: "Dios quiera".

Para ese momento, Bazaine sabía que Napoleón III seguía obsesionado con obtener de Estados Unidos el reconocimiento del imperio mexicano y que el asunto del niño no hacía más que envenenar aún más las relaciones entre los dos países. La prensa americana se había apoderado del caso. Para el Mariscal era una evidente manera de manipular a la opinión pública en contra del imperio mexicano, de allí que con buen juicio insistiera con Maximiliano (sobre todo porque se lo había pedido Pepita) para que devolviera al niño. "De ninguna manera, señor Mariscal. La madre ya firmó el contrato". Además, Carlota se sentía humillada de tener al pequeño Agustín III en el Alcázar. Le recordaba que el matrimonio Habsburgo no podía tener hijos; le recordaba que su marido ni siquiera la tocaba, y creía que este litigio la alejaba aún más de su adorado Max.

En Nueva York se formó una sociedad enemiga de Maximiliano que reunía a los emigrados residentes allá. Se trataba del Club de patriotas mexicanos; entre ellos se contaban Benito Quijano, Ignacio Mejía, Juan Navarro, José Rivera Río y Manuel Fuentes Muñiz. La sociedad se dedicó a desmentir lo que denunciaban como falsedades de procedencia intervencionista.

En el mes de agosto de 1866, Alicia empezó a tener esperanzas de recuperar a su hijo cuando se enteró de que Carlota se hallaba en París para tratar de negociar con Luis Napoleón la permanencia de las tropas francesas. Si la emperatriz no volvía a México, lo cual se rumoraba con insistencia tanto en América como en Europa, ella tendría más posibilidades de rescatar al pequeño Agustín. Carlota ya no tendría ninguna razón para quedarse con el niño. Entonces, la emperatriz se hallaba más preocupada por los dineros que faltaban en las arcas del imperio mexicano que por el supuesto heredero de su marido.

El 20 de agosto de 1866, en el elegante vestíbulo del Grand Hotel en París, Alicia Green le suplicó a la emperatriz de México que le otorgara una entrevista. La madre se veía devastada: "Le ruego que me devuelva a mi hijo. Se lo suplico", decía Alicia casi en susurros para no llamar la atención. Llevaba un velito sobre la cara que la hacía parpadear constantemente. Fría y distante, Carlota se defendió: el niño estaba creciendo "en perfecta salud y en gran inteligencia". Le recordó que lo mantenía con su propio dinero y que había firmado un acuerdo con el emperador por medio del cual le permitía educar a Agustín III. Además, le reprochó haberle pedido ayuda al general Bazaine, en lugar de dirigirse directamente a su esposo, a quien le debía el favor de haber hecho del niño un príncipe, aunque no fuera de sangre real. Carlota pidió a la señora Green que le escribiera directamente al emperador para solicitarle "respetuosamente" que le regresara a su hijo.

Unos meses después, en octubre, cuando Maximiliano tuvo intenciones de abdicar se preguntó qué iba a hacer con ese niño en los brazos. Carlota ya estaba en Europa. Los juaristas ya estaban ganando la partida. Y su imperio ya estaba a la deriva. De esta forma, Maximiliano le escribió a Alicia Green para anunciarle que su hijo le sería devuelto.

> Señora:
>
> Las repetidas instancias que usted y su esposo me han dirigido, ya directa, ya indirectamente, para que les sea devuelto su hijo Agustín [...], me han obligado al fin a dar instrucciones a la princesa Iturbide para que Agustín sea entregado a su pariente más próximo, el señor José Malo, quien lo tendrá a su cuidado mientras ustedes dan sus instrucciones finales.
>
> Cumpliendo de esta manera con las repetidas instancias de usted y de su esposo y de las demás personas de su familia, dejo toda la responsabilidad de haber violado el indicado contrato, celebrado para el exclusivo beneficio de su hijo y de su familia, a ustedes, que lo han roto.
>
> Con mis mejores deseos para la felicidad de usted.
>
> Quedo su afectísimo,
> Maximiliano

Aunque el imperio se descalabraba, Maximiliano no perdía las esperanzas de que su gobierno fuera reconocido por Estados Unidos, sobre todo ahora que Abraham Lincoln había fallecido, asesinado en el teatro a manos de un simpatizante del sur. En los últimos días de octubre, el emperador organizó una cena en el Alcázar de Chapultepec con el príncipe Félix Salm-Salm y su esposa Inés. Desde su llegada a México, esta bellísima norteamericana de 22 años había destacado por su viveza al comparar a las naranjas de Orizaba con besos del sol. Su esposo, de origen húngaro, colaboraba con el ejército de Estados Unidos. Ambos se hicieron muy amigos del padre Fischer cuando el sacerdote vivía en California. Este aventurero protestante, convertido a jesuita, de origen alemán, oportunista hasta la médula, fue uno de los primeros buscadores de oro en California en 1849. Era un cazafortunas: pasó de buscar pepitas en los alrededores de San Francisco a apoderarse de la mente de Maximiliano para sus propios fines De Inés se decía que tenía una extensa red de amigos poderosos, entre los que se encontraban desde miembros del Congreso hasta el propio Andrew Johnson, el flamante presidente.

La cena en el Alcázar tenía por objeto convencer al matrimonio Salm-Salm de que recurriera a sus buenas influencias para que el gobierno imperial fuera reconocido por el gabinete de Washington. Maximiliano propuso a la pareja cruzar la frontera con dos millones de dólares en oro, con el que pretendía estimular el comercio, la instalación de colonos norteamericanos e inversiones extranjeras. Sin embargo, por muy príncipes que fueran los Salm-Salm habían dejado deudas por toda Europa. Eran más aventureros que nobles cortesanos. Finalmente la cena se canceló. No había dinero ni manera de conseguirlo.

Desde el 29 de noviembre de 1865, Napoleón III le escribía al mariscal Bazaine que debía tomar una resolución enérgica porque era imposible permanecer en ese estado de incertidumbre que paralizaba todos los progresos y "aumentaba los gastos de Francia". También le pedía que se dedicara a organizar al ejército mexicano para que los franceses pudieran evacuar el país. Una vez descartada la posibilidad de una guerra entre Francia y Estados Unidos, restaba saber en qué estado quedaría México después de la salida del ejército napoleónico. El emperador de Francia le escribió al Mariscal el 15 de enero de 1866 que las dificultades que le estaba creando la expedición de México al gobierno francés lo obligaban a fijar una fecha definitiva para la repatriación de las tropas. A través de una correspondencia secreta, le pidió a Bazaine que adelantara el regreso de las tropas para no dejar a Francia sin protección. La pequeña Prusia había vencido al gigante imperio austrohúngaro, y todo indicaba que podía haber una guerra devastadora en Europa. La repatriación de las tropas debía hacerse de manera paulatina y debía terminarse a inicios del año siguiente. Napoleón insistía en que el Mariscal hallara la manera de organizar con solidez la Legión Extranjera y el Ejército Mexicano. Le correspondía al emperador Maximiliano demostrar una gran energía y encontrar en su propio país los recursos necesarios para subvencionar sus gastos.

Para Maximiliano y Carlota este ultimátum fue un duro golpe. Sin embargo, ambos se fueron a Cuernavaca.

Un accidente imprevisto vino a desterrarlos de su paraíso tropical. El 26 de febrero súbitamente murió el señor Langlais, asesor financiero del emperador francés. Maximiliano se mostró profundamente afectado y envió a uno de sus oficiales de ordenanza al domicilio del difunto pero este no pudo entrar ya que la puerta se hallaba custodiada por dos soldados enviados por Alphonse Dano, el ministro de la Legación de Francia. Langlais había sido enviado a México en misión especial por Napoléon III, con la esperanza de que hallara una solución al enorme déficit que caracterizaba al gobierno mexicano. A su llegada al país, Maximiliano había tratado de nombrar a Langlais ministro de Finanzas, pero este se negó argumentando que sería mucho más útil si mantenía una posición neutral. Langlais pasó días y noches analizando la manera de llenar las arcas pero todo era en vano. Unas semanas antes de su muerte se había enfermado de disentería. Su hijo de 20 años pasaba las noches a su lado, tomando apuntes que su padre le dictaba. Langlais era un trabajador incansable. Maximiliano estaba tan desesperado por encontrar una solución financiera que se lo llevó a vivir a Palacio bajo su mismo techo. Aunque sabía que estaba enfermo y que temblaba de fiebre, el emperador se permitía tocar a su puerta a las dos o tres de la mañana para ver si ya había resuelto el problema.

En cuanto Dano se enteró del fallecimiento de Langlais acudió de noche a su domicilio y forzó la puerta para recuperar todos los documentos y apuntes del asesor. Se los llevó consigo y dejó a los custodios apostados frente a la casa durante tres días.

Esa misma noche, Bazaine se enteró de lo sucedido gracias a sus oficiales. La medida enfureció tanto al Mariscal como al emperador. Por una vez estaban de acuerdo.

—¿Por qué llegas tan tarde? Te estuve esperando para cenar. Ni siquiera me mandaste avisar que no vendrías. ¿Qué pasó? Estaba preocupada, son casi las tres de la mañana —le preguntó Pepita, enfundada en su camisón, con su larga cabellera en desorden.

—Mataron a Langlais.

—¡Jacques Langlais! ¿Por qué dices que lo mataron?

—Es el tercero que se muere en el mismo puesto.

—Entonces, ¿es un crimen político?

—¡Todavía no sabemos Pepita! ¿Te das cuenta de que Dano no me dejó entrar a su casa? *C'est inadmissible!* Soy el jefe del Ejército, soy Mariscal de Francia y el imbécil de Dano, por muy embajador que sea, me prohíbe el acceso. Fue a casa de Langlais en bata. Mis oficiales lo vieron salir con una caja llena de expedientes en desorden bajo el brazo, que se le iban cayendo por la calle y que él iba recogiendo con prisa.

—Pero, ¿por qué se llevó los papeles?

—Porque seguramente son confidenciales, o tal vez incluso son secretos de Estado. Me preocupa lo que hay en esa caja.

—Estaba muy enfermo. Ayer me encontré al hijo en el Paseo y me dijo que su papá estaba mejor. ¿Tú crees que lo mataron? A lo mejor lo envenenaron con hierbas. Dice Justa que hay unas muy poderosas.

—No digas tonterías. Lo malo es que su predecesor, Bonnefonds, también murió de una forma muy sospechosa.

—Para mí que Langlais sabía algo muy grave. Algo que tenía que ver con corruptelas y pillaje. Para eso lo mandó Napoleón a México. Para poner orden y para que investigara.

—Estoy muy cansado. Mejor vámonos a dormir.

—Ya se me quitó el sueño. ¿Qué va a pasar con su hijo? Apenas tiene 20 años. Se lo voy a presentar a Cayetana…

—¡Ya, Pepita! Déjame dormir. Mañana a primera hora tengo que mandar mi reporte a mi ministerio.

Esa noche Pepita no durmió. Además de las agruras que sentía por el embarazo, se preguntaba por qué habrían matado al asesor. ¿Qué tanto sabría? ¿Sobre quiénes? ¿Lo mataron los franceses? ¿O fueron los liberales para desestabilizar aún más al país? Eran demasiadas dudas. Optó por rezar un rosario por el alma de Jacques Langlais.

Había quien podía hallar otra explicación. Los documentos del asesor Langlais podían contener información secreta sobre las maniobras financieras realizadas por el banquero suizo, nacionalizado francés, Jean Baptiste Jecker.

La Casa Jecker, que supuestamente defendía los intereses privados de los franceses residentes en México, reclamaba para entonces la friolera de unos 27 millones de francos. El reclamo de los bonos Jecker había sido parte de los agravios que demandaban Inglaterra, España y Francia cuando desembarcaron en Veracruz en enero de 1862. A las deudas contraídas por los gobiernos tanto liberales como conservadores, se sumaba la deuda de 600 mil pesos que el general conservador, Miguel Miramón, había contraído con Jecker. Para poder avalar sus exigencias, el banquero suizo se había nacionalizado francés, de tal forma que el agravio ya resultaba un asunto nacional. A pesar de que Jecker pidió al gobierno imperial que empezara a pagarle a plazos lo que se le debía, y a pesar de que redujo la deuda en 5 millones, no pudo obtener mucho. Lo único que hizo el emperador Maximiliano fue prometerle que se le reembolsarían 12 millones de francos.

El gobierno francés se negó a avalar los pagarés y Luis Napoleón prohibió a Maximiliano que firmara el resto de la deuda.

Como Dios ponía a prueba a Job, el destino ponía a prueba el temple de Maximiliano. Por esos días se presentaron al emperador, como al perseguido de la Biblia, todas las calamidades juntas: el conflicto con Alicia Green de Iturbide, la repatriación de las tropas, la muerte de Langlais, los pueblos que un año antes habían logrado ser pacificados y que ahora quedaban expuestos al pillaje. Por si fuera poco, los enemigos del imperio aprovechaban todos estos conflictos para sus propios intereses. Esto era solo el principio de lo que estaba por venir.

Los miembros de la corte se quejaban de que "los truhanes" ya estaban en la capital. A pesar de las escoltas imperiales, las diligencias eran atacadas constantemente y los convoyes con mercancías valiosas eran secuestrados. Uno de los ataques más deplorables fue el del 5 de marzo de 1866 en la cordillera del Río Frío, célebre por sus atentados. Una banda surgió de la nada y disparó contra la berlina donde viajaban varios oficiales belgas. Con tan buen tino que los bandoleros mataron en el acto al lugarteniente de artillería, el conde de Huart y al edecán del conde de Flandes. Además, hirieron a otros tres miembros de la embajada belga que venían a notificarle a la emperatriz Carlota el advenimiento al trono de su hermano, Leopoldo II. Los sobrevivientes lograron salir de la carroza, disparar sobre sus agresores y cuando consiguieron librarse de ellos, recuperar el carruaje y llevarse consigo los cadáveres de los oficiales asesinados. El más cobarde de todos había sido el edecán del emperador de México, quien acompañaba la comitiva y quien durante el atentado se escondió entre las maletas y debajo de un toldo. Cuando llegaron a la capital, en lugar de presentar "al cobarde" ante un consejo de guerra, Maximiliano se conformó con pedirle su renuncia.

Los demonios andaban sueltos. En esos primeros meses de 1866 los militares franceses se sentían amenazados de ser devorados por el poderoso vecino norteamericano, y para contrarrestar la decadencia del imperio se dedicaban a llevar una existencia tan mundana como lo permitían las circunstancias. Mientras se quedaran en la capital, los jóvenes oficiales al mando del Mariscal no corrían ningún peligro. Con lo último que quedaba de la campaña en México aspiraban a un reconocimiento militar que les permitiera ascender en su carrera lo más pronto posible. Tenían que regresar a Francia con algo. No podían permitirse embarcarse derrotados del todo.

Para entonces, Bazaine tenía nada más dos objetivos: la llegada de su bebé, "que nunca me abandone", y su regreso a Francia.

México, 19 de enero de 1866

Hermano querido:

Es muy probable que en el corriente del mes de febrero tenga que irme en comisión hacia el norte porque los filibusteros reaccionan peor que los indios salvajes, ya te habrás enterado por los periódicos de su inmunda conducta en Bagdad.

Estamos todos muy bien, supongo que tus hijos te escriben a menudo, tanto como yo se los pido.

La Mariscalita está un poco cansada, por su estado que es de lo más satisfactorio, solo que no le pudo escribir a Georgine que se hizo cargo del ajuar del bebé. Su elección es perfecta, dale mucho las gracias de parte de ambos. Ojalá que todo llegue bien a México, y a tiempo, porque esperamos al *bambino* a finales de abril o principios de mayo.

Estamos esperando con ansiedad la decisión del Congreso de los Estados Unidos sobre la cuestión mexicana y el discurso de nuestro soberano en la apertura de las cámaras, que nos indicará muy probablemente la marcha a seguir de nuestro gobierno; tal vez a partir de ese momento podremos ponerle fecha a nuestro regreso a Francia.

Adiós, dale besos a Georgine, y en cuanto a ti querido hermano te estrecho con todo mi corazón.

Mariscal Bazaine

Achille pensaba que el emperador Napoleón estaba en lo correcto al querer levantar una barrera frente a la invasión del vecino del norte que tenía "hordas dispuestas a darle la mano a los juaristas". El Mariscal deseaba volver cuanto antes a Francia; estaba cansado de la campaña mexicana pero no quería dejarse amenazar por los norteamericanos. El monarquista aguerrido que era Bazaine también deseaba alcanzar la pacificación del país, aunque su proyecto de gobierno fuera totalmente opuesto al de los liberales.

En el espléndido Palacio de Buenavista se bailaba, se comía y se brindaba por el próximo regreso de las tropas a Francia. A los soldados les urgía retornar, sanos y salvos, al seno de sus familias. Quien contribuía a mantener a estos jóvenes animados era la Mariscala. Se había convertido, sin dificultad, en el alma de esa casa, la cual a pesar de ser cuartel fungía como su nuevo hogar. Amable y cariñosa, ella sabía comportarse como toda una dama entre los grandes de la corte, pero también entre los soldados.

Pepita se hallaba inmensamente feliz por su unión con el Mariscal, porque estaba embarazada de su primer hijo y vivía en uno de los palacios coloniales más espléndidos de la capital, amueblado con exquisito gusto y rodeado de un jardín con sus 11 mil árboles. Además, todo el mundo le rendía pleitesía, en especial su marido. A pesar de todo ello, sabía que el imperio se desmoronaba día con día. Se preguntaba cuál iba a ser suerte, qué sería de su dote, y qué sería de su Palacio de Buenavista si el país caía en manos de Juárez. Cada vez que pensaba en ello, una sombra negra parecía ofuscar sus pensamientos. Como para espantar un mal augurio, el matrimonio Bazaine se distraía lo más posible, jugaba boliche, paseaba en carruaje por las tardes, y organizaba cenas solemnes, en donde nunca faltaba la champaña. El Mariscal seguía despilfarrando.

La primera discusión que tuvo la pareja de recién casados fue acerca del nombre del bebé. Si era niña, se llamaría Carlota, y si era niño, lo bautizarían con el nombre de su padrino, Maximiliano.

—Si es un hombrecito, por supuesto que llevará mi nombre, ¿verdad?

—Achille en español no se oye bonito. Suena a chile —dijo Pepita.

—Achille en tu idioma es Aquiles.

—¿Aquiles? ¿Cómo el talón de Aquiles?

—Así es, el héroe de la Iliada.

—¿De la qué?

—*La Iliada* y *La Odisea*, de Homero, el poeta griego. ¿Qué no lo has leído?

—No.

—No te preocupes, te voy a explicar. Según la leyenda griega, cuando Aquiles era niño, su madre Tetis lo sumergió en el río Estigia, que era uno de los ríos que rodeaban el infierno y quien se sumergía en sus aguas se volvía invencible. Tetis tomó a su hijo por el talón para meterlo en el agua mágica. Cuando creció, Aquiles murió por una flecha envenenada que penetró justo en la única parte de su cuerpo vulnerable, su talón. Por eso se dice que todos tenemos un "talón de Aquiles".

—Y tú, mi amor, ¿cuál es tu talón de Aquiles?

—Tú, tú eres mi debilidad, *mon amour.*

—Entonces, si el bebé es niño le ponemos Aquiles. Porque Achille no me gusta. Como sabes en México utilizamos mucho el diminutivo, imagínate, ¿cómo se escucharía Achillito o Aquilito?

—*Ça m'est égal.* O como ustedes dicen: "Me da lo mismo". Si es niño el bebé se llamará Achille, aunque le digan *Achillito.*

Al escuchar lo anterior, a Pepita se le hizo un nudo en la garganta. El Mariscal jamás le había hablado en ese tono.

A lo lejos se escuchaba a Benito, el perico de la Mariscala parlotear tan fuerte como podía: "¡Mariscal Bazaine, mariscal Bazaine!".

—¡Cállate! —le ordenó furioso el Mariscal—. *¡Tais-toi!*

—Pues ojalá que sea niña —replicó ella.

—Pues será niño y se llamara como su padre, ¡Achille!

—Ya sé cuál es tu talón de Aquiles: la soberbia.

Era la primera vez que la Mariscalita contradecía a su marido. Esa noche no se hablaron durante la cena. Cada quien bebía su chocolate sumido en sus pensamientos. En el fondo, al Mariscal le había gustado la reacción de Pepita, su "niña" estaba creciendo. En cambio, la Mariscala se sentía culpable por haber enfrentado a su marido. Finalmente él tenía razón: los primogénitos siempre llevaban el nombre del padre. De súbito, Pepita se puso de pie y le dio un beso a su marido en la amplia frente.

—Ojalá que nuestro hijo Achille sea un héroe como el de la Iliada.

—¡Mi Pepita! —exclamó el futuro padre conmovido—. *Je t'aime, tu es tout ce dont j'ai besoin.* Eres todo lo que necesito en la vida, Pepita.

Siete meses después, el 3 de junio de 1866, nacería su hijo. Mientras en Buenavista todo era euforia por el nacimiento del heredero de Bazaine, afuera la situación era otra. Como las ratas que abandonan el barco antes de que se hunda, los imperialistas, tanto europeos como mexicanos, comenzaban a desertar. Algunos deponían las armas, otros se instalaban definitivamente en los pueblos en donde se hallaban, y otros más hasta se pasaban al bando enemigo. A la llegada de los emperadores, muchos liberales se sintieron seducidos por el proyecto de Maximiliano, pero cuando empezaron a ver que este se derrumbaba, la mayoría retomó sus antiguas convicciones políticas.

Por esos días, y al ver que las tropas francesas tenían la orden de partir, Maximiliano encargó a Bazaine la organización de tropas "indígenas", capaces de ayudarlo a mantener el imperio, una vez que el ejército se hubiera ido. "Los Cazadores de México" debían apoyar su permanencia en el trono. A su vez, el Mariscal le propuso a Maximiliano formar dos cuerpos de origen europeo. El primero con la Legión Extranjera francesa, bajo el mando del general Jeanningros, y el segundo con las legiones belgas y austriacas, bajo las órdenes del general De Thun. Ambas brigadas quedarían a cargo del general francés Augustin Brincourt. Cuando este último se percató de que estaban por embarcarse 38 mil hombres y que nada más se quedarían en México 15 mil soldados, se dijo que sería imposible mantener la paz. ¿Cuál fue su reacción? ¡Huir! El general se declaró enfermo y zarpó en el mismo buque que Juan Nepomuceno Almonte tomaba para ir a París a asumir sus funciones como nuevo embajador de México. Si en un inicio Maximiliano aceptó la propuesta de Bazaine, a los pocos días cambió de opinión: envió a la Legión Extranjera a la frontera norteamericana y a los belgas y a los austriacos al sur de México. Por ello, en los días críticos del sitio de Querétaro, el honor del emperador no pudo ser defendido por ningún europeo. Fueron las tropas mexicanas de Maximiliano las que se rindieron ante el ejército juarista.

El Cuerpo de los Cazadores estaba esencialmente conformado por soldados de a pie. Estos regimientos francomexicanos tan solo durarían ocho meses. Los militares franceses, como el capitán Blanchot, les reconocerían su valor y su lealtad al imperio. Bazaine hacía todo por mantener su buen talante, y así poder contagiar un poco de esperanza a sus oficiales.

Para principios de 1866, las arcas del imperio mexicano ya estaban vacías. El asesor financiero que había sustituido a Langlais, el señor De Maintenant, tampoco había logrado enderezar la situación económica. Maximiliano seguía solicitando créditos y préstamos a Francia, a través del Mariscal y de Castelnau, enviado especial de Napoleón III. Dadas las presiones y difícil la situación que vivía el gobierno imperial, el emperador comenzó a cometer cada vez más errores. Les había prometido a los voluntarios belgas un salario superior al de los soldados franceses, compromiso que le fue imposible mantener. La guardia imperial no recibía sueldo alguno desde hacía meses, lo cual tenía a sus integrantes muy desalentados. El Mariscal, el señor Dano, el señor De Maintenant y el emperador se reunían cada vez con más frecuencia para discutir todos esos problemas. Era inútil. Para el 18 de febrero de 1866, Napoleón III, obligado por las cámaras, había tomado la firme determinación de no otorgarle a México "un solo escudo más", y había decidido mantener la repatriación de las tropas tal y como había sido estipulado en el Convenio del Miramar.

Para no abandonar del todo a un emperador vacilante, y en un último esfuerzo por mantener el imperio, el 1 de mayo de 1866 Bazaine consiguió que el Tesoro francés le prestara al gobierno mexicano 2 500 000 de francos al mes hasta nuevo aviso.

Según los cálculos del Mariscal, el ejército empezaría a embarcarse hacia el mes de octubre, "si antes las relaciones con Estados Unidos no vienen a entorpecer nuestro proyecto. Su injusta intervención debe llegar a un término, so pena de padecer en un futuro todas las consecuencias, y no estarán en falta, porque es un pueblo de almas salvajes fuera de sus ciudades".

El 3 de junio de 1866, alrededor de las 9 de la mañana, en palabras del propio Mariscal a su hermano, "la Mariscalista trajo el mundo un precioso niño muy bien hecho. El bribón llevará bonito nombre".

En cuanto los emperadores se enteraron del nacimiento del bebé de Pepita se mostraron muy entusiasmados. Maximiliano mandó pedir su carruaje más elegante y sin anunciarse fue personalmente al Palacio de Buenavista para felicitar al nuevo padre. Cuando el emperador vio aparecer al Mariscal en el patio, le tendió los brazos. Lo abrazó con la más grande efusividad. Fue un gesto tan espontáneo y afectuoso que a Bazaine se le llenaron los ojos de lágrimas. "Quiero ser el padrino", le dijo el príncipe austriaco emocionado. *"C'est un grand honneur que vous me faites là"*. ¿Era esta una reconciliación?, se preguntaron muchos de los oficiales que presenciaron la escena. Era sabido en todo México que el Mariscal y el emperador discutían en todas las reuniones en donde se encontraban. El nacimiento de aquel niño había sellado una tregua. "Le estoy profundamente agradecido, Sire. Mi primogénito se llamará Maximiliano".

Maximilien Charles Louis Joseph Achille de la Santa Trinidad Bazaine, a quien a los pocos días de nacer empezaron a llamar *Achillito*, fue bautizado con gran pompa en la capilla del Castillo de Chapultepec el jueves 24 de junio de 1866. A este bautizo nocturno le siguió una cena de gala en la cual no faltaron los rumores sobre el hecho de que el compadrazgo entre los dos hombres más importantes de México tendría alguna influencia en la política de Francia. Pero no fue así. Solo fue una espléndida cena que no cambiaría el curso de las relaciones entre ambos países.

—Dime si eres feliz, Pepita.

—Claro que sí, Cayetana.

—Dime, ¿no sientes demasiadas responsabilidades?

—Me gusta ser Mariscala y también dama de honor de la emperatriz, pero sobre todo soy feliz con mi hijo. ¿Por qué me preguntas?

—Es que las cosas van de mal en peor. A lo mejor van a tener que huir de México. ¿Tú no lees los periódicos liberales, verdad?

—De vez en cuando en el café del Bazar. ¿Cómo quieres que me lleguen al cuartel general?

—Ay, Pepita, estoy muy preocupada por ti. Ahora ya eres madre, tienes que pensar en tu hijo y seguramente ustedes volverán a Francia.

—Créeme, Cayetana que mi marido ya lo tiene todo perfectamente planeado. No te preocupes. Y si me voy, tú te vienes conmigo.

—No sé si mi salud me lo permitiría. Mejor celebremos el bautizo de Achillito.

—¡Ay, Caye! ¡Te quiero tanto y eres tan buena conmigo!

—También yo te quiero.

—Mira los aretes de brillantes que me regaló la emperatriz. ¿No están preciosos? —dijo con una gran sonrisa.

—Se te ven muy bonitos, prima.

Mientras Pepita, su mamá y la tía Juliana revoloteaban alrededor de la cuna cubierta de encajes y de listones de seda azul celeste, nubarrones grises se cernían sobre el Alcázar. Maximiliano y Carlota no dejaban de discutir, a veces en voz muy elevada. La servidumbre del Palacio se sorprendía al ver a la emperatriz salir intempestivamente de los apartamentos privados del emperador. De día y de noche se oían portazos, pasos agitados y sollozos. A fuerza de ser mordidos, los cuellos ribeteados de encajes de los camisones de Carlota amanecían cada vez más desgarrados. El emperador no tenía apetito. Sufría uno más de sus ataques de disentería. Las jaquecas de la emperatriz no la dejaban dormir. También José Luis Blasio, secretario de Maximiliano, se encontraba particularmente nervioso. A diario tenían acuerdo a las 4 de la mañana. El emperador conducía, él mismo, su calesa de mimbre mientras le dictaba a su secretario la correspondencia del día. Una de esas mañanas, Blasio se enteró de que el emperador había tomado la decisión de abdicar. Por su parte, Carlota se enteró de que la hermosa mujer del jardinero mexicano de la Casa Borda, Concepción Sedano, de quien Maximiliano se había enamorado, iba a ser madre. Para Carlota, que tanto deseaba un heredero, fue como recibir una puñalada en el corazón. Lo único que deseaba la emperatriz humillada era huir de México. Irse, desaparecer, esfumarse. Para ello, necesitaba un buen pretexto. La frágil situación de su esposo se le presentaba como una excusa perfecta: ir a pedir ayuda a Francia. Ella sería la única capaz de conseguir lo que los diplomáticos, Hidalgo y Almonte, no habían logrado: la permanencia de las tropas en México y un préstamo más para mantener el país a flote.

Ante ese nuevo desafío, Carlota recobró una nueva energía. Gracias a su poder de persuasión, logró convencer a su marido de que tendría la capacidad de vencer todos los obstáculos. Le propuso a Maximiliano ir a Europa a entrevistarse con Luis Napoleón y con Eugenia de Montijo. La emperatriz no estaba dispuesta a abandonar la corona que con tanto trabajo había conseguido.

La corte se enteró muy pronto de que Carlota se aprestaba a emprender un viaje a Europa. El 6 de julio 1866 se celebró el cumpleaños del emperador y se ofreció una misa solemne en la Catedral, pero Maximiliano, pretextando un malestar, no asistió. Nunca se había visto tan triste y taciturna a la emperatriz como en ese momento. Estaba pálida, con los ojos empequeñecidos por el llanto y parecía ausente. Saludaba a todo el mundo con un total desinterés. Sus damas de compañía ya no sabían qué hacer para consolarla y distraerla. Finalmente, el diario del imperio anunció que la emperatriz viajaría a Europa con fines patrióticos, encargada de una misión de primera importancia.

En su trayecto a Veracruz, Carlota llegó a Puebla el 9 de julio. Durante su estancia, celebrada con absoluto entusiasmo por parte de los poblanos, Carlota apreció que la despidieran con el mismo derroche de lujo con que fue recibida a su llegada al país.

En la recepción de bienvenida, el administrador de correos, Rafael Miranda, tomó asiento al lado de "su graciosa majestad". Entre dos suculentos platillos, Carlota le preguntó si existía una puerta secreta por donde ambos pudieran salir sin ser vistos. Sin entender bien a bien la petición de Su Majestad, el funcionario se dio a la tarea de buscarla. A la hora que sirvieron la champaña, la emperatriz y el señor Miranda se esfumaron. Al cruzar la calle frente a la Catedral, un par de borrachos vio a una mujer enlutada, con la cabeza cubierta por un velo negro, del brazo de un caballero. Ambos caminaban a paso rápido. De pronto, se detuvieron en la calle de Los Morados, frente a la casa de José María Esteva, comisario imperial. Con fuerza tocaron la aldaba. Esperaron unos segundos. Ante tales golpes, una conserje muy enojada a la vez preguntó a gritos quién tocaba de esa manera y a esas horas de la noche. "No podemos dejar a la emperatriz de México en la calle. Haga el favor de abrirnos". De inmediato la vieja regañona abrió el portal, justo cuando bajaba por las escaleras el señor comisario, con su gorro de dormir, su bata luida, sus viejas pantuflas de felpa y un pedazo de vela gastada en la mano. "Vine a convencerme por mí misma que no engañan al emperador los que dicen que usted ejerce aquí su augusta representación. ¿Corresponde acaso lo que he visto y lo que veo a un delegado imperial? Estoy convencida". Girando los talones, Carlota añadió: "Buenas noches, señores". El señor Miranda, sin salir de su asombro, la alcanzó tembloroso para darle el brazo. No entendía por qué la emperatriz actuaba de esa forma tan extraña y a las 2 de la mañana. ¿Cómo explicarle a Esteva que lo único que quería era confirmar si él, el comisario, era digno de su puesto? Para ella, la emperatriz, un personaje con esa facha ciertamente no merecía su cargo.

Este fue uno de los primeros despuntes de locura que empezó a padecer la emperatriz mexicana. El segundo fue cuando llegó a Veracruz, custodiada por un impresionante destacamento de soldados franceses, rodeada de las más altas autoridades del país. Estaba Carlota a punto de poner un pie en el bote que habría de llevarla al buque francés *Impératrice Eugénie,* cuando se percató de que enarbolaba la bandera francesa; enfureció y se negó a embarcar. Los oficiales de marina tuvieron que bajar el pabellón francés. Era un viernes 13 de julio. Cuando el mariscal Bazaine se enteró del asunto, se indignó a tal grado que a gritos reprendió al comandante por haber sustituido la bandera francesa por una mexicana.

—*Elle est folle* —exclamó el mariscal al llegar al Palacio de Buenavista.

—¿Quién está loca? —preguntó Pepita desde la cocina.

—*Charlotte!* Ya se volvió loca la emperatriz. ¿Te imaginas que obligó a mis oficiales de marina a cambiar la bandera francesa por una mexicana?

—¿Por qué haría eso?

—Para reafirmar su supuesta nacionalidad mexicana. No se da cuenta de que ella y su esposo están aquí gracias a nosotros, las Fuerzas Armadas francesas. *Elle est folle!*

—Tranquilízate, Achille. Creo que últimamente no está en sus cabales. La he visto muy triste. El otro día en la tertulia del lunes se soltó a llorar sin razón delante de todo el mundo. Pobrecita, tiene muchas preocupaciones.

—No es una razón para desdeñar al ejército francés. *Elle est folle!*

—No la juzgues con tanta dureza. ¿Qué no ves que está desesperada?

El emperador la deja mucho tiempo sola. Ni siquiera quiso estar con ella en su cumpleaños. Lo que Carlota necesita es amor, como el que tú me das. ¿Te has fijado en el rictus que tiene? No parece una mujer de 26 años, se ve como mi tía Juliana.

—No exageras, *ma petite.* Tal vez tengas razón.

—¿A qué fue exactamente la emperatriz a Europa?

—A buscar el apoyo de nuestro emperador. Conociendo a Napoleón III no va a ceder.

—Ay, pobrecita. ¿Tú crees que vuelva? ¿Así de mal están las cosas?

—¿Por qué siempre me haces preguntas que no debo contestarte?

A Pepita no le gustaba que su marido la tuviera tan alejada de lo que realmente estaba sucediendo en el país. El viaje de la emperatriz la entristecía. Carlota había sido siempre muy generosa con ella. La había acompañado, como su dama de honor, a visitar varios hospitales, la casa de maternidad que había fundado; la había ayudado con mucho esmero en el censo de las prostitutas que mandó levantar la emperatriz, e incluso habían entablado una amistad. Pepita admiraba su inteligencia y su cultura, y el hecho de que, siendo princesa, fuera tan liberal. Carlota apreciaba en la Mariscala su frescura y su autenticidad. Le llamaba la atención su espontaneidad para expresar todo lo que le pasaba por la cabeza. "¡Qué ocurrente eres, Pepita!", le decía la emperatriz cuando ella hablaba de las otras damas de honor, a las cuales les había puesto apodos, como solía hacerlo en el colegio con sus monjas. Por ejemplo, a Carmelita Marrón la había apodado "la Perica", a Lupita Almendaro la llamaba "la Mocha", y a Matilde Doblinguer "la Generala". A pesar de que Carlota y Pepita eran abismalmente distintas, las unía su sentido del humor y su capacidad de observación.

Durante toda la travesía que la llevaba de regreso a Europa, la emperatriz de México nunca salió de su camarote.

XI

EL *EMPEORADOR*

Mientras la emperatriz atravesaba el océano, los soldados de las tropas del Ejército Republicano del Centro, apostado en Michoacán, entonaban *Adiós, mamá Carlota*. La canción se publicó por primera vez en un periodiquito que llevaba por nombre *El Pito Real*, haciendo un albur del órgano masculino, así como del silbato que usaban los serenos para pregonar la hora y el clima. El general Vicente Riva Palacio, director del pequeño diario y autor de la canción, la escribió de su puño y letra —como solía hacerlo con el resto de la gacetilla— con ironía y sátira.

Alegre el marinero
Con voz pausada canta
Y el ancla ya levanta
Con extraño rumor.
La nave va en los mares
Botando cual pelota.
Adiós, mamá Carlota,
Adiós, mi tierno amor.
De la remota playa
Te mira con tristeza
La estúpida nobleza
Del mocho y del traidor.
En lo hondo de su pecho
Ya siente su derrota;
Adiós, mamá Carlota,
Adiós, mi tierno amor.
Acábense en Palacio tertulias, juegos, bailes,
Agítense los frailes

En fuerza del dolor.
La chusma de las cruces
Gritando se alborota;
Adiós, mamá Carlota,
Adiós, mi tierno amor.
Murmuran sordamente
Los tristes chambelanes,
Lloran los capellanes,
Y las damas de honor.
El triste Chucho Hermoso
Canta con lira rota,
Adiós, mamá Carlota,
Adiós, mi tierno amor.
Y en tanto los chinacos
Que ya cantan victoria,
Guardando tu memoria,
Sin miedo ni rencor
Dicen mientras el viento
Tu embarcación azota:
Adiós, mamá Carlota,
Adiós, mi tierno amor.

Carlota se embarcó acompañada de *Charlie*, el conde de Bombelles, Bohuslayk, su médico belga; el ministro del Exterior, Martín Castillo; el general Uraga; su chambelán, Felipe del Barrio, y su esposa, la señora Manuela del Barrio; el matrimonio Von Kuhachevich y por supuesto su camarera de más confianza, la señora Doblinguer. En cuanto desembarcó en Saint Nazaire, se enteró de que se había inaugurado el cable telegráfico entre América y Europa, por lo que quiso estrenar el telégrafo. De inmediato le envió un telegrama a su hermano, el rey Leopoldo II; a la archiduquesa Sofía y otro más a Napoleón: "He llegado hoy a Saint Nazaire con el encargo del emperador de hablar con Vuestra Majestad sobre diferentes asuntos referentes a México. Ruego a Vuestra Majestad transmita a Su Majestad la emperatriz las expresiones de mi afecto y crea en el placer que tendré en volver a ver a Vuestras Majestades. Carlota".

Al llegar a la estación de trenes de Montparnasse, la emperatriz nunca imaginó que en el andén no habría nadie para recibirla, fuera de Gutiérrez de Estrada, sus hijos y el joven Salvador de Iturbide, avisados por Almonte. Por más que buscaba Carlota, en la estación no vio a ningún oficial francés. ¿Cómo era posible si su chambelán personal había confirmado hora, fecha y estación de la llegada de la emperatriz? ¿Cómo era posible si ella misma le había mandado un telegrama a Napoleón avisando de su llegada? Furiosa, se dirigió hacia su séquito y prácticamente a gritos, preguntaba por qué no estaba el comité de recepción de Luis Napoleón. Todos tenían un absoluto aire de desconcierto. Nadia sabía qué había pasado. Dada la situación tan vulnerable en que se encontraba el imperio en esos momentos, y la misión tan importante que llevaba la emperatriz, este incidente no le pareció casual. Sin duda era un mal presagio. ¿Por qué Napoleón III no había enviado a su comité de recepción? Ministros, damas de compañía, parte del séquito e incluso Carlota tuvieron que arreglárselas con su equipaje y conseguir personalmente diferentes carruajes de alquiler. La emperatriz tenía ganas de llorar. Nunca como en esas circunstancias había arrancado con sus dientes y con tal furia el encaje de Brujas de su pañuelo. "¡Qué desaire! ¡Qué descortesía inaudita! ¿Cómo interpretar tamaña grosería hecha al imperio de Maximiliano y a México?", le preguntaba Carlota a Gutiérrez de Estrada, quien trataba de calmarla como podía. "Seguramente se trata de un malentendido", le respondía de la manera más cortés posible.

Como en una comedia de equivocaciones, la misma confusión que se daba en la estación de Montparnasse se presentaba en ese mismo momento, pero en la estación de Orleans. Ahí esperaban a la emperatriz de México el ministro del Exterior Drouyn de Lhuys. En el andén se encontraban vestidos con su uniforme de gala los representantes de Luis Napoleón quienes, al no ver a la emperatriz y a su corte, salían y entraban del tren para buscarlos. Preocupados como estaban, de inmediato se fueron al Grand Hotel, donde se hospedaría la emperatriz, rentando el piso completo.

Estaba Carlota a punto de instalarse en sus aposentos, cuando Matilde de Doblinguer anunció la llegada del general Waubert de Genlis. Ninguno de los dos se atrevió a comentar el desafortunado incidente, ambos fueron al grano.

—*Majesté*, la emperatriz de Francia desea saber si usted estaría dispuesta a recibirla el día de mañana —preguntó el enviado de Eugenia de Montijo.

—Con placer recibiré a la emperatriz de Francia a cualquier hora que a ella le convenga. Hágame saber sus disponibilidades —le respondió Carlota.

—Por otro lado, *Majesté*, la emperatriz de Francia desea saber cuánto tiempo permanecerá en París la emperatriz de México.

—General, no sé aún cuánto tiempo permaneceré en París, ya que en Europa no tengo intereses de familia ni otros que no estén ligados a los de México.

—*Majesté*, me será un honor transmitirle su mensaje a la emperatriz de Francia.

Con una reverencia, el oficial se despidió de Carlota y se dirigió al Palacio de las Tullerías.

En cuanto Carlota partió, Maximiliano renunció a su paraíso de los jardines Borda; a sus viajes de Yucatán; a sus salidas al campo para buscar bichos con Billimeck, su amigo botánico y a las siestas en las hamacas. ¿Sería acaso para evitar las absurdas habladurías sobre el hijo que estaba por nacer en Cuernavaca? ¿O sería acaso porque su confesor y confidente, el padre Agustín Fischer, había decidido tomar las riendas del gobierno? El 21 de septiembre el emperador lo nombró capellán honorario de la corte y le encomendó la tarea de negociar un concordato con el papa Pío IX, para resolver las relaciones del imperio con la Iglesia. Dada su enorme influencia sobre el emperador, cuando la emperatriz se marchó, sin el menor escrúpulo se instaló en los apartamentos privados de Chapultepec, los mismos que fueron de Carlota. Desde allí revisaba cuanto correo dirigido al emperador entraba y salía. Controlaba las visitas e impedía el acceso a cualquier persona que pudiera sugerirle a Maximiliano la abdicación. Siendo el agente más activo del partido conservador, Fischer se indignó profundamente al enterarse de que el emperador había tomado la decisión de renunciar y de devolver al pequeño Agustín a sus padres.

Una vez más Maximiliano se encontraba en un dilema, entre el deber y el honor. Una vez más, y dada su manera de ser, dudaba, se atormentaba por todas las incertidumbres que lo agobiaban. Para colmo de males, en esos días al emperador se le había informado sobre la ya clara demencia de la emperatriz. La confirmación de esta noticia acabó por derrumbarlo aún más. Pensó que nada peor podía sucederle. En los últimos meses, Maximiliano la notaba más irascible, lloraba por cualquier cosa, le llamaba la atención duramente a sus damas de compañía por minucias y con demasiada frecuencia empezaba a dudar de todo el mundo, a sentirse perseguida. Varias veces la había descubierto mordiéndose las uñas y hablando sola. El monarca estaba deshecho por la partida de su esposa. Hasta ese día se dio cuenta de lo mucho que la amaba y del lugar que ella tenía en su vida y en el imperio.

Recordó cuando la acompañó para despedirla. En el camino al pueblo de Ayotla, a unos 30 kilómetros de la capital, la comitiva imperial se detuvo para que descansaran los caballos. En ese momento, bajo un sauce llorón y apartados de los demás viajeros, Maximiliano abrazó a su esposa. No la recordaba tan delgada, tan pequeñita, pero sobre todo, tan frágil. Su cuerpo era como el de una niña. Nunca la había abrazado de esa forma ni la había cubierto de besos tan tiernos. Le besaba los rizos, el cuello, la frente, las mejillas y las manos. Una vez que se apartaron, Maximiliano se puso a llorar como un niño desamparado. Entonces fue Carlota la que le regresó todos sus besos y le expresó su ternura.

—No pierdas la fe, Max —le dijo —. Encomiéndate a Dios. No claudiques, no abdiques y no te rindas. Recuerda que nada más me voy seis semanas. Si es necesario tocaré todas las puertas, como una mendiga, para salvar nuestro imperio. Ten cuidado de Bazaine porque es un hombre muy peligroso. Si abdicas, él podría quedar como regente del imperio y eso no podemos permitirlo. Yo seré la justicia fulminante. Verás que voy a conseguir lo que nadie ha podido lograr, ni Almonte ni Hidalgo. Yo seré tu mejor embajadora.

Cuando Maximiliano escuchó lo anterior, quiso creerle, aunque en su fuero interno intuía que la encomienda de Carlota sería totalmente inútil.

—*Ma chérie*, no te olvides a tu llegada hacerle llegar a Franz Liszt la condecoración de la Orden de Guadalupe. Le va a dar mucho gusto recibirla. Y tú, por favor, cuídate mucho. Trata de descansar. Procura ahuyentar la ansiedad. Una emperatriz tan joven y bella como tú no se puede abandonar. Cuídate de Almonte. No tomes en cuenta ninguna de sus opiniones. Recuerda que es un personaje oscuro y que es capaz de todo con tal de seguir congraciándose con Luis Napoleón. Lo único que le importa son sus intereses y no los del imperio mexicano.

—No te preocupes, Max, me encargaré de que Liszt reciba su condecoración.

Entonces Carlota no sabía que años más tarde el compositor húngaro le escribiría a su esposo una marcha fúnebre muy conmovedora.

Durante ese encuentro amoroso y desgarrador entre los emperadores, Maximiliano tuvo la impresión de haber recuperado a aquella adolescente. La que fuera su novia, esa joven de 16 años, tierna, alegre y hasta un poco infantil. En pleno campo y en esas circunstancias, se percató de que ambos estaban más unidos de lo que él se imaginaba. *"Ma pauvre Carla!"*, decía en murmullos mientras se alejaba de ella. Era tanto su dolor que el doctor Semelder tuvo que ayudarlo a subir a su carruaje. El todavía emperador de México, de 34 años, parecía un hombre de 60. Sobre sus hombros llevaba un imperio resquebrajado.

—Mi más duro y grande sacrificio por el bien de México es dejarla ir, pero no podemos fiarnos de la vieja aflojada Europa —le comentó el emperador a su médico cuando viajaban de regreso a la Ciudad de México.

Unos días después de dejar la capital, el 8 de julio de 1866, Carlota le escribió a Maximiliano:

> Tesoro de mi corazón:
>
> Después de nuestra despedida tan sumamente dolorosa, quedé abrumada sobre todo al ver tus conmovedoras lágrimas, y permanecí por cierto tiempo como muda y sin sentido al lado de la Del Barrio, mientras las mulas nos arrastraban, llorando yo también, haciendo votos y rezando. A partir de ese momento me he sentido aligerada, pero te conjuro a cuidarte de los franceses, hasta de los mejores. Se supone que Pierron dijo a tu Kuhachevich que yo jamás regresaré; no les prestes atención. Estuviere donde estuviere se me rompería el corazón si se me enterara de que te han convencido de renunciar a esa tarea tan cara para nosotros y con un futuro floreciente. Por fortuna te conozco muy bien para creer tal cosa de ti en un momento de sorpresa y eso me consuela a través del mar, a cruzar el océano llevando a cuestas la felicidad y el destino de México [...].
>
> Te abrazo con profundo amor y nostalgia, pero con fe firme en el futuro y soy
>
> Tu siempre fiel esposa,
> Carlota

Por medio de un telegrama fechado el primero de septiembre de 1866, el cónsul francés le anunció al ministro Dano la caída de Mazatlán en manos de los juaristas. Este hecho deprimió a la comunidad francesa residente en México. La situación era desastrosa, no había municiones, ni hombres suficientes para detener a los "disidentes". Sin embargo, Maximiliano le escribió a Napoleón: *"Ici tout va à merveille!"*.

Mientras Maximiliano esperaba noticias de Carlota en Orizaba, los miembros de la corte mexicana aseguraban que la emperatriz tendría éxito en sus negociaciones con Napoleón. En tanto, diversos telegramas norteamericanos afirmaban lo contrario, e incluso publicaban que ella no volvería nunca más. El 6 de septiembre, el general Osmont, ministro de Guerra, presentó su renuncia a Maximiliano. Por su parte, el ministro de Finanzas, Friant, protestó por el costo de la repatriación de las tropas francesas.

No había día en que Bazaine no llegara al Palacio de Buenavista con una mala noticia. A pesar de que no quería preocupar a Pepita debido a su segundo embarazo, no lo podía evitar. Ella siempre lo escuchaba con atención para luego hacerle muchas preguntas:

—Pepita, *mon amour*... ¡No te imaginas todo lo que ha pasado hoy! Maximiliano cambió de nuevo su gabinete; García Aguirre es el nuevo ministro del Interior. Mier y Terán fue nombrado ministro de Fomento, Osmont y Friant fueron sustituidos por Tabera y Torres Larrainza. Y aún no sabemos si el emperador aceptará mi invitación de volver conmigo a Francia o si se quedará en el poder hasta el final.

—¡No me digas! ¡Cuántos cambios! Fíjate que hoy vino mi tía Juliana. Estaba muy nerviosa porque están subiendo los impuestos. Nadie entiende nada. ¿Es cierto que la emperatriz nunca va a regresar?

—Dijo el emperador que volverá en el barco del 16 de octubre. Pero yo sé que está muy enferma en Miramar.

—Me dijo la Perica que su marido se enteró por la prensa de que cuando la emperatriz fue a ver al Papa, mientras merendaban, ella sumergió tres dedos en la taza de chocolate de Su Santidad y luego se los metió a la boca para chupárselos. Blasio, que la acompañaba, estaba azorado, no pudo hacer nada para impedirlo. Además de esa locura, se rehusó a salir del Vaticano con el pretexto de que la estaban persiguiendo para envenenarla. Por compasión, Pío IX le permitió quedarse a dormir en la biblioteca.

—Cuando estaba en París, Carlota no quiso tomarse el jugo de naranja que le ofreció Su Majestad Napoleón por miedo a ser envenenada. No comía nada. Se llevó una gallina a su habitación para que le ponga huevos frescos cada día delante de ella. Y la señora Manuela del Barrio y la señora Almonte tenían que probar todos sus alimentos antes de presentárselos. Por cierto, Almonte va a dejar la Legación.

—¿A dónde se va? ¿Le van a dar otra embajada?

—No. Ya no habrá ningún ministro en ninguna legación del imperio. Todas las legaciones serán dirigidas por encargados de negocios para ahorrar recursos.

—Y nosotros, ¿qué va a pasar con nosotros? Yo quiero que mi bebé nazca aquí.

—Creo que eso no será posible. Estoy retrasando las tropas lo más que puedo para darle tiempo al niño de nacer en México. Pero tengo órdenes estrictas del ministro de Guerra de mantener la salida de los contingentes en fechas precisas. *Tout est perdu!* —le dijo el Mariscal a su esposa con cierta amargura.

Enseguida le propuso que fueran a ver a Achillito a su cuna. Esa noche ninguno de los tres pudo conciliar el sueño: al Mariscal se lo impedían sus preocupaciones respecto a la repatriación; a Pepita las náuseas del inicio del embarazo y al pequeño Achille el brote de los primeros dientes. La Mariscala optó por levantarse y sentarse frente a su escritorio para escribirle a la emperatriz Carlota. En su carta le manifestaba toda su solidaridad y todo su afecto. "Desde que usted partió, la Ciudad de México perdió su brillo. Ya nadie quiere bailar, el emperador se halla muy triste. Para él, el día más gris de la semana es el lunes; extraño sus tertulias. Procuro poner en práctica todos sus consejos y enseñanzas. Nos hace usted mucha falta. Su afectísima, la Mariscala Josefa Bazaine".

En octubre, algunos comandantes franceses solicitaron a Bazaine el permiso de volver a Francia, por "motivos de salud", cuando en realidad estaban aterrados de caer en manos de los juaristas. Maximiliano continuaba clamando a los cuatro vientos que no abandonaría su corona. A los ojos de muchos había dejado de ser un emperador para convertirse en el *empeorador*. Hacía tres meses que el mundo estaba pendiente de su posible abdicación. La prensa, especialmente la agencia de noticias Reuters, había hecho pública la partida de Carlota, sobre todo sus entrevistas con el Papa y con Napoleón III. Ahora confirmaría, en el ámbito internacional, la permanencia de Maximiliano en México.

Las cosas iban de mal en peor. Maximiliano ya no sabía qué hacer para detener la cada vez más evidente caída del imperio. El padre Fischer, lejos de ayudar, lo abrumaba sobremanera. Para colmo, el contenido de la correspondencia que recibía de Carlota empezaba a ser incoherente y deshilvanado. Sin embargo, en ella permeaba el deseo de su mujer de volver a su lado. En una de sus cartas, ella le anunció a su "tesoro adorado, entrañablemente amado", que se embarcaría de regreso a México el 25 de septiembre, lo cual jamás sucedió pues para esa fecha estaba todavía en

Miramar. Ante tantas incertidumbres, Maximiliano pensaba que lo mejor era afianzar su poder a través del endurecimiento de su posición. El 8 de octubre de 1866 mandó fusilar a 15 juaristas cerca de la capital. Era un mensaje muy claro para los "disidentes". Maximiliano no estaba dispuesto a renunciar al poder aunque estuviera perdiendo la partida. Por su parte, Juárez iba endureciendo sus medidas políticas.

Por esos días, el emperador mandó desmantelar la Casa Borda. Le ordenó a Antonio Grill, su valet, empacar todos sus efectos personales. Mientras Grill llenaba los baúles, Juárez obtenía el apoyo del gobierno norteamericano. En sus correos, los oficiales franceses aseguraban que a cambio de esa protección, "el indio Juárez" estaba dispuesto a ceder los estados de Sonora y Baja California. Eran conjeturas totalmente falsas basadas en su inminente fracaso.

El 8 de noviembre, el embajador de Francia en Washington, marqués de Montholon, dio la instrucción a su colega, Alphonse Dano, de ayudar al establecimiento de un gobierno republicano regular en México y de evitar a como diera lugar todo conflicto con Francia.

Para fin de mes, Maximiliano seguía dudando, tal como lo había hecho antes de aceptar la corona. Solo que en esta ocasión se jugaba la vida. Le pedía a su chambelán de Miramar que lo fuera a recibir a Gilbratar, pero no se embarcaba, permanecía indeciso en Orizaba. José Luis Blasio pasaba horas a su lado tomando notas y respondiendo correos.

Jalapa ya estaba en manos de los juaristas. Finalmente el emperador tomó una decisión definitiva: la de morirse en México. Las noticias de la salud mental de Carlota eran devastadoras. ¿Para qué volver a una vieja Europa vencido, deshonrado, sin herencia y con el honor de los Habsburgo mancillado? Su madre, la archiduquesa Sofía, no lo hubiera soportado, prefería ver a su hijo muerto que derrotado. Así se lo escribió en una carta que le envió a Orizaba. El honor le impedía a un Habsburgo darse por vencido y volver fracasado a Viena.

En la capital, Dano recibía constantes peticiones de franceses para embarcarse con sus compatriotas porque lo habían perdido todo, desde sus propiedades hasta su ropa. Estos ciudadanos estaban aterrados. Muchos de ellos habían venido con la esperanza de hacerse ricos y regresar a Francia con una gran fortuna, cuando de pronto, de la noche a la mañana, se hallaron como habían llegado: con una mano por delante y otra por detrás.

Por sugerencia de sus médicos, Maximiliano volvió a Puebla. Allí, el emperador dio la orden de echar al vuelo las campanas y de tronar todos los petardos disponibles. Era increíble que estando las cosas como estaban, el príncipe mandara organizar una fiesta de tal magnitud.

El 1 de diciembre, mientras los barcos lo esperaban en Veracruz, Maximiliano declaró y publicó en el *Diario del Imperio* su permanencia en el poder, pese a los múltiples consejos en contra.

A partir de que el emperador hizo pública su decisión, estableció una nueva estrategia: el nombramiento de un ejército mexicano, un plan financiero, un arreglo con Francia y un medio para terminar con la hostilidad de los norteamericanos. En una petición conjunta, Dano, Bazaine y Castelnau, en su calidad de edecán del emperador, firmaron una declaración solicitando la abdicación de Maximiliano. El emperador confirmó que no dejaría el poder y le pidió a Bazaine las armas y municiones de las tropas francesas para el ejército mexicano. Por supuesto, el Mariscal se negó a entregar su armamento; "el imperio deberá valerse por sí mismo", le respondió Bazaine. Sin embargo, le ofrecería a Porfirio Díaz venderle parte de su armamento.

El gobierno imperial fue aún más lejos: publicó un aviso relativo a la confiscación de todo bien, arma o animal, de procedencia francesa, señalando que todo incumplimiento de esta orden sería considerado como una traición.

En una de las fiestas de despedida organizada por Pepita en el Palacio de Buenavista, doña Emilia era la más inquieta con la medida de tener que "devolver todo bien de procedencia francesa".

¡Qué barbaridad! Tendremos que devolver también los vestidos importados de París. ¿Y mis perfumes? ¿Y mis sombreros? ¿Y mis muebles de palo de rosa Napoleón III? Y Sissi, la perrita caniche royal *con sus pompones en las patas y en la cola que nos regaló Michel Nicolas, el novio francés de Lupita, ¿esa también nos la van a confiscar? ¡Los peluqueros de mis niñas! Ahora, ¿quién las va a peinar? Parece que ya se fueron. ¿Ya no se va a servir* champagne *en los bailes? ¿Qué va a pasar con mis hijas casadas con franceses? Estoy tan triste de que se vaya Pepita. ¿Qué va a pasar con su palacio? El indio Juárez es capaz de quitárselo. Si regresa al poder nos va a despojar de todo. La que dicen que está hecha una María Magdalena es la pobre de Leonor Torres Adalid. Va a sufrir mucho ahora que se vaya el príncipe Carl de Khevenhüller. Dicen que Leonor está muy enamorada de él y que a su marido esto lo tiene sin cuidado. ¿Por qué será?*

Unos días después, Maximiliano le retiró a Bazaine el mando de las tropas y liberó de su compromiso a los soldados belgas y austriacos. Los generales Leonardo Márquez y Miguel Miramón fueron nombrados para constituir el nuevo ejército. El tiraje del periódico *L'Estafette* fue suspendido por haberse inclinado por la abdicación.

Luis Napoleón envió un telegrama el 18 de diciembre invitando a los franceses a volver a su patria en los distintos barcos disponibles.

Para el mes de enero de 1867, los efectos personales de Maximiliano ya iban camino a Miramar en una compañía marítima alemana. La correspondencia se interrumpía a menudo en la ruta entre Veracruz y la capital. Los jefes liberales anunciaron que no tenían nada en contra de la permanencia de todas las legaciones extranjeras después de la caída del imperio y prometieron comportarse ante ellas debidamente. Las embajadas de Austria y Prusia debían retirarse con Maximiliano. El arzobispo de México, Monseñor Labastida, salió huyendo a Viena.

Dano autorizó a los funcionarios de la Legación volver a Francia y decidió quedarse hasta que el último soldado francés se hubiera embarcado de regreso. El triunfo de Juárez parecía inminente.

Unas semanas después, el 5 de febrero de 1867, el mariscal Bazaine y su esposa embarazada dejaron para siempre la capital mexicana. Pepita lloraba y lloraba al despedirse de su tía Juliana; era un mar de lágrimas cuando abrazó a Cayetana; lloraba cuando les dijo adiós a las damas de honor de la emperatriz; lloraba durante su última confesión con el padre Palacios. Lloraba de antemano porque ya no comería mole con sus tortillitas recién hechas por Asunción, porque ya no se pasearía por la Alameda y ya no iría a tomar café al Hotel Bazar. Hasta lloraba cuando fue a visitar a su prima Rosario de la Peña y a pedirle que no dejara de escribirle para contarle de los sucesos de su México. De los únicos que no se despidió fue de Justa y de su perico, Benito, porque se los llevaba con ella. Antes de irse, el Mariscal mandó pegar en todas las esquinas de las calles un manifiesto a través del cual se despedía de los mexicanos. A nombre de la nación francesa les agradeció su confianza y su amabilidad. Les reiteró a los mexicanos que el único deseo de los franceses, desde el principio, había sido garantizar la paz del país. Que no habían llegado a México con la intención de imponer a sus habitantes un gobierno en contra de sus convicciones políticas. Ya para entonces, en los teatros y en los mercados se gritaba: "¡Fuera los franceses!". También se insistía en el hecho de que el Mariscal "contrabandeaba" artículos finos a nombre del Cuerpo Expedicionario en los almacenes franceses. Estos rumores destinados a desprestigiar al mariscal Bazaine, según su edecán Charles Blanchot, comenzaron a preocuparlo mucho. Blanchot estuvo a punto de batirse en duelo porque escuchó a uno de los soldados calumniar una vez más la honorabilidad del jefe de las fuerzas francesas. Para entonces ya empezaba a circular lo que se llamó la *légende de Bazaine.*

Que no me cuenten, Bazaine no vino a México nada más a hacer la guerra, vino a hacer negocios. Todo el mundo sabe que a través de madame *Louise está importando listones, encajes, sedas, guantes y todas esas cosas que se venden en su almacén A los precios de Francia. Desde niño conoce este negocio, dicen que su mamá tenía una mercería en Versalles, y que con ella sacó adelante a la familia. Él no es de buena familia como pretende. ¿A poco creen que se casó con su Pepita por amor? Se casó porque los emperadores le regalaron un palacio que él negoció desde antes con el chambelán del emperador, Almonte. Desde que envenenaron a Langlais, todo el mundo sospecha de Bazaine, porque el asesor financiero tenía toda su correspondencia. En ella ha de haber habido pruebas. Dicen que hasta los americanos le habrían dado un millón de dólares para conseguir la rendición del Imperio mexicano. La que debe saber es* la grande Louise *porque ella escucha todo lo que le cuentan sus pupilas. ¿O a poco tú no vas?, le preguntó el joven zuavo a un soldado austriaco.*

Cuando Blanchot escuchó lo anterior se acercó al "chismoso", lo tomó por las solapas del saco y a gritos le pidió que se largara. Esa noche el edecán del Mariscal no pudo dormir. Tenía que hablar con él para salir de dudas y sugerirle que pusiera a salvo su reputación, que se defendiera. Al otro día, mientras ambos hacían sus ejercicios ecuestres en el Paseo, el capitán le preguntó a su superior si era cierto todo lo que se decía.

—Me sorprende que me lo pregunte porque usted me conoce muy bien y sabe que soy incapaz de semejantes triquiñuelas. Vivo de mi sueldo de Mariscal y de mi pensión de senador. No necesito robar, ni mucho menos contrabandear. La Mariscala tiene sus propias rentas y no nos hace falta nada.

Blanchot le creyó y se dedicó a defender la reputación de su superior.

El 23 de febrero, Alphonse Dano dio la orden de retirar a sus agentes de las aduanas marítimas. Tres días después, los juaristas, enojados como estaban por el fusilamiento de sus 15 partidarios, ejecutaron a 80 soldados franceses prisioneros en Zacatecas.

A partir de entonces, entre los altos mandos del ejército francés ya nadie respetaba al *empeorador*. Lo consideraban un ser completamente inerte, tan útil como la viga de madera en la fábula de La Fontaine *Las ranas pidiendo rey*: "Cansáronse las ranas de vivir en República, y tanto clamaron, que Júpiter les dio la monarquía que solicitaban. Hizo caer del cielo un rey tan pacífico que no podía serlo más". Veían en él a un soberano sin poder, sin influencia alguna. El pobre emperador podía mostrarse sonriente y amable, saludar a sus súbditos con toda su gracia, vestir sacos de cuero tradicionales, con sombrero mexicano, emitir decreto sobre decreto, publicar una decisión en el *Diario del Imperio* y al día siguiente publicar lo contrario; por todo ello ya nadie lo tomaba en cuenta.

A las 7 de la mañana del 13 de febrero de 1867, el emperador Maximiliano salió a Querétaro, acompañado de su médico personal, el doctor Basch y el valet Grill, y su ayudante húngaro, para ponerse al mando de sus tropas. Se despidió de sus oficiales austriacos con emoción en el patio del Palacio Nacional. Buscó dirigir a cada uno una palabra amable mientras el ministro Lares, con lágrimas en los ojos, le daba un fuerte abrazo. En cuanto Maximiliano dejó el palacio, las tropas liberales se concentraron alrededor de la Ciudad de México.

Se fue de la capital dejando a Dano a cargo para evitar que hubiera un enfrentamiento sangriento entre sus tropas y las liberales o "chinacas". Hubiera sido una carnicería. Solo que el monarca no consideró que la ciudad de Querétaro era una ratonera: sería sitiada por las fuerzas liberales a finales de marzo, y la ciudad se rendiría por hambre y sed, tal como había sucedido en Puebla.

Camino a Orizaba, el deprimido emperador, a pesar de la escolta francesa, tuvo que soportar el robo de las seis mulas blancas que tiraban de su coche. Ya nadie respetaba a Su Majestad que había venido como redentor a salvar a este pueblo "sumido en las tinieblas" y que habría de morir gritando vivas a México.

Achille Bazaine y la Mariscala, con seis meses de embarazo, se embarcaron a Francia el 13 de marzo. Iban acompañados del coronel Willette, los sobrinos del Mariscal, Albert y Adolphe, de la nana Justa, de Achillito, de Dolores, la doncella, y de Felipa, la nodriza.

El trayecto en carreta de la capital a Veracruz fue de lo más azaroso. La Mariscala no había querido dejar sus regalos de boda. Las carretas estaban repletas de muebles. Los manteles de su ajuar, las vajillas y toda su ropa viajaban en baúles, mismos que encontraría muchos años después su hija

Eugenia. Cuando llegaron al puerto, la ciudad estaba irreconocible, invadida por centenares de familias de franceses que, como ellos, se embarcaban con todas sus pertenencias. Era un verdadero éxodo. En el malecón, el Mariscal pasó lista a sus oficiales de alto rango que lo saludaron con deferencia. Bazaine les agradeció su fidelidad y su compromiso a nombre de Francia y de su emperador. En la bahía del puerto estaban anclados decenas de barcos franceses. Era un bosque de mástiles y de velas que se perdía más allá de la Isla de Sacrificios. El comandante Cloué, jefe de la división naval, impartía órdenes a todos los almirantes y capitanes para que la salida de los migrantes franceses se hiciera de la manera más ordenada posible. Entre esta multitud, Pepita vio a lo lejos a Cicardi, su peluquero, al panadero, e incluso a Lubín, el joyero judío. Se le hizo un nudo en la garganta. Era el fin de toda una época.

Con todo y el perico y los caballos del Mariscal, la familia Bazaine se embarcó en el *Souverain*, un magnífico buque de tres puentes, la unidad de combate más poderosa de esa época. La Mariscala tuvo muchas dificultades para subirse a la lancha que la llevaría hasta el barco anclado en San Juan de Ulúa. Su abultado vientre y el calor la agotaban. El Mariscal contenía su ansiedad ante un posible ataque de los juaristas. Achillito lloraba inconsolable en brazos de Justa. Solo cuando dejaron definitivamente la bahía, Bazaine se sintió seguro.

Después de vómitos, malestares y mareos que sufrió la Mariscala durante toda la travesía, finalmente el buque llegó a Toulon el 6 de mayo. Pepita se sentía agotada por el viaje, pero no dejaba de sonreír y de atender con amabilidad y gracia a quien se acercara a ella para darle la bienvenida a territorio francés. El Mariscal se la encargó particularmente a Henri Blanchot para que iniciara los preparativos para emprender el viaje a París. Además de los 11 cañonazos en el puerto de Toulon, Adolphe y Georgine esperaban a la familia Bazaine. Cuando abrazaron a sus hijos Albert y Adolphe, todos rompieron a llorar. Pero ninguno como Achillito a causa de sus dientes.

"¡Mariscal Bazaine, mariscal Bazaine!", exclamaba Benito aun debajo de su funda. Todos se echaron a reír pues nadie se esperaba que hubiera un loro en medio de tantos baúles.

Lo primero que hicieron el Mariscal y su edecán, el capitán Blanchot, quien lo había alcanzado en el puerto, una vez que descendió del *Castiglione*, fue irse de compras. Ambos deseaban adquirir los primeros trajes de civil para cambiarse el uniforme que habían usado durante tres años.

Blanchot soltó la carcajada cuando vio al antiguo jefe de las Fuerzas Armadas en México vestido con un traje color chocolate que le quedaba grande. Le hacían falta sus charreteras y su bastón de mariscal.

En México, los cónsules de Francia adscritos en las diferentes ciudades del país pidieron autorización para retirarse. Puebla cayó definitivamente en manos de Porfirio Díaz, quien se encontraba a la cabeza de las tropas juaristas. El coronel oaxaqueño informó al embajador en Washington que Bazaine le había propuesto venderle su armamento.

3 de mayo de 1867

Sr. Matías Romero
Excmo. Embajador en Washington

Mi querido amigo:

El mariscal Bazaine me ofreció por intermediario de una tercera persona entregar las plazas en su poder, así como a Maximiliano, Márquez, Miramón, etcétera, a condición de que acceda a la propuesta que me hizo y que yo rechacé porque no me pareció honorable. Otra propuesta me hizo Bazaine: la compra de 6 mil fusiles y de 4 millones de cebos, y si lo deseaba también me vendía sus cañones y la pólvora. Pero rechacé la oferta. La intervención y sus resultados nos abrieron los ojos, y a partir de ahora debemos mostrarnos más prudentes en nuestras relaciones con las naciones extranjeras, en particular con las naciones europeas y más especialmente con Francia.

Porfirio Díaz

El 5 de mayo de 1867, cinco años después de la batalla de Puebla, el cuerpo diplomático rompió relaciones con el imperio. Alphonse Dano y su esposa Loreto prepararon su propia partida y solicitaron permiso para llevarse consigo a los funcionarios franceses restantes. Querétaro estaba por caer. Por su parte, Maximiliano intentó en vano obtener recursos por medio de nuevos impuestos a la población. Un comerciante galo, residente en Puebla, exclamó: "Hasta ahora México ha sido un pozo de oro para los extranjeros, pero a partir de hoy será un lago de sangre".

El 15 de mayo, el coronel Miguel López, compadre de los emperadores, abrió paso en el sitio de Querétaro para que entraran las tropas liberales. Maximiliano, Miramón y Mejía se rindieron ante el general Mariano Escobedo. El todavía emperador convocó a los mejores abogados del país de formación liberal, como Mariano Riva Palacio y Rafael Martínez de la Torre, para su defensa en el juicio que se entabló en contra de él.

Maximiliano de Austria fue enjuiciado por un Consejo de Guerra que se llevó a cabo en el Teatro Iturbide el 21 de mayo. Entre los cargos que se le imputaron se hallaba el haber condenado a muerte a todo mexicano que prestara ayuda a los juaristas, a través de la ley del 3 de octubre. Esa medida había provocado un terrible derramamiento de sangre que convirtió a los republicanos en "vulgares bandoleros". El emperador fue juzgado como "usurpador" por el coronel Platón Sánchez, pero este no pudo escuchar la sentencia. Se hallaba ausente. En el estrado del teatro los tres acusados debían ocupar tres banquitos, el de en medio estaba destinado al emperador, y los otros dos a Tomás Mejía y a Miguel Miramón. El banquillo de Maximiliano permaneció vacío durante todo el juicio porque el acusado se retorcía de dolor en su celda por un ataque de disentería.

El 24 de mayo el teniente coronel Manuel Azpiroz fue nombrado fiscal del juicio que habría de seguirse en contra de Maximiliano. Para ese momento, el príncipe austriaco era una sombra de lo que fue. De noche lo devoraban las chinches, las *Cimex vulgaris queretanis*, similares a la especie que lo había atacado a su llegada en el Palacio Nacional. Por culpa de una granada que había explotado cerca de él durante el sitio, ya no tenía sus hermosas barbas doradas partidas a la mitad que le llegaban hasta el pecho. La barba se había convertido en una pelusilla rala lo cual le daba un aspecto de absoluto desaliño. Debido a sus constantes crisis de disentería había perdido mucho peso; su médico, el doctor Basch, le administraba a diario dos píldoras de opio. Maximiliano estuvo encerrado en su celda 70 días, muchos de los cuales los dedicó a corregir el *Manual del Protocolo,* acto que a José Luis Blasio, su compañero de celda de los primeros días, le pareció ridículo. Era el mismo manual que había iniciado durante su viaje a México a bordo de la *Novara*. Alphonse Dano confiaba en que Juárez le perdonaría la vida. Pero se equivocó. El 14 de junio, el Consejo de Guerra constituido en jurado decidió sentenciarlo a la pena capital, lo cual le fue informado al emperador el día 16. Al enterarse de su sentencia de muerte, Maximiliano se sintió aliviado. Ya no tenía nada que decidir.

Los abogados del emperador intentaron conseguir un indulto pero Benito Juárez permaneció inflexible. La hermosa princesa norteamericana, Inés de Salm-Salm, esposa del príncipe Félix Salm-Salm, vestida toda de amarillo, se arrodilló ante Juárez para pedirle con el rostro bañado en lágrimas que le perdonara la vida al emperador. El presidente le dijo: "Señora, levántese. No mato al hombre, mato a la idea". Por su parte, el poeta francés Víctor Hugo le mandó a Juárez una carta emblemática:

> México se ha salvado por un principio y por un hombre. El principio es la República, el hombre es usted. [...] Escuche, ciudadano presidente de la República Mexicana. Acaba usted de vencer a las monarquías con la democracia. Usted les demostró el poder de esta; muéstreles ahora su belleza. Después del rayo, muestre la aurora. Al cesarismo que masacra, muéstrele la República que deja vivir. A las monarquías que usurpan y exterminan, muéstreles el pueblo que reina y se modera. A los bárbaros, muéstreles la civilización. A los déspotas, los principios [...]. Hoy pido a México la vida de Maximiliano. ¿La obtendré? Sí. Y tal vez en estos momentos ya ha sido cumplida mi petición, Maximiliano le deberá la vida a Juárez. "¿Y el castigo?", preguntarán. El castigo, helo aquí, Maximiliano vivirá por la gracia de la República.

Esta carta fechada el 20 de junio, enviada desde el exilio del poeta en Inglaterra, llegaría a su destino demasiado tarde.

El 19 de junio, desde las 6 de la mañana, la gente del pueblo empezó a apiñarse en el Cerro de las Campanas. Una división de 4 mil soldados liberales, encabezados por el general Ponce de León, guardaba silencio frente al muro del paredón. Después de confesarse, los tres reos se dirigieron cada uno a su carruaje en donde los esperaban dos sacerdotes por reo. Maximiliano, con toda su dignidad, salió primero, dirigiéndose con cortesía a Miramón y a Mejía les dijo: "Los invito. Vamos, señores". Los tres avanzaron al paredón a paso firme. Se dieron un abrazo de despedida. Al emperador se le designó el lugar del centro pero, en un último acto de protocolo, lo cedió al general Miramón diciéndole que el lugar de honor le correspondía a él. Maximiliano, que para ese momento ya no tenía ni un centavo, se vio obligado a pedir prestadas varias monedas de oro de 20 pesos, una para cada soldado del pelotón, con tal de que estos le apuntaran directo al corazón. En voz alta exclamó: "Voy a morir por una causa justa, la de la independencia y libertad de México. ¡Que mi sangre selle las desgracias de mi nueva patria! ¡Viva México!". A su vez, Miramón leyó con voz trémula un pequeño discurso: "Mexicanos: en el Consejo mis defensores quisieron salvar mi vida; aquí estoy pronto a perderla, y cuando vaya a comparecer delante de Dios protesto contra la mancha de traidor que se ha querido arrojarme para cubrir mi sacrificio. Muero inocente de este crimen y perdono a sus autores, esperando que Dios me perdone, y que mis compatriotas aparten tan fea mancha de mis hijos, haciéndome justicia. ¡Viva México!". Tomás Mejía no habló, se conformó con mantener el crucifijo en la mano que le enseñó a los soldados que lo apuntaban. Los tres cayeron en la primera descarga. El emperador Maximiliano no murió en el acto, alcanzó a decir una sola palabra: "¡Hombre, hombre!". Un soldado se adelantó para rematarlo.

En ese preciso lugar, unos 30 años después y una vez que se reanudaron las relaciones diplomáticas con Austria, el príncipe húngaro de Khevenhüller, coronel de los Húsares de Maximiliano, fue enviado para erigir, con la venia del presidente Porfirio Díaz, una capilla en el Cerro de las Campanas.

La ejecución no pudo ser fotografiada porque el gobierno liberal lo prohibió. Sin embargo, se tomaron algunas placas antes y después del fusilamiento. A las pocas semanas comenzaron a circular en Francia las primeras imágenes del cadáver embalsamado de Maximiliano, pero Napoleón III se empeñó en hacerlas desaparecer. El emperador francés no quería que la opinión pública tuviera recuerdos de su fracaso de la aventura mexicana.

El cadáver del emperador le fue entregado al médico legista, Vicente Licea, para que le hiciera la autopsia. Se dice que el médico liberal sintió tremendo gozo al hundir sus manos en las entrañas del cadáver. "¡Qué voluptuosidad!, lavarme las manos con la sangre de un emperador". Las damas queretanas se presentaron en el convento de las Capuchinas para limpiarle las manos al doctor Licea, y así quedarse con una reliquia de la sangre imperial. Licea maltrató el cadáver. Hizo tan mal su trabajo que el presidente Benito Juárez ordenó en la capital un segundo embalsamamiento a cargo del doctor Ignacio Alvarado, antes de regresar el cuerpo a Viena. Licea sería sometido a un juicio y encarcelado por dos años.

El trágico sino de Maximiliano lo perseguiría más allá de su muerte. El ataúd confeccionado por un artesano queretano y pintado con guirnaldas fúnebres le quedaba chico al cuerpo. Por ello, resultó imposible cerrar la tapa del féretro. El cadáver del emperador viajó a la Ciudad de México, que estaba a tres días de distancia, con las piernas dobladas. En el trayecto y debido a la mala condición de los caminos y de las lluvias, la caja de Maximiliano se les cayó dos veces a los enterradores. En una de esas, el cuerpo acabó en un riachuelo, de allí que llegara a la capital enlodado, mojado y enmohecido.

El vicealmirante de la Marina austriaca, Von Tegehoff, sería enviado a recuperar el féretro en la *Novara*, pero en un principio Juárez se negó.

El encargado de la Legación afirmó que hasta algunos republicanos, a raíz de la "ejecución bárbara" del emperador, sentían compasión por Maximiliano. Había dejado de ser el *empeorador* para convertirse en una víctima de Benito Juárez. Los diarios internacionales estaban indignados con la noticia. Nadie se imaginó que Juárez iría tan lejos.

Benito Juárez hizo su entrada triunfal a la capital por el rumbo de la garita de Belén y Bucareli, el 15 de julio de 1867, a las 9 de la mañana. Habían transcurrido 4 años y 45 días de ausencia. El ciudadano presidente volvía con los mismos compañeros que lo habían seguido hasta Chihuahua. Volvía por caminos cubiertos de flores. Todas las casas, pobres y ricas, estaban adornadas con banderas tricolores. La gente, entusiasmada, había salido a la calle. Las multitudes no dejaban de gritar vivas a Benito Juárez y a la república. En el Zócalo se había improvisado una estatua colosal de la "Victoria que tendía su mano para coronar al grupo de héroes que volvía a los brazos de los capitalinos".

El Monitor Republicano publicó el 16 de julio el discurso que Benito Juárez había proclamado en la víspera:

> Mexicanos: El gobierno nacional vuelve hoy a establecer su residencia en la Ciudad de México, de la que salió hace cuatro años. Llevó entonces la resolución de no abandonar jamás el cumplimiento de sus deberes, tanto más sagrados cuanto mayor era el conflicto de la nación. Fue con la segura confianza de que el pueblo mexicano lucharía sin cesar contra la inicua invasión extranjera, en defensa de sus derechos y de su libertad. Salió el gobierno para seguir sosteniendo la bandera de la patria, por todo el tiempo que fuera necesario, hasta obtener el triunfo de la causa santa de la independencia y de las instituciones de la República.

En un afán de reconciliación, Alphonse Dano esperaba que el presidente concediera una amnistía general a los imperialistas. Por órdenes de Juárez, Porfirio Díaz les otorgó 26 horas para rendirse. El 9 de julio, el ministro de Guerra envió al barco *Phlégéton* a recoger a Dano y a los últimos 40 franceses. El mismo día, por telegrama, el representante de Francia anunció que Porfirio Díaz le había prohibido dejar la capital hasta nueva orden y hasta no entregar una lista con los nombres de todas las personas que lo acompañaban.

El primero de abril de 1867 Napoleón III y Eugenia de Montijo inauguraron en el Campo Marte, en París, la Exposición Universal de Arte e Industria. La exposición contaba con espectaculares edificios efímeros que representaban a las diferentes naciones. El que más llamaba la atención a los 10 millones de visitantes que asistieron, sobre los más de 50 mil exponentes, fue el pabellón mexicano. Se había construido, bajo la autorización de Maximiliano, una réplica del templo de Quetzalcóatl en Xochicalco. La construcción estuvo a cargo del arqueólogo y famoso fotógrafo, Claude Joseph Desiré Charnay. Al interior del templo había una inmensa sala rectangular decorada con grecas prehispánicas en donde se hallaban varias vitrinas con objetos mexicanos importados por la Comisión Científica de México, creada por el mariscal Bazaine el 26 de febrero de 1864. Se exponían colecciones de caracoles, piezas prehispánicas, vasijas de barro, insectos, mariposas, pájaros, minerales, animales y aves disecadas, máscaras, cocodrilos, fósiles y muchas plantas exóticas. Varios años después, una comisión científica norteamericana se dio a la tarea de estudiar las piezas precolombinas que se mostraron en la Exposición, así como muchas de las que se llevaron los soldados franceses como *souvenir*. Los científicos concluyeron que eran piezas falsas. En especial, una vasija de Texcoco que había causado sensación entre los visitantes y los periodistas que la admiraban. Cuando se clausuró la Exposición Universal, una nueva comisión de arqueología dictaminó que era una pieza hechiza.

El 1 de julio los emperadores de Francia se disponían a entregar los premios de la paz. La Exposición buscaba celebrar el orden y el progreso científico entre todas las naciones participantes. El compositor Gioachino Rossini había compuesto una oda especial para dicha celebración. Cuando Napoleón III estaba a punto de subir al estrado para entregar los premios de la paz, se acercó su chambelán a entregarle un telegrama urgente. Al ver el sobre, la emperatriz de Francia contuvo la respiración. Tenía la vívida esperanza de que fuera una buena noticia, el indulto de Maximiliano. Sin embargo, al advertir la palidez de su marido, Eugenia de Montijo intuyó el peor de los desenlaces: el fusilamiento del emperador de México. Tuvo que ausentarse para llorar a escondidas. Lloraba tanto que temía que su rostro enrojecido por las lágrimas la delatara. Napoleón estaba pasmado. Hizo acopio de toda su sangre fría para entregar los premios.

De regreso de la Exposición, cada uno de los emperadores se encerró en su respectiva habitación. Hacía mucho tiempo que Luis Napoleón no sentía tantos remordimientos por haber contribuido, aún sin querer, a la muerte del archiduque. Nunca imaginó ese desenlace. El rostro de Maximiliano, casi adolescente cuando lo conoció en 1856 en las Tullerías, lo persiguió toda la noche.

La víspera de la llegada del cuerpo de Maximiliano a Viena, la emperatriz Carlota, encerrada en su castillo de Laeken, pedía obsesivamente a sus damas de compañía el Almanaque del Gotha. En este anuario solían publicarse los nacimientos, matrimonios y decesos de la realeza. Como la demanda de Carlota era cotidiana, la reina Marie-Henriette, su cuñada, tuvo la bondad de imprimir una edición especial de ocho ejemplares, en los cuales hizo desaparecer el trágico suceso del 19 de junio de 1867. La emperatriz aún no sabía de la muerte de su esposo. Sin embargo, se le había informado que los generales Miramón y Mejía habían sido fusilados. La mayor parte del tiempo Carlota se encontraba lúcida; no obstante, cuando su hermano Leopoldo de Bélgica fue a verla a Laeken exclamó: "¡Tiene la piel pegada a los huesos!". Mientras el féretro de Maximiliano era sellado dentro de un sarcófago de bronce en la Cripta de los Capuchinos, Carlota se puso a tocar al piano el Himno Nacional mexicano con toda su alegría.

Dos días después, cuando la que fuera emperatriz de México se enteró de la ejecución de su esposo, se levantó de su silla, corrió hacia la puerta del castillo y se precipitó hacia el bosque aullando de dolor.

A partir de ese momento, envuelta en las tinieblas de su locura, todo el día repetía: "Maximiliano, archiduque, emperador, asesinado".

XII
LA HUIDA

Eugenia leyó con avidez la carta que le escribió Pepita a su prima Cayetana en la que le narraba su llegada a París. Sin duda, esta misiva era muy significativa para su madre, pues representaba el inicio de una nueva etapa de su vida. A través de sus líneas, Eugenia percibió que aún se encontraba bajo los efectos del encantamiento de su posición política y social. Era la orgullosa Mariscala de Francia. Junto a su marido, había sido recibida en la corte francesa con los honores debidos a una princesa. Para su primer baile en las Tullerías, ofrecido por los emperadores de Francia, Pepita había elegido un precioso vestido de raso verde y una tiara de esmeraldas en su elaborado peinado. A pesar de su avanzado embarazo, la caída de la tela de su vestido realzaba su juventud y su porte.

A Eugenia le cayó en gracia la fascinación casi infantil que le provocaba ese París floreciente.

París, 20 de mayo de 1867

Querida prima:

No te puedes imaginar lo que es esta ciudad. Es tan bella que me faltan palabras para describirla. El palacio de las Tullerías es inmenso, imponente, bellísimo, nada tiene que ver con nuestro pequeño Castillo de Chapultepec. Hay cantidad de árboles por todos lados, aunque muchos de ellos están siendo desenraizados para ampliar las avenidas. Hasta ahora París era una pequeña ciudad medieval, pero el emperador Luis Napoleón se ha empeñado en hacer de esta ciudad una de las más modernas y bonitas del mundo. Están ampliando los parques, arrasando con los callejones, construyendo por doquier banquetas, colocando adoquines en las calles y avenidas. Todo está en obras. El arquitecto Haussmann lleva varios años levantando edificios de departamentos con muchas comodidades. Van a tener baños privados, gas y agua corriente. Los edificios deben tener hasta 6 pisos para que exista una armonía y un sentido de perspectiva. Parecen iguales pero no lo son, lo que los distingue entre ellos son los balcones abombados de herrería muy elaborada. Están construyendo una nueva Ópera enfrente de uno de mis cafés favoritos, el Café de la Paix. Por cierto, el otro día me encontré allí a la señora de Iturbe quien estaba con Lola Almonte. Las dos elegantísimas. Me contaron que Dano y su esposa, Loreto Béistegui, no han podido salir de México porque el emperador francés dio la orden a su embajador de no embarcarse hasta que no haya salido el último compatriota. Me contaron que van a someter al emperador Maximiliano a un consejo de guerra. ¿Tú crees que Juárez le perdone la vida o será tan sanguinario como para mandarlo al paredón? De la emperatriz no he sabido nada. Dicen que está muy mala. No me ha contestado las últimas dos cartas que le escribí. Me gustaría ir a verla a Miramar, pero con mi avanzado embarazo ya no puedo viajar. Quizá después de que nazca el bebé. Saliendo del Café de la Paix fui a la iglesia de la Madeleine a tan solo unas cuadras de distancia, para encenderle una veladora a la Virgen de Lourdes. Recé por que todo salga bien en el parto, por ti, por la emperatriz y por México.

Todos los árboles de tilo y *marronniers* están en flor. Déjame decirte Cayetana que los puentes que atraviesan el Sena, entre *la rive gauche* y *la rive droite,* parecen de cuento de hadas. El primero que atravesamos hacia la isla de la *Cité* fue el *Pont Neuf.* Este puente, Cayetana, tiene más de trescientas máscaras a lo largo de los remates de sus arcos. Una para cada día. Todas distintas: algunos rostros ríen, otros lloran. El otro día fui a Notre Dame y me quedé extasiada. Qué catedral más bella, qué vitrales tan deslumbrantes, sobre todo el de la roseta. Justa estaba muy enojada porque no había ninguna imagen de la Virgen de Guadalupe. Me pidió que como Mariscala le mandara a hacer su capillita. Por cierto, tengo que leer *Notre-Dame de Paris,* de Víctor Hugo. Aquí el poeta es muy respetado, es toda una celebridad. Creo que está exiliado en Inglaterra.

De lo que he visitado lo que más me ha impresionado ha sido el Museo del Louvre. En él vivían los reyes de Francia. Yo creo que es el más grande del mundo. Los pintores Goya, El Bosco y Rembrandt me conmovieron.

Estoy tomando clases de francés con una institutriz que se llama *madame* Lemoine. Es distinguida y culta. Es muy estricta con el acento, dice que todavía me falta mucho. La comida aquí es deliciosa. Lo que más me gusta son las salsas, los postres y la crema Chantilly. Todo el día como. ¡Estoy más gorda que nunca! Por eso prefiero no comprarme tanta ropa hasta que tenga al bebé. Pero como tengo muchas recepciones y bailes en la corte no me puedo permitir usar el mismo vestido. No tienes idea de los atuendos de las princesas europeas. No me quiero imaginar lo que cuestan sus joyas. Las francesas cuidan mucho su aspecto, desde su sombrero hasta sus botines. El otro día que fuimos al mejor restaurante de París, el Café Anglais, donde nos recibió el chef Dugléré, estaba *le tout Paris*. El chef nos comentó que en un mes irán a cenar tres emperadores: Napoleón III, el zar Alejandro II de Rusia y Guillermo I, emperador de Prusia. Allí comí por primera vez los caracoles *à la Bourguignone*. Me comí ¡dos docenas! Una para mi bebé y otra para mí. Después pedí codornices en sarcófago, rellenas de *foie gras*. Esa noche tuve todas las agruras del mundo. Por más manzanas que comía a las 3 de la mañana no podía dormir. En la mesa de al lado estaba una escritora vestida de hombre, con sombrero de copa de piel de nutria. Dicen que se llama George Sand, estaba sentada con los escritores Jules Verne y Gustave Flaubert. Me gustaría leer *Madame Bovary,* aunque dice Achille que es una novela amoral. La tendré que leer a escondidas.

El domingo pasado mi marido me llevó a la Exposición Universal, en el Campo Marte. El director de la exposición nos preparó una visita especial. Lo que más me llamó la atención fueron los pabellones de Egipto y de Marruecos. Me encantaría conocer esos países. El pabellón de México está precioso. Me sentí muy orgullosa de ser mexicana y de mi marido, quien se hizo cargo de las colecciones que ahí están expuestas. Está prevista una visita especial para los tres emperadores.

Achillito está precioso con su cabeza llena de bucles. Tiene cuatro dientes. Ya dice *mamá* y está a punto de caminar. Nos hace reír mucho con sus travesuras. El otro día se puso en la cabeza el quepis de su papá. Come de maravilla. La nodriza está a punto de destetarlo. Le encantan la avena y los chícharos franceses. Cuando voy a pasearlo al *Bois de Boulogne*, todo el mundo me lo elogia. Ser mamá es lo mejor que me pudo haber pasado en la vida. Justa extraña mucho México. No he tenido corazón para prohibirle usar rebozo. Echa mucho de menos los frijoles y los chiles. Dice que en París todo está viejo y que la comida no tiene sabor. Además, se queja de nuestro departamento, le parece demasiado grande. Yo lo adoro. Tiene una terraza inmensa desde donde se ve el bosque de *Boulogne*.

Si Dios quiere daré a luz dentro de un mes. Si es niño, se llamará Francisco. Es probable que a fin de año nos manden a Nancy, al norte de Francia, en donde le han propuesto a mi marido ser Comandante en Jefe del Tercer Cuerpo del Ejército. Dice Achille que el emperador le encargó cuidar con "espíritu militar" las provincias fronterizas con Prusia.

¿Cómo estás Cayetana, prima adorada? ¿Cómo te has sentido? ¿Qué dice el doctor Torruella sobre tu salud? ¿Has visto a mi mamá y a mi tía Juliana? ¿Es cierto que Leonor Rivas de Torres Adalid está esperando bebé del príncipe de Khevenhüller? ¿Lo irá a reconocer su marido? ¡Qué escándalo! ¿Has visto a la buscapleitos y envidiosa de Sofía Caldelas? Rosario y ella han de estar felices con la caída de Querétaro. ¡Pobre Maximiliano! ¿Y doña Emilia? Aunque no lo creas, la extraño. Espero con ansiedad cada vapor para ver si me trae una carta tuya. Acuérdate de mi dirección: Avenue de l'Impératrice 24. En el sobre debes poner *La Maréchale Bazaine.* Acuérdate de que las mujeres en Francia pierden su apellido paterno cuando se casan.

Te quiero y extraño con todo mi corazón,
Josefa

Un año después, finalmente, la Mariscala recibió una carta de Carlota desde Bélgica. La princesa seguía conservando por ella todo su afecto. Cuando Justa se la entregó y Pepita leyó el remitente, se llevó el sobre al corazón. Temía que la emperatriz de México ya no estuviera lúcida. ¡Se decían tantas cosas sobre su locura!

Laeken, 18 de junio de 1868

Mi querida Mariscala:

Recibí con placer y entera satisfacción sus dos últimas y afectuosas cartas; dele al Mariscal mis saludos así como a vuestra madre. Estoy muy conmovida del servicio fúnebre que va usted a mandar hacerle a mi adorado emperador, en la capilla en la que descansan mis caballerosos ancestros, entre los cuales un buen número dieron combate y vertieron su sangre por Francia.

Dígale al Mariscal que mis rezos se unirán a los vuestros. Le mando una medalla de la Santísima Virgen para mi ahijado, se la entregará usted en nombre de su madrina. Ha sido bendecida por el Santo Padre.

Sigo siendo su muy constante amiga, mi querida Mariscala.

Vuestra afectísima amiga,
Carlota

Al terminar de leerla, Pepita sintió por primera vez cuán lejana estaba ya aquella época de su vida. Parecía que habían pasado siglos desde la ejecución del emperador. Guardó en el único cajón con llave de su *secrétaire* la carta junto con todas las que había recibido de ella. Eran más de veinte. ¡El imperio mexicano le parecía ahora tan lejano!

Unos meses después, la vida de Pepita dio un vuelco definitivo. Para ella aquel "encantamiento" que la había hechizado desde que se casó con Bazaine, había dejado de surgir efecto. Ya no era la "Mariscalita". Después del primer golpe que le depararía el destino vendrían muchos más, convirtiéndola en una Mariscala de verdad.

El 6 de agosto de 1870 estalló la guerra entre prusianos y franceses. El 2 de septiembre Napoleón III fue hecho prisionero por los alemanes en Sedán. Dos días después, Eugenia de Montijo se vio obligada a huir de las Tullerías para salvar su vida. El 19 de septiembre de ese mismo año París fue sitiado por el enemigo. El 27 de octubre Bazaine se entregó a los alemanes en Metz, con sus 39 generales, sus 180 mil soldados, sus 6 mil oficiales y sus 1 700 cañones. El 28 de enero de 1871 París se rindió. Dos meses después, empezó la llamada época de la Comuna, una cruenta guerra civil que devastó a los parisinos. En agosto de 1873 se le impuso un arresto domiciliario a Bazaine mientras la Mariscala se refugió en la ciudad de Tours, en el convento de las Hermanas de la Esperanza. El 6 de octubre de 1873 inició el juicio en contra del mariscal Bazaine. Duraría dos meses durante los cuales él conservó la calma mientras Pepita se mostraba particularmente irascible. Nunca faltó a una sesión. Los periódicos comentaban a diario el desarrollo del juicio. Toda Francia estaba pendiente del *dossier Bazaine*. La Mariscala recibía decenas de cartas de apoyo tanto de soldados que habían combatido en México y en Metz al lado de su esposo, como de mujeres a quienes les parecía un juicio sumamente injusto. También recibía cartas con insultos dirigidos al traidor Bazaine. Todo esto Pepita lo padeció a flor de piel. Pero nada le dolería tanto como la muerte de su primogénito, Achillito, acaecida el 18 de enero de 1869.

Después de enterrar a su hijo en el cementerio de Père-Lachaise, y de recibir todas las condolencias de los altos oficiales del Ejército francés, Pepita se encerró en su habitación, cerró las persianas y durante tres días se rehusó a salir. No quería ver, ni hablar con nadie, ni siquiera con su esposo. La única que tenía derecho de entrar a su recámara era su nana Justa.

Niña, ya no estés tan triste. Piensa que tú hijo ya está en el cielo. Ahora el que te necesita es Paquito. Apenas está dando sus primeros pasos. Dentro de poco podrá montar el caballito que era de mi niño Achillito. Qué bueno que se le tomaron retratos montado en su Palomo. La que no deja de llorar es la Pitchula, ¡pobre perrita, tanto que quería a su pequeño amo! ¡Ay, niña!, piensa en el Mariscal, él te necesita. Tiene la misma pena que tú. Ni su hermano ni su cuñada han podido consolarlo. ¿Por qué no lo quieres ver niña? Como tú, él también hizo todo lo posible por salvar a mi niño. ¡Cuántos doctores dizque muy sabiondos vinieron a verlo y de todas maneras se nos fue! Ya estaba de Dios. No se puede hacer nada contra su voluntad. Qué bueno que no se te olvidó ponerle la medallita que le mandó su madrina, doña Carlota. Tú tienes que avisarle, niña. Pobrecita de Carlota porque se va a poner muy triste por la partida de su ahijadito. ¿Por qué no la invitas a ser la madrina del que viene aunque esté loca? Lloras tanto, niña, que ya se te mojó el cuello de tu blusa. Ya no estés triste. Me vas a hacer llorar. Como tú, yo también perdí a mi hijo, ¿te acuerdas? Rezo por su alma todas las noches. Siento que está aquí en mi corazón. Así te va a pasar a ti, tu hijo te va acompañar toda tu vida. Si mi niña sigue sin comer, se va a enfermar. Llevas tres días sin probar bocado. No es bueno para la criatura que llevas en el vientre. ¡Ay, niña!, ya no llores tanto. Te va a hacer daño tanta pena. ¿Quieres que te traiga un tecito de azahar? Tus manos están bien frías. ¿Te pongo una cobija encima? Afuera cae harta nieve. Me dijo doña Lola Almonte que este invierno es todavía más frío que el anterior. Vino a verte ayer y no quisiste recibirla. Me dijo que el general Juan Pamuceno, su marido, sigue bien malo de la angina de pecho. Desde que jusilaron *al* empiorador *sigue rete amuinado.* Pa' *mí que se va a morir de puritita tristeza. Qué bueno que la señora Lola tiene a su nietecita. Dicen que el presidente Juárez los dejó en la chilla, como a todos los "cangrejos" que vinieron a dar acá. Niña, ya no llore. ¿Por qué no te duermes un ratito? Deberías ver las ojerotas que tienes. Pareces una dolorosa. ¿Me dejas peinarte como cuando eras chiquita? ¿Te hago trenzas? Qué lástima que no estamos en Oaxaca, si no te hubiera puesto fomentos de hierbabuena para tus ojitos tan hinchados como tu lorito. Él también está bien triste, ya ni habla ni en francés ni en español. Por fin sonríes, mi Pepita que tanto quiero. Tú eres mi niña. Eres lo único que tengo.*

Las palabras de Justa eran como un bálsamo para la madre en duelo. De alguna manera su nana reemplazaba a su madre y a su tía Juliana en esos momentos tan dolorosos. La Mariscala guardó una foto de su hijo en un marco ovalado de plata del cual ya nunca más se separaría.

Al otro día, después de haber pasado una noche de insomnio, lo primero que hizo Pepita fue dirigirse a la Rue de la Paix 5. En su bolsa de terciopelo bordada llevaba el collar de perlas negras que le había regalado Bazaine por el nacimiento de su primogénito. Las ruedas del carruaje patinaban sobre el hielo de los adoquines de las calles. La mañana estaba gris. Hacía tanto frío que a la Mariscala le costaba trabajo respirar. Además de su abrigo de piel negro, llevaba sobre los hombros un gran chal de cachemira. Al llegar a la joyería, se limpió la nieve de los botines. Con sigilo y en voz muy baja, pidió hablar con el dueño, el señor Beaugrand Noailles. "Quiero venderlas cuanto antes", le dijo la Mariscala al mostrarle su collar. El joyero se sorprendió. "¿Está usted segura señora Bazaine? Es bellísimo". La Mariscala asintió. No podía hablar. Tenía un nudo en la garganta. Enseguida el señor Beaugrand Noailles se llevó el collar de tres hilos a su despacho. Sacó su lente y revisó con cuidado la calidad de las perlas; el tamaño, el color y el oriente. "Lo tomo. Y le ofrezco 11 000 mil francos por él", comentó el joyero, convencido de haber hecho un buen negocio.

Al llegar a su *hotel particulier* en el número 77 de la Rue de Clichy, a donde se habían mudado, Pepita se fue a su habitación. Se recostó en la cama y lloró todas las lágrimas que tenía atoradas en el corazón. A las 12:30 en punto, el Mariscal llegó a comer. Todavía no se sentaba en su lugar cuando su esposa le entregó un sobre. "Para que pagues tus deudas", le dijo cortante. Achille lo tomó y sacó el fajo de billetes. "¿Qué es esto?", le preguntó con el rostro desencajado. "Vendí mi collar de perlas negras. Justa tenía razón. Las perlas son lágrimas y más si son negras".

Cinco años después, el destino seguía cobrándole a Pepita sus escasos años de dicha. Como largos hilos de perlas, derramaba lágrimas frente al presidente de la República Francesa, Patrice de Mac Mahon. Le suplicaba que le permitiera compartir la celda de su esposo, hecho prisionero el 24 de noviembre de 1873. El Mariscal-Presidente de Francia tenía otras cosas más importantes en qué pensar como la ley que prohibía el trabajo de los niños menores de 13 años y los derechos laborales de las mujeres. Él sabía que la imagen del mariscal Bazaine ante la opinión pública se encontraba devastada. Pepita salió de su oficina perturbada, nunca se imaginó que se enfrentaría a un hombre cuyo corazón parecía de piedra. Unos meses después, la Mariscala cambió de estrategia. Al no conseguir la liberación de su marido, le escribió al presidente para suplicarle que por lo menos le permitiera compartir su celda. Era una concesión extraordinaria. *La Mariscala mexicana decide por amor acompañar a Bazaine en la cárcel,* rezaban algunos diarios.

Versalles, 16 de marzo de 1874

Señor ministro:

El señor Presidente de la República me acaba de hacer saber que usted no tiene inconveniente en que me vaya a vivir con mi esposo a la cárcel. Me urge, señor ministro, darle las gracias porque me está usted haciendo un gran favor y obsequiándome una gran alegría al permitirme instalarme con mi desgraciado marido al que amo tiernamente, hoy más que nunca. Le reitero, señor ministro, mis sentimientos de mi más alta consideración.

Mariscala Bazaine

En la Isla de Santa Margarita, en el golfo Juan, en el Mediterráneo, frente a la ciudad de Cannes, se halla un fuerte que durante siglos fue una de las cárceles más custodiadas de Francia. Se dice que en una de sus celdas fue encerrado el "hombre de la máscara de hierro", el supuesto hermano gemelo del rey Luis XIV, leyenda que inspiró a Voltaire y a Dumas. Hasta allá fue a dar el Mariscal. A su vez, Víctor Hugo describía el golfo Juan como "una pequeña bahía melancólica y encantadora, resguardada al este por el Cabo de Antibes, cuyo faro y la vieja iglesia forman un bello conjunto al horizonte; y al oeste, por el Cabo de la Croisette, en cuya punta se yergue una vieja fortaleza en ruinas —el Fuerte de la Cruz— que se entremezcla con las rocas".

Por la mañana del 9 de agosto de 1874, el prisionero Bazaine, "el derrotado de Metz", el "traidor a la patria", como muchos le llamaban, se fugó. ¿Cómo le hizo? Bajó los 23 metros de altura que tenía el Fuerte por medio de una cuerda con nudos que alguien le aventó. Para ello, el Mariscal tuvo que sortear, sin matarse, las rocas del acantilado y el mar picado de esa noche de verano.

El 6 de octubre de 1873, diez meses antes de esta huida, un Consejo de Guerra se reunió en Versalles, en el Grand Trianon, para enjuiciar al mariscal Bazaine. El Consejo, bajo la presidencia del duque D'Aumale, condenó a muerte a Achille Bazaine por alta traición a la patria. Se le acusó de haberse rendido ante el enemigo prusiano y de haber renunciado a defender la plaza de Metz como se esperaba. Se le impuso la degradación militar, el haber faltado al honor y al deber y se le condenó a muerte. "¿Qué podía yo hacer?", trató de explicar el acusado. "Nadie me dirigía. Los deberes militares solo pueden ser estrictos cuando hay un gobierno legal, más no cuando uno se halla frente a un gobierno de insurrección. Ya no quedaba nada". A lo que el duque D'Aumale le respondió furioso: "Quedaba Francia, señor Mariscal".

Una vez que se le leyó la sentencia al acusado, los miembros del Consejo le pidieron al ministro de Guerra, como un favor especial que se conmutara la pena capital por un encarcelamiento de por vida. Argumentaron que el condenado había demostrado su heroísmo en más de una ocasión, que sus acciones valerosas le habían merecido el bastón de Mariscal. El presidente de Francia, Patrice Mac Mahon aceptó. Se le impuso una pena de 20 años de cárcel y se le permitió conservar su título de Mariscal para evitarle la degradación, aunque por supuesto se quedó sin ninguna pensión.

Sobre los 180 mil soldados que dirigía Bazaine, 173 mil fueron hechos prisioneros por los alemanes, entre ellos, el propio emperador de Francia, Napoleón III. La caída de Sedán les pareció a los franceses absolutamente inverosímil. Francia se sintió traicionada y había que buscar un culpable. Bazaine era el perfecto chivo expiatorio. Para infligir una nueva humillación a los franceses, los alemanes los obligaron a firmar la rendición en el Salón de los Espejos, en el Palacio de Versalles.

El mariscal Bazaine fue encarcelado en el Fuerte de Santa Margarita con su edecán y amigo, el lugarteniente-coronel Willette. A este no se le imputaba ningún cargo, era un acto de lealtad. El señor Baragnon, subsecretario de Estado, lo autorizó a compartir la celda junto con su superior.

A finales de noviembre de 1873, mientras Pepita se quedaba en París con Eugenia y Alfonso, sus dos hijos más pequeños, el Mariscal dejó Versalles a las 4 de la tarde. Iba acompañado de un agente de policía, de su valet, de Willette y de su hijo Francisco, que entonces tenía seis años. El niño no había querido desprenderse de su padre. Lo adoraba. Una mañana, en la prisión de Versalles, cuando Bazaine miraba al cielo a través de la ventana, Paco se acercó a él y le dijo: "Papá, cuando te fusilen, iré al cielo contigo. Mira, allí hay un rinconcito azul entre dos nubes blancas, entraremos los dos por ahí".

Los cuatro viajeros tomaron el tren exprés hacia Cannes. El traslado debía hacerse con la mayor discreción por lo que al prisionero se le prohibió bajar en alguna de las estaciones en donde se detenía el tren. La "discreción" fue un artificio, porque muy pronto se corrió la voz de que en ese vagón viajaba el Mariscal. En cada poblado, la gente se arremolinaba contra las ventanas para verlo de cerca. Durante todas las horas que duró el trayecto, el único que descansó fue Paquito. Finalmente, los cuatro pasajeros llegaron a Marsella. Ahí tomaron un ómnibus, acompañados de cuatro agentes de policía y del comisario de Antibes. En el camino, el cochero fustigaba a los caballos para que fueran cada vez más rápido. El carruaje se agitaba y los baúles del Mariscal se tambaleaban de un lado a otro. Los dos gendarmes y los cuatro agentes de policía, tanto como el comisario, llegaron a su destino en un estado lamentable, pálidos, despeinados y con un hambre atroz.

Frente a Antibes, a la orilla del mar, los esperaban dos barcazas; una para los viajeros y otra para el equipaje. La noche era fresca y tranquila. Cuando llegaron al Fuerte, la oscuridad les impedía ver más allá de las linternas que llevaban algunos soldados. El Mariscal le dio la mano a su hijo para atravesar el puente levadizo. Padre e hijo eran inseparables, la muerte de su primogénito lo había convertido en un padre aprehensivo. Después de que el director de la cárcel firmara su hoja de ingreso, el prisionero entró a su celda a la una de la mañana.

Al día siguiente el coronel Willette pudo pasearse por el Fuerte. Le habían asignado un pabellón de tres recámaras y una cocina, rodeado de un pequeño jardín lleno de naranjos. Después de desayunar y de pagar su consumo, el coronel visitó la capilla y los cuartos de los empleados del Fuerte, las despensas, los almacenes de artillería, la tienda de tabaco, la panadería, la cocina y el refectorio. Willette pasó frente a la escuela y saludó a la maestra. Atravesó una plazuela en donde se hallaba la cisterna de agua de lluvia y terminó su paseo en un sendero que llegaba hasta el mar, bordeado de árboles centenarios. Era un verdadero pueblito. Al Mariscal le habían preparado una celda al lado de la habitación del director de la cárcel. Sus aposentos contaban con una recámara y un despacho bastante modesto, en donde se hallaba un escritorio, una cómoda, una cama de hierro forjado y cuatro sillas. Bazaine había tratado de dormir con su hijo. Sus heridas de guerra lo molestaban particularmente de noche, de ahí que le pidió al niño que no se moviera mucho. Paquito no entendía bien a bien qué hacían en esa fortaleza, aunque su madre le había advertido antes de partir, que como hijo mayor, debía cuidar a su padre. "Te encargo que no fume mucho, que camine, que no coma demasiado. Con él vas a leer los cuentos y las fábulas más bonitos que se hayan escrito. El sur de Francia es muy bonito, te vas a dormir y a despertar frente al mar. Todos los días voy a pensar en ti y en lo valiente que eres, hijito", le dijo Pepita antes de tomar el tren.

El director de la prisión, el señor Marché, vestido de una forma impecable y con sus guantes cafés, se presentó ante ellos para leerles sus derechos. El prisionero Bazaine no podía recibir visitas sin un permiso especial del ministro. El valet del Mariscal dormiría en el mismo cuarto que los guardias del Fuerte. Willette podía pasearse a su antojo por toda la isla. La comida se les cobraría diariamente, 100 francos para los presos y 60 para los sirvientes. Después de todas estas instrucciones se presentó la lavandera para ofrecer sus servicios y una visita, si así lo deseaban los señores, para conocer la celda de la "máscara de hierro". A lo que Willette le contestó divertido: "Dentro de unos años, el prisionero más célebre de la Isla de Santa Margarita sin duda será el mariscal Bazaine".

Los prisioneros tenían dos distracciones: una pequeña biblioteca y la contemplación, desde una amplia terraza, de la bahía del puerto de Antibes. La vista era espléndida, sobre todo cuando el cielo estaba despejado se podían ver las faldas de los Alpes Marítimos.

Con el tiempo, en esa misma terraza, el director de la prisión se acostumbró a conversar con los prisioneros Bazaine y Willette, dos veces al día, a las 11 de la mañana y a las 4 de la tarde. No era que el señor Marché hubiera querido ser sociable, sino que deseaba mantenerse al tanto de las conversaciones de los prisioneros. Cuidaba especialmente su correspondencia, que llegaba por barco una vez a la semana. Bazaine dedicaba sus mañanas a enseñarle a leer a su hijo Paquito y a platicarle de sus batallas: Solferino, Crimea, Argelia y México. Para hacer ejercicio, el Mariscal pasaba las tardes caminando de un lado a otro en la terraza. Entre las deferencias que había obtenido del director estaba la de poder usar su ropa de civil, en lugar del uniforme de los prisioneros. Tomando esto en cuenta Pepita le había puesto en sus maletas trajes para todas las estaciones, chalecos y sacos de lino.

Un suceso vino a perturbar la paz de los presos. La señora Mariscala le escribió a su esposo para anunciarle que había decidido compartir su cautiverio. Bazaine entró en pánico. En su única habitación no cabrían su mujer y sus tres hijos: Paquito, Eugenia y Alfonso.

La única hija de los Bazaine, Eugenia, había nacido en septiembre de 1869, cuando su padre defendía la frontera este de Francia del ataque de los prusianos. Un año después, nacería Alfonso, el último hijo del matrimonio Bazaine, en Cassel, Alemania. El futuro rey de España,

Alfonso XII, sería su padrino. Entonces Pepita tenía 23 años y estaba llena de ilusiones. Era la época en que agradar a su marido era lo más importante para ella. Un mes antes del parto, en el mes de noviembre, en pleno invierno, la Mariscala alcanzó a su esposo quien para entonces ya era prisionero de los alemanes. Desde su celda, Bazaine había conseguido rentar una casa para que su mujer terminara su embarazo de la manera más confortable posible. En un arrebato de nacionalismo francés, Pepita, muy a la mexicana, mandó traer un costal de tierra de Lorraine. Con esta arcilla cubrió el piso debajo de su cama, para que después se dijera que su hijo había nacido en territorio francés. Cuando el Mariscal se enteró del nacimiento, el 13 de diciembre de 1870, con lágrimas en los ojos, le escribió a Napoleón III, también prisionero de los alemanes: *"Les prussiens ont un prisonnier de plus"* ("Los prusianos tienen un prisionero más").

Como la orden de recibir a Pepita venía del propio Mariscal-Presidente, Patrice de Mac Mahon, al director del Fuerte no le quedó otra solución más que recibir a toda la familia Bazaine. Fue así como se decidió que Pepita y sus hijos ocuparían una casita abandonada al lado de la capilla. Contaba con varios cuartos y un pequeño jardín.

El Mariscal propuso costear la restauración de la casa; la mandó a pintar, tapizar de *jacquard* rosa el cuarto de la Mariscala, poner cortinas y amueblar. Todo ello les llevó a los albañiles un mes y medio. No estaba Bazaine para desembolsar los 4 mil francos que le había costado la reparación de la casita, tampoco sabía entonces que la manutención de todos ellos en el Fuerte ascendería a unos 2 mil francos mensuales. Pero se sentía tan feliz de hallarse de nuevo "rodeado de todo su querido mundo", tan impaciente de volver a ver a su mujer y a sus hijos, que hubiera pagado cualquier precio.

Una mañana, mientras Bazaine leía a Paquito un cuento de La Fontaine, percibió a lo lejos, sobre el agua tranquila, una lancha con varias jovencitas a bordo. El Mariscal se acercó al parapeto. En ese momento, para mostrarle su simpatía, las muchachas agitaron su pañuelo blanco. A lo largo de varios días estas señoritas, todas bonitas, salieron a pasear en barco a la misma hora recorriendo siempre la misma distancia de la costa entre Cannes y Antibes. El coronel Willette, alborotado, aprovechó el descuido del director de la cárcel y bajó a su cuarto para buscar un catalejo. Era el mismo que había usado en la campaña de Oaxaca para observar los movimientos del enemigo juarista. El instrumento era de tan buena calidad que el coronel podía leer los nombres de las tiendas, de los cafés, de las farmacias, y hasta el reloj de la iglesia de Cannes. El director no le dio la menor importancia a esta constante actividad. Fue así como Willette pudo observar con detenimiento a cada una de las jovencitas que solían saludarlo a diario.

Una mañana el director entregó al Mariscal una preciosa caja redonda cubierta de tela llena de dulces. Las chicas habían pedido permiso al señor Marché de hacerle a Paquito ese regalo. Cuando el niño destapó la caja, cuál sería la sorpresa del coronel al encontrar pegados a la tapa los nombres y el color del vestido de cada una de las adolescentes, con el fin de que los prisioneros pudieran distinguirlas. Prometían, además, que no se cambiarían nunca de atuendo. Al coronel se le ocurrió responder metiendo un *billet* en una pequeña botella vacía que había contenido agua de melisa. El papelito llevaba una sola frase: "Cuídense del director de la cárcel, es el que usa guantes". Día con día, Willette las miraba por el catalejo ir y venir, del Fuerte a su propiedad, rodeada de árboles de olivo. Una tarde particularmente soleada, de un mar apacible, las muchachas se pusieron de pie sobre la barca y empezaron a cantar en coro *"God save the Queen"*. Emocionado, Willette leyó el nombre del barco y de inmediato se lo comunicó al Mariscal.

—¿Sabe usted cómo se llama el barco de nuestras pequeñas bienhechoras? *Sans Souci*. Son inglesas porque nos cantaron su himno desde la barca.

—Son adorables, lástima que no podamos hablar con ellas en su idioma. Mi inglés es muy malo.

—Ya veré la forma en que nos podamos comunicar con las tres inglesitas.

Las jóvenes y Willette idearon un medio de comunicación muy original. Consistía en escribir cada letra del abecedario sobre un cartón; de esta manera cada vez que necesitaban "conversar" entre ellos, el coronel veía la letra desde su catalejo. Por ejemplo, una tarde la del vestido azul escribió: "¿Cómo está el niño?" con cada una de las letras, lo cual formaban catorce paneles. Así se comunicaban a diario. La mayoría de los mensajes eran muy ingenuos. *"We love France"*, decía la de amarillo. "¿Qué necesitan?", preguntó una mañana la del vestido lila. Poco a poco los mensajes se hicieron más veloces y amistosos.

A finales de febrero el pabellón quedó listo para recibir a la Mariscala. En cuanto Pepita llegó al Fuerte, Willette aprovechó para ir a París a pedir permiso al secretario del Ministerio del Interior para pasear en la isla fuera del fuerte. No obtuvo ningún resultado. Quedaba otro problema por resolver, la falta de agua dulce. Willette no entendía cómo se desperdiciaba toda el agua de lluvia. Ponía de ejemplo a los mexicanos, que tanto habían sido calificado de "bárbaros" por los franceses. Los veracruzanos habían conseguido hacer del Fuerte de Perote, la antigua prisión, una joya de fortificación del siglo XVII, una inmensa cisterna de agua dulce. Los soldados mexicanos lograban por medio de un sistema de canaletas recuperar el agua de lluvia en el basamento, lo cual le permitía al Fuerte de Perote ser independiente durante un año.

De regreso de su entrevista en París, Willette se detuvo en la Villa Stéphanie en donde residían sus amigas las inglesas. Era una residencia preciosa, típica del sur de Francia, rodeada de olivos y de un jardín lleno de rosas. De cerca, las jóvenes eran mucho más bonitas que a través del catalejo; solían pasar sus vacaciones en la Costa Azul con sus padres. Eran las tres hijas, de 15 a 18 años de edad, del señor Dickinson. En la comida, Willette les platicó quién era el mariscal Achille Bazaine y por qué estaba encarcelado.

—En realidad se trata de una injusticia, el Mariscal es un gran patriota y su único pecado fue evitar una "carnicería" que le hubiera costado la vida a miles de franceses. Bazaine estaba tan convencido de su inocencia que él mismo insistió para que se le juzgara por medio de un Consejo de Guerra.

—Yo leí el caso en *The Guardian* y me interesó mucho. ¡Qué pena por el Mariscal que tanto peleó por su patria! —dijo el señor Dickinson.

—¿Podríamos ir a visitarlo un día? —preguntó la de amarillo.

—Desafortunadamente no se puede. Se requiere un permiso especial —contestó Willette.

En el postre, se rieron mucho del director de la prisión con sus guantes cafés, y del ingenio con que le tomaban el pelo.

Cuando Willette regresó al Fuerte la familia Bazaine ya lo estaba esperando. Esa noche cenaron juntos la señora Mariscala, el Mariscal, el coronel, los tres niños, su institutriz, Justa y el valet. La servidumbre que los acompañaba mostraba más lealtad que interés. Ya para entonces el Mariscal no contaba con recursos para pagarles. A partir de entonces, la vida del prisionero se hizo mucho más alegre, aunque en el horizonte ya no aparecían las tres inglesas saludando desde su barco pues habían regresado a su país.

La amplia terraza que daba al mar era el lugar de encuentro para toda su *smala*, o *tribu*, como llamaba Bazaine a su familia. Willette había rejuvenecido. Se pasaba las horas haciendo con su navaja barquitos de madera para los niños. Remojaba su larga barba blanca de hombre de 60 años en las cubetas donde los niños hacían regatas con los barcos. Mientras tanto Pepita, con su amplio sombrero de paja y delantal, buscaba la manera de crear varios pequeños jardines, ya que la plancha de la terraza no contaba con un solo árbol. En el verano el calor podía ser insoportable. Justa y ella consiguieron que los pobladores de Santa Margarita le subieran cada día dos toneles de agua dulce. Muy pronto ambas mujeres crearon una verdadera hortaliza con berenjenas, calabazas, chícharos, lechugas, zanahorias, perejil, dalias mexicanas y fresas.

El director no estaba nada contento con todo ese movimiento que perturbaba el orden de su prisión y alborotaba a sus celadores. Sin pena, estos robaban los frutos de la hortaliza por la noche.

La familia Bazaine a menudo recibía regalos. Las damas de la alta sociedad de Cannes mandaban canastas con flores, golosinas, verduras y hasta perfumes provenientes de Grasse, la cuna de la perfumería francesa. Entre los regalos que llegaron al Fuerte se hallaba un baúl de Isabel II de España. Cuando Paquito, de seis años, Eugenia, de cinco, y Alfonso, de tres, lo abrieron, encontraron decenas de juguetes, entre ellos un juego de croquet inglés y un columpio.

—Papá, cuélgame el columpio —le pidió Eugenia.

—Mi hijita, no hay un solo árbol. ¿De dónde quieres que lo cuelgue? ¿Qué te parece si mejor le pedimos a mamá y a Justa que siembren un árbol y esperamos a que crezca para colgar tu columpio?

—¿Cuánto tarda?

—Si sembramos una semillita mágica, a lo mejor tarda en crecer más rápido de lo que imaginamos —agregó el Mariscal.

—Vamos a pedirle a san Isidro, el santo de los labradores, que nos haga el milagro. ¿Qué te parece niña Eugenia? —le preguntó Justa a la niña de piernas rollizas y muy cachetona. La pequeña había heredado las mejillas de su madre.

—Papá, no puedo clavar los arcos de metal para jugar croquet.

—Necesitamos pasto para poder clavarlos. Dile a tu mamá y a Justa que hagan crecer pasto. Ellas son las hadas de Santa Margarita —contestó Bazaine, divertido con el ánimo ligero y feliz de estar con su familia.

La que estaba en otra tesitura era la Mariscala. No estaba dispuesta a permanecer en ese fuerte los próximos 20 años de su vida. Había que hacer algo. Para no mortificar a su marido se lo comentó a Willette una noche, después de la cena.

—Dígame coronel, ¿qué podemos hacer para sacar de la cárcel al Mariscal?

—¡Ah, *madame*, he allí una pregunta difícil de contestar. Yo también me he preguntado lo mismo. Y no veo la manera de salir de aquí. Estamos rodeados de las aguas del Mediterráneo, ni la "máscara de hierro" pudo escaparse.

—¿No cree que podríamos sobornar a los guardias?

—*Impossible, madame!* Eso en Francia es más difícil.

—Habrá que encontrar una manera —dijo tajante la Mariscala.

Mientras la encontraban, Willette guardó debajo de la cama los arcos metálicos del juego de croquet, las cuerdas del columpio y todos los mecates que habían servido para envolver los baúles y las numerosas maletas de la Mariscala. A su llegada, los carceleros habían revisado con absoluto esmero pieza por pieza, pero no consideraron que las sogas pudieran representar algún peligro. Fue así como el coronel llegó a juntar hasta 73 metros de cuerda. Para no despertar sospechas de los celadores, le pedía a Justa que tendiera los mecates de lado a lado de la terraza, para poner a secar al sol los calzoncillos largos del Mariscal, la ropa interior de la Mariscala y la ropita de los niños. El coronel también usaba estas cuerdas para que los niños jugaran a la reata.

Brinca la tablita, yo ya la brinqué,
bríncala otra vuelta yo ya me cansé...

Así cantaba Justa a los niños mientras brincoteaban y brincoteaban con esa cuerda tan apreciada por Willette. Mientras el coronel la miraba con avidez, pensaba. Por su parte, Pepita miraba la escena conmovida de ver a sus tres hijos vivos. De repente recordó a Achillito, el hermano mayor, quien seguramente estaba brincando pero en el cielo.

Una tarde, mientras el coronel regaba las fresas de la hortaliza, de pronto descubrió un orificio metálico para el desagüe enterrado en el jardín. Henri corrió a contarle al Mariscal que el desagüe tenía probablemente dos metros de largo. Era la medida del espesor del muro del Fuerte. El desagüe era tan sólido que bien podría servir de punto de apoyo para sostener "hasta una catedral". En ese momento el coronel concibió la posibilidad de pasar una soga por el agujero, a cuyo extremo estaría insertada una argolla sujeta por una barra de metal. Por suerte ese mismo día, el coronel encontró detrás del armario el pedazo de un cortinero abandonado por el tapicero.

Durante dos meses, a la hora de la siesta del director, y fingiendo regar las fresas, Willette se dio a la tarea de remover con un pedazo del cortinero la tierra acumulada dentro del desagüe. De esta forma la cuerda podría deslizarse libremente. Entre los montones de tierra el coronel encontró restos de huesos y desechos de comida que habrán tenido probablemente cien años. Hasta bromeó pensando que podían ser los restos de la "máscara de hierro". Ahora, restaba tejer la cuerda. Cada 30 centímetros, Willette hacía un nudo marino para que esta fuera más sólida.

Un día ya nadie pudo colgar sus calzones en la terraza. Ya no había cuerda. Pero a nadie se le ocurrió preguntar por qué había desaparecido. Para el mes de julio, a Willette le faltaban aún dos metros. Fue entonces cuando ideó desbaratar el columpio que la reina Isabel II les había mandado a los niños. Gracias al berrinche de Eugenia de obtener agua del mar para regar la hortaliza, Willette descubrió que la distancia entre la terraza del Fuerte y el mar era de 23 metros. A partir de allí, todas las noches, después de la cena y cuando todos dormían, el coronel tejía, tejía y tejía, en tinieblas. La cuerda debía ser lo suficientemente resistente para sostener los casi 100 kilos que pesaba Bazaine.

Con el asiento de cuero del columpio Willette confeccionó un arnés para que el Mariscal se lo pusiera alrededor de la cintura. En sus años mozos el coronel había sido zapatero, de allí que fuera tan hábil para cortar el cuero y para manipular las cuerdas, y las agujas. Los aros metálicos del juego de croquet fungieron de argollas y un barrote de hierro de la cama del coronel sirvió para completar el sofisticado equipo de salvamento.

Cuando la cuerda estuvo terminada y el tubo del desagüe completamente limpio, llegó a vivir a Cannes Antonio Rul, sobrino de la Mariscala. Este joven, inteligente y simpático, de 19 años y de dientes tan prominentes que parecían asomarse a un balcón, obtuvo el permiso para ir a ver a sus tíos. El ministerio le autorizó 10 visitas.

El calor en el Fuerte se había vuelto intolerable. El Mariscal mandaba traer, diariamente, un tonel de agua dulce de cinco francos para que la familia pudiera bañarse. Por esos días, Willette cayó enfermo con una crisis de paludismo, enfermedad que había contraído en Veracruz. Bazaine fue su más devoto enfermero. De día y de noche el Mariscal le ponía compresas para aliviar las altas temperaturas. La fecha de la huida tuvo que ser aplazada.

Pepita estaba desesperada. No soportaba el calor, la humedad, el ruido del oleaje, la falta de comodidades, pero sobre todo el encierro. Sus hijos estaban cada vez más inquietos y traviesos. Justa "no se hallaba", como ella decía. La comida costaba un dineral. Había que traerla por barco desde Cannes. Las noticias de su familia en México, más que tranquilizarla en esas circunstancias la mortificaban: que si seguían culpando a Rosario de la Peña por el suicidio del poeta Manuel Acuña; que si Antonio López de Santa Anna había regresado de nuevo a México; que si Lerdo de Tejada se iba a presentar como candidato a las elecciones presidenciales, que si la policía se había encontrado al general conservador Leonardo Márquez, "el tigre de Tacubaya", sin bañarse y vestido solo con una cobijita como indigente; que si Cayetana tuvo una recaída, y que si todos los conservadores exiliados en Francia, en Cuba o en España se estaban muriendo de muina y de hambre. Pepita ya estaba harta. Una noche, le abrió su rabioso corazón a Bazaine.

—¿Por qué diablos te empeñaste con tanto ahínco en que te juzgara un Consejo de Guerra? Tú sabes que se pudo haber evitado. Una vez más te ganó la soberbia. ¿Tú crees que para mí fue muy agradable irle a llorar al presidente Mac Mahon? ¿Tú crees que no sufrí en todas esas sesiones a lo largo de dos meses, frente a todas las damas de sociedad de París que iban a pasar la tarde al Grand Trianon como si fueran al circo? ¿Qué te imaginas que sentí cuando te condenaron a muerte por alta traición a Francia, por haber entregado tu ejército a los alemanes? Desde entonces todo el mundo nos señala con el dedo. ¿Con qué estigma van a crecer nuestros hijos? ¿De dónde vamos a sacar dinero para educarlos? Yo no me pienso quedar aquí contigo 20 años. He vivido aquí varios meses y no soporto este infierno. Tengo 26 años y ya me siento una vieja de 40. Además, cada vez te estás amargando más. Vives en la frustración. De la cúspide terminaste en una celda. Crees que todo el mundo te ha traicionado. ¿Qué vamos a hacer? ¿Me regreso a México y te dejo en la prisión de Santa Margarita? Una cosa te digo Achille: ¡O te fugas o te mueres aquí! ¿Te das cuenta de que si sales vivo saldrás a los 86 años? Dice Willette que ya lo tiene todo preparado. Ya llegó mi sobrino Antonio y está en la mejor de las disposiciones de ayudarnos. Le escribí a mi mamá para que venga a buscar a los niños. ¿De qué tienes miedo, Achille, si has ganado tantas batallas, si llegaste a ser la gloria de Francia y si tenías toda la confianza de Napoleón III?

Ante los inesperados reclamos de Pepita, el Mariscal rompió en llanto. Él también estaba harto de todo.

Unas semanas después, en el mes más cálido del año, llegaron al Fuerte Adolphe Bazaine y Georgine. El júbilo del Mariscal fue inconmensurable. No se habían visto desde el encarcelamiento. Los hermanos se abrazaron, platicaron y se rieron mucho. Las visitas tenían derecho de entrar al Fuerte 10 veces y de quedarse hasta la noche. Cuando caía el sol, tomaban un barco de regreso a Cannes. Sin embargo, el quinto día Georgine tuvo que pasarlo recostada en la cama de la Mariscala. Tenía una oclusión intestinal. Adolphe se la llevó de emergencia al doctor. Dos días después, Georgine falleció en Cannes. El Mariscal pidió al director de la prisión que le permitiera despedirse del cadáver de su cuñada pero este le negó el permiso.

La Mariscala tuvo un ataque de ira, al grado de confrontar físicamente al director. Con todo su coraje lo tomó de las solapas, lo sacudió, lo insultó. El Mariscal y el coronel estaban atónitos. Pepita no pudo dominarse, esta crisis había sido la más severa y la más álgida que había tenido.

—Señora, hágame el favor de dejar la isla de inmediato. No voy a tolerar semejante ofensa a mi autoridad. Por más Mariscala que sea, ¿qué se está usted creyendo?

—Señor director, esto es un atentado. Usted carece de todo sentido humanitario. Lo único que le pedía mi marido era poder despedirse de su cuñada. La conocía desde que era niña. Era como nuestra hermana.

—Yo no puedo dejar salir al prisionero sin una autorización explícita del Ministerio del Interior. Ya la pedí. Le suplico que se tranquilice.

—Para cuando llegue su maldito oficio, mi cuñada ya estará bajo tierra. ¿Se da usted cuenta del daño que nos hace a todos?

—*Les régles sont les régles, madame*. Si no le gusta, la invito a que salga de aquí —le dijo el señor Marché furioso, dando un portazo.

Esa misma noche, Willette, Bazaine y la Mariscala, de común acuerdo, decidieron acelerar cuanto antes el proyecto de la huida. Ella debía dejar el Fuerte con los niños lo más pronto posible. Dos días después, Pepita, sus hijos, Justa, el valet, la institutriz y 20 maletas salieron por el puente levadizo de la fortaleza de Santa Margarita.

Cuando el Mariscal, desde la terraza, vio a toda la familia embarcarse hacia Cannes en la barcaza, sintió un profundo alivio. Le confesó a su amigo de toda la vida, el coronel Willette:

—¿Quiere saber la verdad, mi querido Henri? Ya no la aguantaba. Las desgracias han amargado su carácter. Cada día se endurece más.

Se ha vuelto insoportable. Usted vio en qué estado se puso frente al director de la cárcel. Esto nos va a perjudicar. Pobre Pepita, ya no le puedo dar la vida que ella esperaba. No hay día en que no me reproche el haberme expuesto a un juicio militar. Ahora, ¿sabe usted lo que me está reclamando? Que no tuve el valor ni la inteligencia para recuperar los 100 mil pesos del Palacio de Buenavista. Me reprocha que no me haya quedado con ella durante el duelo de nuestro hijo porque tenía la obligación de alcanzar a mi regimiento en Nancy. Me está echando en cara el que su madre tenga que mandarnos dinero de México. Ni el bromuro de potasio ni el cloral le están haciendo efecto para dormir. Por las noches la oigo llorar. Dice que es por Achillito. Me siento culpable por la vida que le he dado, porque ya no tiene el brillo que tenía en México. Y se va a Spa, al hotel más prestigioso para una cura de aguas termales cuando sabe que no tenemos un franco. ¿Se da cuenta de lo que me cuesta ese tren de vida? ¿Qué hago, Henri, qué hago?

—Tenga paciencia Mariscal, ella es quien lo puede salvar, en todos sentidos.

El que también brindaba por la salida de la Mariscala era el director de la cárcel. Ya no habría necesidad de mandar el oficio al Ministerio del Interior para pedir la autorización de la partida de Pepita. Ella se había ido por su propia voluntad.

Con la ausencia de la Mariscala y los niños llegó el silencio al Fuerte. El director, el Mariscal y el coronel casi hubieran podido ser amigos, si no hubiera sido porque el señor Marché era muy intransigente con las reglas. Revisaba todos los correos, los regalos que llegaban al Fuerte, espiaba las conversaciones y los seguía en sus paseos en la terraza. Aun así, durante la hora de la siesta, Willette seguía con su pedazo de barrote de cama dándole mantenimiento al desagüe para que no se acumulara la tierra que cubría el orificio. Todas las tardes fingía regar las fresas.

Para calmar sus nervios y bajo recomendación médica, la Mariscala pasó dos semanas en un hotel con baños termales. Su madre llegaría a la ciudad de Spa, en Bélgica, para buscar a los niños y a Justa. Una vez que los vio a todos bien instalados, Pepita fue de nuevo a París a entrevistarse con el antiguo compañero de armas de su marido que se había convertido en presidente de la República, Patrice de Mac Mahon. Por segunda ocasión fue a llorarle.

—Señor presidente, apelo a la bondad de su corazón para hacer del cautiverio de mi esposo una pena menos dolorosa. Le suplico que obtenga su liberación, y si usted así lo desea saldremos de Francia cuanto antes para no causarle problema. El exilio puede ser un castigo tan atroz como el cautiverio. No olvide que tengo tres hijos. Todavía son pequeños y necesitan a su padre. No olvide que usted combatió a su lado. Usted fue su subordinado en Metz, y luego su superior. Le suplico, señor Mariscal-Presidente, le pido encarecidamente que interceda en favor de mi marido.

—*Madame*, a pesar de su conmovedora elocuencia, no puedo hacer más. Piense que ahorita usted sería viuda. Le hemos conmutado la pena de muerte al Mariscal por una de 20 años de cárcel. Ya es suficiente.

Saliendo de las Tullerías, Pepita subió a su carruaje más fortalecida que nunca. Por increíble que pareciera, la negativa del presidente de Francia se había convertido en un verdadero acicate. Para entonces ya solo confiaba en su energía.

—Por favor lléveme a la oficina de correos —le ordenó al cochero con una nueva voz.

Llegando a la *Poste* la Mariscala escribió un telegrama a su esposo: "Vi al Mariscal-Presidente, todo va bien".

Por la tarde se dirigió a la estación de trenes y compró un boleto para Spa. Pasó la noche escribiendo en su cabina de primera clase. Escribió siete cartas en su papel con el monograma JB en azul marino. Todas dirigidas al Mariscal, con la misma dirección de Santa Margarita pero con fechas distintas. Era fundamental despistar a las autoridades. A las 10 de la noche Pepita se encaminó al vagón-comedor y pidió un *omelette* con hongos silvestres y una copa de vino. El postre sería una tarta de fresa. Mientras disfrutaba de su cena, en sus labios se dibujaba una ligera sonrisa. ¿En qué tanto pensaría Pepita? Era tan enigmática y encantadora su expresión que un pasajero muy elegante que se encontraba solo en una de las mesas, elevó su copa para brindar por esa mujer tan misteriosa vestida de negro. La Mariscala le sonrió a su vez y continuó deleitándose con las fresas de su pastel. De pronto se acordó de las que cultivaba el coronel y no pudo evitar una franca sonrisa.

Cuando llegó a la frontera con Bélgica, tomó una calesa y alcanzó a su madre y a sus hijos en el hotel. Las aguas termales de Spa eran las más concurridas de la nobleza europea. Allí se daban cita desde el emperador Francisco José de Austria, los zares de Rusia, la familia real de Bélgica hasta algunos escritores célebres como Víctor Hugo y Alejandro Dumas.

—¡Ay, Pepita pero a qué hotel tan bonito nos enviaste! Mi habitación es como de castillo. Lástima que no nos pudo acompañar, por su edad, la tía Juliana. Yo ya mandé a México muchas tarjetas postales con esta maravillosa vista. Los niños estuvieron encantados en los baños. Han comido muy bien. Mira qué cachetotes trae Eugenia. A Justa le encantaron los jardines. ¡Qué flores y qué árboles! ¿Hasta cuándo dices que nos vamos a quedar? —le preguntó su madre con un semblante radiante y en tono festivo.

—Todavía no sé. Por lo pronto no se muevan de aquí hasta nuevo aviso. Mañana me voy.

—¿A dónde mi hijita?

—Voy a ver a mi doctor en París.

—¿Por qué no aprovechaste para verlo si ya estabas allá?

—Mamá, no hagas tantas preguntas. Confía en mí, por favor. Justa, ¿me acompañas a mi habitación? Necesito que me ayudes con mis maletas.

Al llegar a su cuarto, Pepita le pidió a su nana de toda la vida que se sentara a su lado en la cama. Con una voz muy suave le dijo:

—Nana, te voy a entregar un paquete de sobres con la dirección de Santa Margarita donde está el Mariscal. Me vas a hacer el favor de poner cada sobre en la oficina de correos. Uno cada diez días. Te voy a entregar siete cartas. Como no sabes leer, te preparé un calendario; después de poner un sobre en el correo, tachas los tres palitos que te pinté en el papel. Así no te vas a confundir. Las cartas ya tienen estampillas. Fíjate bien que te pongan el sello. Que se vea muy clarito en el sobre. Esto no se lo digas a nadie, ni siquiera a mi mamá.

Justa estaba apabullada; como de costumbre, no le podía negar nada a su niña. Tomó los sobres y los guardó en su corpiño.

Al día siguiente, vestida toda de blanco y con un impermeable bajo el brazo, la Mariscala tomó un tren con dirección a Génova, Italia. Ahí se encontraría con su sobrino, Antonio Rul, quien había viajado desde París para alcanzarla. Como una supuesta pareja de recién casados, se presentaron bajo el nombre de los duques de Revilla, mutilando el nombre de Revillagigedo. A los marineros del puerto les hizo gracia ver llegar a ese par de enamorados, tomados por el brazo y vestidos de blanco. Rentaron un vaporcito que llevaba el nombre de *Barone Ricasoli*. A bordo, la Mariscala fingió un berrinche y le pidió al capitán acercarse a las costas francesas. Antes de embarcarse, Pepita tomó la precaución de enviarle un telegrama a su marido en clave, en donde le anunciaba que todo estaba listo para la noche del 9 de agosto.

Al leer el telegrama, Bazaine sudó frío. A sus 63 años, ¿sobreviviría a tan azarosa empresa? ¿Y si se rompía la cuerda? ¿Y si el arnés fabricado por Willette no aguantaba su peso?

—Ya no se puede echar para atrás, señor Mariscal. Hemos hecho demasiados esfuerzos para que ahora diga que no. Piense en sus hijos, en Pepita que expone su vida. ¿Qué es lo peor que le podría suceder? ¿Morirse? Le recuerdo que le faltan purgar más de 18 años en este fuerte abandonado de todos.

Ya en la tarde de ese día, Willette había convencido al director de la cárcel de que retirara a los dos agentes de policía que se encontraban en una lancha bajo el pretexto de que se "estaban cocinando bajo el rayo crudo del sol". Sus argumentos no tenían desperdicio: "Usted que es tan humano, señor director, mire nada más cómo están esos pobres muchachos. ¿Por qué no les permite descansar?".

El comentario no le agradó al señor Marché pero lo acató. Eran las 12 del día. Faltaban 10 horas para el momento crucial.

Por la tarde de ese mismo domingo, mientras el director dormía la siesta, el coronel Willette quitó las fresas, pasó la cuerda por el desagüe y afianzó la argolla con el pedazo de cortinero. Para que nadie descubriera su utilería, volvió a cubrirlo todo con las fresas y las plantas de la hortaliza. Esta maniobra le llevó no más de cinco minutos. No obstante, se sentía agotado. Tuvo que acostarse durante dos horas. A las 4 de la tarde, el Mariscal y el coronel vieron desde la terraza el humo negro de un vapor que cruzaba el Cabo de Antibes. Willette le dio un codazo a Bazaine y le dijo en voz muy baja:

—*C'est la Maréchale!*

—Venga Willette, vamos a sentarnos a la sombra —le contestó el Mariscal fingiéndose despreocupado.

A partir de ese momento, ambos cuidaron el más mínimo detalle. Había guardias por todos lados. Antes de la cena, Willette vio con su catalejo a la Mariscala descender del *Barone Ricasoli* al puerto de Cannes. Era evidente que el director de la prisión no la habría reconocido vestida toda de blanco y del brazo de un apuesto joven.

La supuesta pareja de enamorados bajó a comer al restaurante el Chalet du diable. Después de que les sirvieron el postre, un delicioso helado de turrón que Pepita no probó, pidió ver al dueño. Con toda su amabilidad, muy a la italiana, se presentó el señor Marius Rocca ante los duques de Revilla.

—*Buona notte, signore*. ¿En qué puedo servirles?

—Nos gustaría que nos rentara una lancha —le dijo Pepita acariciando su collar de gruesas perlas de ámbar.

—Pero, señora duquesa. ¿A esta hora de la noche? ¿Ya vio cómo está el mar de picado? Vuelva mañana y su barco la estará esperando con mucho gusto. Seguramente el mar estará más tranquilo.

—Mañana no. Lo quiero hoy y ahora. Mire, vengo preparada. Traigo mi impermeable. Estamos celebrando nuestro aniversario. Mi marido rema muy bien.

—Si no tiene inconveniente, señora duquesa y para no correr riesgos, preferiría que salieran mañana. Es que todavía hay mistral y ayer se volteó un bote de pescadores. Apenas esta mañana encontraron los cadáveres. No puedo permitir que corran tremendo riesgo. Mañana, sin falta, pongo el bote a sus órdenes.

—Tiene que ser hoy porque justo hace seis meses que Antonio y yo nos casamos. ¿Verdad, mi amor? —le preguntó Pepita con mirada lánguida.

—Señor Rocca, ya escuchó a la duquesa. A una mujer enamorada no se le puede negar nada —le dijo Antonio, a la vez que le extendía una moneda de oro.

Marius Rocca abrió los ojos como dos platos. Sopesó la moneda y de inmediato se fue a cambiarla. En ese momento la pareja corrió a la playa y se embarcó en la lancha sin marineros.

En el Fuerte, cerca de las 9 de la noche y después de la cena con el director, antes de irse a "dormir", el coronel Willette volvió a quitar sus fresas y soltó la cuerda al vacío. De regreso en su habitación se encontró al señor Marché que había sacado una silla a la terraza para "contemplar las estrellas fugaces".

—En agosto hay muchas, coronel. Tome una silla y siéntese a mi lado. Con un poco de suerte podremos ver una.

—Está muy nublado, no se ve una sola estrella, señor director.

—No pierda la esperanza.

—Perdóneme, señor director. Estoy muy cansado. Además, le prometí al Mariscal leerle el periódico.

Mientras se llevaba a cabo esta conversación, Bazaine tomó la cuerda entre sus manos. Temblaba, le faltaba el aire, sudaba. Se había vestido con un traje oscuro, zapatos confortables que no hicieran ruido y el arnés de cuero debajo del chaleco. En los calcetines guardaba francos en billetes.

Unos minutos antes, Bazaine y Willette ya se habían despedido con un nudo en la garganta y con abrazo muy fraternal y solidario.

—Dios sabe cuándo volveremos a vernos. Permítame despedirme sin testigos —le dijo Willette con los ojos llenos de lágrimas.

En cuanto la Mariscala se embarcó con Antonio, se quitó el impermeable para que en medio de las tinieblas brillara su vestido blanco de lino. Era de estilo marinero, con botonadura de concha nácar. Esa noche el oleaje no les permitía avanzar. Sentada en la proa, Pepita se sujetaba al bote con las dos manos. Estaba aterrada. Respiraba con dificultad. Temía que de un momento a otro una patrulla costera los detuviera. Temía que la lancha se volteara con el oleaje. Y temía que en el último momento su marido hubiera cambiado de opinión.

Cuando el reloj de leontina del coronel Willette marcó las 10 de la noche, el bote llegó justo al punto donde debía llegar. Antonio había remado a contracorriente 700 metros. Cuando el bote llegó al pie del acantilado, a Pepita se le detuvo el corazón.

Las olas los llevaban de un lado a otro y los separaban de las rocas. Antonio estaba de pie con un remo en la mano intentando que la barca no fuera a estrellarse. Varias veces se sentó a remar para acercarse a la fortaleza. Estos intentos por alcanzar al Mariscal se repetían constantemente sin lograrlo.

—*¡Plus proche, plus proche!* —gritaba el Mariscal con voz ahogada.

Pepita estaba hecha un mar de lágrimas, tan saladas como el mar. Temía que el mariscal se ahogara. Lo más que Antonio pudo acercarse fue a diez metros de la costa.

La Mariscala encendió un fósforo para que el Mariscal pudiera verlos. Bastó con que ella encendiera el cerillo para que su vestido blanco brillara como la luna redonda y luminosa que esa noche tan oscura estaba ausente.

Finalmente, Bazaine entendió que a pesar de los esfuerzos descomunales de Antonio por llevar la barca hasta la roca en donde se encontraba, tendría que lanzarse al mar. Con el agua hasta el pecho llegó al bote donde Pepita y Antonio lo izaron con grandes esfuerzos. En cuanto subió a bordo, Bazaine como enloquecido abrazó a su Mariscala. Estaban empapados, aturdidos pero llenos de un nuevo brío. Antonio contempló a sus tíos en una escena de amor que nunca olvidaría. Él la besaba por toda la cara y ella le acariciaba los pocos pelos blancos que le quedaban. En ese preciso momento la luna salió de entre las nubes. Luego, Antonio y Bazaine empezaron a remar furiosamente, con el temor de que los descubrieran.

Mientras Bazaine era rescatado, otro barco los buscaba. Un marinero que había visto embarcar a la Mariscala y a su acompañante acudió con Marius Rocca a preguntarle si sabía a quién le había prestado su barca.

—A los duques de Revilla.

—Claro que no. ¿No te diste cuenta que era la mariscala Bazaine?

—*Porca miseria!* —dijo Rocca furioso.

De inmediato fue a pedirle a un amigo que le prestara un barco para alcanzar a los fugitivos antes de que la policía se diera cuenta. Nunca los encontró porque ellos estaban exactamente del otro lado de la isla. Dos horas más tarde, Marius hallaría su lancha en la playa. La Mariscala había dado órdenes a los marineros genoveses del vapor *Barone Ricasoli* de anclar en el golfo Juan y esperarlos. Al capitán le dijeron que habían ido a recuperar a Pierre, su sirviente y que levaran el ancla cuanto antes para dirigirse hacia Génova.

En tanto el director Marché buscaba estrellas en el cielo, el coronel Willette fingía leer en voz alta el periódico a Bazaine, en su celda. Esta pantomima duró más de una hora. Un guardia se presentó con dos tazas de té en una charola. Willette agradeció el gesto. Cerró la puerta. Se bebió las dos tazas para no crear sospechas.

Al día siguiente cundió por toda Francia la noticia de la fuga del mariscal François Achille Bazaine, Exjefe del Ejército Imperial. El Mariscal-Presidente Mac Mahon se sintió ridículo. Como no creyó que el "rechoncho" de Bazaine fuera capaz de bajar por una cuerda casi 30 metros con audacia y agilidad, mandó cerrar el Fuerte en lo que se llevaban a cabo las investigaciones requeridas. Un reportero de *L'Ilustration* afirmó que la cuerda era de una sola pieza y no de pedazos atados y que las manchas de sangre que se veían en ella era pintura.

La propia Pepita de la Peña publicó su versión en *La Gazette de Cologne* y en *Le Figaro,* el 19 de agosto. En la crónica de *La Gazette*, ella sostenía que había tejido la cuerda con sus propias manos. En el diario *Le Figaro* la Mariscala optó por no mencionar a los implicados, Willette y Rocca, para protegerlos:

> Veía con dolor que desde hacía algún tiempo la salud de mi marido se iba debilitando bajo la influencia de la cárcel y del aburrimiento. Un día le pedí, le supliqué, casi de rodillas, que me dejara ir a París para entrevistarme

personalmente con el Mariscal-Presidente Mac Mahon. Aceptó, aunque después de muchas dificultades.

Por ello vine a París. El Mariscal-Presidente se mostró bastante frío conmigo. Le recordé que mi marido había sido su compañero, su jefe, y que había mostrado gloriosamente sus charreteras francesas a lo largo de 42 años. Le dije que si tenía derecho de fusilarlo, no tenía derecho de torturarlo moralmente por el resto de sus días.

Mi cuñado Adolphe estaba conmigo. Él agregó que había ido a juntar su voz a la mía porque le había hecho una promesa solemne a su mujer fallecida en Cannes, asesinada por todo este dolor emocional.

El Mariscal-Presidente Mac Mahon permaneció inflexible. Se conformó con decirnos que entendía nuestra petición, pero que no podía hacer nada, que nos dejaba la esperanza.

"La esperanza", le respondí, "pertenece a Dios y Él se la da a todo el mundo".

Yo le había dicho a mi marido que, en caso de fracasar en Versalles, a nombre de mis hijos debía optar por la fuga. Y acordamos que si yo le escribía: "Estoy contenta", significaría que no había conseguido nada.

He aquí cómo me comunicaba con mi esposo. Escribía con tinta simpática en el forro de un sobre con estampillas. El director solía cortar la parte superior del sobre y retirar la carta. La leía, la volvía a poner dentro del sobre y se la entregaba a mi marido. Lo único que le quedaba a él era desprender el forro del sobre, calentarlo a la luz de una vela y leer lo que yo le había escrito.

Es así cómo le escribí al mariscal Bazaine que yo iba a ir a Spa, y de allí a Génova a rentar un vaporcito para irlo a buscar a la Isla de Santa Margarita. Le pedí que se hiciera cargo de todos los preparativos, que escrutara el horizonte hacia el golfo Juan cada tarde a las 7 de la noche, a partir del 30 de julio.

Si veía un barquito desde donde alguien le haría signos con la mano, ello significaría que debía intentar salir a toda costa de la cárcel.

No habíamos establecido un día preciso. El barco trataría de acercarse al Fuerte todas las noches, hasta que el Mariscal consiguiera alcanzarnos.

Regresé a Spa en donde me encontré a mi sobrino, el señor Rul. Le comuniqué mi proyecto. Él es un joven lleno de carácter y de energía. Es muy adinerado, es independiente; su situación le permitía enfrentar una aventura como esa.

Aceptó gustoso, pero yo puse una condición: todo lo haríamos nosotros mismos, no contrataríamos a nadie más, ni siquiera a un marinero para timonear el barco que nos ayudaría en la fuga.

Dejé a mis hijos en el hotel y me fui con mi sobrino a Génova. Allí rentamos un barco de la compañía Peirano Danovaro. El precio era de mil francos al día, y la condición que el barco permaneciera a nuestra entera disposición, de día y de noche, que fuera a donde nosotros quisiéramos y que no llevara ningún otro pasajero fuera de nosotros. El sábado 8 de agosto, a las 5 de la mañana, habiendo dormido a bordo, levantamos ancla hacia el puerto de Génova.

Llegamos a Puerto Mauricio. Los agentes de la compañía nos propusieron acompañarnos hasta la torre de la iglesia, desde donde se puede ver un magnífico panorama. Aceptamos. Me acuerdo que en ese momento, en los muros de la torre escribí mi nombre, "Josefa", tal como firmo habitualmente mis cartas.

Por la noche volvimos a bordo extremadamente cansados. Desde la víspera se había levantado un viento muy fuerte, el mar estaba picado.

El domingo a las 8 de la mañana nos fuimos a San Remo. Los dos estábamos tremendamente mareados. Por mi parte sufría un martirio, tuvieron que bajarme a la playa para que se me quitara el mareo. Me senté en la arena sin fuerzas, desesperada, y me puse a llorar como una niña.

No había comido desde la noche anterior. Lo único que toleraba eran unos pedazos de hielo que me ponían de vez en cuando en la boca.

Me llevaron al hotel de San Remo. Me recosté y pude dormir varias horas. A las 3 de la tarde mi sobrino y yo dejamos San Remo. Estábamos decididos más que nunca a llevar a cabo nuestro proyecto. Era un domingo. Había menos lanchas de pescadores que durante la semana. La suerte estaba de nuestro lado. A las 7 de la noche llegamos al golfo Juan. No hay que olvidar que el capitán de nuestro barco no sabía absolutamente nada. Con total indiferencia le dije que éramos una pareja en luna de miel y que habíamos pasado el invierno en Cannes. Incluso le señalé al azar una residencia en la costa y le dije: "Mire, allí vivíamos".

Agregué que íbamos a buscar a un viejo sirviente y tal vez a una cocinera, por ello le avisé al capitán que probablemente abordarían dos pasajeros más. Le indiqué que levaríamos ancla hacia Niza. Luego le pedimos que nos proporcionara la lancha del vapor con dos marineros para que estos nos condujeran a la costa, a la punta de la Croisette, del lado del golfo Juan. Por medio de una escalera, desembarcamos en un pequeño muelle. No queríamos que los marineros se quedaran con nosotros para no comprometer a nadie. Por lo tanto los dejamos regresar al barco. Rul y yo dimos un paseo por la costa. Vimos a una señora en su jardín. "¡Buena mujer!", le grité. "¿No tendrá de casualidad una lancha que nos rente?".

—Sí tengo una —respondió—, pero no se las rento.

Más adelante le hicimos la misma pregunta a un hombre. Nos contestó que sí nos la alquilaba a condición de que nos acompañara un marinero porque el mar estaba muy agitado.

Argumentamos que no nos íbamos a alejar de la costa y que sabíamos remar muy bien. Como seguía negándonos su ayuda, saqué una moneda de oro de mi bolsa y le pedí al hombre que me diera cambio. Mientras él corría con la moneda, nosotros brincamos en su barco y nos adentramos en el mar lo más rápidamente posible, sin esperar su regreso.

Rul se puso a remar de espaldas al Fuerte de Santa Margarita, mientras yo veía la fortaleza de frente. Mi sobrino no sabía remar muy bien; yo no sabía remar para nada. Al cabo de un minuto, mis remos chocaban con los de él, remábamos en contrasentido, el barco no iba para ningún lado, y en todo caso mucho menos hacia la isla.

Rul me sugirió que me quedara con un solo remo para por lo menos no contrarrestar su movimiento. Finalmente conseguimos llegar cerca de la isla. Había luz en la casita donde habíamos vivido durante 8 meses, situada al pie de la escalera del Fuerte. De pronto se apagó.

—Estamos perdidos. Ya nos reconocieron, y apagaron la luz para venir por nosotros.

Rul me tranquilizó como pudo. La noche estaba tan negra que ya no sabíamos dónde estábamos.

Pobres marineros novatos... No habíamos avanzado mucho. Nos tardamos dos horas en recorrer 200 metros. Así que debían ser las 10 menos cuarto cuando al fin llegamos casi al pie de la fortaleza.

Pero, ¿por dónde abordar? No teníamos ni idea. Al fin conseguí distinguir la garita del rincón de la terraza.

—Allí está el golfo Juan. Debemos dirigirnos hacia la izquierda —afirmé.

Nos acercamos a las rocas y al ver tremenda altura me dije que nuestra empresa era una verdadera locura. Me puse a llorar.

—¡Estoy loca! —grité con todas mis fuerzas—. Voy a comprometer inútilmente la vida de mi pobre marido. ¡Dios mío! ¡Qué desdichada soy!

Rul no perdió un instante su sangre fría.

—Repóngase, tía Josefa —me dijo—. De todas formas no podemos quedarnos aquí. El mar nos va a arrastrar contra las rocas. Rememos con todas nuestras fuerzas.

En efecto, la nave iba al garete al vaivén de las olas. Todavía no entiendo cómo pudimos sobrevivir a eso.

De repente escuchamos un ruidito seco.

—¿Escucha usted? —me preguntó Rul.

—¡Sí!

—Estoy seguro de que está bajando.

Un segundo después, un nuevo ruido. Parecía un cuerpo que se deslizaba. Nos pareció escuchar una cuerda agitarse al viento y golpear contra las rocas.

A pesar de la oscuridad, al fin percibí una gruesa masa bajar lentamente a lo largo del muro del Fuerte.

A toda prisa saqué un fósforo de mi bolsa y lo encendí frente a mi rostro, para que él pudiera reconocerme.

El Mariscal vio la luz y me respondió a su vez encendiendo otro fósforo. Se hallaba todavía a una gran altura. Yo estaba tan aterrorizada que me dije, esta vez en voz muy baja:

—No podrá llegar nunca hasta abajo.

Remamos, remamos, y nos acercamos todo lo que pudimos.

Escuché entonces con distinción el ruido del roce de la cuerda. Yo tenía los ojos fijos en el Mariscal, lo veía descender, cuando súbitamente desapareció entre dos enormes rocas.

Esta vez creí que todo había terminado. Me volteé hacia Rul y le dije en español:

—¡Se mató!

No supe qué sucedió en los minutos que siguieron. Cuando pude recuperarme vi al Mariscal en el agua, nadaba y se sujetaba a las rocas. Nos decía *"Plus proche, plus proche"*. Rul le aventó una cuerda desde el barco. El Mariscal la pescó y pudo acercarse un poco. Pero perdía fuerzas. Intentaba sostenerse a la cuerda como podía para no ser arrastrado por las olas; creímos que con su peso iba a voltear el barco. Fue un momento horrible. Me fui al otro lado de la lancha para hacer contrapeso.

Al fin pudo Rul pescar al Mariscal e izarlo hasta el barco. Más que entrar a la lancha, el Mariscal rodó.

Sus primeras palabras fueron las siguientes:

—¡Ay, mis niños cuánta lealtad me tienen!

La emoción le impidió decir más.

De cualquier manera, no había momento para emocionarse. Había que irnos cuanto antes. El Mariscal y Rul tomaron cada uno un remo y se dirigieron hacia el lugar donde habíamos dejado a los dos marineros italianos. Como no sabíamos exactamente dónde se encontraban, navegamos a lo largo de la costa con muchas dificultades. El Mariscal ya no tenía fuerzas para remar, incluso perdió un remo en una roca. Al fin alcanzamos la orilla en donde encontramos a los marinos muy preocupados por nosotros. Les contamos que nos habíamos perdido y que los andábamos buscando.

—Mi sobrino y mi sirviente remaron —dije—, mientras yo timoneaba.

Los marineros nos miraron con extrañeza pero no hicieron ninguna pregunta. Arrastraron nuestra barca hasta la playa y juntos abordamos su lancha para alcanzar el *Barone Ricasoli.* Eran las 12:30 am cuando llegamos a bordo del vapor. Todo el mundo dormía salvo el contramaestre. Rul fue a despertar al capitán y le dijo:

—Cambiamos de idea. Queremos ir a Génova en lugar de a Niza, de allí iremos a Nápoles.

El capitán respondió:

—Mi contrato es para Niza. No puedo ir a Génova.

Un fuerte altercado estalló entre el capitán y nosotros:

—La compañía lo contrató para que estuviera a nuestra disposición —le dije—. A usted solo le queda acatar nuestras órdenes.

Con esta última frase el capitán decidió obedecer. A la una de la mañana, el barco tomó dirección hacia Génova.

Antes de entrar a nuestras cabinas, le dije al capitán con ligereza:

—Le encargo al viejo sirviente que acabo de traer.

Llegamos a Génova como a las 11 del día siguiente. Al momento de desembarcar le entregué al Mariscal mi abrigo, mi bolsa de viaje y una pequeña maleta:

—Tenga, Pierre, lléveme esto.

El capitán me escuchó y no tuvo la menor duda sobre las cualidades de mi viejo Pierre.

Más tarde, el Mariscal me contó que se había sentido realmente asustado cuando vio la distancia entre el Fuerte y el mar. En algún momento lo único que sostenía la cuerda era el peso de su propio cuerpo. El viento lo empujaba de un lado al otro entre las rocas y la vegetación. Consiguió llegar hasta abajo pero con el cuerpo cubierto de contusiones y las manos ensangrentadas. Su ropa estaba desgarrada, su pantalón hecho jirones. Nos lo llevamos como recuerdo. El Mariscal agregó: "No volvería a empezar nunca, aunque tuviera que pasar el resto de mi vida en la cárcel".

Se me había olvidado un detalle. Como todas las mexicanas, soy un poco supersticiosa. Aquel domingo yo llevaba puesto un collar de gruesas perlas de ámbar. Llegando a Génova le dije a mi marido:

—Le daré este collar a mi hija, a mi pequeña Eugenia, para que lo lleve puesto toda su vida. Estoy segura de que le traerá felicidad.

Nadie había preparado a la "Mariscalita" para una aventura semejante. Pepita de la Peña había crecido protegida de cualquier peligro en medio de los sirvientes que la atendían y una madre ansiosa cuyo único afecto en la vida era su hija. El valor que demostró al ayudar a su marido a fugarse de la prisión no era el resultado ni de su educación ni de su carácter. Solo la movió el amor que llevaba en el corazón y la férrea voluntad de salvarlo. No buscaba en absoluto cumplir con su deber de esposa, lo que buscaba era poner de manifiesto su enorme amor por el Mariscal y recuperar al padre de sus hijos. Esa noche la "Mariscalita" se convirtió en Mariscala.

Su acto de valentía le valió la admiración de todos. Muy pronto se dijo de ella que solo "le teme a Dios y a nadie más". A lo largo de los tres países que recorrieron por tren, Italia, Suiza y Bélgica, en los cuales ya se conocía la noticia de la fuga, la gente se acercaba al vagón de los dos fugitivos para llenarlos de flores, cartas y muestras de cariño.

Marius Rocca y las señoritas inglesas fueron sometidos a un proceso verbal sin consecuencias. Willette salió por la puerta principal del Fuerte la mañana del 11 de agosto de 1874. Apenas tuvo tiempo de ir a París a despedirse de su esposa e hijos. Fue aprehendido, enjuiciado por complicidad, encarcelado seis meses, condenado a la degradación militar y privado para siempre de su sueldo y su pensión. Cuando el juez preguntó al coronel frente a la evidencia, la cuerda enroscada con la que había huido el Mariscal, por qué lo había seguido hasta la cárcel, él respondió: "El juicio en contra del Mariscal me enseñó a conocerlo y a quererlo; mi propio juicio transformó ese sentimiento en veneración". A lo largo de todo el proceso, Willette nunca se declaró culpable. Optó, muchos años después, por escribir su propia versión de la huida.

Todos los guardias del Fuerte, así como el director, fueron sentenciados y encarcelados por dos meses. El señor Marché se quedó sin empleo. La historia era tan inverosímil que todos en Francia juraban que el Mariscal había salido por la puerta principal.

El matrimonio Bazaine y Antonio Rul desembarcaron en Génova y se dirigieron a Ginebra a saludar a Eugenia de Montijo, refugiada en Suiza. La exemperatriz de Francia le dijo a Pepita con toda su admiración: "Pero mi querida Mariscalita, la historia se encargará de usted con ventaja, de todos usted ha sido la más feliz". Con estas palabras le decía que la Mariscala había sido la más libre, la más audaz y la más auténtica de todas las damas del Segundo Imperio. Mientras los Bazaine viajaban por tren hacia Spa para recuperar a los niños, los gendarmes de toda Francia iban tras los fugitivos en otros trenes.

Dos días después de la huida, Cayetana leyó incrédula la noticia publicada en México, en *El Monitor Republicano.*

> París, 11 de agosto de 1874. Hay grande excitación en esta ciudad por haberse recibido la noticia de la fuga de Bazaine de su prisión en la isla de Santa Margarita, la noche del domingo. No hay detalles de su fuga; solamente se dice que se empleó una escala de cuerda, y que Bazaine se refugió a bordo de un buque de guerra en dirección a Italia.
>
> La noche de la fuga era oscura y tempestuosa, y los periódicos dicen que el gobierno obrará pronta y enérgicamente, y que castigará con severidad a todos los que aparezcan culpables.

XIII
LA QUEJOSA

El recuerdo más remoto de Eugenia Bazaine de la Peña era la llegada de toda la familia a España tras la huida de su padre. Había sido un largo trayecto de un día y dos noches en ferrocarril. "¡Qué viaje tan lento!", se repetía adormilada la niña Eugenia. Tenía razón. Entonces los trenes debían atravesar Portugal y España con gran cautela debido a los asaltos.

—Estos bandoleros no nada más existen en México, también hay aquí, no nos vayan a dejar en cueros —le decía Justa a la institutriz francesa, mientras le apretaba la mano a la niña.

Finalmente llegaron a Madrid el 18 de noviembre de 1874. Las primeras noches las pasaron en casa del señor Fuentes, tío de la Mariscala. A pesar de la atroz guerra civil carlista que la desgarraba, Madrid era una ciudad agradable para pasear. Decía el mariscal Bazaine que sus habitantes eran "de una amabilidad evidente". Si bien la situación política en esos momentos era caótica, los madrileños se dedicaban principalmente a los paseos y a los placeres. Los teatros siempre estaban llenos. Entonces España resultaba "un caballeroso país, que nunca había rechazado a los desafortunados", según Bazaine. De allí que en lugar de exiliarse en Inglaterra, Bélgica o Rusia, hubiera preferido España; porque además de que una parte de su familia le debía su origen, allí vivían algunos de sus parientes políticos, tanto por su primera esposa, Marie, como por parte de Pepita. Además, el Mariscal había servido en ese país durante sus años militares más provechosos y sentía que amaba España. Hallaba en Madrid una seguridad que no había conocido en los últimos años.

Poco tiempo después de su llegada, el mariscal Bazaine recibió una oferta del señor Jones, director del *New York Times*, para que, por medio de cartas explicara a los lectores por qué se había dado la guerra carlista. En uno de los párrafos de su larga respuesta a Jones, Bazaine le expuso su opinión:

Sabe usted que tengo poca inclinación por el *farniente*, sabe usted de mi intención de entregarme al trabajo y a la escritura sobre el arte de la guerra, sabe que lo hice hace unos años en las provincias del norte de España, en Córdoba; se trataba de una campaña enteramente similar a la que hoy se lleva a cabo y usted me pide que le mande, de vez en cuando, una carta militar sobre las principales facetas de una guerra que se lleva a cabo en España y que por el momento cautiva a la opinión general. El tipo de trabajo que usted me ofrece me gusta, el espíritu moderado y avispado de su importante periódico también me gusta y acepto vuestra propuesta bajo las condiciones de reserva siguientes. Dejaré a un lado las cuestiones políticas de los sucesos y no me ocuparé más que de sus aspectos militares. Mis cartas no habrán de ser consideradas como una crónica del día al día, ni como un relato histórico. Conozco mejor que nadie la imposibilidad de escribir la historia de una batalla al día siguiente de haber sido llevada a cabo, y sé también de los profundos errores en los que a menudo caen los escritores, especializados y a veces autorizados, ignorantes del secreto de las operaciones y del pensamiento de los generales en jefe.

El Mariscal estaba muy necesitado de dinero; por ello aceptó la oferta. Ese nuevo reto era también una forma de mantenerse ocupado y de no echarse al olvido.

En los primeros días del exilio, Bazaine y su esposa recibían muchas visitas. Esto encantaba a la Mariscala. Unas semanas después de su llegada, la familia se instaló en la calle de Hortaliza, en pleno centro de la ciudad, muy cerca de la Gran Vía. Para cuando se mudaron a su nueva residencia, ya estaba esperándolos el menaje que el Mariscal había solicitado a su hermano Adolphe. En los grandes baúles ya estaban dos tandas de sábanas, cobijas, cortinas de Persia, telas para tapizar muebles, tapices flamencos (uno azul, el favorito de la Mariscala), todos los cubiertos de plata y los cuchillos con mango de marfil. En medio de lo que sería la sala, se hallaba el *necessaire* de campo del Mariscal, que él le había pedido de una forma muy especial a su hermano por contener sus objetos más personales, como sus peines de carey, sus brochas de afeitar, sus gafas, una tablita especial para escribir y su vajilla de viaje.

Los Fuentes y el marqués de Mena, familiares españoles de Pepita, les habían prestado prácticamente todo el mobiliario. Resultaba llamativo que las dos piezas más luminosas y grandes del departamento fueran ocupadas por doña Josefa de la Peña, madre de la Mariscala, quien se quedaría a vivir con ellos para siempre. "Estoy impaciente por tener al lado nuestro a esa querida mujer", le había escrito Achille a su hermano, acerca de su suegra.

Un mes después de la llegada de los Bazaine a Madrid, el príncipe Alfonso, hijo de la reina Isabel II, era proclamado rey constitucional de España por el ejército y la población, bajo el nombre de Alfonso XII. Con él se restauraba la monarquía.

Al cabo de dos años, la Mariscala toleraba cada vez menos el exilio en España. Seguía sin dormir, inquieta, y por ello se mostraba cada vez más irascible. Buscaba cualquier pretexto para ausentarse de Madrid. A pesar de las invitaciones al campo de sus amigas, como la esposa y la hija del marqués de la Conquista y la marquesa de los Remedios, pasaba largas estancias en París, en casa de su cuñado Adolphe. Para poder costear estos viajes, la Mariscala se había visto en la necesidad de vender casi todas sus joyas. "Si no fuera por la venta de mis alhajas, estaríamos muertos de hambre, créeme que para mí es muy doloroso deshacerme de ellas. Nunca más podré lucir gemas semejantes".

Los constantes cambios de humor de Pepita sacaban de quicio al Mariscal. Los gritos del matrimonio Bazaine asustaban a los niños, en especial a Eugenia, quien le tenía una verdadera adoración a su padre. No le gustaba la forma en que su madre lo trataba. A él lo veía como a un abuelo tierno y afectuoso; en cambio, Pepita le parecía demasiado fuerte y agresiva.

—Nana, ¿por qué le grita así a mi pobre papá? —preguntaba Eugenia, de 8 años a Justa.

—Es que tu mamá está muy nerviosa porque a veces no tenemos con qué amanecer. Mi niña ha sufrido mucho y está cansada de vivir lejos de México. ¡Si vieras qué bonito es por allá! Cuando regresemos, te voy a llevar a Oaxaca para que pruebes el mejor mole del mundo.

—Nana, ¿qué es el mole?

—¡Ay, Eugenita!, es una salsa de metate hecha con chile y cacao.

—Nana, ¿qué es metate?

—¡Ay, niña!, tú de veras no sabes nada de la vida.

A pesar de que Pepita amaba a sus hijos, el ser madre no la satisfacía del todo. Su existencia no lograba colmarla; los niños no le quitaban la melancolía ni la angustia. ¿Con qué dinero iba a educarlos? ¿En qué medio crecerían? Y, ¿cómo enfrentarían la imagen de un padre viejo y derrotado?

Madrid, 12 de enero de 1877

Hermano querido:

La Mariscala se halla en tal estado de tristeza, tan desmoralizada que es indispensable para su salud que deje Madrid por un tiempo.

Dime con franqueza si puedes recibirla y cuándo. Este es un nuevo favor que le pido a tu cariño.

Mi corazón lleno de dolor solo tiene fuerza por la esperanza de verte pronto.

Mil ternuras, y besos tiernos a Alfonsito.

Mariscal Bazaine

Pepita cambió de idea a última hora y pospuso su viaje a París. Como escribió el Mariscal a su hermano, "su ánimo tiene intermitencias de lo más desagradables para los que la rodeamos". Algo que también entristecía al Mariscal era la indiferencia que le manifestaba el rey de España, Alfonso XII, el que pensaba que era su único aliado político. Este había sido tan cordial y entusiasta a su llegada y ahora parecía que el monarca se distanciaba. El gobierno francés le había solicitado al español no recibir en la corte a un fugitivo como Bazaine. "No nos muestra el más mínimo interés y parece dejarse dirigir por la política orleanista", le escribía a su hermano.

Aun en el exilio, el Mariscal se enteraba de la publicación de los diversos libros acerca del imperio de Maximiliano. En estas obras, personajes claves de esa época como Émile de Kératry, el capitán Niox y el abate Emmanuel Domenech, daban su propia versión de los hechos. Bazaine estaba muy al pendiente, aunque algunas de esas versiones lo enfurecían. La historia lo juzgaba en vida.

Hay todavía una obra que fue publicada en 1868 bajo el título de *Intervención Francesa en México*, con un prólogo del señor Clément Duvernois. Debe ser el resultado de las intrigas del círculo de la emperatriz Eugénie, que se inspiraba de los rencores hacia mí, porque le tenía afecto a Max y que yo me había opuesto al pago integral de la maniobra de Jecker. Debes recordar lo que nos dijo Berryer en ese sentido. "Ese libro no lleva el nombre del autor". Y debe haber sido escrito por H. Castillo, que me mandó con el señor Conti, cuando estuve en Ville D'Avray, habiendo sido designado por el emperador para escribir el episodio de la intervención francesa y que le podía entregar todos los papeles para ayudarle en su trabajo, lo cual me cuidé de no hacer, porque intuí en eso una maniobra para desarmarme. Al negarme, el señor H. Castillo me dijo: "Tendrá que defenderse porque el ataque va a ser fuerte" . "¿Contra mí?", le pregunté ."Sí, contra usted".

Así lo comentaba el mariscal en sus cartas a Adolphe. Según Bazaine había incluso periódicos que lo calumniaban. Él estaba convencido de haber cumplido con su deber de soldado: "el sentimiento militar es tan innato en mí, que no puedo separarlo de la fidelidad absoluta al soberano electo, como consecuencia del juramento hecho". Esa había sido la consigna de su vida.

Si bien era cierto que Pepita cambiaba de humor intempestivamente, el Mariscal se pasaba las tardes sumido en el rencor y en la nostalgia. No se asumía como un derrotado, culpaba a las circunstancias y a la saña con la que sus detractores "envidiosos" y "cobardes" lo atacaban. Intentaba justificarse a como diera lugar y solía afirmar que "México no era hostil a la influencia francesa, lejos de ello. Nuestros soldados se hallaban bien en el país. La solución hubiera sido muy distinta si la política se hubiera conformado con un protectorado francés, porque Estados Unidos no se habría opuesto".

Para colmo de males, los Bazaine ya no tenían dinero. Pepita y su madre ya no recibían nada de México. Si no hubiera sido por el apoyo económico de Adolphe Bazaine, no hubieran tenido ni cómo pagar la renta. Orgulloso como era, el Mariscal tuvo que mostrarse humilde para solicitar ayuda a la que fuera emperatriz de Francia, Eugenia de Montijo: "Le escribí al señor Rouher para hacerle una pregunta relativa a mi hija Eugénie. Me preguntaba si sería necesario recordarle a la emperatriz la promesa hecha a su ahijada sobre su educación. Adjunto su respuesta a esta carta y te pido que vayas a darle las gracias de mi parte para transmitirle mis sentimientos de gratitud a la emperatriz. Por lo menos que haga ese pequeño sacrificio, ¡yo que he sido tan simple como para creer en el reconocimiento del soberano!", se quejaba con su hermano. Parecía que todos le daban la espalda, hasta el mismo Willette había dejado de escribirle. El tiempo pasaba, y a pesar de todos sus sinsabores, el Mariscal procuraba conservar su sentido del humor. Para su cumpleaños, del cual todos en su casa se olvidaron, le escribió a su hermano la siguiente carta:

Madrid, 11 de febrero de 1884

Hermano muy querido:

¡Pasado mañana cumpliré 74 años! Es una buena edad, como dicen los campesinos. He aquí mi inventario:

Cabello blanco cada vez más escaso

Cerebro que mantiene su memoria

Vista excelente

Audición difícil

Dentadura, de lo peor que hay

Estómago perezoso y sin sabor

Pecho bueno

Intenciones buenas

Paso lento

Nervios tensos y tan impresionables frente a los cambios, tan variables como la temperatura.

Mis dolores me recorren hoy todo el cuerpo que, sin embargo, cubro de franela y de fricciones. Mis noches son más largas. A menudo me quedo dormido en mi silla unos instantes durante el día.

En resumen, ¡me inclino hacia la tierra! ¡Amén!

Tu hermano septuagenario que te ama desde 1811,

Mariscal Bazaine

Muchos de sus amigos y conocidos habían muerto ya. Cada vez se sentía más solo. El 25 de julio de 1882 doña Josefa de la Peña comenzó una larga agonía que no hizo más que perturbar la poca paz de la familia.

Querida Caye:

Ayer mi madre recibió los últimos sacramentos a las 7 de la noche, según su deseo, a fin de no ser sorprendida. La enfermedad del corazón que la atormenta desde hace varios años ha hecho rápidos progresos.

Sus noches son de lo más agitadas y las crisis se aceleran; el doctor me previno que terminaría por sucumbir a alguna de ellas.

Esta pérdida me será muy difícil y me dejará un enorme hueco; también en Eugenia que adora a su abuela. ¡Que se haga la voluntad de Dios!

Es una nueva pena que viene a agregarse a todas las que sufro. La casa parece hospital, los niños también están enfermos. Más que Mariscala soy una enfermera enojona e impaciente. Corro al cuarto de Achille para darle fricciones en sus viejas heridas de guerra. Le duele mucho el hombro izquierdo. Es casi un anciano. De ahí corro al cuarto de los niños para darles sus medicinas; dice el doctor que Eugenia es linfática; me aconsejó que la llevara a las aguas termales de Vichy, pero, ¿con qué dinero? Inmediatamente después de darle el remedio a mi hija, corro a ver a mi madre. Pobrecita, porque se está consumiendo como un cirio, apenas puede dar unos pasos que la separan de su sillón al altar.

Para colmo hace un calor endemoniado, no me gusta este país. Cuando falte mi madre no sé qué voy a hacer, me ha ayudado tanto, es mi confidente. Si estoy nerviosa es la única persona que consigue tranquilizarme. El día que vendí mis alhajas y estaba tan triste, ella fue la que me consoló. Me decía palabras como: "Comprendo el sacrificio que has hecho al desprenderte de tus joyas, porque son cosas que las señoras apreciamos mucho, pero también es cierto que tu acción será recompensada con la gratitud y el respeto de tus hijos, que más tarde sabrán apreciar tu desprendimiento por asegurarles un porvenir". Cuando mi madre nos deje definitivamente, Eugenia y yo iremos a México para reclamar los 100 mil pesos que se me deben del Palacio de Buenavista. Esto podría ser en cualquier momento.

Recuerda Cayetana que Dios te favorecerá en todo, ten siempre mucha fe. Te quiere con todo su corazón, tu prima

Josefa

Unos meses después falleció la madre de Pepita. Ella se encerró en su cuarto, sin salir durante dos semanas. Después de esta irreparable pérdida ya no hallaba la necesidad de quedarse en España. Tomó la decisión de volver su país. Pero no sabía cómo planteárselo a su marido.

—Achille, tengo que ir a México a resolver la venta de la casa del callejón de Santa Clara. La señora Escalante dice que su cliente me propone 35 mil pesos aunque yo quiero venderla en 40. También tengo que ir a ver lo del Palacio de Buenavista, tengo esperanzas de que el gobierno de México me devuelva los 100 mil pesos que me corresponden por dote.

—Cuando recuperes el dinero que te dejó tu madre como herencia, más lo de la venta de la casa de Santa Clara, entonces ya podrás ir a hacerles una oferta a los Iturbe, de no más de 50 mil pesos, para recuperar nuestro Palacio.

—Esa familia es dueña de tantas propiedades que podrían permitirse hacerme un mejor precio. Además, no te metas con la herencia de mi madre, es asunto mío.

—Pepita, tú sabes lo que quise a "mamacita". No me interesa su herencia. Pero sinceramente tengo la impresión de que los Iturbe no querrán vender, no te hagas ilusiones. Además, ya no tenemos ningún derecho sobre ese palacio. Todo eso pertenece al pasado, ya hasta se murió don Benito Juárez y ahora el presidente Díaz no creo que quiera ayudarte, no te olvides de que es mi enemigo.

—Según tú, todo el mundo es tu enemigo. Y pensar que antes de salir de México te ofrecieron 40 mil pesos de las aduanas como compensación sobre los 100 mil y tú los rechazaste por orgulloso.

—Lo hice por ti, *ma chérie*, porque yo quería recuperar los 100 mil pesos que nos había prometido Maximiliano.

—¿De veras pensaste que el emperador iba a darnos un centavo antes de irnos? Me contó mi mamá que no tenía dinero ni para pagar a sus abogados, tuvo que pedir prestados a Carlos Sánchez Navarro 10 mil pesos para sufragar todos esos gastos, incluyendo la compra de su féretro.

—Pepita, es inútil seguir discutiendo, si te quieres ir a México, hazlo. Al final siempre terminas haciendo lo que quieres.

Tiempo después, Pepita y Eugenia, acompañadas por Justa, emprendieron el viaje. Una vez más, Pepita se había salida con la suya. Paco y Alfonso permanecieron en Madrid, en un internado. Lo que entonces no sabía el Mariscal era que nunca más las volvería a ver. Abandonado a su suerte, Bazaine se dedicó a cultivar sus recuerdos. En el verano, por las tardes paseaba a diario en las calles de Madrid, y en el invierno se encerraba a escribir su propia versión de la guerra contra los prusianos. A través de sus memorias que tituló *Épisodes de la guerre de 1870 et le blocus de Metz,* buscaba reivindicarse ante la opinión pública. A pesar de todos los años que habían transcurrido, seguía avergonzado por el juicio en el Grand Trianon de Versalles.

Desde la Isla de Saint Thomas, en el Caribe, en donde el buque transatlántico cargó carbón, la Mariscala le escribió a su marido. Con un tono desapegado le envió estas líneas:

4 de mayo de 1886, sobre el mar

Maridito mío:

Te escribo de Saint Thomas después de un viaje muy feliz y de no habernos mareado más que los primeros días. La niña está muy buena y alegre.

A Paco un abrazo muy apretado, a María recuerdos y también a Fernández, espero que te cuidarán bien.

Pepita

Después de veinte años de ausencia, Pepita y Justa llegaron a un país gobernado por el presidente Porfirio Díaz, el mismo coronel que había combatido a los franceses el 5 de mayo de 1862. El mismo a quien el mariscal Bazaine había querido vender sus fusiles y sus municiones; el mismo que ahora llevaba a México hacia nuevas vías de progreso.

México había dejado de ser un país divido por guerras intestinas. Porfirio Díaz se había propuesto convertir a la capital mexicana en el "París de las Américas". Para ello, se habían arrasado los monumentos de su pasado, la vieja ciudad se modernizaba. Cuando Eugenia, de 17 años, se encontró frente al Zócalo, por primera vez tuvo deseos de sentirse mexicana.

—No me habías contado que México era tan bonito. ¿Ya no vamos a regresar a Madrid verdad? ¡Mira qué cielo tan azul y qué aire tan puro! La Catedral es bellísima. Nunca la hubiera imaginado tan grande y majestuosa. ¿Por qué insistes en hablar francés en tu propio país? Quiero conocerlo todo, las pirámides, la Basílica de Guadalupe, los mercados y el Castillo de Chapultepec. Vamos al Palacio de Buenavista, tocamos la puerta y les pedimos a los Iturbe que nos dejen entrar. Tenemos que hacer todo lo posible para que sea nuestro otra vez.

También Eugenia se había sorprendido del puente sobre el río de la Piedad. Para entonces, la desarrollada industria metalúrgica del país permitía la construcción de puentes, vías ferroviarias, hospitales, mercados, hipódromos, cárceles y quioscos. Las damas de la alta sociedad acudían a comprar mercancía importada a El Puerto de Liverpool para después lucirla en el Jockey Club. La ciudad contaba ya con servicio telefónico, con el micrófono y el fonógrafo; los velocípedos, la bicicleta de rueda alta y los tándem circulaban por doquier. Las calles eran alumbradas a partir de las 8 de la noche por más de 400 focos. En las fiestas de doña Carmelita

Romero Rubio de Díaz se bailaba el flamante vals *Sobre la olas,* de Juventino Rosas. Los salones de fotografía cundían. Los domingos los capitalinos iban a las plazas de toros, al teatro, al circo y a la Ópera. Otra de las distracciones consistía en ir a ver a la Plaza de toros del Paseo-Nuevo cómo se elevaba el globo de Cantoya, ideado por el señor del mismo nombre, con su "arrojado aeronauta" a bordo. Los boletos de entrada eran más caros que para asistir a una corrida de toros: 10 pesos a la sombra y 2 pesos al sol.

A su llegada a la capital, la Mariscala, su hija y Justa fueron invitadas por Cayetana para que se fueran a vivir con ella a Tlalpan. Sin embargo, ellas prefirieron hospedarse en la casa de Luis Ludert Rul, primo de Pepita, en su vieja casona de la calle de Ezequiel Montes. Les parecía más conveniente estar en el corazón de la ciudad. Durante dos meses, la Mariscala se dedicó a la venta de su casa en el callejón de Santa Clara. Finalmente logró venderla en cuarenta mil pesos. En cuanto recibió el dinero, le mandó a su marido 395 francos para que su hijo Alfonso se fuera a San Sebastián a tomar baños de mar, en donde fue recibido por la reina de España. Además de enviarles dinero a sus hijos, Pepita esperaba conseguir una plaza militar en México para su hijo Paco. Nunca lo conseguiría.

Las cartas de Pepita al Mariscal escaseaban de más en más, mientras su marido le escribía a diario preguntándole cuándo regresaría. Ella estaba demasiado ocupada para pensar en el viejo. No obstante, le mandaba de vez en cuando un telegrama para anunciarle su pronto regreso. También le enviaba dinero por medio del banco y regalos para sus dos hijos. El Mariscal estaba desesperado por su frialdad, se sentía triste y muy solo. Para colmo, "sus damas", como solía llamar a su esposa e hija, ya no vivían en la casa del primo, se habían mudado sin mandarle su nueva dirección. Tampoco Eugenia le escribía a su padre, estaba haciendo nuevos amigos e integrándose a la vida mexicana en los círculos de Amadita Díaz, la hija del presidente.

Conforme pasaba el tiempo y sus cartas se quedaban sin respuesta, la correspondencia del Mariscal se hizo cada vez más lastimera. "Te respondo desde mi cama, empiezo por tranquilizarte al decirte que estoy bien, aunque mi pierna necesita guardar descanso, extendida todavía por unos días, lo cual me desagrada mucho. Cuando haya recibido el dinero cumpliré con tus instrucciones y solo pagaré lo que tú me indiques. Nada pudo ser vendido, ni muebles ni cuadros; el piano me lo quitó Fernández pocos días después de tu partida y sin mi aprobación, así como los papeles".

Pepita ya estaba harta de las quejas reiteradas de su marido. A sus 40 años sentía todo el peso de la familia sobre sus hombros. De los más de 20 años que llevaba de matrimonio, solo se había sentido plenamente feliz cinco. Sentía que su regreso a México era un ajuste de cuentas, de ahí su necesidad de recuperar el Palacio de Buenavista. Estaba convencida de que se lo merecía, pues era su dote.

Una vez que la Mariscala vendió su casa de Santa Clara y guardó dinero en el banco para poder enviar cada mes una cantidad a su familia, se dedicó a buscar una vivienda más pequeña. Finalmente se decidió por la colonia de los Arquitectos, en la cual "predominaban las construcciones elegantes, bonitas, caprichosas, de aspecto variado y pintoresco", según su publicidad. Era una nueva colonia al lado del Paseo y muy cerca de San Cosme. Pepita estaba feliz con su nueva casa en la calzada San Rafael.

Lo que nunca imaginó fue que el mismo día en que firmaba las escrituras a su nombre, su marido padecía un atentado.

Poco después de las tres y media de la tarde del 21 de abril de 1887, comenzó a circular por las principales calles de Madrid la noticia de que el mariscal Bazaine había sido víctima de un ataque criminal.

El diputado don Agustín Laserna, acompañado de su señora, pasaba a esa hora frente al número 23 de la calle de Monte Esquinza. De pronto, la pareja vio salir precipitadamente del portal de la casa de Bazaine a un hombre de buena presencia y tipo extranjero, vestido de levita y sombrero de copa.

Un instante después, y siguiendo al extranjero, salió otro hombre con aspecto de criado, con el semblante lívido y descompuesto. El valet alcanzó al delincuente que se había ocultado en un callejón sin salida. El extranjero hablaba francés y agitaba los brazos frente al criado con el sombrero en la mano.

El *concierge* del edificio salió a la calle a dar la noticia a los peatones curiosos: habían intentado matar al mariscal Bazaine. El francés repetía que solo había vengado a su patria. En ese momento llegó el doctor Benjamín Vázquez, quien detuvo al extranjero por la levita.

Cuando el diputado Laserna lo interrogó, el francés contestó que se llamaba Louis Hillaraud, natural de La Rochelle, y que había ido a Madrid con una misión que Dios le había confiado.

Dos agentes de la policía acudieron a interrogar al sospechoso. Hillaraud no opuso la menor resistencia. Con toda tranquilidad declaró que tenía 37 años, que era soltero, viajante de comercio y corresponsal de un periódico de su país titulado *Le Courrier de La Rochelle*. De estatura regular, complexión robusta, revelaba una gran sangre fría. Sin inmutarse, sacó del bolsillo interior de su levita un puñal de hoja prismática, de cortas dimensiones y con empuñadura de ébano. Acto seguido, los guardias condujeron al culpable a la prevención del distrito. Todo hacía creer que, más que un malvado, se trataba de un fanático.

Hillaraud había ido la víspera a la casa del Mariscal, pero este no lo recibió. Al otro día se presentó de nuevo a las dos de la tarde, solicitando una audiencia que le fue concedida. Ambos charlaron durante largo rato, y antes de despedirse, Hillaraud le clavó el puñal, infiriéndole una herida en la parte superior de la cabeza. Por fortuna la herida no fue de gravedad, ni por su extensión y ni por su profundidad.

El agresor, sin precipitarse gran cosa, abandonó el lugar del delito. Apenas apartó a una de las sirvientas que intentó cerrarle el paso.

Esa noche, Bazaine no pegó el ojo. Los puntos de sutura que le había hecho el doctor Benjamín Vázquez en las dos heridas lo llenaban de dolor físico y moral. Que un francés, 17 años después de la caída de Metz, se hubiera tomado la pena de viajar hasta Madrid con la única intención de matarlo, le parecía inconcebible. Esa venganza le dolía más que la herida. Un fanático de 37 años atacando a un viejo de casi 80 le parecía inadmisible. Francia no olvidaba, seguía considerando que el mariscal Bazaine era el causante del desastre. "¡Y yo que pensaba que el pasado había muerto!", se dijo el Mariscal recostado en su cama. Su rostro visiblemente demacrado mostraba una tristeza infinita. Ese día sus hijos se hallaban en la Academia militar. Salvo las dos sirvientas, estaba solo. Y, por si fuera poco, llevaba dos meses sin tener noticias de Pepita.

Para no alarmarla le escribió: "Tuve un accidente sin gravedad". Temía, sin embargo que se enterara por la prensa que se trataba de un intento de asesinato. Tenía razón, la noticia se publicó en todos los periódicos de Francia, España y México.

3 de mayo de 1887

Maré querido:

Me enteré por *El Monitor Republicano* del atentado que sufriste. Lo siento en el alma, espero que el tratamiento que te mandó el doctor Vázquez dé prontos resultados. Eugenia está feliz, tiene novio. Es el hijo mayor de la familia yucateca Peón de Regil. Son dueños de haciendas de henequén. Encontré un magnífico abogado para que resuelva el asunto de Buenavista, se llama Manuel Gómez Parada y él me sugiere que iniciemos un juicio. Pero me dijo que podía durar años. Ahora que cuento con un apoderado para seguir las gestiones, puedo volver a tu lado cuanto antes. Yo te aviso.

Recuerdos a mis hijitos,

Josefa

La respuesta del Mariscal a esta carta fue muy clara: "Solo puedo aprobar plenamente tus proyectos para la resolución de Buenavista". Lo que ninguno de los dos imaginaba es que el caso estaba perdido de antemano.

No fueron años sino pocos meses lo que duró el juicio. Para los jueces, los argumentos de Pepita resultaron absurdos y anacrónicos, casi risibles. Según la "quejosa", nombre que se le atribuyó en el juicio de amparo entablado por la Mariscala, el Palacio de Buenavista había sido adquirido por la regencia del Imperio de Maximiliano. El juzgado del segundo distrito de la capital mexicana concluyó que:

> Considerando que conforme al decreto del 14 de diciembre de 1862 fueron nulos todos los actos y contratos celebrados por los llamados gobiernos de la Regencia y el Imperio, y por lo mismo deben considerarse inexistentes los contratos de que pretende la quejosa derivar su derecho de propiedad a las casas número 22 y 23 de la calle del Puente de Alvarado. Considerando que esa medida se desprende *ipso facto* del Artículo 128 de la Constitución, los actos referidos no pueden producir efecto alguno civil en favor de la quejosa, porque eso implicaría el reconocimiento de las aptitudes legales de los gobiernos referidos para adquirir y enajenar las fincas enunciadas. Considerando que, por lo expuesto, esa adquisición fue nula, sin embargo, hecha como fue con los fondos públicos de la nación, está en uso de su más perfecto derecho a revindicar esos fondos al recobrar la posesión de sus alienables derechos. Aunque la quejosa alega que aquellos fueron comprados con tesoro francés, esto es una acepción tan inverosímil y absurda. Ni la regencia administró el tesoro francés ni el estado de guerra en la República, y la

intervención francesa podían haber establecido derechos en favor de los beligerantes. Por lo expuesto y con fundamento de los Artículos 101 y 102 de la Constitución y 38 de la Ley del 14 de diciembre de 1882, se confirma la sentencia del juez de Distrito y se declara:

1. La justicia de la unión no ampara ni protege a la señora Peña de Bazaine contra los actos de que se queja.
2. La misma justicia de la unión impone una multa de 100 pesos a la propia quejosa.

Firmado por el Presidente y Ministros que formaron el Tribunal Pleno de la Corte Suprema de Justicia de los Estados Unidos Mexicanos.

Señor Presidente de la Corte, no me pueden hacer esto, mi marido el mariscal Bazaine hizo mucho por México. Cuando el emperador Maximiliano nos entregó el Palacio de Buenavista como regalo de bodas el 26 de junio de 1865, fue muy claro al decir a mi marido que si no quería conservar la posesión de dicho Palacio para mí, en ese caso la nación volvería a hacerse de él, y obligaría al gobierno a darme 100 mil pesos como dote. México tiene que compensarme con algo. Que por lo menos se me atribuyan 50 mil pesos, señor Félix Romero. Después del imperio nos dejaron sin nada, tengo tres hijos. Me vine de España para salvar la fortuna de mis hijos, hubiera podido no hacer este viaje. ¿Usted cree que con los pocos recursos que tengo basta para mantener a un Mariscal, a sus dos hijos y a la sirvienta? Atravesé la mar sola, con una hija, para resguardar los intereses de mi familia. Señor, ¿se imagina usted cuán cruel e injusto ha sido el destino de un anciano agobiado por la desdicha? Un Mariscal que hizo mucho por este país tan dejado de la mano de Dios. Ahora resulta que tengo que pagar 100 pesos de multa, ¿de dónde los voy a sacar? No tengo a quién pedirle prestado. Mi marido conoce muy bien a don Porfirio, estoy segura de que si el señor Presidente de la República se enterara de este atropello saldría en mi defensa. Conozco muy bien a doña Carmelita, mi hija es amiga de Amadita, va a sus fiestas. Señor Romero, ¡no me pueden hacer esto! ¿Sabe usted cuántas veces he ido a los juzgados? ¡Casi a diario! Me mandaban de un lado a otro, cada vez me pedían más documentos, tenía que traer testigos, pero muchos viven en Francia. El licenciado Gómez Parada me dijo que tenía derecho de reclamar las posesiones de las que fui despojada. También conozco muy bien al diputado Yves Limantour. ¿Sabía usted que soy la sobrina nieta del expresidente de México Manuel Gómez Pedraza? A la mejor usted tampoco sabe que mi familia fue antes dueña del Palacio de Buenavista.

Yo solía jugar ahí cuando era chiquita. Mi tía abuela, doña Victoria Rul y Obregón, viuda de Pérez Galves, descendiente de los condes de la Valenciana, fue la dueña hasta que lo compró el regente Juan Nepomuceno Almonte. ¡Ay señor Romero, no le pueden hacer esto a una Mariscala! ¡Ayúdeme por favor! ¿Entonces ya no hay nada qué hacer incluso si voy a hablar con el Presidente?

Pepita estaba desolada. Pensó que sería más fácil; para colmo había que pagar al abogado y la multa. No se esperaba nada de todo eso. ¿Cómo se lo iba a decir a su marido? No le gustaba que después de la hazaña de Santa Margarita ahora la viera derrotada. Saliendo del juzgado, la Mariscala entró a la iglesia de la Profesa y, con el rostro bañado en lágrimas entre sus manos, se puso a rezar.

Mientras tanto, en Madrid, el Mariscal rumiaba sus heridas. No solo le dolían las lesiones de guerra y las del atentado, sino que, por encima de todas ellas, le dolía el alma por lo que él veía como el desamor de Pepita.

Ante el desapego de su esposa y la incertidumbre de su regreso, el Mariscal buscaba mantenerse animado. Sus dos hijos varones eran su única fuente de alegría. Cuando le anunciaban que irían a comer a casa, Bazaine le pedía a María, la cocinera, que preparara un menú especial. Pero eso sí económico, porque había que cuidar hasta el último centavo que mandaba la Mariscala. "A Paquito le doy de tu parte 50 francos al mes, y otros seis al día que le descuento a la cocinera, lo cual nos da 180 reales, es decir, otros 50 francos más a su paga de 50 francos al mes, por lo tanto Paquito tiene unos ingresos de 150 al mes pero siguen siendo insuficientes". Como sus padres, este hijo de 20 años era muy despilfarrador. Le gustaba vestir bien, ir a los cafés y a las cantinas y lo peor de todo, jugar. En eso se le iba casi todo su dinero.

Una cálida mañana de junio, el Mariscal amaneció de muy buen humor. Pepita le acababa de anunciar que estaría de regreso en Madrid para finales de septiembre. Estaba tan contento con esa noticia que incluso le propuso a su esposa cambiar de casa y buscar una en el barrio de su elección. Ya para entonces Bazaine caminaba con mucha dificultad. Solo como estaba, su distracción consistía en pasear todas las tardes en coche de sitio. Como no tenía amigos y la familia de su esposa no lo visitaba, sus únicos interlocutores eran los cocheros. Con ellos platicaba de política, de lo caro que estaba todo y de zarzuelas. A veces se entristecía de pensar que sus hijos no tuvieran su temple. Sentía mucho verlos perder el tiempo en paseos con los amigos. Alfonso, de 18 años, quien esperaba naturalizarse mexicano para alcanzar a su madre en México, no hacía otra cosa más que leer. Tal vez ellos también estaban deprimidos; en el fondo de su corazón se preguntaban si su padre, el gran Mariscal, había sido realmente un héroe o un traidor; a su madre la veían distante, demasiado preocupada por su posición social. Para ellos México era una tierra muy lejana. Cuando en su grupo de amigos se mofaban de la manera de ser de algunos mexicanos, no sabían si defender el país de su madre, o al contrario, unirse a las críticas. Los jóvenes Bazaine tampoco consideraban a Francia como su patria. Eran los hijos del exilio; lo mismo le sucedía a Eugenia, pues no se sentía ni mexicana ni francesa ni tampoco española. Su única certeza era ser hija del mariscal Achille Bazaine y de la Mariscala. Quien no dudaba de su identidad era Pepita, ella se sentía la más francesa de las mexicanas.

16 de septiembre de 1888

Mi buena y gentil Eugenia:

Te estoy agradecido por todas tus lindas cartas que me han dado mucho gusto, pero lo que más alegría me da es la noticia de tu regreso para este otoño, porque me estoy haciendo viejo y mi salud no es buena. Me hallarás muy cambiado y poco activo.

Ya no quedan más que cuatro de tus pájaros, a pesar de todos los cuidados que les procuramos. A cambio, hallarás un gato y dos perros, uno grande y una perrita negra que pertenece a Alfonso. Es un pequeño zoológico.

Hoy es fiesta nacional en México, día del "grito". Yo acompañé al emperador Maximiliano a Dolores. Me acuerdo que en la plaza había mucha gente, todos gritaban vivas a la patria y al emperador. Los mexicanos son muy gritones, ya ves cómo grita tu mamá. Por cierto, estoy emocionado de verlas pronto. Espero que esta vez tu madre sí cumpla su promesa de volver. Pon en tu maleta un cuarto de flor de jamaica, de esa no hay aquí. Y cuando llegues te pediré que me hagas una agua fresca. No te tardes *ma petite Eugénie.*

Dale mis saludos a la señora Almonte y a la señorita Valle.

No veo a nadie. No puedo darte ninguna noticia de la sociedad y Madrid es todavía más triste sin ustedes.

Mil ternuras de tu padre y de tus hermanos.

Mariscal Bazaine

Había días en que Pepita no se acordaba de su esposo. El tiempo se le iba en pensar en cómo recuperar una compensación, la que fuera, de su palacio. Pasaba las tardes con Cayetana o en los cafés con sus amigas de antaño o algunas de las que fueron damas de compañía de la emperatriz Carlota. Llegó a visitar incluso a Rosario de la Peña, su prima hermana, con quien se había reconciliado. Lo que más disfrutaba era pasar algún domingo en casa de los Iturbe, tomando el té, en el Palacio de Buenavista. Como todos eran tan educados y civilizados nadie sacaba a relucir el litigio sobre la propiedad. Con los años, Pepita había aprendido a ser muy mundana. El noviazgo de Eugenia había durado poco; ahora se dedicaba a tomar clases de piano y de baile. Justa deambulaba por la casa, ahora sí sin hallarse, a causa de las cataratas.

Un viernes por la tarde, mientras la Mariscala preparaba unas peras en almíbar, a lo lejos escuchó el silbato del cartero. Traía un telegrama urgente. Justa se lo entregó. Lo abrió y al leerlo tuvo ganas de morirse. Su hijo mayor le anunciaba la muerte de su padre.

Cuando Pepita se enteró de que su marido había emitido su último suspiro, corrió por la casa abriendo todas las llaves de agua que encontraba a su paso. Abrió las de la cocina, las de los lavabos y las de las grandes tinas con patas de león. Abrió las del patio y quería abrir todas las de sus vecinos. Había un par de llavecitas que eran las que más derramaban líquido: las de sus ojos. Derramaban millones de lágrimas que le salían quién sabe de dónde. En ese momento Pepita se dio cuenta de todo lo que había querido a su Mariscal.

Lloraba por todo lo que habían pasado juntos. Lloraba por las cartas de amor que él le había escrito a lo largo de 30 años. Lloraba de remordimiento porque nunca regresó a Madrid. Lloraba porque no había estado a su lado el día del atentado. Lloraba por todas las horas que lo dejó solo, esperándola. Lloraba por todas las veces que se había dejado consentir, como una niña mimada. Lloraba sin parar por las veces en que no había estado a la altura de una verdadera Mariscala. Lloraba porque aún veía a su Mariscal colgado de una cuerda a 23 metros de altura, en el Fuerte de Santa Margarita. Lloraba porque se murió su hijo Achillito a los dos años de edad. Lloraba porque no le perdonaron la vida a Maximiliano, porque Carlota seguía loca, confinada en el Castillo de Laeken. Lloraba porque su mamá se fue creyendo que su hija era muy feliz. Lloraba porque su perico Benito había muerto mudo. Lloraba porque se sentía una intrusa en su país. Y lloraba, sobre todo, porque ahora era la viuda del mariscal Bazaine.

Eugenia también lloraba, pero ella lo hacía en silencio. Una vez que abrazó a su madre y la consoló lo mejor que pudo, se fue a su cuarto, buscó una fotografía de su padre, la abrazó contra su pecho y le pidió perdón por haber estado lejos de él en el momento de su muerte. En cuanto a Justa, se cubrió la cabeza con su rebozo, se hincó al lado del fogón en la cocina y se puso a rezar por el alma de su patrón.

Madrid, 24 de septiembre de 1888

Mi querida mamá:

Le escribo a usted todavía bajo la impresión y la honda pena que me embarga por la muerte de mi papá a quien, como usted sabe, quería con toda mi alma. Desde el principio de su desgracia he sentido un hueco en mi corazón.

Esto ha sido para mí un golpe fuerte de repente, pues cuando solamente lo pensaba me parecía que nunca iría a llegar este momento.

El pobre papá ha muerto con toda la resignación propia de un mártir. Y en su momento ha sido víctima de una de las más grandes injusticias.

No tuve ni siquiera el consuelo de cerrarle los ojos, pues estaba yo en la Academia. Cuando llegué a Madrid, que fue a las 2 de la tarde, mi pobre papá había expirado.

Durante su enfermedad, que duró poco más de un día, estuvieron a su lado Alfonso y María. No se separaron de él ni un momento. Pero ninguno de nosotros creíamos que sería tan grave su enfermedad.

El domingo a las 6 de la mañana fue cuando le empezó la congestión. Desde esa hora y hasta las 11 estuvo en agonía.

María mandó enseguida recado al cura y también a mi tío Félix. Todos estuvieron cerca de él hasta que expiró. Dice María, que antes de morir, mi pobre papá repetía "*Plus proche, plus proche*". Era a usted, querida mamá, a quien quería más cerca en ese momento.

La familia no se ha portado bien con nosotros. Cuando mi pobre papá acabó de expirar, en la casa no había más que unas cuantas pesetas, las cuales vio mi tío Félix. Pero no se preocupó, ni siquiera nos preguntó si teníamos con qué comer ese día.

Mi tío había propuesto que el entierro fuera de segunda clase. Yo me opuse terminantemente a ello y lo hicieron de primera.

Cuando vinieron con la partida de defunción me dijo mi tío que yo la firmara. Como soy menor de edad, la firmó él. Pero no quiso firmarla como pariente y la firmó como amigo.

Ya María pidió 25 duros prestados como habíamos quedado. Tuvo que empeñar unos pendientes. Con este dinero vamos tirando este día.

Pura, tan buena como siempre, ella es la verdadera amiga de la casa. En estos momentos de dolor no nos ha abandonado ni un instante.

¡Cuánto me han hecho falta usted y mi hermana! Durante el entierro había muy poca gente. En el libro de condolencias solo firmaron 14 personas, entre ellas el general Martínez Campos, mi tío Félix y dos sacerdotes.

Ni mis tíos de Casa Mena, ni nadie de todos los que, cuando teníamos en casa fiestas, se disputaban y brincaban influencias para pisar nuestros salones, han dejado al menos una tarjeta de condolencias.

Los criados antiguos fueron los que, desde el primer momento, se presentaron y no abandonaron el cadáver hasta que salió de casa.

A papá le vestimos de frac y le pusimos la roseta de la Legión de Honor. Encima del féretro le pusimos las charreteras y la espada.

Toda la prensa ha hablado muy bien y se han escrito artículos muy bonitos sobre su muerte.

No sucede lo mismo, según dice mi tío Adolphe, con la prensa francesa. Parece que dicen pestes y entre ellos Eusebio Marco que no firmó con su nombre.

Si estuviera ya en el ejército y pudiera viajar, si tuviera unos cuantos billetes de mil francos, iría a París a ver a unos de esos periodistas. Seguramente no saldría muy bien librado, pero como no tengo permiso más que por 15 días, tendré que quedarme en Madrid.

Les mando toda mi ternura a usted y a mi hermana,

Paco

El entierro del mariscal Achille Bazaine se llevó a cabo a las 4:30 del 24 de septiembre. En la calle había algunos curiosos que veían pasar la carroza fúnebre jalada por seis caballos. Los lacayos llevaban el rostro empolvado. Frente a la puerta de su casa se hallaban varios amigos, todos españoles. Entre ellos, el mariscal Martínez Campos, un solo francés y dos curas. En el despacho del *concierge* se había dispuesto un cuaderno en el cual se podían leer los nombres y firmas de algunos nobles y de varios generales. Solo unas tres docenas de personas acompañaron el convoy de cuatro coches particulares y de cinco coches rentados. El cuerpo de Bazaine estaba vestido con un traje negro. En el ataúd se colocaron la espada y las charreteras que había llevado cuando la rendición de Metz. Ninguna corona. Ninguna cabeza se descubrió cuando el cortejo fúnebre se puso en marcha para atravesar las calles de Madrid hasta el cementerio de San

Justo. Un sacerdote español, el consejero de Estado Laserna, pariente de la señora Bazaine, y el hijo del difunto, estaban vestidos de luto.

Toda la colonia francesa, que se componía de más de 8 mil personas, se abstuvo de seguir el convoy o de mostrarse siquiera cuando pasó el cortejo.

En los últimos momentos de su vida Bazaine estaba literalmente reducido a la miseria. Los ricos oficiales que sirvieron bajo su mando a menudo recibían de su parte solicitudes de préstamo. Estas cartas estaban escritas en los términos más conmovedores posibles. El Mariscal apelaba a la "liberalidad sin esperanza de retorno", "no es un préstamo", decía, "que solicito, y no sería honesto si no le dijera que nunca tendré la posibilidad de pagárselo", o textualmente "es su antiguo general, nuevo Belisario, que le está tendiendo su casco".

La viuda de Bazaine leyó numerosos artículos sobre su marido; sobre si debía o no haber sido juzgado con tanta dureza. Para algunos, Francia había sido vengada a través del juicio y del exilio de por vida del Mariscal. Lo que consolaba a Pepita era que aún faltaba el punto de vista de la historia, faltaba lo que pensarían las nuevas generaciones de esa derrota, de ese juicio y de ese Mariscal fallecido en la miseria. Ella tenía muy presente la carta de pésame que le había escrito su sobrino Achille, hijo de Adolphe: "Vuelvo a ver, en mi época de estudiante, los ejemplos amados que me precedieron. Y las lágrimas inundan mis ojos, cuando pienso en todas las dificultades y en la vergonzosa persecución que padeció un inocente, al grado de hacerme perder la confianza y mi sentido de lo que es justo o injusto". Por su parte, su otro sobrino, Adolphe, le escribió: "Dios, en su justicia, que sondea el fondo de las conciencias recibirá en su gloria eterna al que soportó con una conmovedora resignación todas las calumnias y todas las injurias. Mientras sigamos sirviendo a Francia con el mismo ardor nos mostraremos dignos de este héroe que le dio su vida a su patria ingrata".

En junio de 1900 Eugenia Bazaine de la Peña terminó de leer todas las cartas que encontró en los baúles después de la muerte de su madre. Las había acomodado por fechas. Solo le quedaba una por leer, la última. Se la había escrito el Mariscal a su esposa unas horas antes de morir y no alcanzó a enviarla nunca. Eugenia se conmovió hasta las lágrimas al constatar el desgaste de la escritura de su padre. Para ese momento ya estaba muy enfermo, pero siguiendo su costumbre no había querido decirle cuánto sufría para no alarmarla. Su caligrafía en tinta sepia era casi ilegible. Las líneas declinaban hacia la esquina de la hoja de papel. Algunas de sus frases no se entendían. Les faltaba todo el vigor de las primeras cartas de amor, escritas a raíz de su primer encuentro, el 15 agosto de 1864, en el baile ofrecido por Bazaine a sus majestades Maximiliano y Carlota.

Esta carta fue encontrada entre las sábanas de Bazaine, mientras María aseaba su cuarto por última vez.

Madrid, 20 de septiembre de 1888

Ma très chère bienaimée:

Me temo que ahora sí me inclino hacia la tierra. Tengo frente a mí tu rostro iluminado por la luz de un fósforo, en medio de la oscuridad de una noche eterna. Te me apareces como cuando te encontrabas en aquella barquita frente al Fuerte de Santa Margarita. Nunca olvidaré ese momento. Eras tan tú en medio de las tinieblas. Eras mi faro, mi brújula, mi todo. Era mi Pepita que venía a rescatarme. Solo tú podías salvarme. Eso lo supe desde la primera vez que te vi con tu vestido de baile blanco. Eras todavía una niña. Eras mi niña, *ma petite maréchale*. Quiero que sepas que desde entonces nunca he dejado de amarte un solo momento. Me iré sin resentimientos. Siempre procuré actuar según mi conciencia. Si no hubiera sido por ti y por nuestros hijos, mi vida no hubiera tenido sentido. Te doy las gracias. Si no me alcanzas, no te preocupes.

Siempre fuiste muy impuntual, Pepita, *mon amour…*

FUENTES

Archivos consultados en Francia

Archivos Nacionales (AN)
Archivos del Ministerio de la Defensa (Château de Vincennes)
Biblioteca Nacional (Bibliothèque François Mitterand)

Archivos consultados en México

Archivo General de la Nación
Archivo Histórico de la Ciudad de México
Archivo Histórico del Arzobispado de México
Archivo Histórico del Registro Civil del Distrito Federal
Archivo General CJDF, Poder Judicial del Distrito Federal
Centro de Estudios de Historia de México, Carso
Fototeca Nacional, Sinafo, INAH
Hemeroteca Nacional, UNAM

Bibliografía

Almonte, Juan Nepomuceno, *La guía de forasteros y repertorio de conocimientos útiles,* Ilustraciones de Dolores Almonte, (1857) México: Ed. Mora, Col. Facsímiles, 1997.

Barros, Cristina, Buenrostro Marco, *Vida cotidiana Ciudad de México, 1859-1910,* México: Consejo Nacional para la Cultura y las Artes (Conaculta), Universidad Autónoma de México (UNAM), Fondo de Cultura Económica (FCE), Lotería Nacional, 1996.

Bazaine, François Achille, *La intervención francesa en México según el archivo del Mariscal Bazaine,* México: Viuda de C. Bouret, 5 vols., 1905.

Bazant, Mílada, Bazant, Jan Jakub, *El diario de un soldado: Josef Mucha en México, 1864-1867,* México: El Colegio Mexiquense, 2004.

Blasio, José Luis, *Maximiliano íntimo. El emperador Maximiliano y su corte. Memorias de un secretario,* Prólogo de Patricia Galeana, México: UNAM, 2013.

Castelot, André, *Maximilien et Charlotte au Mexique: la tragédie de l'ambition,* París: Perrin, 2002.

Centro de Estudios de Historia de México Condumex, *Guías e índices de los Fondos del Segundo Imperio,* México: Centro de Estudios de Historia de México Condumex, 2007.

Conte Corti, Egon Caesar, *Maximiliano y Carlota,* México: FCE, 2003.

Couturier, Edith, Zamudio, Mario, "Una viuda aristócrata en la Nueva España del siglo XVIII: la Condesa de Miravalle", en *Historia Mexicana,* vol. 41, México: El Colegio de México, 1992.

Del Paso, Fernando, *Noticias del Imperio,* México: Diana Literaria, 1987.

Del Valle Arizpe, Artemio, *Calle nueva y calle vieja,* México: Diana, 1985.

Dentu, *Que ferons nous à Mexico?,* París: Dentu, 1863.

Díaz y de Ovando, Clementina, *Invitación al baile. Arte, espectáculo y rito en la sociedad mexicana (1825-1910),* México: UNAM, 2 vols., 2006.

Du Barail, François Charles, *Mes souvenirs,* París: Plon, 1897.

Fleury, Félix Émile, *Souvenirs du général Cte. Fleury. T.2.1859-1867,* París: Plon, Nourrit et Cie, 1897-1898.

Galeana, Patricia (coord.), *El impacto de la Intervención Francesa en México,* México: Siglo XXI, 2011.

_____________, *El Imperio Napoleónico y la Monarquía en México,* México: Senado de la República, Secretaría de Educación del Estado de Puebla, Siglo XXI, 2012.

González Laporte, Verónica, *El hijo de la sombra,* México: Editorial Las Ánimas, 2014.

González Obregón, Luis, *Las calles de México,* México: Botas, 1944.

Gouttman, Alain, *La guerre du Mexique, 1862-1867, Le mirage américain de Napoléon III,* París: Perrin, 2008.

Guillemin, Henri, *Cette curieuse guerre de 70, Thiers, Trochu, Bazaine.* París: Gallimard NRF, 1956.

Hamann, Brigitte, *Con Maximiliano en México (diario del príncipe Carl Khevenhüller 1864-1867),* México: FCE, 1969.

Iglesias, José María, *Revistas históricas sobre la intervención francesa en México.* Introducción de Martín Quirarte, México: Porrúa, 2007.

Kératry, Emile de, Prévost-Paradol, Lucien Anatole, *Elevación y caída del Emperador Maximiliano: Intervención francesa en México. 1861-1867,* Trad. Hilarión Frías y Soto, México: El comercio de N. Chávez, 1870.

Knechtel, Wilhelm, *Las memorias del jardinero de Maximiliano. Apuntes manuscritos de mis impresiones y experiencias personales en México entre 1864 y 1867.* México: Instituto Nacional de Antropología e Historia (INAH), 2012.

Kolonitz, Paula, *Un viaje a México en 1864,* México: FCE, Secretaría de Educación Pública (SEP), 1984.

Lefèvre, Eugène, *Documentos oficiales recogidos en la secretaría privada de Maximiliano: Historia de la intervención francesa en Méjico,* Michigan: Universidad de Michigan, 1869.

Le Goff, Armelle, Prévost Urkidi, Nadia, *Homme de guerre, homme de science? Le colonel Doutrelaine au Mexique. Edition critique de ses dépêches (1864-1867),* París: Editions du Comité des travaux historiques et scientifiques, 2011.

Lombardo de Miramón, Concepción, *Memorias de Concepción Lombardo de Miramón,* México: Porrúa, 1989.

Niox, Gustave, *Expédition du Mexique, 1861-1867, récit politique et militaire (7 juin 1874)* París: J. Dumaine, 1874.

Mayo, C.M., *El último príncipe del Imperio Mexicano,* México: Grijalbo, 2010.

Meyer, Jean, *Yo, el francés. Biografías y crónicas. La intervención en primera persona,* México: Tusquets Editores, 2002.

Miguel I. Verges, J.M., *Pepita Peña y la caída de Bazaine,* México: El Colegio de México, 2012.

Milleret, Guénolée, *La mode du XIX siècle en images,* París: Eyrolles, 2012.

Ochoa Aguilar, *et al. La intervención francesa en México. En el sesquicentenario de la batalla del 5 de mayo,* México: Benemérita Universidad Autónoma de Puebla (BUAP), 2012.

Palou, Pedro Ángel, *5 de mayo de 1862,* México: Editorial Las Ánimas, Secretaría de Educación del Estado de Puebla, 2011.

______________, *La voluntad heroica. El sitio de Puebla: 16 de marzo al 17 de mayo 1863. A 150 años,* México: El errante editor, 2012.

Palou, Pedro Ángel, *Toda la noche ardió la tierra. Dignidad de las comunidades poblanas ante el invasor.* México: Editorial Las Ánimas, Secretaría de Educación del Estado de Puebla, 2012.

Pani, Erika, *Para mexicanizar el Segundo Imperio. El imaginario político de los imperialistas,* México: El Colegio de México, Instituto Mora, 2001.

________, *El segundo imperio, Pasados de usos múltiples,* Col. Herramientas para la historia, México: FCE, CIDE, 2004.

________(comp.), *La intervención francesa, Revista Historia Mexicana,* México: El Colegio de México, 2012.

Pani, Erika, *Una serie de admirables acontecimientos. México y el mundo en la época de la Reforma, 1848-1867,* México: Ediciones EE y C, BUAP y Abzac, 2012.

Riva Palacios, Vicente, (dir.) *México a través de los siglos. Historia general y completa del desenvolvimiento social, político, religioso, militar, artístico, científico y literario de México desde la antigüedad más remota hasta la época actual. Obra única en su género,* México: Ballescá y comp. 5 vols, 1940.

Rivas Mata, Emma, Gutiérrez O. Edgar, (comp.) *Cartas de las Haciendas. Joaquín García Icazbalceta escribe a su hijo Luis, 1877-1894.* México: INAH, Conaculta, 2013.

Romero Flores, Jesús, *México, historia de una gran ciudad,* México: Costa-Amic, 1978.

Salado Álvarez, Victoriano, *Episodios Nacionales Mexicanos. La Intervención y el Imperio, Libro I, Las ranas pidiendo rey.* México: Planeta de Agostini, Conaculta, 2004.

______________________, *Episodios Nacionales Mexicanos. La Intervención y el Imperio, Libro II, La corte de Maximiliano.* México: Planeta de Agostini, Conaculta, 2004.

______________________, *La locura de Carlota de Habsburgo.* México: FCE, 2005.

Solares, Ignacio, *Un sueño de Bernardo Reyes.* México: Alfaguara, 2013.

Staples, Anne, *Historia de la vida cotidiana en México* (Dirigida por Pilar Gonzalbo Aizpuru), México: El Colegio de México, FCE, Tomo IV, 2005.

Trueba Lara, José Luis (comp.), *Las delicias de la carne. Erotismo y sexualidad en el México del siglo XIX,* México: Conaculta, 2013.

Weckman, Luis, *Carlota de Bélgica, correspondencia y escritos sobre México en los archivos europeos, 1861-1868,* México: Porrúa, 1989.

Willette, Henri, *L'Evasion du Maréchal Bazaine de l'Ile Sainte-Marguerite, préface de André Castelot,* París: Perrin, 1973.

Yorke Stevenson, Sara, *Maximilien d'Autriche au Mexique, 1862-1867. D'après les souvenirs de Sara Yorke Stevenson.* Trad. Robert Tubach. París: L'Harmattan, 2010.

Zoraida Vázquez, Josefina (coord.), *Interpretaciones del periodo de Reforma y Segundo Imperio.* México: Grupo Editorial Patria, 2007.

Hemerografía

ABC, Madrid: años 1912 a 1913.

Almanach impérial (1853), París: A. Guyot et Scribe, 1853-1870.

Almanach du Gotha. Contenant diverses connaissances curieuses et utiles pour l'année [Annuaire diplomatique et statistique; Annuaire généalogique, diplomatique et statistique], París: años 1763-1944 [1867 (A104)].

Correo Nacional, Madrid: año 1886.

El Constitucional, México: año 1869.

El Correo de México, México: años 1865 a 1866.

El diario Imperial, México: años 1864 a 1867.

El Globo, México: años 1866, 1869.

El informador, "La fuga del Mariscal Bazaine", por Enrique Flores Tristschler, México: 1974.

El Monitor Republicano, México, años 1866 a 1880.

El padre Cobos: México.

El pájaro verde: México.

El Siglo xix: México.

El tiempo: Madrid, 1888.

La Época: Madrid, 1874.

La Mode Illustrée: París.

Le Monde Illustré: París.

La Opinión Nacional: México.

La Orquesta, México: años 1863 a 1869.

La Revue Hebdomadaire, México.

La Sociedad, México: 1865.

La Vanguardia, Madrid, años 1880 a 1929.

Le Figaro: París.

L'Estafette: México, años 1866 a 1869.

L'illustration: París.

Reforma, Diversos artículos sobre el Segundo Imperio, por Guadalupe Loaeza, México: años 2002 a 2014.
Revista Social "La vida deslumbrante y dolorosa de Pepita Peña", por Jorge Padua, México: 1939.

Publicaciones en línea

Aguilar Ochoa, Arturo, *La vida elegante en la capital imperial 1864-1867,* México: www.mexicofrancia.org

Blanchot, Auguste Charles Philippe, *L'intervention Française au Mexique. Mémoires.* Préface Cte. De Mouy. París: Emilie Nourry, 3 tomos, 1911. http://gallica.bnf.fr

Le Moniteur de la Coiffure, Gallica, Bibliothèque Nationale de France (BNF), París: 1864-1867. http://gallica.bnf.fr

Rivera, Agustín, *Anales Mexicanos, La Reforma y el Segundo Imperio,* Comp. Chantal López y Omar Cortés, México: Biblioteca virtual Antorcha, 2009. www.antorcha.net

Sánchiz, Javier, Geneanet, (IIH-UNAM). México: 2014. http://gw.geneanet.org

Las imágenes de una historia de amor

El mariscal Achille Bazaine, a sus 54 años, era el hombre más poderoso de México. Fue su carácter seductor y la afectuosa entrega hacia su "Pepita, mon amour", lo que enamoró perdidamente a la Mariscala.

Josefa, a sus 17 años, era una inquieta jovencita que se sintió atraída de inmediato por el poder que representaba el Mariscal. A pesar de su corta edad demostraba ser apasionada y entregada.

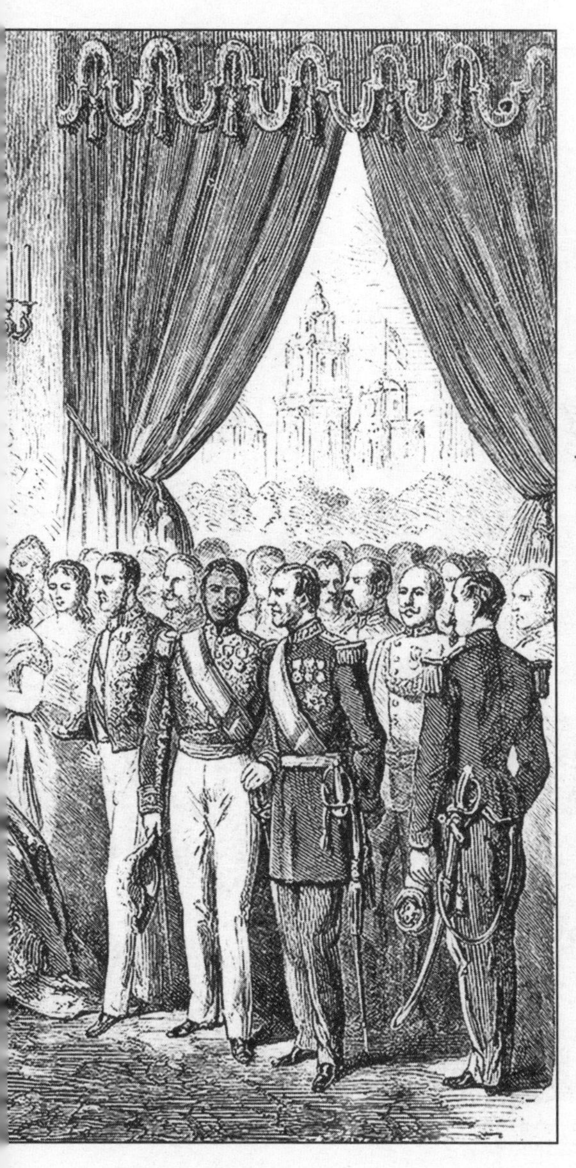

El 26 de junio de 1865 el mariscal Achille Bazaine y Josefa de la Peña y Azcárate contrajeron matrimonio, teniendo como padrinos al emperador Maximiliano de Habsburgo y a la emperatriz Carlota, quienes les otorgaron como regalo de boda el Palacio de Buenavista.

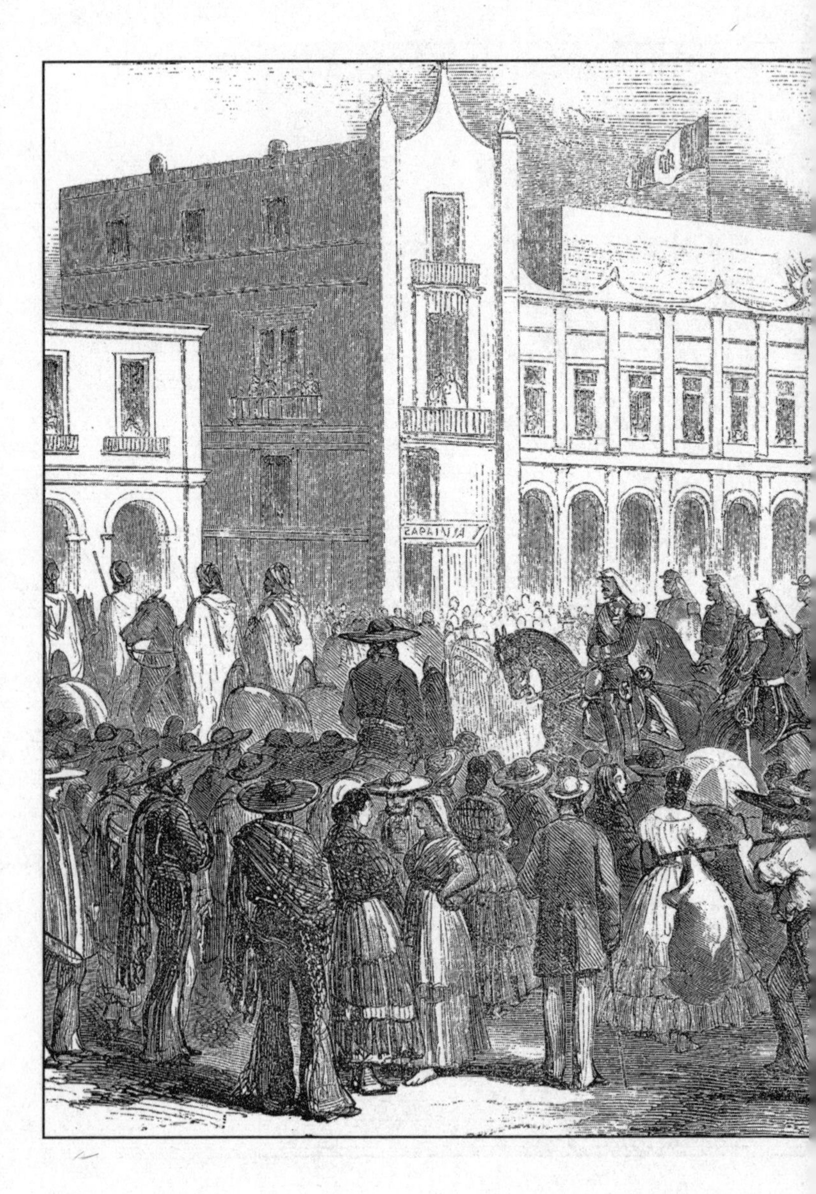

Antes de partir de México, el Mariscal colocó en todas las esquinas de las calles un manifiesto en el cual se despedía de los mexicanos, agradeciéndoles la confianza y la amabilidad que le habían expresado a Francia. El 5 de febrero de 1867, Achille Bazaine y su esposa, con cinco meses de embarazo, abandonaron la capital.

El 6 de octubre de 1873 dio inicio el polémico juicio en contra del mariscal Bazaine. Al principio se le condenó a muerte por alta traición a la patria; sin embargo, en la sentencia final el veredicto fue de veinte años de encarcelamiento. Durante esos meses Francia entera estuvo pendiente del dossier Bazaine.

Al poco tiempo de ser encarcelado, la Mariscala decidió compartir el cautiverio de su marido y se fue a vivir, junto con sus dos hijos y su nana, a la prisión de la isla de Santa Margarita. Ahí, el Mariscal mandó adaptar una habitación con los lujos que su esposa y sus hijos merecían. La familia pasaba las tardes cosechando y viviendo una vida aparentemente normal.

El 9 de agosto de 1874 el mariscal Bazaine escapó de la prisión a sus 63 años. Bajó los 23 metros que tenía el fuerte de la isla de Santa Margarita, la legendaria prisión del "hombre de la máscara de hierro", por medio de una cuerda con nudos que alguien le proporcionó.

ÍNDICE